RÓMULO GALLEGOS

CUENTOS VENEZOLANOS

astria

CUENTOS VENEZOLANOS
Rómulo Gallegos

©Astria Ediciones
Diseño de portada: Andrea Rodríguez—Mariana Turcios
Supervisión Editorial: Óscar Flores López
Administración: Tesla Rodas y Jessica Cordero
Levantamiento de texto: Zona Creativa
Director Ejecutivo: José Azcona Bocock

Primera edición
Tegucigalpa, Honduras—Enero de 2025

CUENTO DE CARNAVAL

La algarada de las primeras comparsas empezaba a turbar la nocturna quietud de la parroquia, ya se oía el tintineo de los cascabeles en los arneses de los coches, y los chicos del vecindario ululaban sin cesar a los primeros diablos.

Desde la sala de su casa de anticuario, Don Juan Manuel Vidosa escuchaba aquellos ruidos precursores de la baraúnda carnavalesca y una emoción dulcísima se levantaba en su pecho. Todo aquel año se lo pasó esperando el Carnaval. Suprema ridiculez, locura sin justificación le había parecido siempre aquella fiesta de cuya vana alegría no disfrutó ni cuando joven, por idiosincrasia y por austeridad, que a fuerza de ser tanta la suya, llegaba a los mayores extremos de dureza. Conservaba todos los resabios de los viejos tiempos, en los cuales la conducta estaba regida por principios rígidos, que no permitían la disipación, ni reconocían la necesidad, tan proclamada ahora, de la alegría, y sin embargo el rumor callejero le parecía ahora grato. Sonreía benévolo cuando oía la voz atiplada de los disfraces y empezaba a convenir en que, realmente, la alegría, así fuera loca y vana, era buena siempre y necesaria.

¡Pobre vida la suya de viejo desamparado de cariño, en aquella casa donde se apolillaban juntamente, su espíritu y los objetos de su colección de anticuario! Ni siquiera el claro trino de los canarios que antes alegraban el silencio de los días largos en aquel caserón donde vivía solo. Ya empezaba a cansarlo, como una actitud molesta, su propia severidad, echaba de menos al lado suyo algo tierno y en los momentos de abandono espiritual imaginaba las delicias de unas manos pequeñitas de nieto que se escondieran, jugando, entre sus barbas, como liebrecillas mellizas en un jaral bravío…

Acaso tenía nietos… Pero este pensamiento renovaba un dolor no olvidado: Rosa María, la hija única… La deshonra.

Era bella, tenía una alma alegre y un corazón de oro. Su risa perenne resonaba en la casa como una campana llamando a fiesta, su imaginación era una llama que ardía en joviales hogueras de locura y su corazón conocía todos los registros de la ternura; pero llegaba también a las mayores vehemencias de la pasión. Se enamoró perdidamente de un hombre vulgar, sin nombre ni dignidad, casi un tahúr. Don Juan Manuel

5

fue implacable: amonestó primero, regañó luego, terminó amenazando. Con esto creció la pasión de Rosa María. Una mañana, al levantarse, como de costumbre, muy de madrugada. Don Juan Manuel encontró el portón abierto… Llamó a la hija, pero nadie respondió… Sus gritos de rabia y dolor, llenaron la casa y aquella mañana fue la última vez que nombró a Rosa María.

De allí para adelante una vida áspera de solitario, llena de vergüenza, de rabia y de dolor. Aumentó hasta convertirse en manía su afición por las cosas viejas e históricas: pero una pasión yerma, sin compensaciones… Solo el trino de sus canarios para el silencio de los días largos de soledad…

Corrió el tiempo. Vino una carta de Rosa María pidiendo perdón… Más tarde otra, suplicando, como una limosna, que le permitiera ir un momento siquiera, a verlo… Ambas quedaron sin respuesta y con esta insolencia de la hija deshonrada aumentó el rencor del viejo. Así pasó un año y llegó el Carnaval. Una noche tres disfraces invadieron con risas y cantos el retiro del solitario. Eran tres muchachas. Don Juan Manuel las recibió ásperamente. Una de las disfrazadas guardó silencio todo el rato y no quitó los ojos de mirar al viejo… Cuando salieron, al cerrar tras de ellas la puerta, el anticuario oyó que la disfrazada silenciosa rompía a llorar, mientras las otras callaban sus risas, de improviso…

—¡Es Rosa María! ¡Insolente! —rugió el inflexible Don Juan Manuel, y por varios días, renovada la herida de su duro corazón, lo dominó un —sordo rencor contra la hija.

Pensó que seguramente las dos compañeras de Rosa María, eran como ella, otras perdidas, y para lavar las manchas que aquellas plantas habían dejado en la austera casa de los Vidosa, fregó con ira los suelos repetidas veces…

Aquel acceso de áspera dignidad se fue disipando al fin y un sentimiento paternal y compasivo le fue cobrando el corazón.

¿Qué vida llevaría su hija? ¿Acaso totalmente corrompida? ¿Acaso pura, a pesar de todo? En toda caso la dura vida de la deshonra, con el estigma indeleble y su inevitable cortejo de miseria… La historia de siempre, el caso vulgar de seducción, luego la promesa no cumplida, el abandono final… ¡Pobrecita! ¡No, pobrecita, no! ¿Para qué están la dignidad, la virtud, la religión y el nombre, el respeto al nombre en que él la educó? Culpa suya fue, solamente suya. ¡La mujer que cae engañada es porque quiere dejarse engañar!

Don Juan Manuel volvió a cerrar, con toda la fuerza de su seguridad y de su orgullo, aquella rendija de compasión paternal que se venía abriendo en su corazón subrepticiamente.

Pero los furtivos pensamientos volvieron:

Acaso un hijo inocente de todo, condenado a la infamia y a la corrupción. Sangre suya era al fin y al cabo… llevaría su mismo apellido, el apellido materno: un Vidosa tahúr, rufián… una Vidosa… ¡Pobrecita Rosa María!… Las mujeres no tienen la culpa siempre, a veces caen por excesiva bondad… Rosa María tuvo siempre el corazón en la mano…

Pasó otro año y volvió otro carnaval y otra vez los mismos disfraces, la misma disfrazada silenciosa que no hacía sino verlo, mientras las otras reían y charlaban, acaso por distraerlo, para que se dejara ver…

Don Juan Manuel las recibió más amable, pero todavía altivo, guardando las conveniencias. Comprendió que Rosa María aprovechaba aquella ocasión para ir a verlo y esta muestra del amor de la hija lo ablandó hasta hacerlo convenir en aquella farsa, donde él también estaba disfrazado. Pero su orgullo no le permitía más de aquella concesión… Que Rosa María siguiera creyendo siempre que él no la había reconocido y que por eso la recibía en su casa. Y cuando al cerrar la puerta volvió a oír el llanto de la hija entre la risa de las compañeras, él también, por primera vez lloró…

Nunca, como desde entonces, le pareció tan triste su soledad y sintió tanto la falta de Rosa María en la casa… Aquella risa perenne que resonaba como una campana llamando a fiesta… aquella imaginación traviesa que era una llama ardiendo en hogueras de divinas locuras… aquella alma buena que sabía tanto hacer grata una vida… y… ¿quién sabe?… acaso unas manos pequeñitas de nieto que se esconderían retozando, entre sus barbas…

Tales pensamientos cobraron por completo su corazón. Resolvió buscar a Rosa María. Indagó y no logrando obtener noticias de ella tuvo una determinación heroica: preguntarle por su hija al villano que se la había quitado y deshonrado. Fue un esfuerzo supremo en el cual se quebró para siempre el resto de entereza de ánimo que le quedaba y fue un esfuerzo inútil: el seductor de Rosa María le respondió, insolente, que hacía años que no tenía nada que ver con aquella mujer, que ni sabía si vivía.

En otro tiempo el altivo señor hubiera arrancado la vil lengua a aquel miserable que lo había escarnecido dos veces; pero ya él no era el Juan

Manuel Vidosa de antes y cuando el tahúr le volvió la espalda, con desprecio, él se retiró llorando, por la hija acaso muerta.

Los meses siguientes fueron para él de angustias mortales. Lo dominó una profunda tristeza vacía de pensamiento. Abandonados, los canarios que alegraban la casa, murieron de hambre en su jaula…

Otra vez venía el carnaval y con él la esperanza. ¡Qué grato el rumor de las risas locas y de los cascabeles! Bendita alegría la que de año en año entraba con los disfraces en aquel caserón tan callado, tan solo…

Poco a poco se fue disipando la tristeza del viejo y con emocionada impaciencia esperaba la noche en que, un rumor de frescas risas sonara en el zaguán, anunciándole que allí estaba, por fin, Rosa María, la hija buena que venía de año en año a verlo solamente y que luego, al irse, rompía a llorar, con el pobre corazón destrozado…

¡Qué duro había sido con ella! ¡Cómo le dolía su severidad! ¿Por qué el año pasado no la llamó a sus brazos, rompiendo con todo, olvidándolo todo? Este año lo haría. Rosa María se quedaría en su casa. Ya le había preparado su habitación, todas las mañanas salía a comprar flores y las colocaba en el tocador de Rosa María, por si llegaba aquella noche.

Por fin, una noche, resonaron en el zaguán las benditas risas. Don Juan Manuel corrió a abrir. Esta vez las disfrazadas eran dos y al ver que faltaba una, el viejo experimentó una angustia mortal; pero se recobró pronto, como viera que una de las disfrazadas se retiraba de él y alejada, en silencio, se quedaba viéndolo, largamente.

¡Era Rosa María! ¡Por fin la tenía allí y ahora para siempre!

Quiso acercarse, sin atreverse a hablar, dominado por la emoción, pero la disfrazada huyó por los corredores.

—¡Quiero verla! ¡Quiero verte!

La otra lo atajaba riendo como loca, con una risa extraña que Don Juan Manuel no había oído nunca.

—No, no señor.

—¡Sí, sí… quiero verla! Es mi hija. Es Rosa María. Desde un principio te conocí… te he perdonado… Mejor dicho: te pido perdón y eres tú la que tiene que perdonar.

Y la perseguía, fuera de sí, con una agilidad que no era suya, enardeciéndose por momentos.

—Quiero verte. No me huyas…

—No, no, por Dios…

Pero él no oía y llorando casi, corría detrás de la disfrazada.

Por fin la alcanzó. La mujer luchaba por no dejarse quitar el antifaz; pero al fin, rendida, se entregó.

El viejo, jadeante de emoción y de cansancio, apoyó sus manos ásperas y gruesas sobre los hombros de la mujer y se quedó viéndola, todavía cubierta con el antifaz, como para apurar hasta el fin aquella ansiedad del año largo y triste.

La mujer temblaba con todo su cuerpo bajo aquellas manos y bajaba los ojos, no pudiendo soportar aquella mirada que la envolvía, que quería llegarle hasta el alma. La compañera, inmóvil y ansiosa también, presenciaba el cuadro, sin atreverse a hablar.

Por fin el viejo pudo decir:

—Rosa María…

La disfrazada se apartó de él, evitando el abrazo.

—Perdón. No soy Rosa María.

Y se quitó el antifaz, mostrando su cara fea y mustia.

Los brazos del viejo se desplomaron, como los últimos restos de una ruina y la mirada que estaba llena de amor, se hizo dolorosa y poco a poco fue perdiendo la expresión.

Compadecidas de aquel desengaño, las mujeres empezaron a decir:

—Perdónenos, señor. No hemos querido burlarnos de usted.

—Rosa María murió…

—Y antes de morir, me suplicó que mientras usted viviera, viniera todos los años en el Carnaval e hiciera su papel. Ella comprendió el año pasado que usted la había conocido…

El viejo oía impasible, completamente inconsciente. La mujer se volvió a cubrir con el antifaz y salió con la compañera…

Don Juan Manuel las siguió hasta la puerta y así que ellas salieron, cerró, como el año pasado…

En la calle, la algarada de las comparsas turbaba la nocturna quietud.

UNA ABERRACIÓN CURIOSA

Uno no sabría decir por qué está aquel pueblecito en aquel lugar, precisamente. Bien podría estar un poco más allá o más acá, en uno cualquiera de aquellos áridos rincones de tierra rojiza, donde no hay agua, ni sombra de arbolado, ni promesa de fertilidad. Y está allí como un refugio de sencillez y silencio, entre el cerro y la hacienda que le presta por igual: nombre, agua y sustento, aglomerado sobre un repecho, humilde, cordial y apacible con su iglesia demasiado grande, sin torre y con jardín a la entrada, su plazoleta de ordinario sola y su cementerio naturalmente cerrado siempre y lleno por dentro de paz, sol radiante y fronda que derrama sus gajos por encima de las paredes blancas.

A primera vista no parece que allí se puede echar raíces; ser del pueblo es hacerle demasiado honor a aquel rincón poblado que para pertenecer a la ciudad no está tan cerca, ni tan lejos tampoco, para dejar de ser parte de ella. Sin embargo, allí hay gente del lugar, aborigen, arraigada; gente que tal vez no ha salido nunca del pueblo, y gente que sin duda no lo abandonará nunca, ni aun después de la muerte, porque el pueblo tiene su cementerio, propio, exclusivo, como para que no falte al confort de sus habitantes esta póstuma comodidad de yacer en el propio terruño, o para conservar su autonomía de pueblo junto con las cenizas de sus muertos.

Pero, no obstante la gravedad que importa, esto de tener un cementerio es para mí una ocurrencia feliz únicamente, la más graciosa jactancia del lugar. Aventurando un poco creo que me costaría trabajo reprimir una sonrisa si viera enterrar allí a alguien, a tal punto se me antoja imposible que en aquella placidez aldeana quepa otra cosa que un remedo pueril y discreto de la vida, como si por apacible, la que allí discurre no fuera la misma vida de la ciudad, igualmente grave o pueril, llena de los mismos insignificantes menesteres e idénticas zozobras grandes y pequeñas, grata a veces y a ratos aburrida. Y a tal extravagancia me ha llevado esta idiosincrasia, que a menudo me ha ocurrido sorprenderme con ingenua sorpresa de la propiedad y circunspección con que se afanan las gentes del lugar en el tráfago de su vivir cuotidiano, tan inverosímil para mí como un juego de niños.

Sin duda esta aberración se originó en la circunstancia en que conocí el pueblo, después de haber gustado de su contemplación muchas veces, desde lejos, imaginándomelo como un refugio ideal, siempre propicio a mis ensoñaciones habituales: borroso fondo de sueño que a poco tiempo, necesariamente enturbiaría el color de la realidad, dejándome de ella solo una impresión equívoca, abstrusa, absurda.

Conocí el pueblo, en la mañana de un domingo, día ya remoto, de gran sol y buen humor. Por estar de buen humor, temiéndole al aburrimiento del domingo ciudadano, mis compañeros y yo buscábamos lugar propicio donde escaparnos; uno de ellos propuso irnos al pueblecito recomendándolo como un exquisito rincón de paz, y a él nos fuimos, a expandir libres nuestra jovialidad bajo el cielo azul, derramándola de antemano por la avenida que al pueblo conduce, blanca y radiante bajo aquel sol meridiano. Recuerdo que para almorzar improvisamos una fonda en la única pulpería del lugar, y luego, satisfechos, tanto del reír como del comer, nos fuimos a las afueras, a sestear, bajo un cují, junto a la acequia y allí fue un largo divagar a propósito del sol, del paisaje y del arte propios: discutimos valores, hablamos de esperanzas defraudadas, comentamos ajenos fracasos vislumbrando tal vez el propio; excitándonos hacíamos frases rotundas algún tanto huecas: el paisaje nos agota; este sol nos devora… Yo entrevía asuntos para dramas probables, y quizás, por entretener las manos como de costumbre, arrojaba hojas muertas a la corriente.

* * *

Del pueblo mismo, recuerdo vagamente un gran silencio, una quietud inefable en un mediodía ardoroso; la plaza sola, las calles solas y en todas partes el sol; un chorro de agua tibio fluyendo de la alcantarilla, dentro del cántaro de alguien que quizás esperaba al lado; en algún corredor alguno que dormitara; tal vez algún perro, al arrimo de una pared en la sombra exigua y caliente del alero, durmiendo; dentro de los zaguanes, probablemente un monótono zumbido de moscas… Y quién sabe qué más, impreciso… Torpe impresión de siesta, de marasmo, que me llevé como único recuerdo del pueblo, de cuya vida tenía derecho a dudar luego, porque no la había visto.

Después, pasado mucho tiempo —el suficiente para que la más viva impresión de realidad se descolore, y reste en la memoria como una desvaída tinta de sueño— volví al pueblecito, esta vez con ánimo de percibir lo que se me escapara antes: la vida del lugar, su fisonomía propia. También era mañana azul de sol y jovialidad, lluvias recientes habían lavado el follaje renovándolo con un grato verdor. Camino del pueblo, en el paseo, dentro de los jardines, estallaban voces claras de niños invitándose mutuamente a juegos locos, y voces agrias de ayas reconviniéndolos; entre los árboles, en el ambiente apacible una estatua agredía con bélico gesto feroz; más allá se prolongaba la avenida hasta donde terminando las aceras, comenzaba el camino, entre hileras de plátanos, a través de las vegas. Distante, detrás de un torreón trunco, volteaba lento un molino de aspas ennegrecidas. De trecho en trecho airosas chaguaramas destacaban sus ágiles tallos iluminados, sobre un fondo violáceo de cerros en sombra y sobre el aire azul las cimeras; luego tras un recodo, el pueblo. Primero un aspecto indígena: ranchos de palma en las faldas del cerro; luego: la iglesia con sus techos de teja superpuestos a modo de las antiguas construcciones coloniales y en torno a la iglesia un arbolado, un amontonamiento de casas, algunas calles, y después de todo, en el fondo, la fábrica, enorme en la perspectiva, cuya construcción extraña y su color gris, no sé por qué me recuerdan algo de países invernales que he visto mucho en ilustraciones.

Ganado el pequeño repecho que se empina a la entrada, el caserío se insinúa con la indisciplina de un arrabal sobre el terreno quebrado, entre tunas y cardones que se erigen como alardes de un gran esfuerzo sobre la tierra rojiza, alternando con cujíes de aplanadas copas entre cuyas ásperas ramas lucen las menudas flores como gotas de sol coaguladas. Por el caserío circula gente desarrapada; en la tierra escarban animales y muchachos indistintamente. Al llegar, un perro nos saluda con un gruñido hostil, mientras un chico desnudo y sucio corre a ponerse en salvo a la puerta del rancho, desde donde luego nos mira hurañamente, junto con la que, avisada por su recelo y por el gruñido del animal, se ha asomado a vemos pasar. Esta, probablemente, madre del chico y si no tan desnuda, tan mugrienta como él, nos ve de tal modo que el saludo se impone a manera de venia para que se nos permita el paso; hecho esto, seguimos: indefectiblemente hay ropa blanca secándose en las empalizadas; en los interiores: diverso trajín e idéntica miseria; aquí una mujer que lava batiendo ruidosamente; otra que allí, arremangada, amasija con un rápido movimiento alternativo de las manos expertas; a veces es una que se entretiene en hurgarle a una chica la cabeza erizada de espirales rebeldes; o una que más desocupada, desde la puerta del cubil habla hacia el interior como si hablara sola.

Entre todos los oficios esta holganza es lo más frecuente, en casi todos los bohíos misérrimos hay gente ociosa, inmóviles de ordinario horas enteras, como en una suprema abstracción, y este sinquehacer condensa en los interiores un ambiente de paz imperturbable, asidero propicio de todo sentimentalismo inexperto. Sin embargo, al pasar cerca de los ranchos se advierte algo que hace acelerar el paso y espanta al Sueño; algún mal olor: leña que adentro arde, el charco en que se revuelca el cerdo. No obstante, siempre es conveniente pasar junto a ellos, sobre todo si ha sido grato verlos desde lejos.

Más adelante va apareciendo el pueblo propiamente; hay menos muchachos en el camino y por consiguiente más silencio; dentro de las casas gente blanca y distinto quehacer.

Este aspecto del poblado me es familiar; es el mismo de los arrabales ciudadanos. Como en éstos, allí predomina el ocre; en la calle de tierra desnuda, en las fachadas de las casas inconclusas, porque allí como en los arrabales, abundan las casas en fábrica que nunca serán concluidas, por los huecos de cuya puertas y ventanas se entrevé un cielo siempre azul o trozos de un paisaje cuya tinta adquiere por la virtud del marco, un prestigio singular. Esto último que es en sí apenas un simple efecto de contraste, me sugiere pensamientos muy vagos, tan vagos que quizás no son sino espejismos de ideas, inaferrables impresiones subliminares a las que aún no corresponde ninguna expresión humana o a las que tal vez solo podrá acordarse la vaguedad sugerente de la música. Y a fuerza de estar ligado a tan íntimas ideologías, el hecho sencillo ha adquirido para mí un sentido profundo, que he querido interpretar como una máxima de arte: hacer ver a través de un alma la angustia o la alegría ajenas, como por el hueco de una destartalada pared, un trozo jovial de paisaje o por una puerta indiscreta, una escena de vida íntima.

En esto también se parecen el pueblo y los suburbios ciudadanos; como en éstos, en aquél todas las puertas se abren indiscretas hacia la calle soleada divulgando el secreto de los interiores; frente a ellas nos detenemos invariablemente a ver hacia adentro, y sucede entonces que el asombro y la curiosidad de adentro proporcionan motivos estupendos para cuadros probables. A veces es un grupo de niños que se asoman a vernos mirarlos; a veces el cuadro está hecho ya: son mujeres que hablan con palabras que no oímos, en los comedores, mientras trabajan. Todas se sorprenden de nuestra expectación y probablemente se preguntarán: ¿Qué verán tanto para adentro?; y nos miran a su vez. como para que no les robemos sin darse ellas cuenta el secreto de su vida interior. Algunas veces sonríen, quizás burlándose de nosotros, pero nosotros agradecemos la sonrisa, que también supo ser bella. Sin embargo, preferimos verlos sin que nos descubran, seguramente porque tenemos algo de ladrones; algunos lo han comprendido y han mandado cerrar las puertas; otras veces no hemos podido ver la vida, pero siempre hemos encontrado algo bello; patios bañados de sol un poco de azul sobre los tejados, adentro; un gajo, no sé por qué siempre creo que ha de ser Cayena con una flor muy roja y muy grande, por encima de una pared en un aire claro.

¡Qué explosión de alegría, la nuestra, si por la claridad de adentro, atraviesa, bañándose de ella, una figura armoniosa, de mujer! Como nuestros ojos, nuestros oídos también han sorprendido algo al pasar: trozos de conversaciones familiares, de uno de esos diálogos sin asunto empezados nadie sabe cuándo y que concluyen con la vida misma. Esta vez, como de costumbre, las que hablan son mujeres; dos que cosen en la sala, cerca de la puerta:

—Pues él me dijo que desde ese día, no volvió a vería más.

—Eso tenía que suceder.

Y siguen comentando el suceso sin referirlo, mientras nosotros que lo ignoramos, entrevemos interesantes episodios, tragedias quizá, donde seguramente no hubo sino un acontecimiento vulgar; pero el claro destacarse de las figuras sobre el fondo en penumbra de la sala y los valores del escorzo sobre las caras inclinadas, tienen tal virtud escénica que convierten la frase más sencilla en frase trascendental. Así, no es extraño que aguzada la perspicacia, tome por un maniático a quien en el cuarto vecino de la sala donde las mujeres hablan, repitió dos veces: maldito sea, maldito sea…

Más adelante, en una ventana un enfermo toma el sol; detrás de él, de pies, una mujer nos ve pasar; luego: la escuela; en un banco se apretujan los muchachos, por turnos leen, ruidosa y atropelladamente trozos de historia patria; uno: el trágico episodio de Berruecos; otro: algo a propósito de una batalla anónima; entre uno y otro, habla el maestro: a ver usted, siga usted… En las paredes hay mapamundis y una pizarra donde se adivina una fabulosa cantidad que por una ironía del azar, sin duda analizó el más mísero de los escolares…

Más adelante, al extremo de la calle que llevamos, la plazoleta cercada con palizada de alambre, entre la iglesia de un lado y la jefatura civil al otro. En la plaza, sola, silenciosa, discurren por los senderos enarenados dos palomas picoteando solícitas. A riesgo de ahuyentarlas traspasamos el cercado, dentro de cuyo recinto se hace más grata la quietud aldeana; un momento el vuelo de las palomas crepita en el aire, luego se restablece el silencio, inefable. Para gozarlo mejor nos sentamos en un canto de piedra tumbado bajo un cedro a manera de banco.

Afuera, junto a la alcantarilla esperan pacientemente mujeres y muchachos mientras un hilo de agua turbio y moroso, va llenando una a una las cántaras; los que esperan miran en silencio fijamente al agua.

Hacia la iglesia pasa una mujer con medallas eucarísticas al pecho; dentro de la jefatura se conversa monótonamente; a intervalos entran y salen de la pulpería compradores diversos; desde las puertas de las casas próximas se nos observa con la misma expresión azorada y furtiva con que nos miran las palomas que han regresado a la plaza; por la calle dos Hermanitas de los Pobres van de puerta en puerta, recogiendo perdones y una que otra limosna. En el aire diáfano los colores tienen una nitidez y una frescura de cromo; de aldea donde apenas falta la típica figura del cura bonachón y vejete, en la socorrida actitud paternal: bendiciendo a un niño arrodillado.

¡Qué fracaso si hubiera aparecido! Por momentos espero verlo asomarse y me lo imagino paseándose por el altozano de la iglesia, dentro del jardincito, pergeñando un sermón, porque entre las jactancias de la aldea no es la de menos ésta de tener un cura elocuente, tribunicio, y nada más natural que siéndolo éste, saliera a componer el sermón al jardín de la iglesia, en una mañana tan fresca… "La paz sea con vosotros"… ¿De qué manera mejor podría comenzar el sermón? Es tan apacible el lugar, discurre allí la vida tan serena! Pero seguramente el orador ha agotado este bíblico motivo y hay que buscar otro, nuevo y más humano… Si sucediera algo… un escándalo… Yo sé que el orador discurre a menudo sobre los sucesos de la parroquia, sobre todo si le dan oportunidad de fustigar a los feligreses con una máxima de moral cristiana… Pero, ¿qué escándalo se atrevería a profanar aquella quietud? Si apareciera al extremo de cualquier calle una mujer hermosa, lasciva, con un traje de vivo color, para la mayor eficacia del efecto, bajo una sombrilla, que por esta vez podría no ser roja… ¿Qué hay en esto de imposible?

La pecadora ha ido al pueblo en busca de descanso o de salud; como es de suponerse, en el pueblo no se habla si no de ella; sus trajes, su sombrilla, el colorete que gasta, el desenfado con que se recoge la falda y aquella diabólica manera de mirar a los hombres. Las madres cristianas y timoratas temen por sus hijos en peligro, las muchachas no dejan de

16

pensar en ella y a veces se asustan de sus propios pensamientos. Lo que significaría para tantas de ellas, aquella perdida! La vida anodina aburridora; la semana para el trabajo, el domingo para la misa y el fastidio... ¡Marta y María! Si conocieran la evangélica elección de Jesús. ¡Cuántas Marías!... A menos que en la tarde en el sermón, el cura se decidiera por Marta, aun a riesgo de desacreditar a Jesús. En esto podría pensar mientras paseara por el jardín. en el altozano de la iglesia...

Mas la pecadora no aparecía al extremo de ninguna calle, ni el cura se asomaba al altozano, y en el interior de las casas, las Martas estaban en paz, con sus pensamientos inaccesibles, mientras las manos hacían su labor cuotidiana.

Pero de aquélla, la verdadera, la vida de todos los días, a la vez interesante y trivial, yo aún no poseía el secreto. ¿Cómo lograrlo? ¿Tomarlo por asalto? ¿Abrir aquellas puertas cerradas, insinuarme en las almas para sorprender en ellas el minúsculo pensamiento que alegra o tortura?

Hubiera sido inútil, la vida, huraña, se hubiera escapado a sus refugios inabordables y no hubiera encontrado angustia que no sonriera para engañarme, ni alegría que se atreviera a ser risueña... Si el azar me revelara el secreto! Yo entre tanto hacía conjeturas, y por afición al contraste imaginaba emociones intensas bajo pasividad exterior.

Un vendedor de billetes apareció de pronto; gritó unas cifras recomendándolas de la manera acostumbrada. Nadie lo llamó para comprarle y él, después de varios gritos inútiles, se dirigió hacia la salida del pueblo. Sin embargo nadie podía asegurarse que no era la Suerte quien había pasado...

De la escuela próxima salieron en tropel los muchachos; un grupo de ellos se encaminaron a la plaza; hablaban y gesticulaban alborotadamente, alegando los derechos que todos a la vez tenían. Por una calle cercana pasaron carretas hacia la fábrica. Los muchachos fueron entrando en sus casas, las carretas se alejaron y volvió a quedar en silencio la plaza. En torno a ella, circulaban los vecinos, atento cada cual a su quehacer. Viendo la circunspección con que lo hacían, me acordé de la gravedad que gastan los niños cuando juegan a vivir.

* * *

Cuando regresamos, mientras mi compañero hablaba, yo me decía para mis adentros: Es curioso; que no me convenza de que la vida aquí es tan grave y pueril como en todas partes. ¿Por qué ha de parecerme juegos de niños, que este pueblecito tenga su iglesia, su plaza y su cementerio?... Sobre todo: un cementerio... Es una aberración.

ALMA ABORIGEN

I

Los ojos negros rasgados, ardientes; la boca carnosa, de labios sensuales, rojos como la pulpa de las cundeamores; el espíritu jacarandoso y apasionado. América Peña era el bocado más apetitoso de Pueblo Abajo.

Sus amores con Reinaldo Solares, el propietario de la hacienda situada en los aledaños del pueblo, eran envidia de muchas y hablilla de todas. La varonil belleza de aquel joven rico y de familia distinguida, y sobre todo, la gallardía y el aplomo con que sabía tenerse en el brioso potro, cuyos escarceos acreditaban la pericia del jinete, habían despertado en el alma primitiva de la muchacha una pasión tumultuosa; luego las vehemencias de él la volvieron más loca que lo que ya era, prendiendo en su imaginación brava y virgen llamaradas sensuales.

La madre, que era llanera zamarra y desconfiaba de los propósitos del patiquín, como llamaba a Reinaldo, contrarió esos amores, primero con amables razones persuasivas y enseguida a pescozada limpia; pero no logró sino empecinarla más y apenas se descuidaba, cuando América, acompañada de una amiga complaciente y con cualquier pretexto, corría al sitio ya convenido donde el novio la esperaba.

La amiga, una soltera pasada de tiempo, se volvía sorda y ciega cuando regresaban a la casa, mientras los labios de América parecían sangrar, los suyos, descarnados y exangües, suspiraban…

El sitio propicio a estos abandonos vehementes era el jardín de una quinta deshabitada que había en la calle trasera del pueblo, en la parte más oscura y solitaria de él. Un bambual muy frondoso cobijaba bajo su sombra alcahueta los besos de los enamorados y los suspiros de la amiga.

Una noche Reinaldo, que empezaba a fastidiarse de aquellos amores furtivos que ya iban siendo ridículos, espetaba a América para plantearle la determinación que había tomado: O se escapaba con él o se acababan los amoríos. La espera lo impacientaba; la soledad y el silencio excitaban sus nervios tensos.

—¿Pues no me he enamorado como un mentecato? Solo me falta ponerme sentimental y quejarme en versos.

Por fin aparecieron en la sombra de la arboleda las siluetas conocidas. Anhelosa, vibrante de pasión y sin reparos por la amiga, América se echó en sus brazos.

—¡Mi rico! ¡Mi riquito! Perdóname que te haya hecho esperar.

—No importa.

—Fue que mi hermano…

—Te repito que no importa.

—¡Jesús! ¡Qué desabrimiento! ¿Estás bravo?

Reinaldo se ponía de mal humor y respondió ásperamente:

—Hasta allá no llega mi tontería.

—Dispensa.

Y siguieron en silencio hacia el banco donde acostumbraban sentarse. Al cabo de un rato, Reinaldo empezó a decir:

—Ya que has venido, hablemos formalmente.

—¿Ya que he venido? ¿Y si no hubiera venido?

—Pues no habríamos hablado nada. ¡Qué necedad!

América se mordió los labios.

—¿Sabes que te encuentro muy complaciente esta noche?

—Aprende a serlo tú también.

—¿Cómo?

—No hablando tonterías. Te he dicho que tenemos que hablar formalmente. Dejemos las carantoñas para luego.

Ella se desprendió de su brazo y le dijo con despecho que le comunicaba a su voz un tono desagradable, vulgar, insolente: —¿Y por qué no me dices, pues, lo que tienes que decirme?

Reinaldo se la quedó viendo con la cólera en los ojos. Ella volvió a decir en el mismo tono: —Ya supongo lo que será.

—Que esto no puede continuar así. Te lo he dicho ya: no sirvo para esto. Estoy haciendo un papel ridículo.

—Y yo sí sirvo, ¿no es verdad?

—Tú sabrás.

El tono despectivo de Reinaldo acabó de indignarla y en la indignación su vulgaridad estallaba afeándole el rostro, haciéndola insoportable.

—Pues mira: más pierdo yo. Y sin embargo… Pero, ya lo creo, como tú eres mejor que yo, crees que te rebajas queriéndome. De seguro en tu casa te han dicho que yo no soy digna de ti. Allá dirán que mi familia es una gentuza.

A su vez, Reinaldo se encolerizaba por momentos. A menudo, junto a aquella mujer que era su obsesión de todos los instantes, había sentido impulsos locos de maltratarla, de hacerla pagar con lágrimas aquella consagración de todo su ser, como si ella fuera culpable del abandono que él había hecho de todo cuanto no fuera pensar en ella; pero tales arrebatos habían terminado siempre en caricias ardorosas o en ternuras intempestivas. Ahora sentía que la odiaba cordialmente por todo esto: Por haberle inspirado una pasión absurda y voraz, por haberlo turbado y zarandeado como un adolescente que amara por primera vez.

Ella seguía hablando, ofendida por sus propias palabras: —Pero yo tengo la culpa. He debido comprender que tú eres demasiado alto para mí. Tu gente es mantuana.

—Deja las ironías. No te quiero oír en ese tono sarcástico.

—¿Y en qué tono quieres que te hable?

—En ninguno.

Y se paró del banco donde se había sentado, dispuesto ya a concluir de una vez.

—¿Te vas?

Su voz se quebraba en una inminencia de llanto. Su despecho se convirtió en dolor y luego, de pronto, en cólera.

—Razón tenía Guaica, mi hermano. Todos ustedes son iguales.

—¿En qué? Di…

—En lo canallas.

No había concluido de decirlo cuando el puño de Reinaldo, con un movimiento rápido, cayó sobre su boca. Dio un grito y mordiéndose la mano que se había llevado a los labios rotos, se dejó caer sobre el banco. Un violento temblor sacudía todo su cuerpo, en su garganta se producía un ruido áspero de llanto contenido.

El la miraba experimentando una satisfacción malsana.

¡Se había emancipado!…

América, con la voz desgarrada por los sollozos, decía por fin:

—Por qué te quiero. Por qué te quiero… Yo no he debido enamorarme de ti como me he enamorado: como una loca. Yo te he entregado mi voluntad y sería capaz de hacer por ti todos los sacrificios y sin embargo…

Una súbita ternura se apoderó del corazón de Reinaldo. Abandonándose a este sentimiento, arrepentido de su violencia, desistió de su propósito. No le propondría la fuga; comprendía que una palabra suya habría bastado para que América se le entregase sin poder resistir y no quiso abusar de ello. A él le bastaba con saber que había inspirado una pasión capaz de llevar al sacrificio.

Pero América empezó a decir, con súbita decisión: —Reinaldo, desiste de mí. Te lo suplico.

—A ver. ¿Por qué?

—Porque yo no quiero que por mi culpa vayas a tener una desgracia. Mi hermano ha jurado anoche que si nuestros amores no se acaban hoy mismo, él va a terminarlos por la fuerza; ha dicho que si él te vuelve a ver en la ventana de la casa, no responde de lo que suceda.

Reinaldo sintió en el corazón la lanza del miedo. Guaicaipuro Peña no era hombre que se gastaba en vanas amenazas. Con una sonrisa que procuraba disimular su turbación, exclamó: —¡Hombre! No es tan fácil.

—¡Reinaldo, por Dios! Desiste de mí. Tú no sabes quién es mi hermano.

—Una fiera. Sí. sí. Ya me han contado. Pero ya que nos declara la guerra, no nos queda más camino sino…

Ella no lo dejó concluir. Le rodeó el cuello con sus brazos y acercando mucho su boca a la de él, continuó suplicante:

—No vuelvas más al pueblo… Hasta que mi hermano se vaya. Él se va en estos días para el Llano. Sobre todo, no vengas mañana a los toros; Guaicaipuro va a colear y me ha dicho que si te ve te va a dar unos chaparrazos.

La dignidad ofendida volcó en el encogido corazón de Reinaldo una sangre viril y corajuda.

Se zafó lentamente de los brazos de la mujer y dijo, calmoso:

—Mañana, después de los toros, te vas conmigo. ¿Estas dispuesta?

—Por Dios, mi amor.

—Es inútil suplicar: es una determinación irrevocable. Piénsalo bien. Al anochecer te espero aquí.

Y se despidió de ella.

Camino de su casa iba pensando en el probable encuentro con Guaicaipuro Peña, cuya fama de pendenciero y matachín era bien conocida de él. Por momentos experimentaba un vago malestar físico que era un evidente síntoma de miedo y entonces hacía reflexiones claudicantes: ¿tenía derecho a exponer su vida en manos de aquel bárbaro por una aventura estúpida? ¡Si fuese por un propósito elevado, vaya!… ¡Pero, por una mujer a quien en el fondo, no lo ligaba sino el lazo vergonzoso de unos deseos espurios!

Ocupado con estas cavilaciones estuvo a punto de desistir de su empeño; pero una súbita reacción de su ánimo tenso le hizo exclamar:

—Sofismas del miedo. Aquí no se trata de una mujer, sino de un hombre que ha amenazado y a quien se le teme.

Y resolvió ir al pueblo al día siguiente y tomar parte en la fiesta de toros coleados que había organizado Guaicaipuro Peña para celebrar su santo.

II

En el pueblo, en la única calle ancha y llana que era la de la entrada y cuyos cruceros estaban cerrados por talanqueras, se sentía el bullicio de la fiesta típica y primitiva. El gentío, encaramado sobre las empalizadas, agrupado en las puertas, ambulante por el medio de la calle, excitado por el aguardiente, por el sol y por la expectativa del rudo espectáculo, prorrumpía en griterías a cada momento, silbaba a los espectadores de a caballo, se agitaba en un júbilo febril o enmudecía de pronto en un silencio unánime que le comunicaba mayor intensidad al cuadro, como si hiciera resaltar más el colorido del sol y la animación de las figuras. Desbordados los instintos, a cada rato, en simulacros de riña al garrote los hombres se daban acometidas entre las aclamaciones de los espectadores que celebraban los ágiles saltos, las paradas y las puntas de aquella esgrima bárbara y fachendosa; mientras los muchachos estremecidos de júbilo aclamaban a los coleadores que iban llegando ufanos, haciendo caracolear los caballos en alardes de destreza gallardía. En las ventanas y sobre los pretiles de los corredores, jarifos grupos de mujeres reían y se agitaban locamente. Ardía la sangre en todas las venas, chispeaba el sol en el metal de los arneses, gritaba el color en todas partes y entre el clamor unánime de una embriaguez dionisíaca, gemía el joropo nativo o vibraba el aire español.

Cuando Reinaldo apareció, un rumor confuso de hostilidad y admiración fue recorriendo el coso de un extremo a otro y desde la ventana de las Peñas los ojos de América lo saludaron con una mirada cálida que acabó de excitarlo. Se detuvo frente al tranquero del toril donde se agrupaban los coleadores. Una voz le gritó:

—¿El patiquín como que va a coleá?

—Si se puede.

E instintivamente miró a un jinete que lo observaba con fijeza.

Era Guaicaipuro Peña, un indiazo membrudo de negras patillas que le bajaban hasta las comisuras de la boca confundidas con el bigote. Un sombrero de pelo de guama de anchas alas le cubría de sombra el rostro bien parecido en el cual Reinaldo descubrió las mismas facciones de América y la misma expresión sensual. Es un bello ejemplar de la raza —pensó, mientras soportaba la mirada impertinente del hombre temible, satisfecho de sí mismo al comprobar que en sus músculos no había un estremecimiento de miedo.

Transcurrieron unos minutos. Iban a soltar el primer toro y la expectativa hacía enmudecer al gentío que llenaba el coso. Todas las miradas estaban fijas en la puerta del corralón de donde había de salir la res y los coleadores se apercibían para el arranque de la carrera. La emoción puso trémulo a Reinaldo; bajo sus piernas tensas sentía vibrar los nervios fogosos del potro que paraba las orejas atentas, resoplando y piafando.

De pronto un estremecimiento, un clamor que se propagó rápido a lo largo de la calle, un súbito arremolinarse del gentío, un bufido del toro y el arranque simultáneo de los coleadores pugnando por apoderarse de la cola, en cuyo extremo la mota de cerdas era un señuelo que bien valía una vida. Reinaldo iba entre ellos, ciego, tendido fuera de la silla, la mano izquierda aferrada a las crines del caballo, la derecha rozando ya el bárbaro trofeo. En pos de él iba Guaicaipuro empeñado en atravesarle la bestia, empujándolo, y detrás, entre la polvareda, un tumulto de cuerpos que chocaban y de brazos que se alargaban, en un vértigo de lucha y de carrera.

Por fin Reinaldo se apoderó de la cola del toro y con un solo movimiento se la enrolló en el puño, se tendió sobre el caballo que saltó al sentir la espuela y cargando la res, con un esfuerzo de locura, la derribó patas arriba en la mitad de la calle. La gritería fue ensordecedora; el potro, enardecido, se iba tascando el freno y Reinaldo, perdida la conciencia de sí mismo, llegó sin contenerlo casi hasta el extremo de la calle. A pocos pasos de la talanquera recobró las riendas y empinándose sobre los estribos, con un golpe de consumado jinete, paró en seco la bestia. En seguida se revolvió en medio de una ovación y cuando se acercaba a la ventana de las Peñas, Guaicaipuro, que lo esperaba, le gritó:

—¡Así se tumba, compañero!

Y luego a la hermana:

—¡América, póngale usté misma la mejor cinta que tenga. Eso es coleá!

UNA RESOLUCIÓN ENÉRGICA

I

Martín Garcés se separó de sus compañeros cerca de la medianoche. Como de costumbre se había quedado hasta tales horas en la cervecería, bebiendo bocks y refiriendo, entre bocanadas de "egipcios" sus aventuras amorosas, que eran muchas y diversas, pues él se jactaba de tener un gran partido entre las mujeres y vivía para eso solamente.

Dos cocheros de esos coches que en el argot caraqueño se denominan "lechuzas" y que estaban apostados a la sombra de la catedral, le ofrecieron sus servicios.

—¿Te llevamos, Martincillo?

—Estoy a tu orden, Martin.

—Hum, valecitos —les respondió el elegante—. Lo que es a mí no me sacan esta noche ni agua.

—¿Estás limpio? Eso parece.

—¡Guá, chico! Pagas después. Tú sabes que…

—No, no. Me voy en mi auto de dos cilindros. ¡De lo más famoso!

Celebraron los cocheros el burdo gracejo en el cual el joven había agotado todo el ingenio de eso que llaman esprit caraqueño, y uno le gritó:

—¡Cuidado como pierdes la dirección!

—Yo no la pierdo ni perdiéndola, vale. ¡Está siempre como como un chey!

Y continuó pedestremente, calle abajo, muy orondo de su popularidad, como oyera a uno de los cocheros hacerle el elogio:

—¡Ah, Martincito! ¡Es un tipazo! Y tan decente. No tiene nada suyo; cuando uno lo necesita siempre lo encuentra.

Una leve sonrisa dio a la faz barbilinda de Martín un aire de superioridad. Sus acompasados taconazos resonaban imperiosos en las aceras que el silencio nocturno hacía sonoras y, aunque no era capaz de sutilezas mentales se complacía en oír el ruido que su marcha levantaba en la soledad de las calles. Esto le producía la vaga conciencia de una afirmación de su personalidad sobre el alma de la ciudad natal, cuyo carácter burlón y alegre, chispeante de ingenio y de mordacidad, se condensaba en el suyo.

Para Martín Garcés esto era uno de los más sabrosos fundamentos de su orgullo. Se llenaba la boca con decir que él era un caraqueño neto, que no tomaba nada en serio y vivía en una perenne "mamadera de gallo", gastando la vida donosamente, en alegría y en francachela, tirando el dinero a manos llenas y captándose las simpatías de todo el mundo. Prueba de ello era la popularidad que tenía entre choferes, cocheros y botiquineros.

Hubiera podido agregar: tahúres y rufianes, pues si las palabras no acudieron a su mente en aquella revista que pasaba a las filas de su prestigio, sí se le ocurrieron las ideas; pero un imprevisto pudor, uno de esos chispazos del alma que atraviesan por momentos las vidas más oscuras y envilecidas y que podía ser la instantánea rebelión de alguna ancestral nobleza, dormida en su sangre, lo hizo agregar, siempre para sus adentros y a manera de desagravio:

—Y entre la gente chic también tengo mi cartel. Si no que lo diga Luisa Teresa Ávila, que es de lo mejor de Caracas, y está chinga porque yo le diga algo. Y Altagracia Arguíndegui, y la otra… y la otra.

Efectivamente, era un predilecto. La corrección en el vestir, la inmaculada pulcritud de su persona, la soberana elegancia de sus maneras, hacían de él una gentilísima figura que volvía el seso a las jovencitas que atraviesan esa edad pizpireta, en la cual se oyen los primeros galanteos y se paladean, a hurtadillas, los primeras amoríos; y como para complacer el gusto goloso de tales criaturas se requiere, precisamente, la almibarada insustancialidad de un bombón, nada más natural que esta confitura fuese Martín Garcés, el peripuesto y amartelado Martincito, tan cuidadoso de su traje en el cual nunca se podía encontrar ni una arruga ni una mota, que fumaba cigarrillos egipcios y olía a las propias rosas.

No obstante, Martín Garcés no iba aquella noche todo lo satisfecho que a tan privilegiado caraqueño convenía. Uno de sus amigos, Joaquín Arizaleta, su mejor compañero de parrandas, lo había dejado esperando. Le dijo que pasaría por la Cervecería a buscarlo, en su automóvil, entre las nueve y las diez de la noche, y no fue.

Esto lo contrariaba, no solo por la frustrada noche de jolgorio, sino también porque ya él venía notando que, desde algunos días atrás, Arizaleta evitaba su compañía. Algo se le alcanzaba de la causa de esta conducta, tan extraña en el amigo; pero Martín hacía esfuerzos para no pensar en aquello.

Mas, como no hay peor manera de librarse de una idea que negarle acogida en la mente, el ingrato pensamiento que no quería pensar Martín estaba allí dándole vuelta, acosándolo, metiéndosele de lleno y por sorpresa en la plena luz de la conciencia: Arizaleta evitaba su encuentro porque estaba enamorándole una hermana, Clarita, la menor de las Garcés.

Ante esta certidumbre —que adquiriera una noche sorprendiendo a Arizaleta parado en la ventana de su casa, conversando con Clarita— Martín no había sabido que actitud adoptar. Hacer el hermano celoso era soberamente ridículo —pensaba— en un hombre civilizado como él; continuar en la camaradería de antes era también hacer un papel desairado.

—¡Qué diablos! Después de todo a mí no me corresponde. Ahí está el viejo, que es el representante de las niñitas. Y el responsable…

¿Y el responsable? ¿Por qué pronunció esta palabra? ¿Había acaso algo de qué responder? Arizaleta era un caballe… ¡Hum! Arizaleta…

Y al rabo de un indescriptible vaivén de pensamientos, concluyó a media voz, tirando el cigarrillo, y encogiendo los hombros, como para echar lejos de sí aquella inoportuna preocupación, incompatible con la esencia caraqueña de su carácter:

—Lo dicho: ahí está el viejo… A mí no me corresponde meterme en estos líos. No tengo el derecho…

Como todo buen venezolano, confundía la noción de deber con la del derecho. Mejor dicho: no pensaba que tenía deberes, sino derechos.

II

Llegado a su casa se sorprendió de encontrar el portón abierto a tales horas. Un súbito terror, completamente inconsciente, lo hizo detenerse en la acera. Espió ruidos interiores. ¡Nada! En la sala, que estaba iluminada, no se oían voces. Luego no había visitas. El corazón se le encogió, sin que él supiese por qué. Buscó qué pensar, pues aquella ausencia de ideas le producía una angustia mortal. Comprendió que tenía miedo de sus pensamientos. Por fin una idea:

—¿Será que le ha dado otra vez el síncope al viejo?

La sospecha no tenía nada de tranquilizadora y sin embargo se sintió aliviado cuando la formuló. Al cabo se resolvió a entrar.

En el corredor estaban las dos hermanas mayores. Con las mejillas en las manos, doblaban las cabeza abrumadas, manteniendo fijas en el suelo las mirada que no veían. Se sentía en torno de ellas un hálito siniestro; algo estaba pasando sobre aquellas frentes abatidas: el vuelo invisible de la vida trazaba allí agoreros círculos de fatalidad.

Martín se detuvo en el umbral de la entrepuerta, sin atreverse a trasponerlo, presa de un súbito temblor de todo el cuerpo. Era un frío mortal, convulsivo, que le estremecía los miembros y le clavaba en la garganta una garra dolorosa.

Una de las hermanas salió a su encuentro, como si tuviera algo que decirle; pero no hizo sino quedárselo viendo a los ojos, con una expresión animal, indescriptible. Martín hizo un esfuerzo enorme para preguntar:

—¿Qué pasa aquí?

Y la hermana respondió con la voz velada, como un tambor funeral a la sordina:

—Que Clarita salió después de comida, diciendo que iba ahí mismo, casa de las Orozco, y no ha vuelto.

—¿Y por qué no la han mandado a buscar? Ya son más de las doce.

Replicó Martín sin saber lo que decía; pero movido por una secreta necesidad de creer que su hermana estaba todavía casa de las Orozco, a pesar de que acaballa de ver que la casa de éstas, situada frente a la suya, estaba cerrada.

La hermana estalló, sollozante:

—¡Clarita se fue, Martín!

Martín permaneció clavado en el sitio, con la boca entreabierta, como si las inútiles palabras que iba a decir se le hubiesen helado en los labios. Ya no había para qué engañarse con pensamientos tranquilizadores; la verdad estaba dicha. El vago presentimiento que lo asaltara al llenar a la casa, se acababa de confirmar plenamente. Tuvo una idea absurda: preguntar con quién se había ido la hermanita; pero se arrepintió cuando ya iba a formularla. ¡Bien sabía él con quién se había ido! ¡Ese canalla de Arizaleta!

Vaciló un momento, todavía en la entrepuerta; luego echó a andar, como un autómata, hacia su cuarto. No se atrevía a arrostrar la presencia de sus padres; tenía vaga noción de la culpabilidad que le pertenecía en lo que acababa de sucederles a todos. Al cabo de un rato oyó la voz paterna que decía:

—Bien. Cierren el portón.

Un sentimiento filial le llenó de lágrimas los ojos. Rauda y eficaz como una centella, había pasado por su mente la comprensión de la horrible significación de aquella frase de su padre. ¡Ya pueden cerrar la puerta! Es decir: ¡Ya no hay nada que esperar; ya está consumada la desgracia irremediable!

Sintió un impulso generoso: acercarse a los padres, echarse en sus brazos, llorar con ellos el infortunio de todos. Pero algo más recóndito, más firmemente afincado en su ser se lo impedía. No quería pensar por qué, pero se reconocía culpable.

Fumó copiosamente, sentado en la orilla de la cama, todavía con el sombrero puesto. Su pensamiento era una rueda movida por una fuerza loca. A ratos giraba frenéticamente, abriendo en su alma vórtices de locura; a ratos se detenía de súbito y era entonces como si toda su vida se hundiese definitivamente en vorágines de absoluta indiferencia, de total abyección. ¡La honra! La reparación del agravio sufrido, la infamia lavada con sangre, con la sangre del traidor Arizaleta, del libertino Arizaleta, con quien había parrandeado tanto. Ya una vez. completamente borrachos ambos, se lo había dejado entender aquel canalla:

—No, valecito. Yo no me caso ni a tiros. La vida es para gozarla y las mujeres son una parte de la vida.

—¿Todas, Arizaleta?

—Todas, todas. Uno propone y la que acepta es porque quiere. Y la que no acepta lo agradece.

¡Qué vergüenza! ¡Qué ignominia! ¡Cómo no le dio entonces una bofetada a aquel depravado que, sabiendo por quién se lo preguntaba, le había respondido: "¡Todas!"!… Su deshonra, la de él, estaba consumada desde entonces… Esto era evidente. No era ahora cuando venía a comprenderlo; él lo había sentido con toda la fuerza de una convicción; pero no había querido nunca proceder en consecuencia. ¡Qué miserable era!

Y entonces Martín Garcés, por primera vez en la vida, sintió que el fondo de su alma, envilecida por los hábitos licenciosos, surgía, como aguas claras de un pozo oscuro, un deseo de purificación espiritual.

Pera no fue sino un deseo fugaz. Inmediatamente se desvistió y se metió en la cama.

III

Al día siguiente, bastante avanzada la mañana, despertó de un sueño lleno de terribles pesadillas, muchas de las cuales eran de la cerveza que había ingerido en la noche. Se lavó, se empapó la cabeza con agua colonia, experimentando la deliciosa sensación del desembargamiento del cerebro y comenzó a afeitarse. De pronto, se dio cuenta de la situación. ¿Para qué se afeitaba si no iba a salir a la calle?

Y fue entonces cuando el verdadero Martín, el Martín Garcés de todos los días, apreció la magnitud de la desagracia que había caído sobre ellos. ¡No salir a la calle! Privarse de la exhibición dominical de su persona, en la Plaza Bolívar en la mañana, en la vespertina del cinematógrafo o el paseo por el Paraíso en automóvil, en retreta de la noche; renunciar, quién sabe por cuánto tiempo, a la compañía de sus amigos, enterrarse en la vida, anularse tal vez para siempre… ¡Qué lata!

La entrada de la madre interrumpió su soliloquio. La atribulada mujer, con los ojos encarnizados por el llanto y por el insomnio, se echó en sus brazos, deshecha en lágrimas.

Entonces, como si el tibio contacto del pecho materno el dolorido corazón de ella hubiese transfundido en el del hijo la sangre generosa, Martín exclamó: —¡Mataré a ese canalla! —No, hijo, por Dios. Ni lo pienses. Dios te libre de hacerlo. —¿Y la deshonra, mamá? ¿Crees que yo podré soportarla? —¡Ay, hijo! No harías sino añadir una sobre otra. Y me matarías, me acabarías de matar. No se te ocurra tal cosa. —Eso es. ¡Que no se me ocurra! ¡Que se ría de nosotros el muy canalla! No, mamá: me pides un imposible. Mi dignidad se rebela. ¡Se rebela! Y, repitiéndolo, Martín acabó por creer que era verdad. Luego, con reminiscencia de sus escasísimas lecturas, comenzó a declamar: ¡La vida rota! ¡La vida rota!, mientras se paseaba por el cuarto, como un actor por la escena para oír mejor al apuntador.

Pero como los hombres no son de una sola pieza, ni para el bien ni para el mal, Martín tuvo de pronto un acceso laudable: ¡pegarse un tiro!

Saltó la madre al oírselo decir y echándosele encima empezó a suplicarle:

—Martín, ¡por Dios! Evítame este sufrimiento más. Mira que ya tenemos bastante con lo que nos ha sucedido. Piensa en tu pobre padre, que está enfermo. Le darías una puñalada.

—No me queda otro camino, mamá. Piensa tú en lo que será la vida para mí, de ahora en adelante. Yo no puedo dejarme ver con nadie. Yo no puedo vivir más aquí.

—Te irás, Martín. Te irás de Caracas.

—¿Y para dónde voy a irme? ¿A meterme en un pueblo de ésos? No. Prefiero pegarme un tiro.

—Te irás al extranjero, a Europa. Anoche hemos estado hablando de eso tu padre y yo. Comprendíamos que para tí iba a ser muy duro quedarte en Caracas. Él hará un sacrificio: te dará lo necesario para el viaje. Aunque nos lo quitemos de la boca. Yo sé cómo ere tú, y si te encuentras con ese bandido, ¡quién sabe qua desgracia va a suceder! Ya sabes, hijo, no te opongas; lo hacemos por tu bien. Te suplico que no te opongas.

¡Irse a Europa! ¡A Europa! ¡Su sueño dorado! ¡Cuántas veces suspiró por aquello, cuando la vida anodina, aburridora, vulgarísima de Caracas, pesó sobre su espíritu como duras prisiones! Precisamente la noche anterior, en la Cervecería, había estado ha blando de eso con sus amigos. ¡Quién le iba a decir que horas más tarde se decidiría aquel viaje contra su voluntad!

Frunció el ceño, adoptó una actitud desolada y exclamó:

—¡Mamá!

Y le salió como un balido, triste, quejumbroso.

—Sí, hijo. Tu padre lo ha resuelto, después de haberlo pensado mucho. Fue la Virgen quien se lo inspiró.

Martín pareció reflexionar. Al cabo dijo:

—Está bien, mamá. Me iré.

Y continuó afeitándose…

UN MÍSTICO

I

—¿Así que decididamente te quedas entre nosotros? —decía el padre Juan Solís a su amigo el doctor Eduardo Real, reanudando la amigable plática que sostuvieron durante el almuerzo con que obsequiara al médico, recién llegado al pueblo.

—Sí. Hay aquí una buena cantidad de enfermos que prometen abundante clientela.

—Desgraciadamente es así. Éste es un pueblo de enfermos. El nombre poético con que lo has designado le viene de perlas: Valle de los Delirios. ¡Y qué delirios, querido Eduardo, qué delirios! Ya irás viendo.

—No podía ocurrírseme otro nombre mejor. Imagínate: los primeros seres vivientes que encuentro a mi llegada son tres enfermos que están tendidos en la tierra, a orillas del camino, delirando. ¡Qué cuadro!

—Y los que te quedan por ver. ¡Pobre gente! Pero créeme a mí, ellos mismos son la causa de sus males. Tú dices que la causa de esta mortífera enfermedad está en el agua que bebemos; yo creo que por detrás de esta causa material e inmediata hay otra, la verdadera: estos desgraciados viven así porque no tienen un momento de elevación espiritual que los limpie de la podre en que se revuelcan. Si lo sabré yo que les hurgo la conciencia. Son unos infelices. No voy a hablarte de la fe de esta gente, que es una horrible mezcla de burdas supersticiones que ni siquiera se pueden justificar por el lado poético; tampoco quiero referirme a la pecaminosa indiferencia con que miran los deberes de su religión. Nada de esto sería para ti —positivista y posiblemente incrédulo— razón de peso; me limito a echar de menos entre mis feligreses eso que se llama idealidad. Son almas privadas del don de la visión superior que va más allá de las cosas materiales.

—Observo que no se ha extinguido en ti el aliento místico.

—A Dios gracias —respondió el sacerdote reclinando la cabeza, ya pintada de canas precoces que brillaban como hilos de plata, y guardó un prudente silencio.

Eduardo Real le imitó, entreteniéndose en contemplar las desvanecientes coronas que el humo de su cigarro iba formando en el calmo ambiente del caluroso mediodía, bajo el verde y sombrío toldo de la troje de parchas granadinas que se rendía al peso de sus olorosos frutos en la huerta de la casa parroquial.

Un mismo pensamiento los ocupaba. Evocaban los años de la adolescencia, cuando se conocieron en el colegio. Juan Solís era objeto de burla de los condiscípulos, a causa de la angelical delicadeza de su espíritu y de su acendrada piedad; pero atraído por la beata dulzura que bañaba la faz cavada de aquel joven, en el fondo de cuyos ojos había un brillo singular, Eduardo Real se aficionó desde el primer momento a su apacible compañía. Recíprocamente Solís le cobró afecto, tierno y extremoso, y se consagró a ayudarle en el aprendizaje de las matemáticas, inaccesibles para Real, y en fraternas confidencias, tímidas y unciosas, fue abriendo ante los ojos de éste místicas puertas de relampagueantes claridades.

Pero fueron emociones fugaces que otras influencias más largas y más enérgicas herraron bien pronto del alma de Eduardo Real. Concluidos los estudios en el colegio, cada cual escogió el camino de su vocación: Solís pasó al Seminario; Real ingresó en la Universidad a cursar medicina.

Ahora se encontraban de nuevo. Una irreductible antinomia de principios separaba sus espíritus. Ejerciendo el curato en aquel pueblo internado en el corazón de fragosas y desoladas tierras, Juan Solís había aquilatado su misticismo de tal modo que Eduardo Real no dudaba que aquellos ojos febriles estuviesen acostumbrados a la celeste visión; por su parte, el médico ajustaba su vida a las claras normas de la ciencia y creía que solo este camino era terreno firme y transitable.

Rompiendo la pausa dijo, como si respondiera a las reflexiones que debía estar haciendo el sacerdote:

—Al fin y al cabo, el positivismo tiene también su idealidad. No todos servimos para los grandes vuelos del espíritu; pero todos tenemos una hermosa misión que cumplir en este valle de los delirios.

—Así es —asintió el cura, dando suaves golpecitos a su cigarro para tumbarle la ceniza—. Y la tuya, a más de útil, es en este caso necesaria: en este pueblo la muerte ha sentado sus reales y no hay quien le dispute sus víctimas.

—¿Y el doctor Artemio?

—Que mi lengua no quite honras ni mengüe reputaciones; pero parece que el doctor Artemio no ha encontrado todavía el remedio para esa fiebre que está diezmando la población. Quiera Dios que tú seas más afortunado. Eso sí, dinero no le falta, porque se hace pagar caro. Pero te advierto que aunque los enfermos abunden no te será fácil allegarte clientela, porque tu rival es hombre de recursos y mantiene buenas relaciones con los personajes de la localidad. Ándate, pues, con tiento, que no sea que vayas a caer en un mal paso. No quiero desalentarte, pero la empresa en que te has metido es muy escabrosa; veo tu camino sembrado de contratiempos y de peligros.

Hizo una pausa. Eduardo Real permaneció pensativo, dejando vagar las miradas por el panorama que desde allí se divisaba. En redor de la huerta del cura, arbolada y jugosa, se extendían las vegas de las márgenes del río, llenas de silencio y de sol, hasta una barrera de pardas colinas en cuyos flancos lucían los rojizos tajos de solitarios caminos. El vaho caliente de la tierra soleada, el campesino silencio y la cruda luz que caía a plomo sobre todas las cosas producían en la sensibilidad del médico una sabrosa sensación, tónica y soporosa a la vez que, acelerando el ritmo de su juvenil vitalidad, le llenaba la conciencia con el sano deleite de la propia fortaleza. A través de este sentimiento de sí mismo, los sombríos presagios del sacerdote se trocaron para él en enérgicos estímulos: veía desarrollarse ante sus ojos una perspectiva de luchas y de victorias.

El sacerdote volvió a hablar, ahora de pie, con el brazo vibrando en el aire, como una rama sacudida por el viento que precede a las tormentas y el rostro lleno de verdes reflejos, súbitamente transfigurado por la violencia de la cólera mística:

—¡Quién asegura que nuestro deber no sea aumentar los males que afligen a este pueblo, en vez de disminuirlos! Nuestra desgracia no es el hambre ni la peste, sino la falta de vida espiritual. Este pueblo tiene el alma sepultada, totalmente abolida. Los males del cuerpo son males precarios de los cuales no vale la pena ocuparse; lo que debemos procurar es sacar el espíritu del letargo en que duerme, insuflarle la vida que se le extingue gradualmente por falta de ideales. Tráigannos ustedes ideales, cualesquiera que ellos sean, y ya verán cómo los cuerpos sanan y se fortalecen. La salud y el bienestar no son el remedio que necesitarnos; por el contrario, siempre ha sido el dolor el abono de las mejores flores espirituales. ¡Qué siga echando Dios dolores en el surco hasta que revienten las semillas! Pero ésa es nuestra desgracia, nuestro mal incurable; por más sufrimientos que haya, en este pueblo no acaba de surgir el alma sepultada.

Eduardo Real lo miró sin decir palabra. Parecía acometido por una fiebre violenta; en el fondo de sus ojos negros y circundados de ojeras violáceas relampagueaba una lumbre alucinante; su silueta alargada y escuálida, iluminada por los reflejos claros de la huerta bañada de sol, se agrandaba trémula bajo la enramada, como si el soplo místico que agitaba su espíritu lo levantase del suelo en ascensión de arrobamientos.

II

Días después, el nombre de Eduardo Real era en el Valle de los Delirios una bandera suelta al viento de los vehementes pasiones de aldea. Había asegurado el médico, en una conferencia, que el agua que allí se bebía era algo comparable a un caldo de cultivos bacteriológicos a fuerza de estar plagada de infinito número de gérmenes nocivos. Esto no había sido afirmado nunca en el Valle de las Delirios en lenguaje categórico y científico, pero estaba en la convicción de todo el mundo; sin embargo, bastó que el médico lo dijera para que todos dejasen de creerlo.

Por otra parte, el doctor Artemio salió en defensa de lo que él llamaba los fueros del lugar, desvirtuando lo afirmación de su colega, fundada en estudios hechos con buena voluntad, y proclamando —sin dar razones— que el agua que allí se bebía no solo era buena, sino que era la mejor del mundo.

Naturalmente, el pueblo se volvió en su contra, y su capa de indignación patriótica desató contra Real las iras populares, hasta el punto de formarse motines para apedrear al forastero que pagaba con la injuria la hospitalidad que se le había brindado.

No obstante, Eduardo Real no desistió de su empeño de procurar el mejoramiento del agua que bebían y que era causa de aquella fiebre mortífera que diezmaba la población. Buen conocedor del medio y suficientemente sagaz para que no se le escapase cuanto había de bribón en aquel doctor Artemio, la llamó un día a su casa y le dijo sin preámbulos:

—Colega, usted está cometiendo una tontería impropia de un nombre de sus alcances. En esto del agua no hay de mi parte nada de lo que usted ha querido ver. Tan forastero es usted entre estas gentes como lo soy yo y, por lo tanto, no tiene motivos patrióticos para tomar la cosa a pechos. Yo voy a decirle la verdad sin eufemismos: mi conferencia no ha sido una propaganda comercial. Dije que el agua del río no es potable y usted sabe que no lo es…

—Pero eso equivale a una injuria lanzada a la faz de un pueblo hospitalaria —comenzó a declamar el medicucho.

—Dejémonos de sentimentalismos, estimable colega. Y déjeme decir lo que tampoco me dejaron exponer en mi conferencia. Cuando ustedes se levantaron indignados, dejándome con la palabra en la boca, iba a decir que más arriba del pueblo cae al río un arroyo de agua excelente…

—La quebrada que nace en la posesión de don Luis López.

—Justamente.

—¡Ah! En efecto, es excelente.

—Pues bien. Si don Luis López, que por su riqueza es como se dijéramos el amo del pueblo, tiene el agua verdaderamente potable y suficiente dinero para construir un acueducto que la traiga hasta aquí, lo más natural es que pretenda venderla para el consumo de la población. Pero habría necesidad de obligar a la gente a comprársela y eso es lo que he tratado de hacer yo: recabar de la autoridad la prohibición terminante de coger agua del río para el consumo. Usted con sus réplicas ha echado a perder el negocio…

Artemio se rascó largo espacio la áspera pelambre de sus barbas y al fin dijo:

—No se ha perdido nada, colega. Al contrario, se ha ganado. Ya verá usted: mañana o pasado daré yo una conferencia y diré que, habiendo estudiado bien el asunto mediante análisis y exámenes bacteriológicos, he encontrado que efectivamente el agua del río es un caldo de cultivos, es decir: veneno líquido.

Eduardo Real se quedó viéndolo, admirado de la estupenda desvergüenza de aquel bribonazo.

Y Artemio se apresuró a agregar:

—Con lo cual no traiciono a mi conciencia, doctor. Porque como usted ha comprendido perfectamente, yo sé que el agua del río no es potable y la prueba es que en mi casa no se bebe; pero usted se da cuenta, este pueblo ha sido muy generoso conmigo y no podía faltar a los dictados de la gratitud. Sabía que decirles que estaban bebiendo un agua emponzoñada era avergonzarlos; yo los conozco muy bien: tienen una susceptibilidad excesivamente quisquillosa y lo tomarían a injuria.

—Pues bien. Ya está usted al cabo de la calle. Yo me voy de aquí muy pronto y usted se quedará; justo es que sea usted y no yo quien se beneficie con la participación que don Luis López me ha ofrecido en el negocio.

—Es demasiada generosidad la suya, querido colega. Yo…

—Sí. Usted es el hombre —le dijo Eduardo Real tocándolo en el hombro y cortando así aquella lamentable entrevista, en la cual él había tenido necesidad de exhibirse como un pícaro para desarmar al que lo era de veras.

III

Al día siguiente, listo ya para marcharse del pueblo, le contaba a su amigo el cura el resultado de sus gestiones. Y finalizó, parándose para despedirse:

—No había más remedio, querido amigo. Hay que combatir con las armas que nos ponen en las manos. En cuanto me di cuenta de que por el camino recto no iba al resultado apetecido, porque a estas gentes nadie las convencería con razones desinteresadas, me dejé de lirismo y me fui donde el tal don Luis López a desarrollarle la perspectiva del pingüe negocio del acueducto. Maneras había de procurar agua buena y gratuita para el consumo de la población, a costa de un pequeño esfuerzo de todos; pero habría sido necesario el poder de Dios para hacer entrar en cordura a tus obcecados feligreses. Ahora la tendrán que pagar a la fuerza: don Luis la suministrará a buen precio, de acuerdo con Artemio, que va a dedicarse a buscarle milagrosas virtudes medicinales para todas las dolencias. Ya lo creo que las encontrará y todos creerán en ellas. Ha sido necesario que un bribón las pregone y que un poderoso se las imponga como una obligación ineludible. Allá ellos se las entiendan. Yo me marcho en seguida.

—¿Con la conciencia tranquila, Eduardo? —preguntó el sacerdote, clavando en él la mirada buida de sus ojos febriles.

—¿Por qué no? Me llevo las manos vacías. Les dejo un beneficio que me ha costado algunos días de estudio y otros tantos de sinsabores, sin que me haya reportado un centavo.

—Pero tú lo acabas de decir: cuando te diste cuenta de que por el camino recto no irías al fin deseado…

—Culpa mía no es que no haya bastado mi buena intención para llevar a cabo una empresa de utilidad general. Fue menester que un bribón metiera las manos en el negocio. Después de todo, lo mismo da: lo que interesa a la salud de la población es que el agua que se beba sea potable. Y es justo que se la compren a quien la ofrece.

—Después de todo, y antes que todo, lo que interesa es que los corazones no se perviertan más de lo que están —replicó el padre Solís con una voz que resonó de una manera extraña en la umbrosa paz del jardincillo, al cual los muros del templo paredaño, patinosos y dorados por un sol suave, comunicaban una unciosa quietud de rincón sagrado.

Y continuó con acento velado de melancolía:

—Y ésa es tu obra, querido Eduardo. Me duele decírtelo, porque tú no has tenido mala intención. Nos dejas un beneficio precario en cambio de un daño irreparable: has añadido un horror más a la suma, ya enorme, de los males que nos afligen. ¡Qué importa el bien si viene de manos del mal! Sanarán los cuerpos, pero para eso ha sido necesario que una persona abyecta se hunda un poco más en el lodo donde se revuelca, como un cerdo impuro, y que otras criaturas, todo un pueblo, acepten como tiránica imposición la que han debido recibir de buen grado, como un don a como un derecho. ¿No ves cómo has pervertido los corazones, en vez de levantarlas?

En seguida, volviendo sus miradas hacia la informe masa de tejados del pueblo:

—¡Valle de los Delirios! ¿Hasta cuándo serás desdichado? ¿Por qué será que en tu suelo toda semilla de bien se pudre y se malea? ¿Qué mano diabólica se entretiene en torcer tu destino, que solo tú te alejas de la verdadera salud cuando todos marchan hacia ella derechamente? ¡En vano he esperado, año tras año, que tu alma sepultada surja y florezca! ¿Será que todavía no ha caído en el surco todo el divino abono de dolor necesario? ¡No te canses de llover saludables calamidades sobre este pueblo impuro!

Eduardo Real interrumpió sus imprecaciones para despedirse; pero cuando hubo traspuesto la cancilla, el alma se le llenó de desapacibles pensamientos: aquellos ojos del padre Solís, ojos febriles de criatura torturada por una idea fija, ¿no serían quizás ojos videntes que habían alcanzado la inaccesible visión espiritual?

Se volteó para mirar por última vez al pueblo. Una luz suave y dorada flotaba sobre sus oscuros tejados tiñendo las copas de los árboles de los corrales; entre la verdura de las vegas el río arrastraba mansamente su agua mortífera, llena de azul de los altos cielos.

Se le vino a la boca la imprecación del cura:

—¡Valle de los Delirios! ¿Por qué será que en tu suelo toda semilla de bien se pudre o malea?

Y en la soledad del paraje sus extrañas palabras tuvieron el melancólico acento de los clamores inútiles…

UN CASO CLÍNICO

Era un joven de méritos. Se había levantado a esfuerzos propios y heroicos desde la humilde condición de panadero hasta la cumbre del doctorado. Por el camino probó más de una ocasión, la firmeza de sus propósitos y el temple de su carácter.

Cuando decidió abrazar los estudios estaba agobiado de cargas: la madre; una muchacha a quien había dado palabra de matrimonio; la cesta de pan. Con una misma resolución se aligeró de todas a la vez. La madre, desamparada, pero gozosa ante las perspectivas del hijo doctor, se fue al arrimo de un hermano que trabajaba en un campo distante; la novia despechada, lloró, se enfureció y olvidó y él protestando que todo aquello le arrancaba pedazos del alma, puso sobre sus amores de palurdo una loza lírica: una canción que empezaba:

Lo quiere el Destino. ¡Ay del ay!
Y así terminó el panadero.

Protegido por uno de sus marchantes, hombre de influencia, a quien conmovió al comunicarle su proyecto, obtuvo una plaza en el servicio de la Universidad y empezó a estudiar.

Su situación le granjeaba la benevolencia de los profesores y llegó a bachiller a paso triunfal. En el anfiteatro, ante los cadáveres de estudio se reveló su instinto médico y desde un principio demostró su gran inteligencia. Antonio Ecija estaba en su camino.

Uno de los profesores que tenía pupila sagaz, valoró las condiciones del estudiante y como comprendiera que era hombre de empuje y de pocos escrúpulos, previo su éxito y para arrimarse con tiempo a la buena sombra futura del discípulo, sacó a colación las trajinadas anécdotas de genios surgidos de improviso del pueblo y redobló para él sus esmeros de maestro.

Entre tanto, la madre de Antonio Ecija, olvidada y pobre, moría allá en el campo de su hermano. La noticia la recibió el hijo una tarde, en la Universidad. Estaba solo, sus compañeros se habían ido al paseo vespertino. La sombra se metía por los largos corredores claustrales. Sobre los patios claros volaban las golondrinas.

Antonio acabó de leer la carta mal escrita y disparatada del tío, llena de invectivas y luego la rompió, tranquilo, impasible. Nada de común había ya entre aquella palurda y él, y en vez de afligirlo, aquella noticia lo tranquilizaba. A menudo, pensando en su porvenir, en el éxito que lograría, en la estimación social que habría de rodearlo y agasajarlo, el recuerdo de su madre fue una sombra. El color oscuro, la condición campechana de aquella mujer, iban a ser obstáculos que le impedirían a él, ilustrado, pulido y ennoblecido por el saber, realizar sus legítimas aspiraciones de figurar con brillo y mezclarse en la alta sociedad. Muerta la madre que lo podía avergonzar, él, que al fin y al cabo era hijo solo de su esfuerzo, no tenía ya nada que temer.

Hecha esta reflexión, se adueñó de su alma un desordenado sentimiento, mezcla de satisfacción de sí mismo y de desdén por todo, que, rápidamente, en el curso sin control de sus emociones de arribista, se transformó en rencor y en deseo de venganza. Ya estaba próximo el día en que la sociedad le habría de pagar los esfuerzos realizados, el desgarramiento de alma que le produjo el abandono de su antigua vida, la sumisión de nueve años a la disciplina abominable del estudio, la humillación de la gratitud a quienes le habían allanado el nuevo camino, la del mismo deseo de subir, puesto que implica el reconocimiento de la bajeza original, la alegría misma con que acababa de recibir la noticia de la muerte de su madre; y como si todo fueran injurias recibidas, se propuso cobrarlas con saña. Si le estaba reservado el éxito, no lo aceptaba desde luego como premio generoso, ni siquiera como justa retribución, sino que lo disfrutaría como trofeo arrebatado en guerra de abierto rencor.

Era que temía ser rechazado por aquella sociedad a la cual aspiraba, y anticipadamente, enemigo natural de ella, almacenaba odio para la hora de las represalias.

En cambio, la sociedad quiso ser generosa con él. Apenas graduado, la fama de sus triunfos universitarios trascendió, rápida, por toda la ciudad y bien pronto el doctor Ecija debía recuperar la clientela del antiguo repartidor de pan en la parroquia aristocrática, porque la gente de tono consideró muy chic introducir en las alcobas de sus enfermos a quien diez años antes tocaba en los portones, al hombro la cesta colmada de olorosos panes. Y de allí a poco, la prestancia de la distinguida clientela aventó la fama de curaciones estupendas, de todo punto milagrosas, realizadas por aquel pasmo de la ciencia médica, surgido de improviso, entre la sorpresa unánime.

II

Un día recibió una esquela exquisita. Una señora elegante. celebrada por su belleza y aventuras, esposa de un hombre rico y tonto, le suplicaba que fuera a verla pronto.

El corazón de Ecija dio un vuelco de alegría maligna: aquella mujer le había causado, sin saberlo, las más amargas horas de despecho. Cuando era interno del Hospital estuvo enamorado de ella, la veía casi todas las tardes en la ventana, pues vivía en la calle por donde él acostumbraba pasar, y aunque sus miradas fueron siempre demasiado insinuantes, ella pareció no advertirlas y se las retribuía con otras, frías, desdeñosas, que le hicieron sentir en toda su enormidad, la distancia que lo separaba de la posesión de aquella belleza fina y preciosa. Ahora, las frases de la esquela, demasiado vehementes para exigencia de enferma, contenían, casi, una promesa, y considerándose apetecido, se gallardeó al leerlas con un divino gesto de triunfador. Era el amor que caía rendido a sus pies, como había caído la Fama, como caería la Fortuna…

Pensó hacerse esperar, pero no supo vencer la impaciencia del primerizo y se presentó puntual a la cita.

La bella enferma lo recibió con mohines de romántica.

Ecija se inició con una galantería:

—¡Es usted la enferma! No lo parece.

—¿De veras? Será del alma, doctor.

—¡Ah! Señora. Mi pobre ciencia no llega hasta allá. Los ojos de los médicos son ojos humanos que solo ven la grosera costra del cuerpo…

Se mordió los labios, comprendiendo que había dicho una barbaridad y las ideas se le disiparon como chiquillas corridas que se alejan riendo de una indiscreción.

La mujer lo advirtió y contenta de la turbación en que lo ponía su presencia lo hizo sentar al lado suyo.

—No me diga eso, doctor. Usted cura los males más recónditos. No me quite la esperanza, tan dulce, que tengo puesta en usted. Yo me entrego… a su ciencia.

Jugaba con estas palabras ambiguas, dichas lánguidamente, con una audacia análoga a la que dan los antifaces.

Ecija se sentía disparado a las mayores vehemencias; pero no encontraba las palabras. Estaba escarmentado de su estreno de galanteador.

Sonrió, fingiendo modestia.

Ella lo miraba con los bellos ojos entornados, reclinada la cabeza sobre un brazo de líneas perfectas que apoyaba en el respaldo de la mecedora. Su condición de enferma permitía aquella actitud de abandono, adoptada para turbar al joven doctor que le había caído en gracia. Por capricho elegante, o extravagancia refinada se había enamorado, como una adolescente de aquel rústico encumbrado por el lauro, que era además buen mozo, y quería saborear aquel amor rústico, como el turista los groseros manjares del país bárbaro que pasca. Se mezclaba a la vez con este capricho, un impulso de ser generosa con aquel héroe de su propia epopeya a quien celebraba tanto la ciudad.

Ecija habló por fin, como médico:

—A ver. ¿Qué le pasa a usted, señora?

—¡Ay, doctor! Creo que estoy enferma del corazón.

La auscultó minuciosamente, con ayuda de su estetoscopio nuevo.

—Señora. No hay tal. ¡Qué buen corazón tiene usted!

En esta frase se colaba una galantería tímida.

Ella la acogió con un mohín encantador.

—Gracias.

Una vez más, puesto en el terreno de seductor, el médico se turbaba. Comprendió que allí estaba su ciencia haciendo el papel de comparsa, pues no había tal enfermedad, pero resolvió continuar la comedia de aquel raro caso clínico que le deparaba su buena estrella, porque así, desde el campo de la profesión que dominaba mejor, podía atacar a mansalva al contrario de la galantería, donde no se atrevía a moverse. Volvió a tomarle el pulso y mientras tanto, miró en derredor, valorando la riqueza de su cliente con un golpe de vista de ladrón experto. Sonrió halagado, pero inmediatamente una reflexión disipó su júbilo. Aquella mujer rica y elegante, debía tener caprichos costosos que él no podía satisfacer. No estaba en condiciones de gastar, sino por lo contrario, de adquirir.

Ella volvía a hablar:

—¿Qué es lo que tengo, entonces, doctor? Esta tristeza... Este cansancio. Será que me estoy poniendo vieja.

Y sonreía, segura de la respuesta galante que iba a obtener.

—Todavía no.

La mujer contrajo la boca, y Ecija, dándose cuenta de que había dicho otra vez una torpeza, se apresuró a repararla:

—Neurastenia, fenómenos nerviosos.

Todavía le pareció ruda aquella salida y dijo, con toda la dulzura de que era capaz: —Debe ser que usted sufre alguna pena oculta.

Sus dedos oprimían el punto palpitante de la muñeca de la enferma; ella lo miraba con los ojos húmedos, su boca se entreabría mostrando los dientes finos, y él, arrebatado por aquel abandono, inició una caricia sobre la mano suave y carnosa, resplandeciente de pedrería.

Entonces comprendió ella que estaba dado el primer paso y, sabiamente, no quiso pasar adelante de una vez:

—¿Volverá usted a verme? No me abandone, doctor. Yo me siento mal. Solo usted puede curarme.

—¡Señora… mi pobre ciencia! Qué valgo yo.

—No repita eso. Todos sabemos lo que usted vale. ¡Cuántos envidian sus triunfos!

Ecija se hallaba en una situación ambigua; volvía a ocuparle el pensamiento la reflexión que se hiciera al apreciar la riqueza de su cliente, y esta idea le sugirió otra. Necesitaba dinero, debía ganarlo pronto y a todo trance, entonces podría realizar uno de sus sueños: viajar por Europa. Mientras tanto no podía pensar en disfrutar aquella belleza fina y preciosa. Dominado por sus reflexiones comenzó a decir, con secreta intención:

—¿Qué valen mis triunfos? Me falta lo principal. El médico no termina de aprender nunca, necesita renovar a diario los conocimientos, ir a enterarse de los adelantos de la ciencia adonde se están produciendo continuamente: a Europa.

—¿Piensa usted ir a Europa?

—Lo pienso siempre, pero desespero de realizarlo. Me hace falta dinero.

Y sin darse cuenta de la situación, se intrincó en este tema inoportuno y ridículo con una vehemencia desagradable. A poco su acento era el de un pedigüeño hablando de dinero con aquella mujer rica que adivinaba deseosa de amarlo, se le había ocurrido que podría obtenerlo de ella. Sabía que era pródiga con sus caprichos, y le demostraba su necesidad, como enseña un pordiosero su lepra para conmover a la limosna.

El orgullo de la mujer se resintió de aquella escena grotesca. En un momento se desvaneció el romántico antojo que la impulsara, rendida, hacia aquel hombre famoso y comprendiendo que éste no había dejado de ser el panadero que fue antes, se levantó desdeñosa.

Ecija se la quedó viendo sorprendido. Ella le explicó, secamente.

—Ya estoy buena. Usted me ha curado. Tenga la bondad de decirme cuánto le debo.

El médico se turbó. Se sintió anulado, humillado brutalmente, y perdiendo la conciencia de la situación, respondió:

—Diez bolívares, señora.

SOL DE ANTAÑO

I

"Ciego, ni un rayo de luz penetraba en su cerebro y en torno suyo llovía sol profusamente. Estaba de pies, a la vera del camino, extendiendo la mano implorante hacia el ruido de todos los pasos y formaba un claroscuro sugerente y trágico aquella su tiniebla interna en mitad de la campiña coruscante"...

Y, terminando de escribir las anteriores palabras, al pie del boceto que del aludido mendigo hiciera al pasar, Hilario Altares, se hundía en la hamaca que acababa de ser colgada para él, en la menos sucia y más ventilada pieza de la posada "El Mamoral", donde se alojaba aquella mañana cuando el cansancio de las anteriores jornadas forzosas le impidiera continuar el viaje.

"Ni un rayo de luz penetraba en su tiniebla..."

Murmuró con vago acento, sumergiéndose en la calma bochornosa de la hora, voluptuosamente, entrecerrando los ojos ofuscados por el intenso resplandor que arrojaba el trozo soleado de paisaje que ante él recortaba él marco de la puerta.

Era un mediodía de agosto; un pesado sopor caía sobrar todas las cosas y de todas las cosas brotaba una reverberación ofuscante; de la ebriedad de los campos subía un gran silencio que parecía extenderse a lo largo de la carretera polvorienta, en cuya blanca modorra diluía su quejumbre la esquila de un arreo; rumoroso silencio sobre el cual se erguía, como el dardo aún vibrante sobre la carne muerta, el agudo estridor de las chicharras, interminablemente. Y ante el cuadro exuberante de vida, ebrio de sol, del cual fluía una virtud mareante y enardecedora que hacía ebullir su sangre inusitadamente, Hilario Altares se adormecía siguiendo el hilo del mudo coloquio interno comenzado con la frase alusiva al pordiosero del camino, en cuya trágica actitud había visto simbolizada la de su propia alma.

"... y en torno suyo llovía sol profusamente. ¿Y no estaré yo como el mendigo en medio a una belleza que se vierte pródiga y fácil, ciego, extendiendo la mano implorante hacia los que solo pueden darme un poco de su miseria?... ¿Acaso he sabido exprimir una gota siquiera- a esta hinchada ubre que me ofrece la Vida, en vez de succionar la savia enferma de todo lo que se exhausta, muere y se pudre ante mis ojos?... Si yo hubiera probado de copiar en mis cuadros lo que canta, lo que ríe porque está sano y fuerte, lo que es fiesta y vigor en los rostros y en las cosas, más bien que el trágico rictus que deforma la faz de los que sufren... pero. yo he preferido el olor de las drogas y las lacerias pestilentes, al suave perfume de las flores y al sabroso aroma incitador de las frutas maduras... Sin embargo, hubo un tiempo en que un ramo de flores o un cesto de frutas me hacían saltar de alegría como si oyera músicas. .. entonces era niño y recuerdo que estaba enamorado del sol. .. y de la hija del mayordomo... Marcolina...".

Luego un silencio interno, después un largo desperezamiento de recuerdos sumergido de la oscuridad del alma:

...Luciana: la pobre niña tísica sacrificada en tres días, a quien encontró en las calles de una gran ciudad, implorando una limosna de pan para su hambre y una limosna de amor y de piedad... ¡Flor de desventura!... Luego, dos flores de vicio, una joven y hermosa con sugerentes manchas color de fresas en la piel alabastrina, lasciva, febricitante de deseos...; la otra: una cortesana vieja de repugnante aspecto de ruina, arrugada como una odre vacía, mostrando en contorsiones mueca la desdentada boca que semejaba una úlcera recién cicatrizada... Los gestos... un desfile espeluznante que pasaba como calofrío de terror a lo largo de una médula, dolores humanos, deformidades, todas las formas de la disolución que tanto le habían seducido y que desde el fondo de sus cuadros despedían una maléfica emanación, maleante, turbadora... y allá, remiso y mustio en el fondo de los recuerdos evocados, un rayo de luz, lejanísimo, tenue rayo de sol sobre un manojo de rosas, que él, siendo casi un niño había pintado para regalárselo a la hija del mayordomo, la rústica novia de cuyo amor gozara después.

II

De pronto, como un grito, surgió la nota roja de la falda sobre el tono verde de los herbazales.

Fue una luminosa aparición que encendió un súbito destello en la pupila somnolienta del pintor. Hilario Altares se incorporó de un salto, como si algo nuevo y vigoroso hubiera penetrado en su organismo, luego avanzó unos pasos hasta colocarse bajo el dintel de la puerta que daba al camino, murmurando:

—Va a incendiarlo todo.

Gallardeaba bajo el haz de centellas que arrancaba el sol al bruñido espejo de la cántara, que rebosante de agua sostenía sobre la cabeza colocando debajo los desnudos brazos, apoyadas ambas manos en la nuca para soliviar la carga, la campesina se detuvo un momento, luego abandonó el sendero que traía, ahuyentando a su paso vocingleras bandadas de capanegras y tordos, ascendió por el repecho que sabía al camino y se dirigió hacia la puerta donde la observaban atentos los ojos del pintor.

Era una sabrosa muchacha de vigorosas formas, apenas mujer, con una flor de sangre por boca y dos ojos negros, vivarachos e inquietos que en la trigueña faz parecían dos tordos retozando en un maizal. En una gruesa crineja caía el cabello sobre sus espaldas, y, como en ambos brazos levantados sostuviera la cántara, bajo la cota prensada se evidenciaba la graciosa ondulación del naciente seno y la curva del talle gallardo y vigoroso.

—Buenos días.

Dijo con gárrula voz al pasar junto a Altares, erguida, con la altivez a que la obligaba la carga, y mirándolo a la cara valerosamente.

—Buenos días; ¿qué traes ahí, niña?

—Agua, señor.

—¡Agua! ¡Qué agua más dulce!

Respondió el pintor después de un momento de súbita perplejidad, viéndola alejarse, todo el cuerpo estremecido por las ondulaciones que su menudo y majestuoso andar producía en su apretada carne rozagante. Y como para saborear la exquisita sonoridad que había en la voz de la zagala, Hilario Altares se quedó repitiendo sus palabras, modulándolas voluptuosamente:

—¡Agua! ¡Agua! ¡Qué voz más sabrosa!

—Va a incendiarlo todo.

—¡Agua! ¡Agua! ¡Qué voz más sabrosa!

De pronto, como si algo hubiera estremecido en su interior, una expresión de sorpresa se marcó en su rostro y, mordiéndose el índice derecho en su habitual actitud evocadora, se dijo:

—Yo conozco esa voz, la he oído mucho… pero, ¿cuándo… ¿y en dónde?

III

Hilario Altares, el pintor "de cuyas lívidas tintas parecía brotar un fuerte olor de recinto clínico" —al decir de un camarada suyo— regresaba a la casa paterna después de una ausencia de varios años. Un grave incidente ocurrido en la familia le había hecho acceder a las reiteradas súplicas de la madre, que, en cada una de sus cartas, le manifestaba los grandes deseos que tenía de verle antes de morirse, pues, ya ella estaba poco menos que vieja. Pero todas aquellas cartas tan llenas de amorosos requerimientos se quedaban sin respuesta o la tenían lacónica o sin afecto, cuando no eran rotas sin ser siquiera leídas. La última, escrita con mano más temblorosa que de ordinario y en papel enlutado, conservaba huellas de lágrimas vertidas al escribirla y le daba noticia de la muerte del padre a quien la edad y la malaventura habían rendido finalmente en un pueblecito de provincia, sobre el último palmo de tierra que de sus antiguas y extensas posesiones le dejaran los azares de la guerra y sus fracasos políticos.

Y sea que juzgara deber suyo acceder al materno llamamiento, o que el hastío de la vida ociosa y libertina le hubiera mordido en el alma y anhelara un poco de paz en un ignorado rincón, Hilario Altares se resolvió a partir. Vendió muebles y cuadros, todo cuanto formaba sus escasos haberes de artista mediocre y despilfarrador y sin despedirse de los amigos, se embarcó, rumbo a la tierra nativa donde le esperaban en el apacible rincón provinciano los brazos de la madre; ¡y quién sabe qué más! Tal vez el último, definitivo hastío libertador.

Durante la travesía la misma que hiciera quince años atrás, entre nostálgico y ansioso, por la sabrosa vida abandonada y la nueva halagadora y arcana, lo asaltaron inusitadas reflexiones.

¡Cómo se había ido! ¡Cómo regresaba ahora! ¡Cuántos sueños, esperanzas y proyectos! ¡Qué confianza en sí mismo, a los dieciocho años, en la plenitud del aliento, pura el alma todavía!… ¡Qué sordidez ahora! ¡Qué desgana de todo, de su arte, de la gloria, de la vida, de sí mismo! Sobre todo: qué profundo disgusto de sí mismo… Defraudada la esperanza de su talento, depravado a fuerza de refinamientos malsanos el sentimiento artístico, la vida gastada en orgías, corrompida el alma, el hastío sobre ella…

Y por primera vez el diente de una duda dolorosa ataraceó su alma. Una interrogación abrumadora, en un momento de rara lucidez, surgió de su conciencia, y por largas horas gravitó sobre él como un remordimiento: había perdido toda una vida. Experimentó una inenarrable sensación de vacío, sintió que sordamente se derrumbaba en su alma algo por mucho tiempo querido, y en la oquedad repentina vio cómo se hundían los que una vez habían sido su entusiasmo, su aspiración y su fe.

IV

Varios días llevaba invertidos en el viaje por caminos escabrosos, jornada tras jornada, que hacían interminables el sol y el cansancio producido por la cabalgadura y aumentado por el mal dormir sobre los duros lechos que le proporcionaban en los parajes del camino, cuando se alojó en la ranchería de "El Mamoral", solitario paraje que heredaba el nombre de una antigua hacienda de caña, cuyo derruido torreón alzaba su ruina vertical en medio de las vegas que un tiempo fueron propiedad de don Eleuterio Altares, el padre de Hilario. Y ya porque todas las cosas circunstantes le hablaran de tiempos pasados, o porque la sonora voz de la muchacha a quien viera aureolada de sol atravesar la campiña incendiada, hubiera puesto a vibrar en su alma, súbitamente, olvidadas músicas, Hilario Altares reconstruía su antigua vida; de niño: las diurnas correrías por entre los tablones ahuyentando los pájaros con su algarada, en compañía de sus hermanos y Marcolina; las deliciosas noches pasadas en los corredores de la casa, sentados en redor de la vieja sirvienta, que les refería enmarañados cuentos y leyendas de encantamientos, de dulce sabor dilecto para su joven fantasía, o cuando había molienda, en la sala vetusta y penumbrosa llena de rumor de las pailas donde, bullendo, acendraba sus oros el melado bajo la mortecina luz de los candiles, mientras en un rincón la yunta perezosa de bueyes, volteando, hacía girar con sordos crujidos el primitivo trapiche.

Y más tarde, sus primeros balbuceos de artista; su cuadro primero: "El Gallo" y luego "La Aurora", una tela abigarrada y chillona como un alma de niño, y "Las Rosas"... Las Rosas, el manojo de rosas bañado de sol que regaló a la que después fue su novia... Y revivía sobre todo el olvidado idilio, llama fugaz que un instante abrazó sus dos almas; la suya sedienta de belleza; la de la rústica ávida de amor. Él tenía entonces dieciocho años, aún no quince Marcolina. Fue un amor que había venido incubándose en sus almas desde niños y al que exprimieron dulce jugo de deleites la tarde última, víspera del día en que muy de mañana partió con su padre hacia el lejano puerto donde lo esperaba el trasatlántico.

De aquel amor él apenas conservó por unos días un lazo de cintas. ¿Y ella?... Hilario ignoraba que ella había guardado toda una vida: un cuadro de rosas y una hija...

—¡Bah! ¡Puerilidades! ¡Si querré volver a tener dieciocho años!

V

Bajo la frondosa enredadera florecida, en medio de los fresales que tapizaban el patio y sobre la mesa cubierta con pulcrísimo mantel, humeaba el colmado plato. Hilario Altares comía aquella vez con inusitado apetito. Alrededor de la mesa el ir y venir de Eugenia servía el almuerzo y sus airosos ademanes y gárrula voz, con las hebras de sol que hilaba la enramada, parecían tejer una urdimbre de encanto en el ambiente iluminado. Hilario la miraba furtivo, experimentando una inefable sensación de recónditas suavidades. De aquel cuerpo sano y fresco fluía algo que penetraba en el alma fatigada del pintor, alegremente, como un pájaro en la fronda, cantando. Se sentía puro y renovado como si una alma joven e improvisa animara su cuerpo consumido: tal vez su propia alma de adolescente hallada al fin de quince años y que parecía haber estado esperándolo en la juguetona mirada de Eugenia.

Fue un resurgimiento; sobre su habitual gravedad desdeñosa se extendió un estremecimiento jovial y le dieron ganas de saltar y palmotear como un niño a quien se da un juguete.

Eugenia volcó en el centro de la mesa un plato colmado de fresas. Altares tomó la más hermosa y roja de ellas y suspendiéndola por el tallo la ofreció a la muchacha. Ella la aceptó dando las gracias y la llevó a la boca, y al exprimirla, el jugo de la fruta pareció ensangrentarles los labios.

—Te has roto la boca —le dijo Altares—, Tienes sangre. Eugenia, rápidamente, levantando el brazo, se secó los labios con la manga y como no viera en la tela mancha de sangre exclamó sonriendo:

—Mentira...

—¡Tienes una boca más roja!

—¿De veras?

—Tanto que de vértela se me han quitado las ganas de comer fresas.

—¿Quiere usté que me la tape entonces?

—No. Entonces no comería, de tristeza.

—¡Cómase sus fresas, hombre! ¿O es que no le gustan?

—Muchísimo, y éstas más.

—Si quiere más, mire, hay bastantes —y extendió el brazo mostrando los fresales frutecidos.

—¿Las cultivas tú misma?

—Sí señó, no tiene trabajo.

—Por eso están tan hermosas, tus manos las embellecen.

—Con sus favores —contestó turbada la mujer y salió para llenar de nuevo el plato vacío.

Cuando regresó, Altares le preguntó de súbito:

—Eugenia; ¿por qué te llamas así?

—Guá… qué sé yo…

—Quiero decir; ¿es que así se ha llamado otra de tu familia?

—No señor; mamá se llamaba Marcolina…

VI

—¿Es su hija?

Preguntaba Altares luego que hubo concluido de almorzar al dueño de la posada, refiriéndose a la muchacha, que en un extremo del corredor cosía rodeada de otras chicas menores que ella y que la importunaban con sus preguntas.

—Es decir, es como si juera, la he tenido colmigo dende pequeñita y además es hija de mi mujé, a quien Dios tenga en descanso.

Respondió el hombre, descubriéndose a la última frase.

—¿Es usted viudo?

—Si señó, hace un año que me dejó solo ella.

—Por fortuna Eugenia es ya una mujer.

—Y muy hacendosa y sufría, como la madre, manque mesté mal el decilo. Cuida los chicos como si juera Marcolina, y se le parece más…

—Es buenamoza, de veras…

—Sí, eso dicen toos… —Y después de un silencio agregó: —Por parte e pae, Ugenia es de sangre fina, como se dice.

—¿Lo conoció usted?

—No. Cuando yo vine al Memoral, que era del pae dél ya é, se había dio pal estranjero. Ugenia tenía pa entonces dos años.

Y cambiando el acento súbitamente continuó:

—Mire usté, ella es, como si dijésemos, hermana de aquella pintura.

Y mostró un cuadro que entre una colección de estampas de reyes y cromos anunciadores de productos industriales, adornaba los encalados muros del corredor.

Irrefrenable impulso llevó a Hilario Altares a mirar más de cerca el cuadro hermano de Eugenia, la muchacha cuya sonora voz cantaba aún en sus oídos remembrando viejas cosas amadas.

El cuadro ostentaba bajo una capa de polvo un manojo de rosas bañadas de sol, un sol desvaído que parecía enfermo.

El posadero terminó de hablar.

—Y pa que vea usté, como son las cosa de la vida; son dos hijos de otro hombre que no doy por ná del mundo.

Con la punta del pañuelo, tembloroso de emoción, Hilario Altares limpió el ángulo de la tela donde, bajo el tamiz de polvo, parecían adivinarse un nombre y una fecha y allí sus ojos ansiosos leyeron: Hilario Altares…

VII

Una hija y un ramo de rosas bañadas de sol; sol de antaño, mustio y remiso que desde el fondo de un cuadro desvaído, calentaba de nuevo su alma aterida. Una flor de su sangre; otra flor de su arte; lo mejor de sí mismo: su alma de adolescente, su antigua alma pura, sana y alegre, encontrada al azar, cuando agobiado bajo las tristezas y el hastío de su nueva alma enferma pensaba en la muerte como en una liberación.

Abandonadas las bridas, lentamente iba la cabalgadura por la carretera sobre la cual la occidua luz desmesuraba las sombras de las cosas, y apoyadas ambas manos sobre las piernas, Hilario Altares rumiaba antiguos placeres disfrutados, con un poco de nostalgias, con algo de escozor de remordimientos… Pero ya no surgía en su conciencia la interrogación abrumadora ni experimentaba aquella pesadumbre que gravitara sobre su alma largas horas. El pasado le redimía, de él brotaba iluminado aquella oquedad tenebrosa donde una vez viera perderse su entusiasmo, su aspiración y su fe… un rayo de sol…

EL ANÁLISIS

"Te aseguro que nada hay peor que tener dos conceptos sobre una misma cosa y créeme que envidio de todo corazón tu manera de apreciarlas desde el punto de vista único, personal y a veces candoroso en que te coloca tu ingenuidad de alma. Puede ser que tú sufras en la vida más de una decepción, porque juzgas los hombres y las cosas según el espontáneo impulso de tu naturaleza, sin sutilezas ni reservas de criterio; pero seguramente no conocerás el desasosiego de vacilar entre dos opiniones distintas y muchas veces opuestas, sin que dejen de ser ambas legítimas, como ahora me está sucediendo a mí. La intranquilidad de espíritu que no proporciona esta falta de noción única, equivale a la más mortificante decepción y en algunos casos llega a ser una verdadera y completa tortura moral, sobre todo cuando uno de estos conceptos corresponde a alguna necesidad sentimental nuestra y la satisface, él solo, plenamente.

Desde luego, tú dirás, que en esos casos lo sensato es quedarse con ese solo concepto y desechar el que solo sirve para intranquilizarnos, pero es el caso que el otro puede ser tan legítimo y no seríamos consecuentes con nosotros mismos si atendiéramos únicamente a nuestro flaco sentimental, en detrimento de los fueros del pensamiento... Pero me alejo con estas especulaciones del caso concreto a que me quiero referir, y es, sábelo de una vez, porque, aunque parezco decidido a esta confidencia, mil escrúpulos me detienen a última hora. Lo confieso para hacer constar que todo yo no soy absolutamente responsable de la atrocidad que voy a cometer; ten en cuenta que he vacilado, y si a pesar de esto incurro en la culpa es porque, indudablemente, he perdido la serenidad y el dominio de mí mismo.

Voy a tratar de una de esas cuestiones en que se hace evidente la tortura de la lucha entre las dos maneras que se tengan de apreciarlas: del amor conyugal, viejo tema de toda suerte de comentarios y filosofías. Todos los que hemos sido educados por nuestro medio en las ideas morales de nuestros antepasados, tenemos, para juzgar el amor conyugal, un punto de vista común; es a esto a lo que llamamos prejuicios, son, en efecto, ideas elaboradas por otros cerebros y pensadas por generaciones que nos han antecedido y que se han estratificado en nuestros espíritus;

así creemos, sin discutirlo ni comprobarlo, que la felicidad conyugal es la única manera de ser moral y que el amor es posesión absoluta de un alma por otra que la llena, sin dejar cabida en aquélla para ningún otro pensamiento. Contra tales prejuicios se nos dice, en nombre del buen sentido, que debemos luchar y los que tenemos un espíritu paradójico emprendemos la lucha tratando de poner en lugar de ellos, ideas nuestras, cuyo valor de verdad y de justicia hayamos comprobado por nosotros mismos… Yo creía que había realizado en mi espíritu esta reconstrucción original y que solo había en él los conceptos míos que yo había verificado por cuenta propia; pero he aquí que acabo de descubrir que en él permanecían solapados y con todo su vigor los prejuicios seculares. Te referiré el caso concreto. Como tú sabes desde los primeros días de mi matrimonio emprendí la tarea de rehacer por mi cuenta y de acuerdo con mis convicciones la educación de mi mujer, que apenas había recibido en la casa paterna, por todo bastimento educativo, los dos o tres principios de moral católica que se da entre nosotros a las mujeres y éstos barajados entre tal fárrago de prejuicios y preocupaciones ridículas que apenas componen una mentalidad menos que mediocre.

Mi empresa era difícil, pero no fue imposible, mi mujer asimiló mis ideas y a poco tiempo las más libertarias de las mías arraigaban en su espíritu como en medio natural y propio, sin resistencias ni reservas. A primera vista parece que este éxito ha debido llenarme de orgullo y contribuir a la mayor felicidad de mi matrimonio, puesto que establecía una efectiva comunidad de ideales y sentimientos entre mi esposa y yo, que es el ideal de todo amor; pero, por lo contrario, entonces fue cuando comenzó a verificarse en mí un raro fenómeno inesperado: empecé a perder la confianza en mi mujer; la libertad de su pensamiento me asustaba, viéndola sin sus prejuicios temí por su moralidad y sobre todo me intranquilizaba su concepto, que no era sino el mío mismo y que yo le había inculcado a propósito del amor. ¿Has visto tú nada más insensato? Las ideas de mi mujer, es decir, las mías propias, repetidas por ella y acaso solo para complacerme, me parecían atrocidades reveladoras de una carencia absoluta de principios morales; oyéndola hablar experimentaba una repulsión inconsciente que poco a poco me fue alejando de ella y creciendo hasta convertirse en antipatía profunda, acaso en odio.

Y para merecerlo, ¿qué era lo que había hecho ella? Ser buena, fiel y amorosa conmigo y haberme sacrificado acaso la tranquilidad del espíritu, junto con los fundamentos de su antigua moral católica y de su fe, que era ciega y firme. Sí, satisfago una imperiosa necesidad de mi corazón y de mi conciencia, diciendo que mi mujer es la esposa ideal, lo creo firmemente, estoy más seguro de ella que de mí mismo, y sin embargo yo he dudado de ella. Y todo por haber pretendido destruir los prejuicios de mi mujer cuando todavía no había logrado desvanecer los míos propios. Dispénsame estas divagaciones, considera lo que me pasa: tengo a la vez necesidad y vergüenza de contártelo. Es inicuo, de todo punto insensato, y si no fueras tú para mí más que un amigo, no me hubiera atrevido a hacerte esta confidencia. La hago sobre todo para ensayar de disiparme esta preocupación analizándola. Que nunca sepa mi mujer que yo he pensado estas cosas, no se lo cuentes a la tuya, ya sabes que son amigas que no se guardan secretos. Te decía, pues, que hace algún tiempo venía experimentando un sentimiento de desconfianza, completamente inmotivada, respecto a la probable conducta futura de mi mujer, dado el hecho de la modificación de sus ideas, ahora en un todo de acuerdo con las mías respecto a religión y moral; yo no podría expresar lo que pasaba por mí cuando oía a mi mujer defender ciertos postulados libertarios, como la legitimidad del amor libre, por ejemplo.

Naturalmente este estado de ánimo tema que producir la suspicacia y así cada palabra suya me daba, muchas veces contra mi querer, mucho qué pensar; en una palabra: me fui volviendo celoso, ridículamente celoso. Un día acabé de serlo con toda la brutalidad de esta pasión primitiva. Fue una tarde, creo que había llegado a mi casa de mal humor por algún contratiempo de la profesión, y entonces mi mujer, como siempre que me veía en tal estado de ánimo, se puso a distraerme agotando sus infinitos recursos de ternura y amor, y yo, en pago y por necesidad sentimental, porque la ternura es acaso la única virtud que poseo, le di un beso. ¡Qué bienestar experimentaba yo después de los disgustos de un día de tribunales y querellas, al lado de aquella mujer buena, déjamelo decir aunque la palabra sea cursi: angelical, que sabía endulzarme la vida con el arte sin malicia de su gran corazón! Seguramente en aquel momento la voz de la preocupación interior me había dado una tregua y yo podía entregarme todo entero a la delicia de la confianza. De pronto ella me preguntó: ¿no has sabido de Jacinto?

Nada más natural que mi mujer me preguntara por ti que eres más que un amigo y ella sabe cómo te quiero. Pues bien, aquella pregunta fue para mí como una bofetada. Déjamelo decir con toda la brutalidad con que se me ocurrió; me he impuesto la vergüenza de esta confesión como una penitencia saludable: tuve celos de ti. Bien sé que si mi boca estuviera en este momento al alcance de tu mano, la bofetada no se haría esperar; me la darías tú y yo la merezco. ¡Ah sí! Me abofetearías. Te conozco bien y porque te conozco te refiero esto tal como sucedió ¡Dudar de mi esposa! ¡Tener celos de ti! Yo he debido estar loco, no podían ser sino síntomas de locura aquella lucidez y presteza mentales con que analicé la ocurrencia, descubriendo entre el beso dado por mí y la alusión a tu persona, la trama de una asociación de ideas que debía corresponder a un sentimiento desleal, infidente, que existiera en el corazón de mi esposa. ¡Maldita manía de analizarlo todo! ¡Maldita ciencia del espíritu con la que me he encariñado y que no me ha proporcionado otro resultado práctico que la tortura de esta suspicacia! Porque has de saber que no fue ocurrencia pasajera sino que todavía es idea fija, tenaz, insoportable ya.

Para librarme de ella recurrí inútilmente a mi concepto moderno sobre el amor y la fidelidad conyugal, esperando que él me devolviera la paz del ánimo perdida, y me hice esta reflexión: es imposible, de todo punto absurda, la creencia de que el amor es una posesión espiritual tan absoluta que impida que por el alma de la mujer amada, en ningún momento y en ninguna situación, pueda pasar un pensamiento que no sea el del hombre a quien ama. Y generalizando, a guisa de psicólogo concluí: ¡Cuántas ideas, apenas breves relámpagos de pensamiento, comparables a esos que la gente de nuestro tiempo llama fusiles y que en las noches claras de verano aparecen sobre los cerros y no anuncian tormenta, ideas perversas, monstruosas a veces, no atraviesan continuamente nuestro espíritu sin que en él haya ningún sentimiento, ningún instinto que las produzca o las favorezca, y pasan sin dejar en él ninguna huella!

¿Acaso habrá mujer, la más fiel a su amor, la que merezca llamarse la fidelidad misma y que esté exenta siquiera de uno solo de estos relámpagos de infidelidad, completamente ilógicos, que por muchos que fueran no mancharían la pureza de su amor, ni la nobleza de su alma? Estoy seguro de que no existe, como de que tampoco hay un hombre que pueda decir que en ningún instante de su vida una idea innoble de robo, de violación o de crimen no haya pasado por su mente. ¿De dónde vienen estas ideas ilógicas que ninguna disposición espiritual nuestra produce ni favorece? Acaso de la psicología prehistórica, como los fusiles de las noches de verano, de una tempestad remota; pero de ningún modo somos responsables de ellas y a nadie que no sea un loco se le ocurriría pedirnos cuenta y juzgarnos por ellas. Era de esperarse, pues, que yo, profesando tal manera de apreciar el hecho, no le daría ninguna importancia a la inocente pregunta de mi mujer; pero he aquí que interviene el otro concepto, el tradicional, el que se ha estratificado en nuestros cerebros, la infidelidad de un momento acaba con el amor que es sentimiento perenne y exclusivo: donde cupo la infidelidad era porque no había amor.

Y por más que luche, como he luchado, contra este prejuicio estúpido, contra esta evidente sin razón, no puedo vencerlos y en mi subconsciencia se levantan ideas y sentimientos que hace tiempo no pienso ni siento, pero que estaban en ella como cosas abandonadas que se pudren y pudriéndose envenenan el ambiente. Qué batalla conmigo mismo para volver a ser como antes amoroso, tierno, delicado y complaciente con mi pobrecita mujer que se desvive por disiparme lo que cree mal humor producido por los sinsabores de la profesión, como yo le digo cuando se me acerca cariñosa y poniéndome su mano en la cabeza me pregunta como una madre a un hijo triste: ¿qué tienes? Créelo, te lo digo de todo corazón, lo proclamaría ante el mundo entero, aun ante la evidencia contraria de los hechos: ¡mi mujer es una santa! ¡Y ya yo no la puedo amar como antes! ¡Maldito análisis!".

Segunda carta del mismo, días después:

"No me has contestado todavía… Haces bien: soy un monstruo a quien no se debe tratar… Pero no: hiciste mal en no contestar mi carta, tal vez la tuya hubiera venido a tiempo de evitar esta desgracia… Soy un desgraciado… ¡Compadéceme! ¡Mi mujer se ha suicidado!… Se envenenó con cianuro… ¡Qué horror!… ¡Qué horror!… Yo no sé lo que escribo, no veo las líneas, no gobierno en mis ideas… mis ideas; ¡las asesinas ideas que me la quitaron! ¡Pobrecita! Me dijo al morir que lo había hecho porque no podía con su pensamiento. ¡Yo tampoco puedo soportar los míos, y todavía vivo! Se abrazó a mi cuello y llorando, y entre las angustias de la agonía, me dio en la boca un beso mortal; no un beso: ¡el alma! Murió abrazada a mí… Yo no sé cuánto tiempo estuve sin sentido, apoyado sobre ella, muerta. ¡Qué trabajo me costó zafarme de aquellos brazos que más allá de la vida todavía me estrechaban, rígidos…! ¡Qué horror! Tengo en los oídos sus últimas palabras temblorosas: "amor mío… porque no puedo con el pensamiento". ¿Qué querría decirme con esto? ¿A qué luchas internas se refería…? ¿Acaso el pensamiento culpable? ¡No, no, imposible! Esta idea mortal no me abandona. Yo tampoco puedo con el pensamiento".

Contestación del amigo:

"Infeliz ¡Infeliz! ¡Cómo has destruido tú mismo tu felicidad! Quiero creer que has estado loco, como dices en tu primera carta; no era posible de otro modo. ¡Una mujer como aquella que fue tuya! ¿Dónde encontrarás, ni en la virtud misma, un ser igual? A ti, de tu dolor y el mío, no tengo nada que decirte porque no se me ocurre nada; el golpe me ha dejado atolondrado, se me ha ido el mundo debajo de los pies. ¿Cómo es posible que sucedan estas cosas? De ahora en adelante tendré que creer que los hombres no podemos vivir sin alguien que nos dirija, que no nos deje cometer estas atrocidades que se nos ocurren, porque la razón no basta por sí sola. Tú imaginarás cómo está mi corazón con solo ver cómo ha quedado el tuyo. Lo único que puedo decirte es que estuviste loco y te convencerás de ello leyendo las cartas que tu pobre mujer le escribió a la mía. Yo no pude conservar el secreto que me recomendaste: era mi deber no conservarlo y leí tu carta a mi esposa; ella le escribió a la tuya pidiéndole, en nombre de la amistad que las unía, que le explicara lo sucedido. Ni mi mujer ni yo, podíamos dar crédito a tus preocupaciones.

No te contesté porque quería demostrarte con pruebas suficientes que habías sido un insensato para que te curaras en salud. El remedio llega ahora tarde; pero siempre lo necesitas. Allá van las cartas de tu mujer; la primera la recibió la mía al mismo tiempo que yo la tuya; las dos últimas también vinieron junto con la tuya donde me dabas la noticia del desenlace de tu tragedia. Léelas y si tu dolor es de los que partiéndolos con otra alma se aminoran, tú sabes que la mía está contigo".

Primera carta de la suicida a su amiga

"...De mi vida, noticias que no son muy gratas. Mi marido que siempre fue bueno y amoroso conmigo, anda ahora despegado de mí como con una preocupación constante; me habla poco, responde con frialdad a mis cariños, huye de mi compañía; temo que empiezo a fastidiarle. No sé a qué atribuir esto: ¿otros afectos? El no es persona capaz de una liviandad de esa naturaleza. Yo no sé qué es lo que le pasa; se ha puesto muy raro: está contento, empieza a hacerme cariños como antes y de pronto se pone serio; le pregunto la causa y me responde agriamente: nada, mal humor; y con un pretexto cualquiera se va para la calle. Así son los hombres, se cansan muy ligeramente de queremos, mientras que nosotros no nos cansamos nunca. ¡Qué se hace! Ellos no tienen la culpa de ser así. A nosotros no nos queda otra satisfacción que quererlos con toda el alma, aunque ellos no nos quieran tanto. ¡Si yo tuviera un hijo! A veces pienso que es lo que le hace falta y por no haber podido dárselo me siento avergonzada como de una culpa".

Segunda carta de la misma

"Recibí la tuya donde me das la explicación de lo que yo no había sabido explicarme. Te agradezco mucho que te hayas apresurado a ponerme en cuenta del motivo del desamor que hace días me manifiesta mi marido. Has hecho bien en contármelo todo, de otro modo no me hubiera sido posible justificarme ante tus ojos y acaso tú hubieras llegado a creer que en realidad era culpable. No te imaginas lo que he tenido que llorar antes de ponerme a escribir esta carta. Ahora, después de haber llorado mucho, es que me siento un poco aliviada y al fin puedo pensar. Tengo tres días que no pienso y he temido seriamente por mi razón. Yo nunca hubiera sospechado que fuera yo la causa inocente del desvío de mi marido. ¡Virgen Santa! ¡Cómo ha podido ser que haya tenido yo un pensamiento de esta naturaleza! ¡Qué horror! Si no me encontrara inocente de toda culpa diría: ¡Qué vergüenza! ¡Traicionar al esposo que ha sido para mí tan bueno, tan abnegado, tan tierno! ¡Y traicionar con un mismo pensamiento a la amiga del corazón! Tú comprendes que eso no puede ser, yo no soy tan mala, tan depravada, como se necesita ser para eso.

Aquella pregunta ha tenido que ser inocente. Te digo: ha tenido que ser, porque yo no he podido recordar, por más que le he dado a la cabeza, cuál fue el motivo que me hizo pensar en tu marido en aquella ocasión a que se refiere el mío. Si es cierto que aquello sucedió como dice el mío, mi esposo fue ligero al juzgarme; ahora se me ocurre que si aquella pregunta hubiera sido debida a un mal pensamiento, yo, ni ninguna mujer, por más torpe que fuera, la hubiera hecho en esa oportunidad. La malicia se adquiere con el mal y solo la que es inocente comete esas indiscreciones, porque como se halla limpia de toda culpa no se le ocurre que alguno puede descubrírselas. Como dice tu Jacinto, mi Carlos es demasiado suspicaz, y yo creo que esta vez lo ha sido hasta la insensatez porque no otra cosa es la causa de su extraño proceder. Si no lo conociera como lo conozco pensaría que ha querido calumniarme; pero no, él no puede difamar de mí, y si ha hecho esto es porque me quiere demasiado.

¡Qué raras somos las mujeres! Tentada estoy de decirte que en el fondo de mi pena hay, a ratos, un poquito de satisfacción vanidosa que quiere compensarla; no todo el amor propio ha sido ofendido, mi marido me quiere y el pensamiento de que yo pueda serle infiel lo mortifica hasta hacerlo pensar disparates. Del mal, el menor; no creas, sin embargo, que es solo por vanidad de mujer que pienso así; estimo mucho mi honra, no sé si más que mi amor mismo, pero para consolarme quiero buscarle el lado bueno a esto que tantos malos tiene. Ya me explico pues, el entibiamiento del amor de Carlos y sé qué debo hacer para recuperarlo. A ti te lo debo y te agradezco mucho el consejo que me das de no tocarle el asunto y de hacerme la que lo ignora todo, porque mi primer impulso fue tener una explicación con mi marido, que me había ofendido en la honra con su insensata suspicacia. Esto los hubiera perjudicado a ustedes que están obligados a guardar el secreto, y acaso, como tú dices, sea más prudente no remover aquello, dejando que el tiempo y la cordura hagan ver a Carlos que fue un insensato. Pero yo no estoy tranquila y dudo mucho de poder recuperar la pasada felicidad de mi matrimonio. Dile a Jacinto que no le deje de escribir a Carlos. En cuanto a mi conducta para lo sucesivo, trataré de cumplir algo que se me ha ocurrido en estos días, y te seguiré informando de mi vida".

Tercera carta

"¡Qué mala estoy! ¡Qué mala estoy! La alegría no ha vuelto, he perdido la tranquilidad para siempre. Ahora no es Carlos que ya me parece haberse olvidado de aquella locura, y sin decirme una palabra y como para hacerse perdonar lo que supone que yo ignoro, vuelve a ser amoroso y complaciente conmigo. Ahora la causa de mi intranquilidad está en mí misma. Estuve enferma, creo que a la muerte, aunque Carlos me dice que fue un acceso nervioso de poca importancia. Si yo tuviera un hijo. No es ya para recuperar a Carlos que lo deseo y ahora más que nunca; lo necesito para salvarme, solo un hijo me salvaría en este trance. Es un capricho muy parecido a la locura; se me ha metido en la cabeza que yo debo dominar mi pensamiento, para que no me llegue a suceder nunca más eso que Carlos asegura; que nadie está exento de tales ideas. No te imaginas la lucha que tengo que sostener diariamente, porque has de saber que yo, que antes no tenía nunca malos pensamientos, ahora los tengo a cada momento; me estoy volviendo mala, se me ocurren unas atrocidades que no te puedo contar. Será por lo mismo de que estoy pelando sin cesar por sujetar mi pensamiento. Yo no sé qué decir, yo no sé qué es lo que me pasa; solo sé que antes yo no era así… En fin que estoy muy mala, muy mala… Yo no acabaré bien, siento que me voy volviendo loca".

Carta final

"¿Recibiste mi carta? Esta será la última que recibirás de tu pobre amiga. Ya no puedo luchar más con mi pensamiento. ¡Estoy horrorizada de mí misma! ¡He llegado al último grado de la depravación! ¡Ideas, nada más que ideas; pero qué ideas! ¡Qué pensamientos tan feos! Me comparo con una perdida y me encuentro peor aún. ¡Qué desgraciada soy! Yo no sabía que en el fondo fuera tan liviana tan corromp… no, no lo escribo; yo no estoy corrompida, yo he salvado mi virtud, no son sino pensamientos que me asaltan sin yo poder evitarlo; ¡pero ya no puedo más! ¡Temo perderme del todo y yo quiero salvar mi virtud… ¡Me mato! Me mato cuando más deseo la vida, pero yo quiero salvar mi virtud. Perdóname este dolor que te voy a causar. Que Carlos, mi amor, mi único amor, mi amor más grande me lo perdone también … Pero no puedo… me horroriza la idea de caer… Compadece a esta amiga que se quita la vida, dejando en el mundo el amor y la felicidad, por salvar su virtud"…

EL APOYO

En las afueras de la ciudad, en el camposanto de los lazarinos, sobre un collado donde había una tumba solitaria entre cactus y abrojos, dominando el mudo paisaje crepuscular, los dos minoristas se detuvieron:

—¡Con que nos deja Francisco!

—¡Qué se hace Manuel! No hay remedio. Yo no sirvo para la vida militar; lo comprendo. Necesito vivir más dentro de mí mismo: en la concentración del claustro. Será porque la fe y la vocación son en mí algo tan personal, que casi llegan a ser formas de egoísmo. ¿Me comprendes? De aquí que no me halague la misión de predicador. Cosas de mi temperamento. Nuestro Señor me llama por otros caminos. Por eso me había demorado tanto en recibir las órdenes mayores.

—Tienes razón; debes irte. Yo lo único que te digo es que me vas a hacer mucha falta. Si tuviera recursos abandonaría también el seminario y me iría contigo al monasterio; que también me atrae. Pero soy pobre; tú lo sabes.

—Tampoco resistirías, Manuel; la regla es dura.

—También es duro el aislamiento en que me dejas.

—No digas así.

—Ya no tendré quien me aliente cuando me vengan mis vacilaciones; esos desmayos de la voluntad, tan frecuentes en mí.

—Nuestro Señor estará contigo y te dará fuerzas. Escríbeme siempre, con frecuencia; confíame tus angustias y procura ser fuerte. Yo te escribiré también, tan a menudo como me lo permitan en el monasterio. Y allá veremos si andando el tiempo podremos reunimos otra vez.

—Me vas a hacer mucha falta, Francisco.

—¡Vaya! No te desalientes así. Es la voluntad de Nuestro Señor. Ofrezcámosle esta amargura.

De las barrancas, en la tranquilidad de la tarde, subía el monótono canto del sauce, ululaba el viento sobre las lomas y por entre los enjutos arcaduces del monte. En su recinto de colinas azules, la campiña, joyante al capricho pintoresco del sol de los araguatos; sobre el claro ocaso la silueta de la ciudad: cimeras de chaguaramos, geométricos perfiles de cipreses y araucarias, distantes, dos cúpulas gemelas; una ceja de monte en la brusca fuga del abra. Sobre el panorama, altanero y jarifo, el Ávila en reposo.

—Tu monte, Francisco; tu símbolo de la voluntad serena y fuerte.

—¡Mi montaña querida! Hoy se ha puesto la estameña franciscana. Ya no volveré a verla. Ahí te dejo mi monte, Manuel.

II

Al día siguiente, Francisco partía hacia un lejano monasterio. El joven minorista, camino de su ideal, tenía más bien un aire resignado y estaba más taciturno que de costumbre, de manera que, cuando Manuel conmovido hasta las lágrimas le tendió por última vez los brazos, ya en marcha el tren, apenas le dijo:

—Adiós y procura ser fuerte.

De regreso al seminario los compañeros comentaban:

—Es una verdadera amistad.

—¿Qué hará ahora Manuel sin Francisco?

—Era su apoyo en todo.

—No me extrañaría que abandonara el seminario.

—Ese Manuel es un pobre muchacho.

—Se ha propuesto ser místico. Como si eso fuera cosa de proponerse.

Todo el día se lo pasó Manuel encerrado en su celda, sumido en una obstinada taciturnidad, esquivando la compañía de los que querían hacérsela para disiparle aquel humor melancólico, lo cual le importó una áspera reprimenda del Rector que no hallaba motivo para tanta aflicción en la partida de un amigo, por íntimo y querido que fuese. Y con esta primera amargura empezó el minorista a apreciar la falta del compañero y la dureza de la disciplina, cuyo rigor no le dejaba sentir hasta entonces el apoyo que su espíritu vacilante hallara siempre en el de Francisco, sereno y fuerte.

III

A éste le debía su vocación que se le reveló como leyera unos escritos empapados de misticismo que por aquel tiempo publicara Francisco. Fue en su pueblo, seis años hacía. Sin duda ya existía a su alma aquella propensión mística, bebida con el aliento de la desolación de su paisaje llanero; aquella vaga tendencia a lo sobrenatural y misterioso, que es como un deseo de andar y que adquirió con el hábito de mirar horizontes, mientras el lendel de la noria paterna volteaba el jamelgo taciturno exprimiendo a la tierra la frescura del agua.

La tenía el padre para regar el pegujal de que viviera la familia, y era el oficio de Manuel, desde muy niño, arriar la bestia para que no parara de sacar agua. Y allí, bajo el cobertizo, frente a la llanura estuosa, se pasaba toda la mañana, imaginando extraordinarias andanzas por aquellas veredas sin fin, mientras la tibia agua llenaba en silencio el cangilón. Desde entonces era místico. Sí. Indudablemente lo era. Misticismo eran aquellos deseos imprecisos que le absorbían el alma haciéndolo olvidarse del caballo que, aprovechándose de su ensimismamiento, se paraba a soñar con la llanura, tal vez con el regalado trocito de la libertad, a escape por la tangente del círculo que lo uncía. Y el minorista se complacía en descubrir en sí mismo, desde la infancia más remota, aquella propensión mística que es señal de distinción en un espíritu. Recordaba que más tarde, cuando se preparaba para la primera comunión, la vaga tendencia se convirtió en deseo, bien preciso, de dedicarse a la Iglesia, de meterse a sacerdote. Poco después llegaron a sus manos los escritos de Francisco.

Se los prestó el Cura de su pueblo, recomendándoselos como cosas muy bellas y piadosas que escribía, allá en la capital, un joven de mucho talento y ejemplar vocación que tenía un nombre escogido para la santidad. Y con esto se decidió su vocación. Dijo en la casa que su voluntad era irse a la Capital porque tenía determinado ingresar al seminario, y que quería que se lo permitieran y que le dieran algo para el viaje. La madre se sintió complacida, desaprobó el padre, pero terció favorablemente el Cura, y Manuel obtuvo el permiso y algo, muy poco, para los menesteres del viaje. Con lo cual y con una grande ansiedad, se puso en camino en la compañía de un amigo de su padre que llevaba un ganado a vender.

IV

Evocaba aquel viaje interminable a través de la pampa, por los largos caminos, entre el polvo y el sol, al amoroso andar de la vacada, el quejumbroso cantar de los llaneros en el silencio de los campos; las garzas junto al agua dormida del caño; la majada a la intemperie bajo el relente de la sabana; la siesta a orillas del turbio cilanco del abrevadero: la res desgaritada que se volvía a la sabana bebiéndose los aires, altiva la cornamenta, y la que caía a orillas del camino, cansada, aturdida del sol;

el paso por los pueblos del tránsito, melancólicos desiertos y pobres; la llegada, por fin, a la capital. Tenía fresca en la memoria la impresión gratísima que le produjera la ciudad, el arrimo de su montaña azul, con las torres y cúpulas de sus templos doradas al sol, con sus almácigos de fronda por encima de los rojos tejados. Y la noche en la posada, noche más larga que todas las noches; y el amanecer, por fin, y su llegada al seminario. La primera conversación con el joven del nombre ungido para la santidad, los grandes ojos plácidos de Francisco; su hablar reposado entre sonrisas de una ironía tierna que él no comprendía, aquella manera suya, tímida y persuasiva, y las cosas que decía a propósito de la vocación.

Y toda su vida de seis años en el Seminario, su vida íntima, la atormentada vida de su espíritu. Las emociones del día en que vistió por primera vez el traje talar; la impresión imponente que le produjeron los primeros oficios a que asistió en la Catedral, su perplejidad al ver los canónigos en el semicírculo del coro, graves y lívidos en sus sitiales, casi fantásticos con aquel aparato litúrgico, misterioso para él, en aquel ambiente que llenaba la rotundidad del canto gregoriano, aquel canto que despertaba en su alma remembranzas del paisaje nativo. La exaltación de los primeros meses, las vidas de santos devoradas en las largas vigilias; la noche en que por fin, después de haberlo meditado mucho y tomado precauciones para no ser descubierto, se decidió a aplicarse unos disciplinazos para dominar ciertos ímpetus pecaminosos de la carne, como era uso y costumbre de santos en tales casos, según lo que había leído.

Y el doloroso desencanto que tuvo al día siguiente cuando le contó a Francisco su proeza, mostrándole las azotadas espaldas, y éste se lo desaprobó, sonriendo con aquella ironía tierna que tenía para todas las ocurrencias de su amigo. Y después de aquel desencanto que tan profundamente lo afectara; la primera duda, la duda perenne ya: el horrible miedo de no servir para aquella altura que se proponía.

V

Con estos ingratos soliloquios ocupaba Manuel la ausencia del amigo a la que no acababa de acostumbrarse. De tiempo en tiempo recibía cartas suyas, en las que había siempre una oportuna palabra que reanimaba en su alma el amortiguado rescoldo de la vocación, y, a su vez, él se las escribía largas y minuciosas. En una le decía: "Es horrible esto. Querer andar y saber que no se puede. ¿Comprendes lo que te quiero decir? En estos días me he acordado mucho de los tiempos de mi niñez cuando era mi oficio arriar el caballo de la noria de papá, para que no dejara de sacar agua. Así estoy otra vez: arriando la flaca bestia de mi noria espiritual.

¿Qué trabajo, Francisco! ¿Qué trabajo tan arduo! Los desmayos aquellos que se han hecho más frecuentes y más agudos. En veces me paso días, semanas, meses enteros, abandonado de Dios, sin fe, sin voluntad para nada. Sufro lo que no te imaginas. El mes pasado había hecho la resolución de abandonar el seminario; ya no podía más e iba a comunicárselo al Rector cuando recibí tu carta. ¿Para qué la escribiste? Si no, a estas horas estaría yo en mi pueblo, ocupado en un bajo oficio cónsono con mi condición, como un campesino cualquiera, obscuro, ignorado, pero tranquilo el espíritu y no en este áspero camino, con esta aspiración mayor que mis fuerzas. Y todo porque leí tu carta. ¿Qué virtud la tuya de saber encontrar la palabra que llegue al alma, que decida un destino! ¿Crees, de verdad, que mi fe es superior a la tuya, que mi vocación es más fuerte que la tuya, por lo mismo que lucha? ¿Lo crees de verdad, o lo dices para darme bríos, tan solo? Si no lo crees ingenuamente, no debes decírmelo; podrías hacerme un mal muy grande, hacerme tomar un camino por el cual no pudiera andar después. En todo caso yo prefiero tu serenidad. ¿Que la lucha es más meritoria? ¿Ah! ¡Francisco, Francisco! Veo tu sonrisa. No debieras jugar así con esta pobre alma mía. ¿Para qué escribiste eso? Aquí estoy otra vez arriando la flaca bestia de mi noria espiritual, a ver si puedo al fin sacar un poco de agua para regar mi huerto, mi pobre huerto místico, abrasado y mustio. ¿Vano empeño! Pero tú lo quieres. ¿Sea, pues! ¿De manera que he de continuar? ¿Y la voluntad? Tú no la tienes nunca en cuenta, no reparas que a la mía no se le pueden pedir grandes esfuerzos, porque es débil y vacilante, y cada vez que me detengo me dices: sigue, sigue.

¿Como si yo tuviera fuerzas! ¿No será más bien, una crueldad lo que haces conmigo? Tu confianza me fortalece, pero es cosa de momentos; ahí mismo se me cansa la voluntad, me viene el desmayo mortal. Francisco, yo no podré resistir mucho tiempo; en este abandono en que me has dejado solo me sostiene el saber que en un rincón del mundo hay una voluntad impasible y fuerte, un alma grande que espera algo de mí; pero en veces se me ocurre escribirte que me hagas el favor de no esperar nada de mí, porque yo no sirvo para nada. Mi alma es una pobre alma vulgar, incapaz de esas elevaciones de la tuya. ¿No me pidas heroísmos! Soy un palurdo que apenas posee una humilde fe de carbonero a quien tiene deslumbrado tu misticismo. ¿Qué miseria la mía! Si supieras el trabajo que me ha costado componer unas alabanzas de la Eucaristía. ¿Un mes entero! ¿Y si vieras lo que resultó! ¿Qué ira contra mí mismo!

Me parecía estar viendo tus ojos serenos y tu sonrisa. ¿Soy un pobre diablo, Francisco! No se me ocurren sino vulgaridades. ¿No esperes nada de mí!". Y en otra, meses después: "Hace tiempo que no recibo una sola letra tuya y no sé decirte qué te agradecería más: que me siguieras escribiendo o que no te ocuparas más de mí. No te enojes porque te lo diga así, lisa y llanamente. Son cosas que se me ocurren en este continuo batallar conmigo mismo. Las pienso, las escribo y luego me arrepiento de ellas. ¿Dirás que soy un neurasténico? Si te parece no me hagas caso y escríbeme, pero si te cuesta dificultades o si no te provoca no lo hagas. ¿Quién sabe qué será lo que me conviene? Otra vez te repito que soy un desgraciado. Mi salud se empeora cada día, ya no puedo trabajar siquiera dos horas de seguida; me acometen vértigos. Tengo mucho que contarte pero los insomnios y estas batallas mías no me dejan poner orden en mis ideas. En veces se me ocurre matarme. No lo haré; no hay cuidado. El otro día me subí a la azotea, resuelto. El Ávila estaba precioso, tenía unos efectos de sol tan suaves y dorados. Me acordé mucho de ti ¿La herencia que me dejaste! ¿Qué horrible es no tener voluntad! Ahora estoy ocupado en prepárame para la ordenación. Alea jacta est".

VI

—Padre Manuel: una carta para usted.

—A ver. ¿De Francisco! ¿Por fin! ¿Por fin! "Ya sé que has llegado al fin de tu camino, a pesar de todos los desmayos y vacilaciones. Te imagino ordenado ya y me acuerdo del día que tocaste a las puertas del seminario, temblando de miedo. ¿Cómo ha pasado el tiempo! Cómo hemos cambiado nosotros! Tú. Ya te veo: convertido en el ermitaño del paseo. Así te llamo desde que sé que luego de ordenado pediste que te pusieran de Capellán de la ermita, nuestra ermita en cuyo altozano tantas veces hemos soñado juntos. ¿Qué dulces y tristes los recuerdos del paisaje familiar que tus cartas evocan! veo la capillita sobre la colina, con su pintoresco ciprés, viejo y siempre verde, el caserío al caer la tarde, Caracas todo, y el Ávila, querido monte sereno y fuerte. ¿Qué nostalgia al recordar aquellos tiempos en que te hablaba de mi monte nativo, proponiéndote como una norma de vida interior su fortaleza tranquila!

¡No se me quita de la memoria la línea reposada y vigorosa de su contorno! Y te veo a ti, en el altozano de la ermita, delgado como siempre, con tu cara larga y pálida y tus ojos asombrados detrás de los cristales desagradablemente blancos, contemplando el crepúsculo, el estupendo crepúsculo de nuestro cielo taumaturgo o viendo el caserío animado con el trajín de la gente que regresa del trabajo, mientras en la espadaña de la ermita la campana hace bajar la bendición del Angelus sobre la paz del barrio. ¡Manuel! ¡Manuel! ¡Qué ganas de llorar tengo! ¡Cómo pasa el tiempo! ¡Cómo se va la vida y se lleva lo mejor del alma!

En los zarzales del camino deja
una cosa cada cual: la oveja
su blanca lana; el hombre su virtud.

"¡Qué verdaderos son estos versos bellos y amargos! Por eso te admiro: tú has salvado tu virtud. A fuerza de arriar la bestia de tu noria espiritual tienes aguas para regar tu huerto. ¿Dices que reconoces que es un romanticismo pueril lo que has hecho encerrándote en una ermita que no es sino uno de tantos adornos de un paseo? Bien; romanticismo es, como también lo es encerrarse en un claustro e irse a la China a convertir infieles. Ese es tu huerto místico; cultívalo con amor y no te importe pasar inadvertido porque a veces la oscuridad y el silencio son garantía de virtud. En cuanto a tus sermones, que he leído con cariño, tú sabes mi opinión, Manuel. Efectivamente no eres predicador. En el estilo te descuidas mucho. Por lo pronto he de decirte que haces mal en incluir el rocío entre los elementos naturales. El efímero y frágil sudor de la noche ha debido asustarse mucho al encontrarse en la intranquilizadora compañía de entes tan terroríficos como son los elementos naturales.

Cuídate más del estilo, carísimo Manuel, y perdóname esta humorada perversa. Por lo demás describes bien. Tus cartas me hacen ver el cuadro: el sol de la mañana dentro de la ermita, el grupo de rústicas mujeres de las del barrio y alguna señorita del centro que fue de paseo y entró a la ermita porque la vio abierta, con la misma curiosidad indiferente que la llevara a pararse ante el estanque de las garzas o las jaulas de las fieras, y sobre el auditorio tu palabra inflamada de misticismo franciscano, en tanto que en la vaga lontananza se yergue la cumbre avileña, diáfana y joyante. En cuanto a lo que me dices de tu incapacidad para las altas concepciones místicas, ya te he dicho que no debieras mortificarte tanto por ello, primero: porque ya me pareces bastante místico, y luego: porque tu verdadero valor no estaría en esa capacidad que tanto te obsesiona, sino en tu deseo de perfección y en la virtud de esa tenacidad obscura y heroica con que has venido dándole a tu alma la forma de tu ideal.

¿Que tu obra es pequeña, inútil? ¿A qué llamas tu obra? ¿Crees acaso que tu obra debe andar por el mundo alborotándolo, pasmándolo con tus portentos, llenándolo de tu nombre? ¿Crees que solo a una grande empresa puede llamarse obra? Pues mira: la tuya es meritoria sin ser sonada, y por lo mismo que ha pasado inadvertido para el mundo yo admiro la tenacidad de tu heroísmo. Has sido un oscuro escultor de tu alma, paciente y fuerte. ¡Cuánto te envidio, Manuel! Siempre había reconocido y admirado en ti esa rara forma de la voluntad enérgica: la forma de la debilidad, de la aparente falta de carácter. En cambio, yo, el fuerte, el impasible, ¡a qué miseria he venida a parar! Es el socorrido caso de la paradoja de las tormentas del agua tranquila. Eran corrientes silenciosas y traidoras que en el fondo de mi alma pasaban hacia una vorágine mientras en la superficie el más leve rizo no denunciaba la recóndita violencia. Comprendo que esto que te digo tiene que ser tremendo para ti, y reconozco que hago mal en quitarte tu mentirà. Tú te habías formado una gran idea de mí, de la energía de mi carácter, de la elevación de mi alma, y en esa mentira te habías apoyado, confiado y tranquillo. Yo te la dejé formar sin atreverme a desvanecértela, pero ya no necesitas sostén extraño; has probado ser fuerte. Lo que tenías era miedo de acometer la empresa. Si te hubiera dicho que hicieras solo el camino que has hecho, seguramente no te hubieras atrevido. Yo lo comprendí así desde el principio. Pues bien, solo lo has hecho; el compañero que traías, tu sostén y tu guía era una vana sombra, un espejismo de tu propia voluntad. Entre nosotros -¿quién lo creyera?-, el fuerte, el capaz de grandes cosas eres tú. Hazme justicia creyendo esto que te digo: yo nunca me engañé respecto a nuestra mutua situación en el mundo.

Has de saber que abandoné el claustro y por lo mismo que abandoné el Seminario: por no haber encontrado tampoco en él lo que buscaba. ¡No encontrar lo que se busca! Parece que esto quisiera decir que el Ideal que perseguimos es tan alto que en ninguna parte se alcanza. Ahora bien: ¿sabes por qué no encontré en el claustro lo que buscaba? Por lo que no lo encontré tampoco en el Seminario: porque yo no busco nada. Soy una voluntad muerta que va por el mundo sin rumbo fijo, sin objeto ni fin, haciéndose la ilusión de que persigue alguno inalcanzable. ¿Y tú creías que lo horrible era tener luchas! ¿Cómo envidio las tuyas! ¿Cuánto no daría yo por una de esas torturas que ocupan toda una vida, en cambio de este atroz vacío del alma! Así, pues, no creas más en mí, no pienses más en mí, deséchame, como se desecha por roto e inservible el bordón en que nos hemos apoyado alguna vez."

VII

Las últimas frases de la carta cayeron abrumadoras y desesperantes en el alma del pobre ermitaño del paseo. Inclinó la cabeza sintiendo el descorazonado desaliento que deja un largo esfuerzo inútil. Y aquel día la ermita no se abrió.

EL CRESPÚSCULO DEL DIABLO

En el borde de una pila que muestra su cuenca seca bajo el ramaje sin fronda de árboles de la plaza, de la cual fuera ornato si el agua fresca y cantarina brotase de su caño, está sentado "el Diablo" presenciando el desfile carnavalesco.

La turba vocinglera invade sin cesar el recinto de la plaza, se apiña en las barandas que dan a la calle por donde pasa "la carrera", se agita en ebrios hormigueos alrededor de los tarantines donde se expenden amargos, frituras, refrescos y cucuruchos de papelillos y de arroz pintado, se arremolina en torno a los músicos, trazando rondas dionisíacas al son del joropo nativo, cuya bárbara melodía se deshace en la crudeza del ambiente deslucido por la estación seca, como un harapo que el viento deshilase.

Con ambas manos apoyadas en el araguaney primorosamente escabullado, el sombrero sobre la nuca y el tabaco en la boca, el Diablo oye aquella música que despierta en las profundidades de su ánimo, no sabe que vagas nostalgias. A ratos melancólica, desgarradora, como un grito perdido en la soledad de las llanuras; a ratos erótica, excitante, aquella música era el canto de la raza oscura, llena de tristeza y de lascivia, cuya alegría es algo inquietante que tiene mucho de trágico.

El Diablo ve pasar ante su mente trozos fugaces de paisajes desolados y nunca vistos, sombras espesas de un dolor que no sintió en su corazón, relámpagos de sangre que otra vez, no sabe cuándo, atravesaron su vida. Es el sortilegio de la música que escarba en el corazón del Diablo, como un nido de escorpiones. Bajo el influjo de estos sentimientos se va poniendo sombrío; sus mejillas chupadas se estremecen levemente, su pupila quieta y dura taladra en el aire una visión de odio, pero de una manera siniestra. Probablemente la causa inconsciente de todo esto es la presencia de la multitud que le despierta diabólicos antojos de dominación; sobre el escabullado del araguaney, sus dedos ásperos de uñas filosas, se encorvan en una crispatura de garras.

Al lado suyo, uno de los que junto con él están sentados en el borde de la pila, le dice:

—Ah, compadre Pedro Nolasco, ¿no es verdad que ya no se ven aquellos disfraces de nuestro tiempo?

El Diablo responde malhumorado:

—Ya esto no es carnaval ni es ná.

El otro continúa evocador:

—¡Aquellos volatines que ponían la cuerda de ventana a ventana! ¡Aquellas pandillas de negritos que se daban esas agarras al garrote! ¡ Y que se zumbaban de veras! ¡Aquellos Diablos!

Por aquí andaban las nostalgias de Pedro Nolasco.

Era él uno de los diablos más populares y constituía la nota típica dominante, de la fiesta plebeya. A punto de mediodía se echaba a la calle con su disfraz infernal, todo rojo, y su enorme "mandador" y de allí en adelante, toda la tarde, era un infatigable ambular por los barrios de la ciudad, perseguido por la chusma ululante, tan numerosa que a veces llenaba cuadras enteras y contra la cual se revolvía de pronto blandiendo el látigo, que no siempre chasqueaba ocioso en el aire para vanas amenazas.

Buenos verdugones levantó más de una vez aquella fusta diabólica en las pantorrillas de chicos y grandulones. Y todos la sufrían como merecido castigo por sus aullidos ensordecedores, sin protesta ni rebeldía, tal que si fuera un flagelo de lo Alto. Era la tradición: contra los latigazos del diablo nadie apelaba a otro recurso sino al de la fuga.

Posesionado de su carácter, Pedro Nolasco se entregaba con verdadera indignación, que le parecía la más justa de las indignaciones, pues una vez que se vestía de diablo y se echaba a la calle, se olvidaba de la farsa y juzgaba como falta de lesa Majestad los irreverentes alaridos de la chiquillería.

Esta, por su parte, procedía como si se hiciese estas reflexiones: un diablo es un ente superior; todo el que quiere no puede ser diablo, pues esto tiene sus peligros y al que sabe serlo como es debido hay que soportarle los latigazos.

Pedro Nolasco era el mejor de los diablos de Caracas. Su feudo era la parroquia de Candelaria y sus aledaños y allí no había muchacho que no corriese detrás de él aullando hasta enronquecer y arriesgando el pellejo.

Lo respetaban como a un ídolo. Cuando se aproximaba el Carnaval empezaban a hablar de él y su misteriosa personalidad era objeto de entusiastas comentarios. La mayor parte no lo conocían sino de nombre y muchos se lo forjaban de la manera más fantástica. Para algunos Pedro

Nolasco no podía ser un hombre como los demás, que trabajaba y vivía la vida ordinaria, sino un ente misterioso, que no salía de su casa durante todo el año y solo aparecía en público en el Carnaval, en su carácter absurdamente sagrado de diablo. Conocer a Pedro Nolasco, saber cuál era su casa y estar al corriente de sus intimidades, era motivo de orgullo para todos; haber hablado con él era algo como poseer la privanza de un príncipe. Se podía llenar la boca quien tal afirmaba, pues, esto solo adquiría gran ascendiente entre la chiquillería de la parroquia.

Aumentaba este prestigio una leyenda en la cual Pedro Nolasco aparecía como un héroe tutelar. Se refería que muchos años atrás, en la tarde de un martes de carnaval, Pedro Nolasco había realizado una proeza de consagración a "su cuerda". Había para entonces en Caracas un diablo rival de Pedro Nolasco, el diablo de San Juan, que tenía tanto partido como el de Candelaria y que había dicho que ese día invadiría los dominios de este para echarle cuero a él y a su turba. Pedro Nolasco lo supo y fue en busca de él, seguido de su hueste ululante. Se toparon los dos bandos y el diablo de San Juan arremetió contra la turba del otro, con el látigo en alto acudió en su defensa el de Candelaria y antes de que el rival bajase el brazo para "cuerearlo" le asestó en la cara un formidable cabezazo que a él le estropeó los cuernos y al otro le destrozó la boca. Fue un combate que no se hubiera desdeñado de cantar el Dante.

Desde entonces fue Pedro Nolasco el diablo único contra quien nadie se atrevía, temido de sus rivales vergonzantes, que arrastraban por las calles apartadas irrisorias turbas, admirado y querido de los suyos, a pesar del escozor de las pantorrillas y quizás por esto mismo, precisamente.

Pero corrió el tiempo y el imperio de Pedro Nolasco empezó a bambolear. Un foetazo mal dado, marcó las espaldas de un muchacho de influencia, y lo llevó a la policía; y como Pedro Nolasco se sintiese deprimido de aquel arresto que autorizaba el hecho insólito de una protesta contra su férula, hasta entonces inapelable, decidió no disfrazarse más, antes que aceptar tal menoscabo de su majestad.

II

Ahora está en la plaza viendo pasar la mascarada. Entre la muchedumbre de disfraces atraviesan diablos irrisorios, puramente decorativos, que andan en comparsas y llevan en las manos inofensivos tridentes de cartón plateado. En ninguna parte el diablo solitario, con el tradicional mandador que era terror y fascinación de la chusma. Indudablemente el Carnaval había degenerado.

Estando en estas reflexiones Pedro Nolasco vio que un tropel de muchachos invadía la plaza. A la cabeza venía un absurdo payaso, portando en una mano una sombrilla diminuta y en la otra un abanico con el cual se daba aire en la cara pintarrajeada, con un ambiguo y repugnante ademán afeminado. Era esto toda la gracia del payaso y en pos de la sombrilla corría la muchedumbre fascinada, como tras un señuelo.

Pedro Nolasco sintió rabia y vergüenza. ¿Cómo era posible que un hombre se disfrazase de aquella manera? Y sobre todo, ¿cómo era posible que lo siguiera una multitud? Se necesita haber perdido todas las virtudes varoniles para formar en aquel séquito vergonzoso y estúpido. ¡Miren que andar detrás de un payaso que se abanica como una mujerzuela! ¡Es el colmo de la degeneración carnavalesca!

Pero Pedro Nolasco amaba su pueblo y quiso redimirlo de tamaña vergüenza. Por su pupila quieta y dura pasó el relámpago de una resolución.

Al día siguiente, martes de carnaval, volvió a aparecer en las calles de Caracas el diablo de Candelaria.

Al principio pareció que su antiguo prestigio renacía íntegro, pues a poco ya tenía en su seguimiento una turba que alborotaba las calles con sus siniestros ¡aús! Pero de pronto apareció el payaso de la sombrilla y la mesnada de Pedro Nolasco fue tras el irrisorio señuelo, que era una promesa de sabrosa diversión sin los riesgos a que exponía el mandador del diablo.

Quedó solo este y bajo su máscara de trapo coronada por dos auténticos cuernos de chivo, resbalaron lágrimas de doloroso despecho.

Pero inmediatamente reaccionó y movido por un instinto el cual la experiencia había hecho sabio, arremetió contra la turba desertora, confiando en que el imperativo legendario de su látigo la volvería a su dominio, sumisa y fascinada.

Se arremolinó la chusma y hubo un momento de vacilación: el Diablo estaba a punto de imponerse, recobrando, por la virtud del mandador, los fueros que le arrebatase aquel ídolo grotesco. Era la voz de los siglos que resonaba en sus corazones.

Pero el payaso conocía las señales del tiempo y tremolando su sombrilla como una bandera prestigiosa, azuzó a su mesnada contra el diablo.

Volvió a resonar, como en los buenos tiempos, el ululato ensordecedor que fingía una traílla de canes visionarios, pero esta vez no expresaba miedo sino odio.

Pedro Nolasco se dio cuenta de la situación; ¡estaba irremisiblemente destronado! Y, sea porque un sentimiento de desprecio lo hiciese abdicar totalmente el cetro que había pretendido restablecer sobre aquella patulea degenerada, o porque su diabólico corazón se encogiese presa de auténtico miedo, lo cierto fue que volvió las espaldas al payaso y comenzó a alejarse para siempre a su retiro.

Pero el éxito enardeció al payaso. Arengando a la pandilla gritó: ¡Muchachos! Piedras con el diablo.

Y esto fue suficiente para que todas las manos se armasen de guijarros y se levantasen vindicatorias contra el antiguo ídolo en desgracia.

Huyó Pedro Nolasco bajo la lluvia del pedrusco que caía sobre él, y en su carrera insensata atravesó el arrabal y se echó por los campos de los aledaños. En su persecución la mesnada redoblaba su ardor bélico, bajo la sombrilla tutelar del payaso. Y era en las manos de este el abanico fementido el sable victorioso de aquella jornada.

Caía la tarde. Un crepúsculo de púrpura se desgranaba sobre los campos como un presagio. El diablo corría, corría, a través del paraje solitario por un sendero bordeado de montones de basura, sobre los cuales escarbaban agoreros zamuros que, al verlo venir, alzaban el vuelo, torpe y ruidoso, lanzando fatídicos gruñidos para ir a refugiarse en las ramas escuetas de un árbol que se levantaba espectral sobre el paisaje sequizo.

La pedreá continuaba cada vez más nutrida, cada vez más furiosa. Pedro Nolasco sentía que las fuerzas le abandonaban. Las piernas se le doblaban rendidas; dos veces cayó en su carrera; el corazón le producía ahogos angustiosos.

Y se le llenó de dolor, como a todos los redentores cuando se ven perseguidos por las criaturas amadas. ¡Porque él se sentía redentor, incomprendido y traicionado por todos! Él había querido libertar a "su pueblo" de la vergonzosa sugestión de aquel payaso grotesco, levantarlo hasta sí, insuflarle con su látigo el ánimo viril que antaño los arrastran en pos de él, empujados por esa voluptuosidad que produce jugar con el peligro.

Por fin una piedra, lanzada por un brazo más certero y poderoso, fue a darle en la cabeza. La vista se le nubló, sintió que en torno suyo las cosas se lanzaban en una ronda vertiginosa y que bajo sus pies la tierra se le escapaba. Dio un grito y cayó de bruces sobre el basurero. Se detuvo la chusma, asustada de lo que había hecho y comenzó a desbandarse.

Sucedió un silencio trágico. El payaso permaneció un rato clavado en el sitio, agitando maquinalmente el abanico. Bajo la risa pintada de albayalde en su rostro, el asombro adquiría una intensidad macabra. Desde el árbol fatídico los zamuros alargaban los cuellos hacia la víctima que estaba tendida en el basurero.

Luego el payaso emprendió la fuga.

Al pasar sobre el lomo de un collado, su sombrilla se destacó funambulesca contra el resplandor del ocaso.

EL CUARTO DE ENFRENTE

La noticia voló de boca en boca: hacía varios días que venía apareciendo en Caracas un tipo raro. Una tarde lo vieron en El Paraíso cruzar veloz el paseo, jineteando a la europea y con un traje exótico, un caballo enjaezada de la manera más pintoresca; otra tarde recorría las calles de la urbe en una victoria de lujo, en compañía de un hermoso galgo blanco.

—¿Te fijaste en ese que va ahí? —preguntó una, desde su ventana, a la vecina de enfrente.

—Sí. Ése debe ser el extranjero de quien tanto se habla en Caracas.

—¿No sabes cómo se llama?

—No. Parece que nadie lo conoce.

—Dicen que es argentino o mexicano y muy rico y de lo principal.

—¡Anjá! —El padre y que es millonario. Dicen que lo mandó a viajar porque y que tenía unos amores con una mujer inferior a él.

—¡Pero si nadie lo conoce!; ¿cómo saben esos detalles?

—;Ay, chica! Tú sabes que en Caracas todo se descubre al vuelo.

Y así comenzó la leyenda que dio al extranjero una buena porción de su resonante fama.

El resto de ella se lo debía a la intachable elegancia de su persona. Curiosos hubo que se pusieron a la tarea de contar los diversos ternos que ostentaba, siempre adecuados a la hora y a las circunstancias y todos flamantes, de esmerado corte y finas telas de buen gusto; pero perdieron la cuenta. Renunciando entonces al deseo pueblano de inventariarle la percha, concluyeron imitándosela, con lo cual vino a ser el elegante desconocido algo así como un maniquí que divulgó por Caracas la moda de los paletós cortos y entallados y de los pantalones de vuelos vueltos.

Fueron imitadas también sus maneras peculiares: su andar mesurado, con el busto ligeramente inclinado hacia adelante, apoyándose a cada paso en el bastón que siempre llevaba en la diestra, con los guantes manteniendo el brazo izquierdo en flexión, la mano casi a la altura del pecho portando el cigarro con el fuego vuelto hacia arriba, lo cual lo obligaba a hacer complicadas pero airosas manipulaciones para llevárselo a la boca.

No obstante, el extranjero no gozaba de simpatía general entre los jóvenes de Caracas. Todavía no se le había visto darle a nadie una hermosa bofetada que acreditara su hombría; se sospechaba que, con aquella cimbreante figura tan análoga a la de la galga no podría ser capaz de semejante proeza, y como entre nosotros todo se le perdona al valiente y nada se le concede a quien no ha demostrado serlo, le fueron negadas cualidades varoniles y le pusieron injuriosos remoquetes.

En cambio, la fama de dandy fue entre las mujeres sol sin manchas. Rebullían en sus femeniles corazones deliciosas esperanzas, y después de exhibir su gallarda persona por calles, paseos y salones, el extranjero adquiría vida ubicua y fantástica en los ensueños de las muchachas, que vieron en él una promesa de marido ideal.

Eran, sobre todo, los de Marisa Reinoso los sueños más tenaces.

Pertenecía ésta a una larga familia de muchachas casaderas y todas muy aceptables. Marisa era bonita y graciosa, pero la habían echado a perder a fuerza de tanto decirle que tenía una nariz griega y unos ojos enloquecedores. Un poeta de postales la llamó princesa y ella se lo creyó. Cuando iba al teatro procuraba llegar tarde, cosa de que la sala estuviese llena y entonces atravesaba taconeando fuerte, con el busto erguido y la mirada desafiadora, concediendo mimosas sonrisas a las amigas que la saludaban y graciosas inclinaciones de la cabeza griega a los jóvenes que la envolvían con sus miradas no siempre exentas de maliciosos pensamientos, a tiempo que se decían unos a otros y no tan callado que no los oyera ella:

—¡Qué buena es! ¡Hoy está imperial!

Intimas afinidades, perfectamente comprensibles, hicieron que el extranjero se enamorase de Marisa. Por otra parte, obra fue de ésta, que puso todas sus armas a la conquista de aquel árbitro de la elegancia cuyo nombre, Lope Arriolas, andaba envuelto en una sabrosa leyenda de millones y aventuras donjuanescas. Y las manejó con tanta destreza que a poco Lopa Arriolas visitaba la casa de las Reinoso. Se agitó en torno a ella el desapacible escarceo de las envidias y hasta hubo quienes les enviaran pérfidos anónimos aconsejándole desistir de aquellos amores peligrosos, pues ya se comenzaba a murmurar que Arriolas era un aventurero que había salido de su país huyendo a las persecuciones de la justicia a causa de un sucio asunto de fraude y seducción. Pero, naturalmente, Marisa atribuyó tales maleantes especies al despecho de las otras que, junto con ella, emprendieron el asedio del extranjero.

A cambio del desconsuelo que aquello le provocaba, se entregaba a dulces imaginaciones sobre su futuro. Se veía recorriendo el mundo del brazo de Arriolas, admirada y celebrada por todos, rodeada de riqueza y plena en su amor.

II

Así transcurrió el tiempo y llegó el que había sido señalado para la boda. La casa de las Reinoso andaba toda revuelta con los preparativos que se hacían. Una cuadrilla de artesanos pulía los suelos, pintaban o empapelaban las paredes, barnizaban los muebles, tendían una complicada red de cables para la suntuosa iluminación eléctrica que convertiría la morada nupcial en una mansión de hadas. La modista iba, casi a diario, a probar a la desposada las prendas del ajuar; las vecinas acudían a curiosear las novedades, y en las sobremesas de le familia no se hablaba sino de las familias que debían asistir a la boda, clasificándolas cuidadosamente en las dos categorías de padrinos y simples invitados. Todo esto costaba al señor Reinoso un ojo de la cara, pero estaba dispuesto a hacer mayores sacrificios a fin de que la fiesta resultase digna de la altísima calidad del novio y de la elevada posición social que la familia ocupaba en el "mundo elegante" de Caracas.

Entretanto, Gertrudis, tía materna de Marisa, que le había tomado a su cargo desde la temprana orfandad de ésta, erraba mustia, suspirante. Abandonados de la diaria mano de cosméticos, sus cabellos encanecían de las noches a las mañanas; grandes ojeras de inquietos trasnoches cercaban sus ojos miopes, en los cuales asomaban a menudo lágrimas furtivas que se enjugaba con la punta de un pañuelo que no dejaba de la mano, como si estuviera en un mortuorio. Cuando entraba la noche su cuerpo empezaba a sufrir sacudimientos de miedo, en previsión de los que la asaltarían cuando faltándole la compañía de Marisa se acostara sola a dormir en aquel cuarto de enfrente en cuyo techo raso los ratones emprendían carreras que provocaban pavor.

A veces hacía fúnebres reflexiones que encogían los corazones excitados, y don Juan Reinoso, que profesaba una aversión incontenible e injusta a la cuñada que lo había ayudado a sobrellevar la carga de la viudedad, la mandaba callarse ásperamente.

En cuanto a Arriolas, no se le veía hacer mayores preparativos a causa de que no pensaba fundar por el momento casa en Caracas, pues el mismo día de la boda emprendían viaje a Italia, bajo la legendaria belleza de cuyo cielo pasarían la luna de miel.

La víspera de la boda fue a casa de las Reinoso y llamando aparte a don Juan le exigió una entrevista, pues tenía algo grave que comunicarle. Se encerró con él el señor Reinoso en su escritorio y allí estuvieron largo espacio.

Cuando salieron de allí y Arriolas se hubo despedido, don Juan congregó a las hijas y a Gertrudis, la cuñada, para decirles:

—¿Saben lo que pasa? Este Arriolas ha resultado ser un aventurero, un vagabundo.

—¡Cómo va a ser posible, Juan! —exclamó Gertrudis, sintiendo que el mundo se desplomaba sobre las cabezas de todos ellos.

—¡Siéndolo! Me ha confesado que todo lo que nos ha contado de su familia es pura leyenda. Que su padre no tiene más dinero que el que le produce una "charcuterie", es decir: una salchichería. Que lo mandó a Venezuela porque las autoridades mexicanas lo perseguían a causa de una locura que cometió por allá. Imagínense lo que será. Que no tiene un centavo para hacer los gastos del civil, porque su padre no le manda sino lo necesario para comer. En fin, que es un bribón, un caballero de industria.

Estas palabras, dichas con voz trémula de ira, cayeron abrumadoras sobre las Reinoso. Sucedió un silencio mortal. De pronto Marisa rompió a llorar, con un llanto entrecortado de singultos angustiosos, estrangulado por la violencia misma de su fuerza, gritado, inquietante como un preludio de ataque nervioso. Acudió la tía a consolarla, mientras las hermanas, con los ojos arrasados en lágrimas, no se atrevían a mirarla siquiera.

Don Juan Reinoso apretaba los puños hasta clavarse las uñas en las palmas de las manos; en el cuello congestionado la yugular se le brotaba de una manera alarmante.

Las solicitudes maternales de la tía Gertrudis y un poco de valeriana apaciguaron al cabo de un rato la dolorosa tormenta dé Marisa. Cerró los ojos y reclinando la cabeza en el pecho de la tía, duro y estéril como la tierra del yermo, se abandonó a la implacable realidad de sus desengaños.

—Bien, Juan. ¿Qué has pensado hacer? —preguntó luego Gertrudis.

—¡Mandarlo a paseo con mil demonios! ¡No faltaba más! Lo que es ese bribón no pisa más esta casa.

Saltó Marisa:

—No, papá. No. Así y todo yo lo quiero y estoy dispuesta a casarme con él.

—Pero, hijita… ¿Te has vuelto loca?

—Yo lo quiero, papá. Yo lo quiero y me caso ron él, cueste lo que cueste.

—¡Lo que cueste! ¡Qué sabes tú lo que me va a costar a mí!

—Lo quiero y me caso y me caso y me caso.

—Sí. Ya comprendo lo que te sucede. Por no dar tu brazo a torcer, por no quedar en ridículo entre tus amiguitas, serías capaz de sacrificar tu felicidad, hasta tu vida. Así son ustedes las mujeres. Y después se quejan.

—Yo no me quejaré nunca. Acepto la vida que él me ofrezca; si es necesario trabajar como una negra, trabajaré.

—Muy laudable resolución. Eso se llama hacer sacrificios.

—Los haré y si tú no convienes en el matrimonio, yo…

—Cállate. ¡Qué vas a decir, desgraciada!

—¡Papa!… —comenzaron a suplicar las otras.

Y Gertrudia intervino:

—Reflexiona, Juan. Ella está enamorada. Porque sea pobre no va a ser malo Arriolas. Él la quiere y trabajará; tú mismo, en el almacén, puedes emplearlo. ¡Quién te asegura que ésa no sea la felicidad de tu hija!

—Tú también le temes al qué dirán.

—Y es natural que se le tema. Es muy desagradable saber que la gente está haciendo chacota de uno. A ti mismo no puede agradarte pensar que si este matrimonio se desbarata, mañana tu familia estará en ridículo, siendo objeto de murmuraciones y de calumnias.

Hubo una pausa.

Don Juan se debatía como bajo el imperio de una lucha interior. Al cabo preguntó:

—Bien, ¿Y qué hacemos?

—Hacer como si no hubiera pasado nada.

—¿Y dónde va a vivir esta infeliz? Porque ya he dicho que Arriolas me ha confesado que no tiene un centavo.

—¿Y el viaje a Italia?

—¡Qué viaje de los demonios! ¿Eres sorda? ¡Que no tiene un centavo! ¡Lo oyes bien: ni un centavo! Ha tenido la desvergüenza de confesarme que tuvo que vender el galgo para pagar la quincena vencida del hotel, porque en este mes todavía no ha recibido la pensión que le manda el padre. ¡El padre! ¡Ni padre tendrá ese badulaque!

Nueva pausa y luego Gertrudis providente:

—Ya encontré la solución. Se quedan a vivir aquí. Se les arregla el cuarto de enfrente. Yo paso mi cama para la piececita de los corotos viejos. El cuarto de enfrente es muy cómodo. Y para un matrimonio está que ni mandado a hacer.

Marisa pensó en el soñado viaje de bodas bajo el cielo de Italia y rompió a llorar de nuevo.

Una hora después la tía Gertrudis pasaba su cama para el cuarto de los trastos viejos.

PEGUJOL

Pegujal es un poblacho triste y pobre, lleno de polvo y de moscas, lleno de silencio y de modorra, lleno de infinitas amarguras grandes y pequeñas. Lo rodean unos cerros tiñosos, de tierra empedernida y rojiza que van a morir allí en la entrada de los llanos; lo atraviesa un camino por donde se siente pasar la taciturnidad de las pampas desiertas y antaño estuvo sentado en las márgenes de un río que arrastraba un limpio caudal de mansas y abundosas aguas.

En los cerros, mientras dura la estación de las lluvias, verdean y se doran precarios maizales; por el camino transitan, de cuando en cuando, quejumbrosos convoyes de polvorientas carretas, tardos arreos de burros cansinos que marchan dejando en el aire un son de cencerros llenos de melancolía o morosas puntas de ganado, con el cantar de cuyos pastores pasa por el pueblo el alma doliente de las llanuras; del río, que buscó otro cauce por tierras más generosas y se fue por él, sin que de la negligencia de los pegujaleros pudiese salir un pequeño esfuerzo para retenerlo, poniendo una mala estacada en la orilla que las aguas desbordadas lamieron y desmoronaron durante años y años; del río que espejeó la riente verdura de la tierra feraz y por cuyas ondas se deslizaron las canoas colmadas como cuernos de abundancia, solo queda el lecho enjuto y fangoso que las avenidas del invierno anegan de mortíferos cilantos.

La gente de Pegujal es gente hosca, pachorrenta, roída por minúsculos rencores de una hoguera de odios ancestrales en cuyo rescoldo escarban los espectros de las razas irreductibles, minada por un pesimismo hecho de indolencia y misantropía, propensa a las marejadas de las pasiones violentas y fugaces, trágica hasta en la alegría.

La vida de Pegujal es un mollejón donde se amellan los filos mejor templados del espíritu. Dentro de las casas: la muda tragedia de las mujeres marchitas que tienen el aire triste de los animales amansados y sufren, sin darse cuenta, la nostalgia de la ternura que no conocen; fuera de las casas, la taciturnidad de los hombres royendo el hueso del trabajo sin fruto; un perezoso golpe de azadón, de rato en rato, allá en el soleado silencio del conuco; un sofocante trajinar por la encendida soledad de las sabanas apacentando el rebaño famélico, a lo largo de los polvorientos caminos conduciendo el arreo; un caviloso sinquehacer detrás del mostrador de la pulpería por cuyas desiertas armaduras corren en paz los ratones.

Un día: Honda modorra bajo la cruda luz canicular: la hoja está inmóvil en la rama del árbol, se hace visible la reverberación de la tierra pedriscosa, se siente cómo se va cerrando en torno al poblado el anillo de silencio de los desiertos circundantes. Adormecen los perezosos ruidos que ahondan la quietud aldeana: el mazo del talabartero; el canto del martillo sobre el yunque del herrador; una conversación soporosa, que no se sabe de dónde sale y parece llenar todo el pueblo, confundida con el bordoneo de las moscas en el bochorno del resol; el monótono tictaqueo del telégrafo denunciando el paso de mensajes que nunca se detienen porque Pegujal está olvidado del resto del mundo; el soñoliento tintinear de las cencerros de las recuas que van levantando el polvo del camino; la honda melancolía del cantar de los llaneros que vienen del llano adentro conduciendo la vacada cansina:

¡despídete de tu comederoooooo!
que te llevan pa Caracas a cambiarte por dineroooo...

Y así todos los días.
Una noche:
Es la noche de las tierras misteriosas bajo cuyo feérico esplendor duerme la pampa solitaria y resuena la salvaje melodía de las selvas vírgenes, la inquietante noche de las tierras malditas en cuyo alto silencio se oye el gañido de la fiera en la espelunca, el grito de la víctima que cayó en la emboscada, el anheloso reclamo de la lujuria infecunda y en cuya negrura fosforecen los espantosos dientes de la sayona que aguarda al nocherniego en la orilla del camino y lo invita a seguirla.

Los hombres forman corrillos en los corredores de las pulperías. Se cuentan sus trabajos: el arriero habla de los que pasó en los barrizales donde se le atascaron los burros; el ganadero de las reses que se le desgaritaron en la sabana y de las que dejó despeadas a lo largo de su viaje de días y días desde el hato remoto; el conuquero, de la candelilla que le destruyó las siembras o del maizal, que no cuajó las mazorcas porque no llovió o porque llovió demasiado.

Y así todas las noches. Y cuando se recogen a sus casas, por el camino que blanquea a la luz de las estrellas, alguno va diciendo:

—Pues sí, cámara, las mujeres son malas. Yo a la mía la quiero, pero le ando adelante, pa que no se me enrisque. Porque a las mujeres haceles sentí la condición del hombre. ¡Ah, sí! Esa que le digo me tenía miedo; la condená cargaba amarrá en la pretina una cabulla de mí tamaño, pa que no me le juera. ¡No me venga! Le saqué la zurda y toavía se está sobando la jeta. Las mujeres son malas.

Así se ama en Pegujal. Otras veces es una escena de sangre:

—Pues el hombre llegó y dijo: ¿Por aquí y que anda un tal Gregorio Pinto a quien no hay quien se le pare? ¡Ja, caramba! ¡Más vale que no lo hubiera dicho! El indio Gregorio se le encimó y le dijo: Ese tal Gregorio Pinto es éste. Y diciéndolo le zumbó el puñal por aquí, Dios me salve el lugar. No dijo ni ñé… Pero digo yo: ¿qué necesidá tiene nadie de injuriá a los hombres?

Así se odia en Pegujal.

Otras veces, camino del velorio del amigo que ha muerto:

—Eso fue daño que le echaron. brujo de "Los Lechozos".

Así piensan en Pegujal.

II

Por mayo, cuando la Cruz del Sur se endereza en los cielos y con las primeras lluvias comienza a llenarse el antiguo cauce del río y los cerros carbonizados por el fuego de las rosas a revestirse del verde tierno de los maizales, Pegujal sacude la murria que pesa sobre él durante todo el año, como la pátina de polvo sobre las techumbres hasta que llega el invierno y las lava.

Las campanas repican alborozadas y de los contornos acuden romerías jubilosas. Es la fiesta del Santo Patrono. Fiesta religiosa y pagana a la vez, que enfervoriza los ánimos taciturnos, provocando inquietantes explosiones de alegría. En la iglesia el mujerío atento al sermón o al gangoso canturreo de la misa; en la calle la fiebre del regocijo, amenazando a cada momento convertirse en tragedia; gritos de borrachera, zumbido del populacho en los garitos improvisados por donde quiera, en torno a las ruletas y montes de dado, la algarabía de las galleras en las mañanas, la embriaguez de la coleadera de toros en las tardes, el estruendo de los fuegos que se queman por las noches en el altozano de la iglesia, dentro de un círculo de palurdos que contemplan embobados la elevación de las bombas cuyas candilejas les llenan de lívidos reflejos los rostros de pómulos filosos, el rumor de las parrandas que recorren las calles al son de cuatros y maracas, hasta el filo de medianoche.

Una vez llegó a Pegujal una cuadrilla de toreros trashumantes de esos que van de pueblo en pueblo, poniendo el miedo al servicio del hambre. Eran matarifes desarraigados a quienes la casualidad de un lance feliz que nunca pudieron repetir sacó de sus mataderos. Entre ellos iba un español que hacía el Tancredo.

Era un hombre bonito y presumido que gastaba perfumes, hablaba con voz cantarina y tenía ambiguos modales afeminados. Por otra parte, era lo que en Pegujal se llamaba un pretencioso: se desdeñaba codearse con el populacho y hacía ascos a las groseras bebidas que le ofrecían, jactándose de no tomar sino brandy Biscuit. A causa de esto le cambiaron el alias torero que usaba, por el mote despectivo de "El Biscuí".

Y comenzaron a odiarlo con la vehemencia de sus pasiones violentas, que eran como el fuego sobre las sabanas tostadas por el verano rápido: rápidas, arrolladoras, fugaces.

Tenían los pegujaleros un rudo concepto de la hombría y jamás se había dado allí el caso de un varón que no lo fuese plenamente, con toda la aspereza de los machos bravíos y por lo tanto no podían soportar los ambiguos modales del Biscuí; pero menos que todo podían perdonarle la desdeñosa petulancia que usaba para con ellos, porque allí todo el mundo tenía una exagerada noción de sí mismo y una idea brutal de la dignidad. Así, pues, cuando supieron que el españolito haría al día siguiente la suerte del Tancredo, suerte que, por lo demás, ellos no conocían y por lo tanto no les parecía que valiese la pena, decidieron jugarle una broma pesada para ponerlo en ridículo, que le sirviese de escarmiento para toda la vida, "porque a los hombres no se les injuria así".

Poniendo manos a la obra, una vez enterados del truco de la suerte, fueron al corral donde estaba el ganado que los toreros habían de lidiar al día siguiente, provistos del Judas de trapo que, según costumbre tradicional, se quemaba en el pueblo para fin de las fiestas patronales, y escogiendo el toro más bravo, que era el que le iban a soltar al Biscuí, comenzaron a amaestrarlo a fin de que embistiera al bulto inmóvil y blanco que le inspiraba instintivo recelo.

La lumbre espectral de la luna bañaba el corral, en cuyo recinto el toro embravecido derrotaba al espantajo, sostenido en el medio por una cuerda amarrada en los tranqueros, sobre los cuales estaban los iniciadores de la broma, restregándose las manos, satisfechos de su ingenio, experimentando por adelantado la bestial voluptuosidad de la escena que al día siguiente habían de presenciar todos.

III

Y fue como lo hablan previsto. Todo el pueblo se apiñaba sobre las empalizadas coreando los lances de los toreros, celebrando con frenéticas griterías las intenciones asesinas del toro que buscaba el cuerpo del lidiador tras el engaño de la capa, insultando al que huía ante las astas mortales, como si experimentasen la necesidad del espectáculo de la sangre saltando en chorros hasta salpicarles las caras.

Por fin tocó el turno al Biscuí. Apareció envuelto en un capote de seda roja recamado de oro, que lanzó, a la usanza toreril, a una ventana colmada de mujeres bonitas, quedando en un traje de malla todo blanca que le ceñía el cuerpo gallardo y bien formado.

De las empalizadas salió una lluvia de silbidos y de invectivas procaces; pero el Biscuí no se inmutó, y con una desdeñosa sonrisa en los labios fue a subirse en un escabel de madera también blanca que habla hecho colocar en mitad de la calle, frente a la puerta del toril.

Hubo un momento de expectativa; palpitaban los recios corazones de los pegujaleros apercibidos para la emoción desconocida. De pronto, un estruendo de maderas que ceden a un empuje formidable: ha salido el taro.

Un toro lebruno, de enhiesto testuz coronado de astas agudas como puñales. Se detiene un momento como si buscara al adversario, le vibra el cuello en una crispación de los nervios tensos, le salta en los ojos la lumbre de la fiereza; pasea las miradas por el gentío encaramado en las talanqueras y las fija por fin en la estatua inmóvil que se levanta en mitad de la calle. Es el adversario, lo reconoce: el mismo que excitó su furor en el claro de luna del corral.

Rápido se lanza sobre él; al acercarse vacila un momento, gazapea, parece que va a huir, pero de súbito engrifa el pescuezo, se recoge sobre sí mismo con los cuernos a ras del suelo, se dispara sobre el bulto inmóvil y lo lanza por el aire…

Una gritería de espanto…, otros gritos que no se oyen…, la mueca de la risa estereotipada en un gesto de horror…, un tropel de gente que se desgaja de las talanqueras…

Unos, los que prepararon la broma, bracean y gritan al toro que acude a recoger al Biscuí. El toro se detiene para encarárseles y los derrota contra la empalizada; saltan los hombres atemorizados.

Fue cosa de segundos; pero bastaron para que los compañeros del Biscuí le recogiesen del suelo y se lo llevasen al burladero manando sangre.

La noche. Se comenta el suceso. Uno pregunta:

—¿Tú lo viste?

—Sí. Está destrozado. No amanece.

Y otro, el que dio la idea de adiestrar al toro:

—Es que con los toros de aquí no se pueen hacé morisquetas. Ese toro lebruno es una fiera.

Y los que sostuvieron la cuerda de donde pendía el Judas:

—Y diga unté que si no es por nosotros que le llamamos la atención al toro, lo suelta frío ahí mismo...

EL MAESTRO

Había en la ciudad un hombre a quien todo el mundo conocía y celebraba; le llamaban "El Maestro". Era un truhan desarrapado, gran bebedor y amigo de exhibir a todo trance su trasnochada erudición. Arrastraba por plazas y cantinas su bohemianismo nocherniego y en el día se recogía a dormir sus borracheras en la caseta donde el vigilante de un paseo guardaba sus herramientas, cerca de las jaulas de los tigres.

De las piltrafas destinadas a éstos el guarda le reservaba algunos trozos, que él guisaba en la tarde, cuando se levantaba, con abundante cantidad de ajos, diciendo que para que no fuese de bofes y asaduras todo el mal olor que aquello exhalaba. Y mientras engullía su pitanza, peroraba invariablemente así:

—He aquí el tributo de la ciudad que me alimenta en este jardín, como antaño hiciera Atenas con sus héroes en el Pritaneo. La municipalidad me sostiene lo mismo que a las fieras, porque ellas y yo desempeñamos una idéntica función social, imprescindible para la ética colectiva; recordarles a nuestros semejantes cuanto tienen de felinos y de simios.

Con esta sal prieta de cinismo y de erudición barata acababa el Maestro de adobar sus manjares, y fue tan ponderado el humorismo que dieron en ver en ello quienes lo escuchaban y presumían de zahoríes, que había gente que subía todas las tardes a los jardines de la colina a presenciar el banquete del cínico, alabar sus deliciosas paradojas y desmigajarse de risa con sus crudos sarcasmos. Y aunque en realidad en las sátiras del Maestro el humorismo remaba como forzado en galeras, su regocijante fama se extendió por todas partes y llegó a decirse que en aquel burlón descreído y escéptico se encarnaba el alma deliciosamente frívola de la ciudad, que siempre había tenido un famoso epigrama en despique de las calamidades de todo género que lloviesen sobre ella.

Dicho y creído esto, la ciudad se sintió orgullosa de poseer tal representativo. Le mimaba y agasajaba en todas partes; le toleraba su mordacidad y muchos erigieron en norma de la propia conducta su cinismo y su desdén por todo lo que fuese cosa digna de meditación y de respeto.

Y era en los barrios habitados por la hez de la ciudad, en los corrillos nocturnos de pícaros y matones, donde el Maestro ejercía con mayor imperio su grotesca hegemonía. Su parla enfática y llena de sabiduría de relumbrón embobaba a los palurdos; su brutal mordacidad les halagaba el grosero gusto; su absoluta amoralidad era para ellos una justificación y un consuelo que parecía pedirles el alma envilecida.

Pero una tarde, al descender de la colina, el Maestro sintió que el alma se le llenaba de tristes presentimientos: algo flotaba sobre la ciudad que le anunciaba que su grotesco reinado bamboleaba en sus cimientos.

Los últimos resplandores del crepúsculo se deshacían en suaves tintas sobre los patinosos tejados; apenas quedaban algunas chispas de sol en las torres y sobre las copas de los árboles. Las calles se veían solas y quietas, y se sentía subir un beato silencio.

Algo grave debía estar sucediendo allá; en la ciudad disipada y burlona la vida parecía haberse retirado a las insondables profundidades donde impera el ritmo solemne del universo invisible.

El Maestro atravesó las avenidas desiertas, encaminándose al centro de la población. Allí también la soledad y el silencio. Las calles estaban sembradas de pétalos de flores; en el aire flotaba un dulce olor de nardos y todo tenía un sello de inusitada austeridad, de religioso recogimiento. Era el alma de la ciudad, que había surgido por fin, estampando en las cosas más vulgares su inefable fisonomía.

El Maestro experimentó la angustia que produce la presencia del misterio, pero hizo un esfuerzo supremo por librarse de aquella inquietante presión de su propia vida interior y preguntó a un tullido que estaba en el escaño de una puerta:

—¿Qué se ha hecho la gente de la ciudad?

—¡Qué! ¿No sabe usted? Todo el mundo se ha ido al cementerio a enterrar al santo.

Y como por la abotagada faz del Maestro pasase un gesto de extrañeza, el mendigo continuó:

—¿No sabe usted que ha muerto un justo? Dicen que era la misma virtud. Mientras vivía parece que nadie se ocupara de él, pero al morir todo el mundo ha sentido que lo llevaba dentro de su corazón. ¡Era de verse! ¡Era de verse! Hoy han sucedido cosas estupendas; se han oído palabras que ya no se pronunciaban; ha hablado el dios mudo que cada uno lleva dentro de sí mismo.

—Vaya, vaya, buen hombre. Usted debe ser presa de la fiebre: está delirando. Quede usted con Dios. Es verdaderamente lamentable lo que me ha referido. ¡Toda la ciudad! ¡Quién iba a decírmelo!

Y se alejó con la mueca del sarcasmo en los labios, monologando:

—¡Un homenaje a la virtud! Me habría gustado ver las caras de los ejecutores de la justicia divina. Indudablemente el mundo se acerca a su fin; ya empiezan a trastornarse las leyes naturales. ¿Quién iba a creer que la ciudad escéptica y burlona cayera en la sandez de tomar algo por lo serio?

En la noche lo vieron abandonar la ciudad. Un hombre que estaba a orillas del camino gozando de la tibia dulzura de las sombras, le dijo al reconocerlo:

—Maestro, ¿para dónde la lleva?

—Acaba usted de repetir en sabrosa jerga vernácula la evangélica interpretación de Pedro —le respondió—. Y a fe mía que viene aquí de perlas, pues me acontece algo muy semejante a lo que pasaba por el alma del divino andarín: abandono la ciudad porque mis discípulos me han traicionado; se han vuelto personas formales.

Sucedía esto en un barrio donde el Maestro tenía sus mejores admiradores. Garitos y mancebías arrojaban sobre la oscuridad del camino la lumbre rojiza de sus sórdidos interiores; pero no se sentía esta vez la típica animación de los lugares del vicio. No se oía el zumbido de los garitos y de las cantinas, ni el desapacible canturreo de las mozas turbaba el recogimiento de la noche. Seguramente hasta allí había llegado el misterioso soplo que pasara sobre la ciudad, haciendo huir la vida al fondo de las almas.

El Maestro proseguía su perorata:

—Ganas he tenido de sacudir el polvo de mis zapatos, a la manera de los profetas bíblicos, así que hube traspuesto los términos de la ciudad, para que sobre ellos recayesen no las iras, porque no son, ciertamente, las históricas lluvias de fuego el castigo que la necia ciudad merece, pero sí el desdén y el sarcasmo de los dioses, la olímpica carcajada que saque a los rostros de sus pobladores el resquemor de la vergüenza de la estupenda sandez en que han incurrido.

Y soltando una ruidosa risotada prosiguió su camino.

—Ahí viene ése.

Oyó que alguien decía en un grupo instalado en medio de la carretera, dentro del halo mortecino de un farol.

Lo integraban rufianes y tahúres de los que por allí medraban; una moza en cuyo rostro sollamado por los coloretes quedaban restos de frescura juvenil y una vieja de facha repelosa, mitad bruja, mitad celestina, que miraba torvamente y llevaba sobre las espaldas, a manera de alforja de sus pecados, una giba que armonizaba bien con el andar camelluno.

El Maestro los interpeló:

—¿Por ventura fueron ustedes del número de los que llevaron en hombros la urna del santo?

—Sí. ¿Por qué? —contestó uno de los rufianes, encarándosele.

—¡Bienaventurados los limpios de corazón! Ustedes verán a Dios, porque han sido purificados.

—Mire, Maestro, no se juegue con estas cosas —atajó el hombre ásperamente.

Y otro agregó con acento de franca hostilidad:

—Sí. Mejor es que se vaya con su música a otra parte. Hoy no estamos para burlas.

El Maestro se quedó mirándolos buen espacio, Algo inusitado había en aquellos rostros: una huella de alma, un destello de luz interior, algo que parecía anunciar que una humanidad nueva estaba naciendo en ellos. Y el Maestro volvió a sentir el sobresalto que produce la brusca aparición de lo sobrenatural.

Se habían congregado allí a comentar el suceso. Hacía rato que no hablaban, pero ninguno se atrevía a separarse del círculo que formaban, como si una fuerza misteriosa los retuviese. Sentían que una vez que se dispersaran, cada uno volvería a su vida manchada y envilecida y experimentaban un supersticioso temor de encontrarse a solas con sus obras, fuera de aquel círculo donde habían pasado una hora pura, comentando las virtudes del justo a quien llevaran, sobre los hombros, a enterrar. Sabían que en torno de ellos rondaba el horror de sus existencias abyectas y que al separarse unos de otros volverían a ser presa de las bestias invisibles que habían alimentado con sus acciones y con sus pensamientos en los sitios de disolución donde siempre vivieran. Era imposible librarse definitivamente de la lógica que regía sus destinos; pero al menos querían retardar el momento de la vuelta al camino trazado. Hablando de cosas puras y hermosas habían visto un rayo de la lumbre espiritual que a ratos brilla sobre el mundo y querían prolongar el hechizo, seguros de que jamás volvería a encenderse para ellos.

Con esta mezcla inefable de sentimientos que no habían experimentado antes, cada cual cuidaba del silencio como de un frágil cristal que amenaza romperse. Presentían que la primera palabra que alguno pronunciase desvanecería el encanto y los arrojaría otra vez, definitivamente, al cieno donde los retenía el lazo de las obras cumplidas. Por eso cuando oyeron la voz del Maestro que se acercaba por el oscuro camino, sintieron miedo. Aquel hombre que se burlaba de todo venía a romper el encanto.

Molestos y apercibidos contra él, oyeron en silencio las sátiras que destilaban los labios ponzoñosos. No sabían por qué, pero sentían que comenzaban a odiar a aquel hombre que había ejercido sobre ellos una dominación incontrastable.

De pronto un brazo se alzó en el aire y cayó, airado, sobre la boca del humorista que acababa de proferir un sarcasmo atroz.

Fue la señal. Todos los brazos se levantaron movidos por un impulso unánime, y el cuerpo del Maestro, tundido a golpes, molido a palos, se desplomó sobre el camino.

Sorprendidos de su obra, los ejecutores de aquel inexplicable desagravio la interrumpieron súbitamente y se miraron unos a otros, como si no se reconociesen. Luego uno formuló la interrogación que había en las miradas llenas de asombro:

—¿Por qué hemos hecho esto?

Entonces se produjo un fenómeno misterioso: comprendieron que habían sido instrumentos ciegos de una fuerza avasalladora; en un instante de honda vida interior sintieron la presencia del alma que acababa de resurgir en ellos y asaltados por un miedo bestial ante aquel huésped de otro mundo que se aposentara en sus corazones inopinadamente, se dieron a la fuga.

Al fin se detuvieron. Tornaron a mirarse las caras demudadas por el espanto, y uno exclamó:

—¿Y ahora cómo viviremos?

Nadie respondió. Cada cual presentía que su vida había sido trastornada; pero ya la luz interior se había extinguido y solo veían sombras dentro de sus almas.

Rompiendo el silencio, alguien preguntó sin saber si lo deseaba o lo temía:

—¿Habremos muerto al Maestro?

EL MILAGRO DEL AÑO

I

El alba. Regresaban las barcas. Todos los años, por aquel tiempo, se las veía venir desde todos los puntos del mar; aquella vez por el Sur aparecieron las primeras.

Mala temporada habían tenido los pescadores, escasa pesca y mucho dolor, que es pesadumbre ingrata, traían a bordo las barcas. Eran muchas: balandras, trespuños, faluchos, piraguas veloces; todo el mar cubierto de velas: blancas, rosadas o de un suave tinte violeta o de oro violento algunas: el alba en las velas.

Desde el otro lado del horizonte las avienta el Sur, fresco y sutil; enfrente a las proas la isla en el amanecer: oro y rosa. Cercana la tierra, frente al abrupto riscal en que remata un cabo que se interna mar adentro como un brazo de nervuda anatomía que enseñara a las olas el puño crispado, el agua hace danzar los bajeles a compás de crujidos. A bordo los pescadores atentos a la maniobra; en el timón de la María del Mar qu estela el rumbo de la flotilla, el Chavalo, absorto, bajo el amplio sombrero de palma la dura mirada fija en el oleaje que tiene reflejos de aceros y se encresta aguzando afiladas aristas, como un airado blandir de hachas contra las bordas. La recia mano aferrada a la barra pone rumbo al cabo, inconscientemente.

Diez voces gritan

—¡Eh, Chavalo! ¡El cabo!

El patrón sin decir palabra, le quita la barra, y el hombre, mohino, se retira.

—¿Qué iría a hacer por ahí? —murmura uno.

Otro agrega:

—Este no está bueno.

Y otro:

—¿Cuándo lo ha sío él?

Y uno que sobre unas redes está tendido, todo cubierto de vendas y quejumbroso y con muchas manchas de sangre, ya negra, en la ropa, se lo queda viendo largamente.

II

Doblado el cabo: la ensenada sembrada de slotes. Sobre el agua oscura y profunda, la blancura del escarceo; en el fondo la playa como una herradura de plata, a ras del agua el manglar exuberante, y encima, en un azul regazo de montaña, el pueblo, blanco, en las primicias del orto.

Aparecidas en el abra las barcas un claro repique de lejanas campanas resbala sobre el mar; son las campanas del pueblo que saludan el retorno de los pescadores. Ellos las oyen con emoción y sonríen como a las caricias de una persona querida. Pero alguien las oye con tristeza y piensa:

—Si supieran, más bien doblarían.

Ganada la bahía donde el mar se apacigua y aviva su zafiro a la sombra de los islotes, una a una se enriscan las barcas. ¡Qué azules están las avenidas del mar! ¡Qué blancas resaltan las velas! Por detrás de la isla el Sol cercano desparrama rútilo haz estriado de sombras, como un enorme abanico, y a la luz creciente los escollos —vagas manchas— van tomando extrañas formas caprichosas; a flor de agua algunos, suaves a la vista que materialmente los palpa blandos y tibios, como ballenas dormidas hasta el alba; o de violentos cortes otros, en los que rojea, como si sangrara, la entraña de la roca. En uno el talud evidencia los diferentes estratos del risco que bajan hasta el mar como una inmensa gradería, las olas quieren treparla y estallan en un desesperado fracaso de espumas; en otros el agua oscura y untuosa lame con menudas lenguas los acantilados profundos, bruñidos y rojizos como de bronce reciente; en otros la escarpa almenada finge muros de derruidos atalayas, o aguzándose como góticos campaniles sugiere ideas de antiguos templos abandonados al mar, ante los cuales se eleva, todavía, una blanca plegaria de grumos.

Súbito, por encima de la isla salta un celaje vivaz cual una llama. Luego: el Sol. Tajante, echa su espada sobre el mar. Despiertan las aristas dormidas en la penumbra de los taludes; los mástiles de las barcas funden sus puntas de oro improviso, y fundido, el oro resbala por las velas hasta el agua que se incendia. Ahora también deben ser de oro las campanas que celebran el regreso de la flota, así vibran, claras y triunfales en la onda luminosa las ondas sonoras, tenues o intensas, como mecidas al vaivén de las olas. ¡Cómo pasan, atropellándose, empujándose, como niños en festivo tropel, las alegres campanadas sobre el sordo murmullo del mar, sobre el áspero crujir de los bajeles, sobre el monótono tumbo del viento que tropieza contra las velas como un ciego que no encontrara su camino en toda la anchura del cielo!

Ya llegan las barcas. Rota por las quillas va quedando sobre la seda del agua el rasgón de la estela que viene zurciendo el alba con su pespunte de oro. Ya se distingue claramente en la playa el alegre gentío que espera a los pescadores: son mujeres y muchachos casi todos, algunos viejos apenas. Otros se han echado al mar en sus cayucos al encuentro de los bajeles y ya los rodean y van de unos a otros, resbalando sobre el agua clarísima.

Se cruzan saludos y preguntas. Los de la flota traen malas noticias: ha sucedido una desgracia; viene poca pesca.

III

Arriadas las velas; clavadas las anclas. Los pescadores saltan a tierra con sus caras sombrías y sus infaustas noticias.

Cuenta uno:

—Estábanos calando una mancha de jurel que que acababan de voceá, cuando se apareció un bote en que venían el Chavalo y Andrés, que venía como está, too herío, y luego que arribaron dijeron que cuando pasaban por la Escollera, de vuelta pal Morro donde estábanos arranchaos, a medianoche la "Gaviota" en que venían, trompezó contra un recife y empezó a hundise ahi mismo. En la "Gaviota" venían: Antoñico, el hijo de don Antonio, el Ñato y Pedro Gómez, junto con el Chavalo y Andrés; y dice el Chavalo que él se salvó porque la "Virgen del Mar" le gizo el milagro de sacalo del mal paso y que encontró a Andrés que nadaba pa tierra y lo recogió en el bote de la balandra. Que a Antoñico y al Ñato ni los oyeron grita.

Y otro agrega:

—En la "Gaviota" venía la plata del pescao que había dío a vendé Antoñico, y la plata no ha aparecío.

—¿Y por qué viene herío Andrés?

—Dice que fue en las ansias de la desespera que el mar lo tiró contra las peñas.

—¿Las peñas? Afilás debían de está pa cortalo como lo han cortao, que más parece de jierro.

Primero: la unánime exclamación de sorpresa; luego la explosión de los llantos; luego el silencio; después, poco a poco, los murmullos de comentarios.

Ya se han callado las campanas que repicaban como locas. Por la cuesta que conduce de la playa al pueblo suben grupos cabizbajos: el dueño de la flota a quien acompaña y consuela el cura; el Chavalo rodeado de mujeres curiosas que quieren saber como fue el milagro; el herido, en una camilla improvisada; algunos pescadores; todo el pueblo que había bajado a la playa.

IV

Encaramada sobre un peñascal que a manera de bastión se levanta frente al mar, en un fresco vallecito que apretuja su fronda entre fragosos collados, como un almácigo en un cangilón, está la aldea arribeña. Manan del áspero peñón que la sustenta claras aguas que mantienen en perenne lozanía el apañusco de fronda, única en todos aquellos contornos, y formando remansos, le dan frescura al suelo y nombre a la aldea. La laman Pozuelos, y en ocasiones solemnes: Santa María del Valle de los Pozuelos.

Santa María del Valle de los Pozuelos es una aldea toda blanca, con una iglesia antiquísima, toda de piedra y muy grande, entre un monte riscoso y un mar muy azul. Puéblala gente marina, ruda y cazurra, pero de muy apacible condición y muy devota de la Virgen del Mar a quien Pozuelos debe el favor del agua, brotada por obra de milagro de la sequedad del risco bravío. La mayor parte del año se lo pasa la aldea muy sola, porque casi toda la gente anda por el mar en el oficio, pero terminada la temporada, a vísperas de la fiesta patronal, que es rumbosa, el pueblo se llena de propios y extraños, porque de todos los contornos de la isla empiezan a llegar muchedumbre de devotos. Y con el regreso de las primeras barcas comienza la fiesta.

Pero las primeras barcas, este año, habían traído una carga ingrata, y en Pozuelos no se hablaba sino del siniestro de la Escollera.

Cada cual lo refería a su manera, y a su guisa lo comentaba, y así había mil versiones diferentes apropósito del caso. Para algunos era cosa cierta que el Chavalo había metido su mano en el sedicente naufragio, fundando sus sospechas en el hecho de que con éste fueran dos los siniestros en que se encontrara, y saliendo siempre ileso, y en las mismas heridas de Andrés, que lo eran de hierro cortante, por más que él mismo lo negase. Y aunque esta supuesta culpabilidad no le pudo ser probada en el indagatorio a que lo sometiera esa misma tarde el Juez de la parroquia, muchos de sus compañeros lo tenían por culpable, fuera de toda duda, debido a que el Chavalo no era bienquisto entre los hombres de Pozuelos, por la aspereza de su genio sañudo y rencoroso y por aquello que se le adivinaba en la mirada, indudablemente lucubradora.

Pero el Chavalo era hermano del bueno, del santo cura de la aldea, a quien el filial cariño de los arribeños llamaba Payito, y al arrimo de la querida virtud de Payito, la "malhombría" del pescador cazurro se amparaba como en recinto sagrado. Y como por añadidura era muy probado devoto de la Virgen del Mar, en cuya fiesta siempre cumplía promesas ejemplares, el Chavalo tenía partido entre las mujeres de Pozuelos, para quienes todas aquellas murmuraciones eran pura y gratuita malquerencia de aldea. Y prueba certísima de que no era tal mal hombre, sino, por el contrario, muy devoto cristiano, y por ende, muy bueno, era el que la mismísima Virgen del Cielo se le hubiera aparecido y tomando con sus santísimas manos los remos, con los cuales en la desesperación de la muerte golpeaba locamente las olas el pescador, bogara por él toda la noche hasta sacarlo de entre los arricetes de la Escollera a la mar libre, sano y salvo, mientras los otros perecían porque no habían tenido fe.

Así refería el Chavalo que había sido salvado por obra y milagro de la Virgen de su devoción a quien se había encomendado, ofreciéndole, si lo sacaba bien y con vida de aquella hora menguada, un rico exvoto que debía de ser una barca de plata maciza y grande como un puño. Y como se aproximaba la fiesta de la milagrosa Virgen, tan pronto como hubo llegado encargó el exvoto a un extranjero que tenía tienda en el pueblo y los hacía muy famosos. Lo divulgó el joyero —que no fuera menester que lo divulgara— y con ello pareció garantizar el Chavalo la verdad de su versión. Con todo lo cual tenía ocupados los pensamientos y las lenguas y turbada la paz de la aldea.

V

Y la paz espiritual del bueno del cura.

—¿Será cierto, Dios mío, lo que murmura esta gente? Lo dicen tantos. Don Antonio mismo que no es ningún malhablado; hasta yo, en veces, me inclino a creerlo, porque la verdad es que ese muchacho no inspira mucha confianza... ¡Pero eso, eso! Yo sé de las que puede ser capaz el Chavalo, porque mira que es maluca tu criatura, mi Dios, pero esto sería el colmo… No, no debe ser verdad. Un hermano mío. No, no puede ser.

Y después de una pausa llena de pensamientos dolorosos, como lanzadas, agregaba para tranquilizarse y por no incurrir en el pecado de los juicios ligeros:

—Y lo que él cuenta, ¿por qué no va a ser verdad? ¿Qué tiene de extraño? Un sitio peligroso, un descuido y el milagro mismo, ¿por qué no va a ser como él dice? Él le tiene devoción a su manera, pero la tiene.

Y como lo asaltara súbita duda:

—¿Por qué va a juzgar Dios las cosas como las juzgamos nosotros que no vemos las almas?

Pero la paz perdida no renacía en su alma.

En vano la tarde muere dulce y apacible en un suave "desleírse" de amatistas crepusculares, sobre el mar en calma, por encima de los cerros erizados de cardones, entre los cuales el viento marino ulula quejumbroso; sobre el silencio y la paz de la barriada que se apretuja en torno a la iglesia vetusta. La dulcedumbre sedante del atardecer no llega sino como una vaga congoja hasta el corazón del sacerdote.

Terminada la jornada en el aduar de la playa, los pescadores se encaminan al pueblo por la cuesta de los uveros. Desde el atrio se ve cómo van apareciendo, al extremo de la única calle del pueblo, sobre el repecho que recorta su trazo violento en la suave desavenencia crepuscular. Payito los va nombrando uno a uno a medida que aparecen, como buen pastor que recuenta su rebaño: faltan algunos: los que todavía no han regresado a la isla, pescadores de otros trenes que aún no han terminado su cosecha, perleros que se han ido con sus bajeles al otro lado de la isla donde se crían los ostrales; y otros que no regresarán ya más: Antoñico, el Ñato, los que se quedaron para siempre en el mar de la Escollera; y el que se está muriendo, malherido y quejumbroso…

Los que llegan se van reuniendo a sus mujeres que, apurando la escasa luz que va quedando en la calle, tejen o hilan bajo los alares; éstas: la cabuya para las redes; aquellas: esteras o caireles. Sobre el pueblo: humo y paz de atardecer aldeano; balidos de chivos que vuelven a los apriscos saltando por las laderas peladas; abajo: murmullo de mar y algún grito largo, que llama a alguien que no responde. En el ambiente apacible el afilado campanil de la iglesia dora su ápice negruzco bajo el creciente lunar remoto y mustio.

En la calle aparece el Chavalo. Trae al hombro un rollo de cuerdas y un canalete; Payito lo ve venir y se dispone a llamarlo, pero lo deja pasar. No sabe por qué.

La Oración. Reza el cura por los que ya no volverán y por el hermano. ¡Cuántas veces, en el día, ha rezado y cavilado el pobre hombre!

A la postre, fatigado de tanto cavilar inútil, salió al altozano para que el aire fresco de la tarde le oreara la frente martirizada a golpe de pensamientos acerbos, y abrumado, se recostó en el pretil que rodea el atrio.

La iglesia está edificada en lo alto de un peñasco y de tal manera que los muros de aquélla no parecen sino un alisamiento de la peña o ésta un descalabro del muro que bajara a humedecer la aspereza de sus adarajas en el agua escasa y clara que surte abajo con un suavísimo murmullo.

Por distraerse de su congoja interior se ponen el buen cura a oírla surtir, y poco a poco se le va serenando el alma. Piensa que aquellas gotitas que destila la peña son como pensamientos buenos salidos de un corazón amoroso, y que así sucede porque la Virgen, cuya es el agua del milagro, quiere enseñarle a tener más caridad con el prójimo para que no se deje arrastrar de su celo, tal vez pecaminoso, hasta los extremos de la inmisericordia; sino que, por el contrario, ablande su corazón al amor, que es delicioso manar de sabrosas aguas que solazan la santa sed del Señor.

Y entonces fue que la paz de la tarde penetró en el corazón del hombre, de modo que, cuando vino la noche, lo encontró tranquilo, absorto junto al barandal, y puso sobre él la suave luz de las estrellas, como una madre que besa, ya dormido, al niño que ha llorado mucho.

VI

Se acercan los días de la fiesta patronal. Ya han regresado a la isla casi todos los pescadores y perleros que se habían ido en la acostumbrada temporada a establecer sus rancherías en las costas vecinas, donde por entonces era la pesca copiosa. La bahía está llena de barcas; algunas hay en la playa, con las quillas al aire. Arde el arenal al sol mañanero; en la estacada del tendedero se secan redes enormes; a trechos rebrillan sobre la arena, como planchas de acero, cuadros de pescado tendido al sol; en otras partes hay montones de escamas; en otras blanquea el nácar de las ostras desbulladas; y por todas partes: grandes coágulos pútridos, sangrientos, viscosos: entrañas de peces, carne de ostras, horruras del mar. En un lienzo de playa donde hay un uvero solitario cerca de unas ruinas de antiguo atalaya o prisión, un grupo de hombres sentados en la arena candial, urden una red.

Los campanudos sombreros arrebujan en una sombra azul, azul como el mar, los rostros fuertes y rudos, como tallados en piedra, lampiños y curtidos al rojo de las solanas marinas. Encima de los cuerpos doblegados: el sol ardiente; detrás del grupo: la ruina, el uvero rugoso y torcido y fondo de mar, de un azul implacable. A la sombra del uvero un pescador muy viejo remienda una vela que desgarraron los dientes del viento.

VII

La paga del ajuste. La temporada ha concluido. Todos los trabajos se han suspendido y los dueños de los trenes van a repartir entre los pescadores el precio de las cosechas.

Tarde sin crepúsculo. En la playa hay algunas mesas; en torno los ajusteros esperan la paga. Algunos chinchorreros han hecho pingües ganancias; forman grupos alegres: otros no lo están tanto. Don Antonio tuvo la peor suerte del año; para pagar su tren hubo de recurrir a sus ahorros anteriores. Al rededor de su mesa, donde el dinero es poco y no suena con el alegre tintineo que se oye en las otras, hay un runrún de enojo:

Pregunta uno:

—¿Y se atreverá a vení?

—Ese es muy lavao.

—Él y que iba a vení por su paga, pero Payito y que le dijo que más vale que no viniera, porque Don Antonio y que le dijo que no lo quería ve más, y le mandó lo suyo con Payito.

—¿Lo suyo?

—Pero si ya él no es necesitao, dicen que va dejá el oficio de chinchorrero pa métese a perlero.

—Pues ya y que le tiene apalabrao a don Clemente el armador, un bajel grande, con escafandro.

—Oyé tú pues.

—Mirá pues.

—¿Qué están devariando ustés? Pues el Chavalo no viene, eso lo aseguro yo, que relejo debe de está a estas horas que lo digo. Esta madrugaíta estaba yo canteando cuando me lo vide pasá. Y buen noroeste iba corriendo y que fue largo, si señó.

—Ahora está contrabandeando. Tres noches lleva saliendo, y anoche me formó una ley cuando la botá e la piragua, porque le pregunté pa onde iba.

—Pué que ahora pague las que no se le han podío cobrá.

—Ya se las cobraremos: la ley es la ley y el que la ifringe se acarrea su castigo.

—Ese siempre sale bien; nadie le escucha hablá, pero los siete lenguajes los sabe él.

VIII

Andrés moría. Mal curada, la herida se le había gangrenado y agonizaba entre espantosos dolores. En su cerebro, ardido de fiebre, surgían visiones espeluznantes:

El paso de la Escollera... Noche de luna... Mar tranquilo... La "Gaviota" sin gobierno, barquinea entre los arrecifes, que son enormes caras monstruosas que sonríen... Sobre cubierta hay dos cadáveres...

Atormentado, pidió que le llevaran el sacerdote.

IX

Vísperas de la fiesta. El pueblo está lleno de gente que ha venido de todos los contornos a la romería. Por las calles discurren, desde el anochecer, grupos de pescadores ebrios. Todos vestidos de limpio, con sus amplios sombreros de palma, membrudos y cazurros, forman pintorescas comparsas, tantas como rancherías tiene la isla, y van del altozano a las tabernuchas improvisadas en la calle, de un mismo espectáculo al regodeo de un trago siempre igual. En el altozano atestado de muchedumbre bulliciosa, estalla ante el asombro aldeaniego una pirotecnia trivial que apesta el ambiente.

Payito escucha desde su casa la alegre alarida que antes le fuera grata. El año atrás no hubo noche de ferias en que no se viera al bueno del cura, confundido con el pueblo, prendiendo él mismo con el fuego de su inseparable tabaco los cohetes, o insuflando, hasta con la propia teja, una vez, las panzudas bombas que se elevaban en la serena atmósfera nocturna en candoroso homenaje a la Reina de los Cielos. Este año de buena gana hubiera impedido la feria, pero todo Pozuelos clamó por su fiesta patronal y no hubo forma de disuadirlos.

Hundido en la sombra de su cuarto, el pobre cura saborea el ámago de su íntima congoja.

—¡Qué malucas, qué malucas, mi Dios, son tus criaturas! ¡Pobrecito! ¡Por un puño de centavos, por una miseria de reales, echarse ese pecado sobre el alma! ¡Qué bruto! Porque lo hace por bruto, por salvaje más que todo. ¡Ay, hermanito, hermanito! Lo que has hecho… ¿Y no habrá, Virgen Santísima, manera de que se arrepienta ese desgraciado? Dime qué debo hacer, ilumíname, ilumíname…

Avanzada la noche, poco a poco se ha ido extinguiendo el bullicio callejero; otra vez domina el murmullo del mar haciendo el silencio nocturno…

—Ilumíname, ilumíname…

Sobre el horizonte marino despunta incierta alba lunar; culmina la media noche sobre la paz de la aldea dormida; vacila una estrella y desciende trazando un largo rasgo azul y silencioso…

—Ilumíname, ilumíname…

La puerta se abre empujada con sigilo.

—¿Quién es?

—Yo.

—Chavalo, ¿tú?

—Yo; sí.

—¿De dónde vienes a estas horas, hombre de Dios?

—De la mar.

—¿Y qué hacías por el mar? Nadie trabaja hoy.

—Guá, lo que se hace en la mar.

—A veces se hacen cosas malas. ¿Qué traes ahí?

—Contrabando.

—¿Contrabando? Anoche también llegaste tarde. Chavalo, dime la verdad. ¿Qué hacías en el mar?

—Contrabandea, Payito, no te lo estoy diciendo.

—Mentira. Espérate, no te vayas; si tenemos que hablar.

—¿Ahora?

—Sí, ahora; te estaba esperando. Ven acá.

Y llevándolo a viva fuerza, frente a la repisa donde se apabilaba una lamparita ante un crucifijo de palo, le dijo, sacudiéndolo por los brazos:

—Confiesa, infeliz, tu pecado, para que Dios te lo pueda perdonar.

—Yo no tengo pecado, Payito.

—Sí lo tienes, alma del diablo, y muy horrible. Yo lo sé todo; ya no es sospecha, ni calumnia. Me lo ha confesado Andrés que murió esta tarde, y los moribundos no mienten.

En vano buscó Payito en la faz del hermano la señal de la impresión que debiera producirle aquella revelación, la recia cara, afilada como un hacha, no se turbó un momento.

Viéndolo, el bueno del cura se desesperaba.

—Me lo contó todo, esta tarde, antes de morir: que era media noche, clara y muy tranquilo el mar, que Antoñico mismo gobernaba porque venían atravesando la Escollera; que tú llegaste y de un hachazo en la cabeza lo asesinaste; que él, Andrés, te vio con sus propios ojos; que entonces corriste a donde estaba él y como te comprendió la intención se tiró al mar; que entonces la balandra sin gobierno barquineaba como loca entre los escollos; que después no supo nada más porque la corriente lo arrastró lejos, pero que oía los lamentos de los demás compañeros que te rogaban que no los mataras; que luego no los oyó más sino unos golpes como de hacha que él cree que serías tú echando a pique la balandra; que después te vio que venías en el bote, que él te gritó que lo salvaras porque ya no podía luchar con la corriente; que entonces te acercaste y cuando él se agarró de la borda le caíste a machetazos, pero que él te suplicó que no lo mataras y te ayudaría y que tú lo perdonaste porque era compadre tuyo; que él vio en el bote unas cajas que eran las que traía Antoñico con el dinero del pescado que había ido a vender; que en la mañana arribaron a un islote y enterraron el dinero… ¡Asesino, ladrón, monstruo, desgraciado, desgraciado!

—No grites, no grites así.

—Ah malvado. Malvado. ¿Por qué hiciste eso? ¿Tú no tenías todo lo que necesitabas? ¿No te lo doy yo todo? ¿Cómo te atreviste? ¡Matar a tus compañeros por robarte unos reales! ¡Miserable! Y eso que traes ahí es el precio de tu crimen. Pero no lo gozarás, no; yo te denunciaré.

—Tú no puedes; te lo han dicho en confesión.

Exasperado el cura sacudía al hermano, gritándole:

—¡Demonio! ¡Demonio!

Luego lo soltó y aplomándose en el reclinatorio lloró como un niño por largo rato. Frente a él el Chavalo inmóvil, con la perplejidad del hombre primitivo que repara el daño que ha hecho, murmuraba:

—Todo esto me sucede por habé querío hace un bien.

—¿Cuál es el bien que has hecho?

—Perdónale la vida al compae Andrés.

—Criminal, ¿qué estás diciendo? Tú no eres un hombre sino un monstruo, un aborto del infierno. Y has cogido el sagrado nombre de la Virgen para ocultar tu crimen, has contado un milagro. ¿Sabes lo que has hecho? Pídele perdón porque la has agraviado.

—Yo le tenía pedío a la Virgen del Mar que me facilitara una plata pa comprá un bajel perlero, y ella…

—¡Cállate, cállate!

Y volviéndose hacia el amoratado crucifijo clamó, desgarrada la voz:

—¡Perdónalo que no sabe lo que hace!

Entretanto, sobre el brumoso mar, apuntaba el primer arrebol.

X

El día, afanoso, ha sido de tormenta interior. Payito no ha hecho sino pensar en el pecado del hermano, sin segundo en la apacible historia de Pozuelos, que solo él conoce y que le pesa sobre la conciencia como propio, y entre los extremos de una disyuntiva martirizante se debate desesperadamente. Reconoce que por una parte su deber de hombre le impone denunciar al hermano para que sea castigado conforme a la humana justicia, pero un escrúpulo le detiene y es que el crimen le fue revelado en confesión. En tal alternativa se decidió por consultar al Obispo de la diócesis, y muy temprano despachó un encomendero a toda prisa; mas, por mucha que se diera no podría regresar antes de dos días. Entretanto; ¿qué hacer? Si la Virgen hiciera un milagro, el milagro del año: que el mismo delincuente confesara su delito y se entregara a la Justicia. De todos modos sería muy doloroso para él tener que acusar al hermano.

Y el bueno del cura, en medio de su angustia, piensa que la Virgen hará el milagro de encender la llama del arrepentimiento en aquella alma cerrada a todo calor que emane del almo fuego del amor divino, porque lo que él quiere no es solamente que el hermano sea castigado por los hombres; sino que, sobre todo, sea perdonado por Dios. Y en la espera del milagro se pasó todo el día en una grande y acosadora ansiedad.

En la mañana, en el sermón de la misa solemne, habló de un prodigio que debía realizar en aquel día de su fiesta mayor, la milagrosa Virgen del Mar, patrona del pueblo y socorro de los afligidos, y fue tal la elocuencia que le diera la sinceridad del sentimiento, que al clamar el divino auxilio, gritaba, rota la voz y deshecho en llanto verdadero que se comunicó a la muchedumbre que llenaba el recinto y que repitió con él, en unánime rumor de tumbo marino: ¡Milagro! ¡Milagro! ¡Milagro!

Aquel sermón extraño, como nunca lo hubo en la sencilla aldea, arrebatador a puro grito y llanto de sincero dolor, exaltó de tal manera los ánimos de aquella ruda gente, que al salir del templo en todos los ojos había un relampagueo inusitado y en todos los rostros una ansiedad que acentuaba a punta de espasmo febril la dureza de las facciones; y cuando se hubo añadido a la fanática la embriaguez del aguardiente profuso, un gentío exaltado y tambaleante llenaba el pueblo comentando la frase con la cual el predicador implorara el milagro.

XI

Pero el delirio fanático no vino a culminar hasta la tarde cuando apareció en el altozano la imagen de la Virgen del Mar, sobre la simbólica barca de plata resplandeciente, que traían en hombros diez pescadores fornidos. La imagen, negruzca y contrahecha, apenas se distinguía entre los pomposos arrequives recamados de oro y aljófares, y extendía los brazos sobre la constelación de los candelabros sosteniendo los innumerables exvotos entre los que abundaban las perlas nativas, de clarísimo oriente. En una de las manos, colgaba de una cinta azul el del último milagro: la barca de plata, minuciosa y grande como un puño.

—¡La Virgen del Mar! ¡La Virgen del Mar!

La muchedumbre, la misma de todos los años, acogía con entusiasmo siempre igual la aparición de la querida imagen, suerte de Venus cristiana, que un día, muy remoto, llegó del mar, señeramente, en una barca azul que nadie gobernaba, y que vino a encallar frente al pueblo. Y cosa cierta es esto que cuentan las tradiciones, porque allí mismo, en el acantilado, se ven a flor del agua los mástiles de la barca escotera, y cuando la marea baja, asoma una punta de la proa, todavía azul.

Hacia allá se dirige la procesión, como siempre.

A todo lo largo de la calle se extiende la doble hilera de los cirios; por delante de la imagen vienen regando puñados de flores silvestres rústicas canéforas ataviadas de Hijas de María, en tanto que, otras de ellas, con improvisados turíbulos inciensan el ambiente en el que flota una polvareda ele oro crepuscular. Al tardío paso de los anderos la muchedumbre se mueve rumorosamente.

Detrás de la imagen, desmarrido y pálido, viene el atormentado cura; untuoso sudor cúbrele la frente a la que se pegan los aladares grises y

111

mustios; dentro de las cuencas huesudas, profundas como nunca, arden los ojos febriles. Seis marinos endomingados, de lo mejor del pueblo, lo cobijan bajo el áureo palio que al desigual andar de los que lo sustentan se arruga lastimosamente como un pellejo. Cerca del cura el Chavalo camina de rodillas. En torno suyo se apiñan las mujeres comentando con aspavientos la extremosa piedad del pescador, al paso que los hombres lo miran de soslayo, hostilmente.

Míralo Payito, de cuando en cuando, y en la incoherencia de la fiebre que zumba dentro de su cráneo va pensando:

—Dios mío. ¿Será criatura tuya o hechura del demonio? ¿Cómo es posible? Cualquiera que lo ve lo toma por santo, y en el fondo, mi Dios, es el mismísimo Satanás. ¿O será que se habrá arrepentido de su crimen? Todo el día ha hecho penitencia, ¡y qué penitencia! ¡Dios mío! ¡Dios mío! Permite que sea verdadera esa piedad. ¡Permite que se cumpla el milagro!

En vano lo ha esperado el pobre hombre; durante todo el día no ha apartado los ojos del Chavalo, atisbando aquella expresión de piedad, arcana para su sencillez y que solo se explica como artimaña diabólica, sin ver aparecer en la recia faz del hermano la blandura que indique el abrirse del alma a la contrición verdadera, y a medida que se acerca el término que la fe le dio a su esperanza le va invadiendo una recóndita tristeza. El milagro no se realizará.

La procesión atraviesa el pueblo, desciende la cuesta, llega a la playa.

Sobre el mar: el crepúsculo. Resplandece el ocaso como una enorme plancha de oro bruñido. En medio: el Sol, sangriento. Oro y sangre es todo: el arenal, la multitud, las ríspidas crestas de los escollos en la bahía, el fastigio del monte, más allá del pueblo.

La procesión avanza con un gran silencio, solemne como un atardecer, hacia el acantilado donde está la barca legendaria encallada. Cruje la arena. El Chavalo desfallecido cae de bruces; algunas mujeres acuden a levantarlo y una le enjuga el rostro.

—El Demonio… el mismísimo Demonio que imita a Cristo. Las pezuñas, el rabo. ¡Vade retro! ¡Ave María Purísima!

La multitud corea maquinalmente:

—Sin pecado original concebida.

XII

El acantilado. La barca sagrada bajo el agua.

Se detiene la procesión. Los anderos depositan en la playa el mesón que soporta la imagen y se hacen a un lado enjugándose los rostros sudorosos. Se hace un gran silencio. El sermón de la playa. Payito sube a lo alto de un risco y comienza a hablar, de espaldas al crepúsculo:

—Madre mía. Reina de los Cielos. Aquí estamos ante tu presencia esperando el milagro. Haz el milagro, haz el milagro, Santísima Virgen del Mar.

Habla sin quitar los ojos del Chavalo que lo oye impávido. La voz aguda y vibrante turba la augusta solemnidad del atardecer. Gesticula extendiendo los brazos temblorosos, como un poseído, luego, de pronto, rompe a llorar, y entonces, como en el sermón de la mañana, el auditorio exaltado corea:

—El milagro. ¡El milagro!

Repuesto, el predicador continúa; pero ya no se doblega como pobre ser agobiado, sino se yergue amenazante, súbitamente transformado en fuerte, y mientras habla, sin apartar la vista del hermano, sorda de ira la voz, con la sangre y el oro del crepúsculo a cuestas, va tomando un aspecto apocalíptico. Ya no habla de amor ni de perdón, motivos predilectos de sus pláticas candorosas, sino de la ira divina, de los castigos, de una sañuda e insaciable sed de venganza que otra vez perseguirá a Caín por todo el ámbito del mundo, por la haz del mar, por entre las breñas y espeluncas de la tierra.

Un frémito de espanto sube del gentío. Instintivamente todas las miradas se clavan en el Chavalo que se incorpora pálido y azorado.

—Lo dice por el hermano —murmura alguien, y todo el mundo lo repite.

Bajamar... Surge en el estuario el roto esperón de la legendaria barca. Suaves chasquidos del agua contra la borda surgente. Anochece: ya hay violetas sobre el mar.

El cura prosigue en el silencio:

—La sangre se ha puesto entre Dios y nosotros; no veremos el milagro. Un gran crimen nos priva de la gracia divina. Desagraviemos al Señor.

—¡Desagravio, desagravio!

—¡Perdón, Señor, perdón!

Súbito recrudecimiento crepuscular aviva el amortiguado incendio de la tarde. El gentío se estremece. Qué sangriento está el oro. ¡Qué dorada la sangre!

Una voz ha gritado:

—El Chavalo.

Previendo la escena había intentado escapar, pero era tarde. Uno lo detiene y todos se aprestan a no dejarlo huir.

Entonces Payito comprendió que se iba a consumar por el odio el milagro que él le pidiera al amor, y vencido por el dolor cayó de hinojos en el risco, gritando entre singultos:

—¡Caín, Caín! ¡Perdón, mi Dios, perdón!

Fue la chispa. Súbitamente estallaron el odio y la venganza contenidos, y la muchedumbre azuzada se precipitó sobre el Chavalo que se debatía blandiendo su cuchillo.

Otros aceros, muchos a la vez, se ensangrentaron, primero en la dorada sangre del ambiente, luego en la tibia sangre del pescador.

Las mujeres pedían misericordia, sobrecogidas de espanto; los hombres jadeaban ensangrentados...

Alguien gritó:

—El milagro. La Virgen no quiere tenerlo.

—Quítenselo; miren como estira la mano; no quiere tenerlo.

—¡Milagro! ¡Milagro! ¡Milagro!

—¡Es plata maldita!

—¡Es precio de sangre!

—¡Misericordia, Señor!

—La sangre se paga con sangre.

Ultimado el Chavalo, los matadores se replegaron simultáneamente dejando libre un espacio en medio del que estaba, tendido sobre un charco de sangre, el cuerpo destrozado.

—¡Qué horror!

Y entonces se hizo un silencio mortal.

Sobre el risco, abatido, con la sangre del crepúsculo a cuestas, Payito lloraba.

EL PIANO VIEJO

Eran cinco hermanos: Luisana, Carlos, Ramón, Ester, María. La vida los fue dispersando, llevándoselos por distintos caminos, alejándolos, maleándolos. Primero, Ester, casada con un hombre rico y fastuoso; María, después, unida a un joven de nombre sin brillo y de fama sin limpieza; en seguida, Carlos, el aventurero, acometedor de toda suerte de locas empresas; finalmente Ramón, el misántropo que desde niño revelara su insana pasión por el dinero y su áspero amor a la soledad; todos se fueron con una diversa fortuna hacia un destino diferente.

Solo permaneció en la casa paterna Luisana, la hermana mayor, cuidando al padre, que languidecía paralítico lamentándose de aquellos hijos en cuyos corazones no viera jamás ni un impulso bueno ni un sentimiento generoso. Y cuando el viejo moría, de su boca recogió Luisana el consejo suplicante de conservar la casa de la familia dispersa, siempre abierta para todos, para lo cual se la adjudicaba en su testamento, junto con el resto de su fortuna, a título de dote.

Luisana cumplió la promesa hecha al padre, y en la casa de todos, donde vivía sola, conservó a cada uno su habitación, tal como la había dejado, manteniendo siempre el agua fresca en la jarra de los aguamaniles, como si de un momento a otro sus hermanos vinieran a lavarse las manos, y en la mesa común, siempre aderezados los puestos de todos.

Tú serás la paz y la concordia, le había dicho el viejo, previendo el porvenir, y desde entonces ella sintió sobre su vida el dulce peso de una noble predestinación.

Menuda, feúcha, insignificante, era una de esas personas de quienes nadie se explica por qué ni para qué viven. Ella misma estaba acostumbrada a juzgarse como usurpadora de la vida, parecía hacer todo lo posible para pasar inadvertida: huía de la luz, refugiándose en la penumbra de su alcoba, austera como una celda; hablaba muy poco, como si temiera fatigar el aire con la carga de su voz desapacible, y respiraba furtivamente el poquito de aliento que cabía en su pecho hundido, seco y duro como un yermo.

Desde pequeñita tuvo este humildoso concepto de sí misma: mientras sus hermanos jugaban al pleno sol de los patios o corrían por la casa alborotando y atropellando con todo, porque tomaban la vida como cosa propia, con esa confianza que da el sentimiento de ser fuertes, ella, refugiada en un rincón, ahogaba el dulce deseo de llorar, único de su niñez enfermiza, como si tampoco se creyera con derecho a este disfrute inofensivo y simple. Crecieron, sus hermanas se volvieron mujeres, y fueron celebradas y cortejadas, y amaron, y tuvieron hijos; a ella, siempre preterida, que hasta su padre se olvidaba de contarla entre sus hijos, nadie le dijo nunca una palabra amable ni quiso saber cómo eran las ilusiones de su corazón. Se daba por sabido que no las poseía. Y fue así como adquirió el hábito de la renunciación sin dolor y sin virtud.

Ahora, en la soledad de la casa, seguía discurriendo la vida simple de Luisana, como agua sin rumor hacia un remanso subterráneo; pero ahora la confortaba un íntimo contentamiento. ¡Tú serás la paz!… Y estas palabras, las únicas lisonjeras que jamás escuchó, le habían revelado de pronto aquella razón de ser de su existencia, que ni ella misma ni nadie encontrara nunca.

Ahora quería vivir, ya no pensaba que la luz del día se desdeñase de su insignificancia, y todas las mañanas, al correr las habitaciones desiertas, sacudiendo el polvo de los muebles, aclarando los espejos empañados y remudando el agua fresca en las jarras; y cada vez que aderezaba en la mesa los puestos de sus hermanos ausentes, convencida de que esta práctica mantenía y anudaba invisibles lazos entre las almas discordes de ellos, reconocía que estaba cumpliendo con un noble destino de amor, silencioso, pero eficaz, y en místicos transportes, sin sombra de vanagloria, sentía ya que su humildad había sido buena y que su simpleza era ya santa.

Terminados sus quehaceres y anegada el alma en la dulce fruición de encontrarse buena, se entregaba a sus cadenetas; y a veces turbada por aquel silencio de la casa y por aquel claro sol de las mañanas que se rompía en los patios, se hilaba por las rendijas y se esparcía sin brillo por todas partes arrebañando la penumbra de los rincones; mareada por aquella paz que le producía suavísimos arrobos, se sentaba al piano, un viejo piano donde su madre hiciera sus primeras escalas, y cuyas voces desafinadas tenían para ella el encanto de todo lo que fuera como ella, humilde y desprovisto de atractivos.

Tocaba a la sordina unos aires sencillos que fueran dulces. Muchas teclas no sonaban ya; una, rompiendo las armonías, daba su nota a destiempo, cuando la mano dejaba de hacer presión sobre ella; o no sonaba, quedándose hundida largo rato. Esta tecla hacía sonreír a

Luisana. Decía: Se parece a mí. No servimos sino para romper las armonías. Precisamente por esto la quería, la amaba, como hubiera amado a un hijo suyo, y cuando, al cabo de un rato, después que había dejado de tocar, aquella tecla, subiendo inopinadamente, daba su nota en el silencio de la sala, Luisana sonreía y se decía a sí misma: ¡Oigan a Luisana! ¡Ahora es cuando viene a sonar!

Una mañana Luisana se quedó muerta sobre el piano, oprimiendo aquella tecla. Fue una muerte dulce que llegó furtiva y acariciadora, como la amante que se acerca al amado distraído y suavemente le cubre los ojos para que adivine quién es.

Vinieron sus hermanos; la amortajaron; la llevaron a enterrar. Ester y María la lloraron un poco; Carlos y Ramón corrieron a la casa, registrando gavetas, revolviendo papeles. En la tarde se reunieron en la sala a tratar sobre la partición de los bienes de la muerta.

La vida y la contraria fortuna habían resentido el lazo fraternal, y cada alma alimentaba o un secreto rencor o una envidia secreta. Carlos, el aventurero, había sido desgraciado: fracasó en una empresa quimérica, arrastrando en su bancarrota dinero del marido de Ester, el cual no se lo perdonó y quiso infamarlo, acusándolo de quiebra fraudulenta; María no le perdonaba a Ester que fuera rica y no partiera con ella su boato y la estimación social que disfrutaba; Ester se desdeñaba de aceptarla en su círculo, por la obscuridad del nombre que había adoptado; y todos despreciaban a Ramón, que había adquirido fama de usurero y los avergonzaba con su sordidez.

Pero todas estas malas pasiones se habían mantenido hasta entonces agazapadas, sordas y latentes, pero secretas; había algo que les impedía estallar, una dulce violencia que acallaba el rencor y desamargaba la envidia: Luisana. Ella intercedió por Carlos, y porque ella lo exigía, el marido de Ester no le lanzó a la vergüenza y a la ruina; ella intercedió siempre para que Ester invitase a María a sus fiestas; ella pidió al hermano avaro dinero para el hermano pobre, y a todos amor para el avaro; pero siempre de tal modo, que el favorecido nunca supo que era ella a quien le debía agradecer, y hasta el mismo que otorgaba se quedaba convencido y complacido de su propia generosidad.

Ahora, reunidos para partirse los despojos de la muerta, cada uno comprendía que se había roto definitivamente el vínculo que hasta allí los uniera, y que iban a decirse unos a otros la última palabra; y en la expectativa de la discordia tanto tiempo latente, que por fin iba a estallar, enmudecieron con ese recogimiento instintivo de los momentos en que se va a echar la suerte, y al mismo tiempo la idea de la hermana pasó por todos los pensamientos, como una última tentativa conciliadora a cumplir el encargo paterno: ¡Tú serás la paz y la concordia!

Entonces comprendieron a aquella hermana simple que había vivido como un ser insignificante e inútil y que, sin embargo, cumplía un noble destino de amor y de bondad, y fue así cómo vinieron a explicarse por qué ellos inconscientemente le habían profesado aquel respeto que los obligaba a esconder en su presencia las malas pasiones.

En un instante de honda vida interior, temerosos de lo que iba a suceder, sintieron que se les estremeció el fondo incontaminado del alma, y a un mismo tiempo se vieron las caras, asustándose de encontrarse solos.

Pero fue necesario hablar, y la palabra dinero violó el recogimiento de las almas. Rebulleron en sus asientos, como si se apercibieran para la defensa, y cada cual comenzó a exponer la opinión que debía prevalecer sobre el modo de efectuar el reparto de los bienes de la hermana y a disputarse la mejor porción.

La disputa fue creciendo, convirtiéndose en querella, rayando en pelea, y a poco se cruzaron los reproches, las invectivas, las injurias brutales, hasta que por fin los hombres, ciegos de ira y de codicia, saltaron de sus asientos, con el arma en la mano, desafiándose a muerte.

Las mujeres intercedían suplicantes, sin lograr aplacarlos, y entonces, en un súbito receso del clamor de aquellas voces descompuestas, todos oyeron indistintamente el sonido de una nota que salía del piano cerrado.

Volvieron a verse las caras y, sobrecogidos del temor a lo misterioso, guardaron las armas, así como antes escondían las torpes pasiones en presencia de Luisana: todos sintieron que ella había vuelto, anunciándose con aquel suave sonido, dulce, aunque destemplado, como su alma simple, pero buena.

Era la nota de Luisana, sobre cuya tecla se había quedado apoyado su dedo inerte, y que de pronto sonaba, como siempre, a destiempo.

Y Ester dijo, con las mismas palabras que tanto le oyera a la hermana, cuando en el silencio de la sala gemía aquella nota solitaria: ¡Oigan a Luisana!

PAZ EN LAS ALTURAS

En un paraje agreste y montuoso, al borde de una profunda barranca festoneada de bravas malezas, hay una cabaña destartalada sobre cuya pajiza techumbre hace tiempo que no se eleva el humo del hogar. En el umbral está sentado un muchacho.

Es una criatura miserable y lastimosa: una cabezota sostenida por un pescuezo inverosímil y erizada de sórdida pelambre sobre un cuerpo desmirriado; el abdomen abultado, los brazos esqueléticos, las piernas llenas de costras purulentas, con las rodillas enormes y los pies deformados por el edema palúdico; el rostro impresionante, de piel mortecina y pegada a los huesos; la boca descarnada y descubriendo la dentadura; las escleróticas horriblemente amarillas en el fondo de las cuencas clavadas, y una sombra de dolor sordo y rabioso en las pupilas terrosas. Permanece inmóvil y silencioso, mirando por encima del mar de lomas que llenan la inmensidad de la hoyada que se extiende ante su vista hasta una barrera de montes azules, lejanos y esfumados en los dorados celajes del horizonte.

Una pena agria y tenaz escarba implacablemente su pequeño corazón, ya maleado por un odio irreflexivo a todo lo que vive y se agita en torno suyo. Este sentimiento mantiene perennemente en su garganta un nudo como de llanto presto a correr, pero las lágrimas nunca asoman a sus ojos. A menudo salta de su pecho una oleada de rabia, y entonces se le ve crispar los puños y castañetear los dientes de una manera inquietante, hasta que, destrozando lo que cae al alcance de sus manos, el feroz acceso se aplaca dejándole en un estado de somnolencia; otras veces son días enteros de humor sombrío que los pasa sin hablar, sentado en el quicio de la puerta o tendido sobre la dura tierra, mirando derecha y fijamente algo fascinador y terrible que parece estar delante de sus ojos. En tales estados de hipocondría, las sensaciones de su cuerpo minado por la enfermedad se atropellan en su conciencia y acaban por hacerle perder la noción de sí mismo.

Primero un hormigueo que empieza en las plantas de los pies y va invadiéndole todo el cuerpo, y son miríadas de bichos que le devoran ya muerto; luego una sensación horrible de plenitud interior, cual si las entrañas empezaran a crecerle de pronto y a prisa, como él oye crecer los cerros dentro del barranco en el silencio de las noches oscuras, cuando la sofocación de su abdomen no lo deja dormir; finalmente, el vacío dentro de su cabeza; un chirrido de millones de grillos que se van acercando, una ronda loca de estrellas en torno de sus ojos; por último, un silencio repentino, definitivo, que parece que no se va a acabar nunca… Y en medio de todo esto, la visión pertinaz de un hombre, el carbonero, abrazando a la madre de él, que está tirada en un rincón del rancho, tiritando con el frío precursor de la calentura…

Esta escena, presenciada por Felipe poco después de la muerte de su padre, se había grabado en su memoria de tal manera que, sin saber por qué —puesto que nunca ha reflexionado sobre lo que aquello significaba—, no podía ver a la madre sin que eso le representase como aquella noche la vio, estrechada entre los brazos del carbonero, que le tenía las negras manazas puestas sobre la espalda.

De aquí la sorda repulsa que Felipe abrigaba contra su madre, en su pequeño corazón ya maleado. En vano se esforzaba ella por sacarlo del mutismo en que se encerraba, y como, por otra parte, jamás lo procuraba de manera afectuosa, sino dirigiéndole palabras duras o descargando recios golpes sobre sus quebrantadas carnes, la secreta repulsa del muchacho se fue convirtiendo en odio feroz, que a veces se le encrespaba dentro del pecho con una violencia tal que lo lanzaba contra ella, enceguecido, con los puños crispados y mostrando los dientes, que le crujían con un ruido siniestro.

Al principio, cuando esto sucedía, la madre le sofocaba la ira bajo una lluvia de golpes que, por fuertes que fuesen, no le arrancaban nunca una lágrima: aullaba como un animal acosado y se revolcaba en el suelo, al cabo de lo cual se quedaba horas enteras inmóvil como un muerto; pero después la madre adoptó otra actitud que lo exasperaba más: dejó de pegarle, limitándose a sujetarle los brazos, hasta que vencido por la violencia de la cólera que derramaba en su organismo un soporoso tóxico, se desplomaba sobre la tierra y caía en su enfermiza somnolencia. Entonces la mujer se alejaba de él, murmurando con un acento medroso:

—¡Ave María Purísima!

Al mismo tiempo comenzaron a ser más y más largas las ausencias de la mujer fuera del rancho. Días enteros se pasaba en el monte, adonde se iba de mañana en busca del haz de leña o de los jojotos que robaba en los conucos para venderlos en el poblado próximo y muchas veces regresaba al anochecer, con el exiguo producto de sus ventas convertido en ásperas tortas de cazabe y uno que otro pedazo de pescado salado, sobre lo cual Felipe se abalanzaba con la voracidad de su hambre, aquella hambre insaciable y nunca satisfecha que ocupaba la soledad de sus días y los insomnios en las noches con la torturante imaginación de fantásticos y sabrosos hartazgos.

Un día Felipe adquirió un amigo. Desde la mañana había estado oyendo ladrar un perro que vagaba por el monte, olisqueando los senderos como si buscase al amo perdido. En la tarde se acercó al rancho y, viéndolo a él sentado en el umbral de la puerta, se le plantó enfrente moviendo la cola, y luego se echó a sus pies, jadeante, sin apartar los ojos de la contemplación compasiva de la horrible carita del enfermo. Era un perro negro, de largas y lustrosas lanas. Felipe lo miró, a su turno, largamente, pero como a un amigo que se está esperando y cuando llega se recibe sin sorpresa. No se movió para acariciarte, ni le dirigió una palabra; para él era lo más natural que aquel perro hubiese llegado y se hubiese echado en su presencia. No lo pensaba, pero lo sentía: el amo a quien buscara todo el día a través de los sembrados y a lo largo de los senderos era él.

Ya lo había encontrado y estaba seguro de que el perro no se separaría de él jamás. Al cabo de un rato, una reflexión inusitada rozó la inmovilidad de su pensamiento: ideas inaferrables, de esas innominadas, que se sienten pasar por le conciencia sin que se las vea, como se siente que se acerca en la sombra le mano que ve a acariciarnos o a hacernos daño. Pensó, sin darse cuenta de que estaba pensándolo, que aquel perro había venido de lo desconocido, de aquello que se cernía sobre su cabeza y que él no había podido verlo, pero si lo había visto el gallo, que lanzaba entonces un grito medroso estirando el cuello y siguiendo con la asustada pupila el vuelo agorero; y pensó que había venida en busca suya para salvarlo de algo que le iba a suceder.

Rompiendo su mutismo, dijo por fin:

—Ya te oí ladrar esta mañana en aquel conuco; yo sabía que tú me estabas buscando.

El perro comenzó a latir, y su latido era amistoso y juguetón. Pero de pronto se paró y empezó a gruñir recelosamente. Felipe, que también había oído el ruido de pasos por entre el matorral, le dijo:

—Es mamá. Quédate quieto.

A Plácida no le agradó encontrar aquel perro allí y quiso ahuyentarlo, pero el animal se acurrucó entre las piernas de Felipe gruñendo y mirándola con ojos amenazantes. Ella le tuvo miedo y no insistió en espantarlo; pero se veía que no estaba tranquila.

Depositó en el rancho el envoltorio de les provisiones para la cena frugal, poniéndolo fuera del alcance de Felipe, sacó de él una torta de cazabe y fue a comérsela al borde del barranco.

El muchacho, excitado por el hambre, se le acercó ávidamente. Ella no lo dejó llegar, arrojándole, para detenerlo a distancia, un trozo de cazabe que fue a caer cerca del matorral, que festoneaba el barranco. Felipe lo recogió y se sentó en el suelo a comérselo. A su lado el perro movía la cola. El muchacho le ofreció un pedazo de lo que comía, pero el animal, después de olisquearlo, se hizo a un lado y se echó despreciativamente con la cabeza vuelta hacia la mujer.

Entretanto ésta no apartaba la vista de la cara del hijo, afeada más por los gestos grotescos que hacía al masticar. Le parecía horrible como nunca; y a medida que lo contemplaba, su pecho se iba llenando de un rencor bestial. Aquella repugnante criatura, que parecía un pingajo suspendido del garfio de la muerte y sin embargo no cesaba nunca de vivir, era la causa de su miseria. Por él no encontró colocación cuando fue al pueblo ofreciéndose para servir, porque nadie quería tener en su casa un ente tan repeloso, y a causa de él Crisanto, el carbonero que la requebraba de amores, no había querido unírsele. Aquel mismo día le había dicho:

—Negra, si no juera por ese muchacho, tú no estarías pasando trabajos, porque a mí no me falta la comía y la casa y si tú te resuelves a viví conmigo no tienes necesidá de andá po el monte robando jojotos o recogiendo chamizas por esos espeñaeros. Pero lo que es ese muchacho, ni que me lo pinten de oro. ¡Ja, bicho malo ese carricito! Si no aguaitale los ojos. Tiene la malignidá pintá en ellos… ¡Pa mí que ese carricito es hijo de Mandinga! ¡Ave María Purísima! Si no es un muchacho: tiene cosas de hombre. A los muchachos no se les ocurren los pensamientos que se le ocurren a ése. A mí me hace el efecto de un hombre agazapao dentro del cuerpo de un muchacho para que uno se descuide con él y entonces saltale. Sí, en una comparación, yo me lo topo de noche en un camino de esta montaña, te aseguro que no me le paro… ¡Ah! ¡Sí!… Ése es hijo de Mandinga. Yo, como tú…

Llegando a este punto de su discurso, apareció en el fondo del barranco donde conversaban aquel perro que ahora encontraba allí echado al lado de Felipe. El animal, que parecía quo hubiese perdido de vista al amo y lo buscaba desesperadamente, se había acercado a ellos y después de olisquearles los pies se había puesta a ladrar rabiosamente, a tiempo que Plácida respondía a Crisanto:

—¿Y si me descubren, chico?

—¡Qué van a descubrirte! ¡Lo más fácil es que un muchacho que no puee sostenerse sobre sus piernas se esberranque por aquel espeñaero!…

Ahora, contemplando la faz cadavérica del hijo aborrecido a quien le atribuía la miseria de su vida, Plácida rumiaba la insinuación de Crisanto:

—¿Quién lo va a descubrí?…

Echó en torno miradas recelosas. Todo por allí parecía solo y vacío. La inmensa hoyada llena de lomas verdeantes se extendía silenciosa hasta los remotos confines. Abajo, muy lejos, se veían unos ranchos esparcidos entre los sembrados y matorrales, pero estaban tan distantes que era imposible distinguir personas cerca de ellos; solo se alcanzaba a ver los tenues humos de los hogares elevándose lentos en el aire, por encima de las techumbres.

Esta exploración del solitario paisaje apretó en su garganta un nudo de angustia. Sobre el barranco flotaba una atmósfera pesada que le producía anhelos de asfixia; por el cielo rodaban negras mazas de nubes que iban llenando de sombras violáceas la cuenca de la hoyada; allá en el horizonte, sobre la barrera de las últimas lomas, se vela correr la mancha azulosa de la lluvia que venía acercándose; un sordo rumor de truenos lejanos gemía en el ámbito cargado de presagios

Plácida se sentía irremisiblemente atraída hacia la vorágine de un mal pensamiento.

—¿Verdá que parece que dentro de ese muchacho estuviera agazapado el mismo diablo? ¡Cómo me ve! ¡Ave María Purísima! ¡Cómo le blanquean los ojos y le crujen los dientes! ¡Dios me salve el lugar! ¡Y pa lo que gana viviendo así, que es un pudridero de enfermedades!… ¡Esos bichos que tiene en el estómago se lo están comiendo vivo! Y ese frío que le da cuando le va a entrá la calentura. Pa viví siempre así, mejor es morise…

El perro lo miraba gruñendo.

—¿Y ese perro quién será?… ¡Ave María Purísima!… Miren que la vida tiene cosas que una no se explica.

Felipe acababa de devorar el pedazo de cazabe y encarándose con la madre le dijo ásperamente:

—Dame más. ¡Yo tengo hambre! ¡Yo lo quiero todo porque tengo hambre!

La mujer lo miró asustada. Las escleróticas horribles habían relampagueado de una manera siniestra. Sintió que una fuerza misteriosa rebosaba imponente en las palabras del muchacho; al mismo tiempo la imperiosa exigencia de éste coincidía con un pensamiento que acababa de cruzarle por la mente.

Anhelante, temblorosa, arrojó el pedazo de cazabe que le quedaba en la mano, de modo que fuera a caer sobre el matorral suspendido en el vacío al borde del despeñadero.

Felipe se puso de pie y clavó en los ojos de ella una mirada rabiosa, penetrante, que la hizo turbarse. Había comprendido la intención: si se acercaba a coger el trozo de cazabe, el matorral cedería bajo su peso y se despeñaría en el barranco. Transcurrió un instante infinito. Plácida sintió girar en torno suyo la ronda de la locura. Luego Felipe, con una súbita resolución, dio un paso hacia el matorral.

Al mismo tiempo el perro saltó rápidamente sobre el trozo del cazabe suspendido en la maleza, lanzando un aullido extraño. Cedió el matorral bajo su peso y el cuerpo del animal rodó barranco abajo.

La noche, horrible. Cae furiosamente la lluvia sobre los campos lóbregos; un interminable fragor de deslumbrantes centellas tabletea en la soledad de la hoyada; se oye rodar el agua por las torrenteras, como serpientes rabiosas… Durante largo rato se estuvo escuchando el ladrido lastimero del perro, que tal vez quedó enredado en las malezas del barranco, pero hace tiempo que ha dejado de latir…

En el rancho, por cuya techumbre se filtra a chorros el agua que cae de las nubes, están Plácida y Felipe distanciados y silenciosos. A la lumbre de los relámpagos que esclarecen el interior, Plácida ve brillar siniestramente las horribles escleróticas de Felipe. No se atreve a dormir: le teme a aquel muchacho que lleva dentro, agazapado, algo que asusta y fascina.

Y éste dice, de cuando en cuando, con una insistencia implacable, que ya la tiene a punto de enloquecer:

—Mamá, ¿por qué quieres tú que me muera?

PATARUCO

Pataruco era el mejor arpista de la Fila de Mariches. Nadie como él sabía puntear un joropo, ni nadie darle tan sabrosa cadencia al canto de un pasaje, ese canto lleno de melancolía de la música vernácula. Tocaba con sentimiento, compenetrado en el alma del aire que arrancaba a las cuerdas grasientas sus dedos virtuosos, retorciéndose en la jubilosa embriaguez del escobillao del golpe aragüeño, echando el rostro hacia atrás, con los ojos en blanco, como para sorberse toda la quejumbrosa lujuria del pasaje, vibrando en el espasmo musical de la cola, a cuyos acordes los bailadores jadeantes lanzaban gritos lascivos, que turbaban a las mujeres, pues era fama que los joropos de Pataruco, sobre todo cuando éste estaba medio "templao", bailados de la "madrugá p'abajo", le calentaban la sangre al más apático.

Por otra parte el Pataruco era un hombre completo y en donde él tocase no había temor de que a ningún maluco de la región se le antojase "acabar el joropo" cortándole las cuerdas al arpa, pues con un araguaney en las manos el indio era una notabilidad y había que ver cómo bregaba.

Por estas razones, cuando en la época de la cosecha del café llegaban las bullangueras romerías de las escogedoras y las noches de la Fila comenzaban a alegrarse con el son de las guitarras y con el rumor de las "parrandas", al Pataruco no le alcanzaba el tiempo para tocar los joropos que "le salían" en los ranchos esparcidos en las haciendas del contorno.

Pero no había de llegar a viejo con el arpa al hombro, trajinando por las cuestas repechosas de la Fila, en la oscuridad de las noches llenas de consejas pavorizantes y cuya negrura duplicaban los altos y coposos guamos de los cafetales, poblados de siniestros rumores de crótalos, silbidos de macaureles y gañidos espeluznantes de váquiros sedientos que en la época de las quemazones bajaban de las montañas de Capaya, huyendo del fuego que invadiera sus laderas, y atravesaban las haciendas de la Fila, en manadas bravías en busca del agua escasa.

Azares propicios de la suerte o habilidades o virtudes del hombre, la convirtieron, a la vuelta de no muchos años, en el hacendado más rico de Mariches. Para explicar el milagro salía a relucir en las bocas de algunos la manoseada patraña de la legendaria botijuela colmada de onzas enterradas por "los españoles"; otros escépticos y pesimistas, hablaban de chivaterías del Pataruco con una viuda rica que le nombró su mayordomo y a quien despojara de su hacienda; otros por fin, y eran los menos, atribuían el caso a la laboriosidad del arpista, que de peón de trilla había ascendido virtuosamente hasta la condición de propietario. Pero, por esto o por aquello, lo cierto era que el indio le había echado para siempre "la colcha al arpa" y vivía en Caracas en casa grande, casado con una mujer blanca y fina de la cual tuvo numerosos hijos en cuyos pies no aparecían los formidables juanetes que a él le valieron el sobrenombre de Pataruco.

Uno de sus hijos, Pedro Carlos, heredó la vocación por la música. Temerosa de que el muchacho fuera a salirle arpista, la madre procuró extirparle la afición; pero como el chico la tenía en la sangre y no es cosa hacedera torcer o frustrar las leyes implacables de la naturaleza, la señora se propuso entonces cultivársela y para ello le buscó buenos maestros de piano. Más tarde, cuando ya Pedro, Carlos era un hombrecito, obtuvo del marido que lo enviase a Europa a perfeccionar sus estudios, porque, aunque lo veía bien encaminado y con el gusto depurado en el contacto con lo que ella llamaba la "música fina", no se le quitaba del ánimo maternal y supersticioso el temor de verlo, el día menos pensado, con un arpa en las manos punteando un joropo.

De este modo el hijo de Pataruco obtuvo en los grandes centros civilizados del mundo un barniz de cultura que corría pareja con la acción suavizadora y blanqueante del clima sobre el cutis, un tanto revelador de la mezcla de sangre que había en él, y en los centros artísticos que frecuentó con éxito relativo, una conveniente educación musical.

Así, refinado y nutrido de ideas, tornó a la Patria al cabo de algunos años y si en el hogar halló, por fortuna, el puesto vacío que había dejado su padre, en cambio encontró acogida entusiasta y generosa entre sus compatriotas.

Traía en la cabeza un hervidero de grandes propósitos: soñaba con traducir en grandiosas y nuevas armonías la agreste majestad del paisaje vernáculo, lleno de luz gloriosa; la vida impulsiva y dolorosa de la raza que se consume en momentáneos incendios de pasiones violentas y pintorescas, como efímeros castillos de fuegos artificiales, de los cuales a la postre y bien pronto, solo queda la arboladura lamentable de los fracasos tempranos. Estaba seguro de que iba a crear la música nacional.

Creyó haberlo logrado en unos motivos que compuso y que dio a conocer en un concierto en cuya expectativa las esperanzas de los que estaban ávidos de una manifestación de arte de tal género, cuajaron en prematuros elogios del gran talento musical del compatriota. Pero salieron frustradas las esperanzas: la música de Pedro Carlos era un conglomerado de reminiscencias de los grandes maestros, mezcladas y fundidas con extravagancias de pésimo gusto que, pretendiendo dar la nota típica del colorido local solo daban la impresión de una mascarada de negros disfrazados de príncipes blondos.

Alguien condensó en un sarcasmo brutal, netamente criollo, la decepción sufrida por el público entendido:

—Le sale el pataruco; por mucho que se las tape, se le ven las plumas de las patas.

Y la especie, conocida por el músico, le fulminó el entusiasmo que trajera de Europa.

Abandonó la música de la cual no toleraba ni que se hablase en su presencia. Pero no cayó en el lugar común de considerarse incomprendido y perseguido por sus coterráneos. El pesimismo que le dejara el fracaso, penetró más hondo en su corazón, hasta las raíces mismas del ser. Se convenció de que en realidad era un músico mediocre, completamente incapacitado para la creación artística, sordo en medio de una naturaleza muda, porque tampoco había que esperar de ésta nada que fuese digno de perdurar en el arte.

Y buscando las causas de su incapacidad husmeó el rastro de la sangre paterna. Allí estaba la razón: estaba hecho de una tosca substancia humana que jamás cristalizaría en la forma delicada y noble del arte, hasta que la obra de los siglos no depurase el grosero barro originario.

Poco tiempo después nadie se acordaba de que en él había habido un músico.

Una noche en su hacienda de la Fila de Mariches, a donde había ido a instancias de su madre, a vigilar las faenas de la cogida del café, se paseaba bajo los árboles que rodeaban la casa, reflexionando sobre la tragedia muda y terrible que escarbaba en su corazón, como una lepra implacable y tenaz.

Las emociones artísticas habían olvidado los senderos de su alma y al recordar sus pasados entusiasmos por la belleza, le parecía que todo aquello había sucedido en otra persona, muerta hacía tiempo, que estaba dentro de la suya emponzoñándole la vida.

Sobre su cabeza, más allá de las copas oscuras de los guamos y de los bucares que abrigaban el cafetal, más allá de las lomas cubiertas de suaves pajonales que coronaban la serranía, la noche constelada se extendía llena de silencio y de serenidad. Abajo alentaba la vida incansable en el rumor monorrítmico de la fronda, en el perenne trabajo de la savia que ignora su propia finalidad sin darse cuenta de lo que corre para componer y sustentar la maravillosa arquitectura del árbol o para retribuir con la dulzura del fruto el melodioso regalo del pájaro; en el impasible reposo de la tierra, preñado de formidables actividades que recorren su círculo de infinitos a través de todas las formas, desde la más humilde hasta las más poderosas.

Y el músico pensó en aquella oscura semilla de su raza que estaba en él pudriéndose en un hervidero de anhelos imposibles. ¿Estaría acaso germinando, para dar a su tiempo, algún sazonado fruto imprevisto?

Prestó el oído a los rumores de la noche. De los campos venían ecos de una parranda lejana: entre ratos el viento traía el son quejumbroso de las guitarras de los escogedores. Echó a andar, cerro abajo, hacia el sitio donde resonaban las voces festivas: sentía como si algo más poderoso que su voluntad lo empujara hacia un término imprevisto.

Llegado al rancho del joropo, se detuvo en la puerta a contemplar el espectáculo. A la luz mortal de los humosos candiles, envueltos en la polvareda que levantaba el frenético escobilleo del golpe, los peones de la hacienda giraban ebrios de aguardiente, de música y de lujuria. Chicheaban las maracas acompañando el canto dormilón del arpa, entre ratos se levantaba la voz destemplada del "cantador" para incrustar un "corrido" dedicado a alguno de los bailadores y a momentos de un silencio lleno de jadeos lúbricos, sucedían de pronto gritos bestiales acompañados de risotadas.

Pedro Carlos sintió la voz de la sangre; aquella era su verdad, la inmisericorde verdad de la naturaleza que burla y vence los artificios y las equivocaciones del hombre: él no era sino un arpista, como su padre, como el Pataruco.

Pidió al arpista que le cediera el instrumento y comenzó a puntearlo, como si toda su vida no hubiera hecho otra cosa. Pero los sones que salían ahora de las cuerdas pringosas no eran, como los de antes, rudos, primitivos, saturados de dolorosa desesperación que era un gañido de macho en celo o un grito de animal herido; ahora era una música extraña, pero propia, auténtica, que tenía del paisaje la llameante desolación y de la raza la rabiosa nostalgia del africano que vino en el barco negrero y la melancólica tristeza del indio que vio caer su tierra bajo el imperio del invasor. Y era aquello tan imprevisto que, sin darse cuenta de por qué lo hacían, los bailadores se detuvieron a un mismo tiempo y se quedaron viendo con extrañeza al inusitado arpista.

De pronto uno dio un grito: había reconocido en la rara música, nunca oída, el aire de la tierra, y la voz del alma propias. Y a un mismo tiempo, como antes, se lanzaron los bailadores en el frenesí del joropo.

Poco después camino de su casa, Pedro Carlos iba jubiloso, llena el alma de música. Se había encontrado a sí mismo; ya oía la voz de la tierra…

En pos de él camina en silencio un peón de la hacienda.

Al fin dijo:

—Don Pedro, ¿cómo se llama ese joropo que usté ha tocao?

—Pataruco.

MARINA

La costa, calcinada por el sol, se extiende larga y solitaria entre unos cerros de tierra roja y árida como el yermo y el mar azul, de un azul pastoso que, en violento contraste, luce sombrío bajo el resplandor del cielo blanquecino y ardiente como una cúpula de zinc.

Más allá de los cocales, más allá de los uveros, cerca de la mole blanca del cabo, en un paraje desolado y aspérrimo donde solo medran recios cardonales y breñas rastreras, cerca de la desembocadura de un torrente que en la estación de las lluvias baja las montañas arrastrando un fango rojizo, hay una vivienda solitaria con techumbre de palmas y cercado de tunas bravas que la guarecen de los vientos del mar.

Cae a plomo la lumbre estante del meridiano: centellea en la arena de la playa, vibra en el aire que tiembla a ras del suelo y por entre las varas espinosas de los cardos, reverbera en el caliche del promontorio, blanco y siniestro como un osario y en el ocre violento de los cerros que, secos, desnudes y agrietados, se internan costa adentro, y bajo aquella luz cruda la salvaje majestad del paisaje desolado sugiere la abrumadora impresión de las tierras por donde ha pasado el soplo de las maldiciones bíblicas.

Llena el ámbito el trueno del mar; a lo largo de la playa resuena interminable el fragor del pedrusco arrastrado por la resaca… A intervalos reposa el oleaje, y entonces se oye hervir la espuma en las rompientes, y se siente, tierra adentro, el angustioso silencio de la soledad del paraje… Es un silencio que asusta: por momentos parece que se va a escuchar el terrible grito de un enorme dolor humano.

En la desembocadura del arroyo, semienterrada en el fango que arrastró la última venida, está la osamenta de un asno. En los costillares descarnados quedan todavía adheridos unos cartílagos sanguinolentos, las cuencas vacías de los ojos están vueltas hacia el mar, la dentadura enorme sugiere la dolorosa expresión del último rebuzno. En torna crascitan y sacuden las alas unos zamuros disputándose las últimas piltrafas. El hedor de la osamenta se mezcla en el aire con las emanaciones marinas. Zumba en el sol un enjambre de moscardones verdes.

En la orilla del mar están tres cabras negras: sus torvas pupilas exploran el horizonte atentamente.

En el rancho, cerca de la puerta, está una mujer con las mejillas en las manos, viendo hacia el mar, con la misma expresión estúpida de las cabras. Como éstas, ella también se encuentra en presencia del misterio que no escrutará jamás.

Adentro, tendido sobre una estera, yace un hombre muerto. La lumbre vacilante de una vela le arroja sobre la faz, ya surcada de manchas violáceas, un tembloroso claror macilento, y dentro de aquel halo espectral que flota en la diurna oscuridad del cubil, como una aguamala, se levanta bajo el sórdido harapo de la mortaja la comba del vientre, enorme, rotunda, inquietante…

De cuando en cuando la mujer voltea para mirarlo y dice invariablemente con la persistencia del idiota:

—Ya él descansó. Los pobres hacemos carrera muriéndonos.

Y vuelve a sumirse en su absorción, con las consumidas mejillas entre las palmas de las manos y la vista clavada en un vago punto que parece no estar en el espacio.

Bajo la garra de la tragedia no sentía la tortura del sufrimiento que acelera y agudiza la vida espiritual; su alma, primitiva y ruda como el paisaje, permanecía impasible en presencia del dolor y no había en su corazón una fibra que diese la nota humana. Había sido la compañera de aquel hombre que estaba pudriéndose ya sobre la estera; con él había compartido la sórdida miseria y de él había tenido hijos; luego, cuando él comenzó a tullirse y a hincharse, porque a causa de aquel daño que le echaron las carnes le crecían día por día hasta reventar, ella trabajó por ambos sin rebelarse, y sin embargo, cuando lo vio morir no sintió que la muerte le había arrebatado un amor. Ella no sabía lo que era un amor; su vida estaba regida por instintos puramente animales; sobre su alma pesaba el embrutecimiento de una raza que no tiene vida interior.

Así, cuando vio muerto al compañero, le echó encima todo cuanto poseía, que era aquella colcha de retazos, encendió la vela del alma que para el caso le había dado la comadre que vivía en el cerro y se sentó a velar el cadáver, rezando de cuando en cuando el Credo, que era la única oración que medio sabía. Así pasó la noche, sola, porque los muchachos estaban muy pequeños y se echaron a dormir desde que oscureció, y la pasó escuchando el tumbo del mar impasible y oscuro como su alma sepultada, y pidiendo —no sabía precisamente a quién— que le deparase la manera de enterrar al marido, cada vez que veía una exhalación desprenderse del cielo y apagarse en el silencio al caer en el agua, porque ella había oído decir que las exhalaciones son las almas que se escapan de las cuerpos de los que mueren y que, si al verlas se les pide algo antes de que se apaguen, siempre lo conceden.

Pero ya había pasado el mediodía y aún no se lo habían concedido. Ni un alma había transitado por aquellos sitios, y ella había estado horas sobre horas a la puerta del rancho esperando a que alguien pasase para suplicarle que la ayudara en aquella necesidad.

Era todo cuanto se le había ocurrido para salir del trance.

Por otra parte, no podía hacer otra cosa: los muchachos estaban muy pequeñitos y no sabían ir solos hasta el pueblo, muy distante de allí, y en cuanto a ir ella misma a hacer las diligencias necesarias para el enterramiento, no era posible. ¿Cómo dejar solo el cadáver? Ella había oído decir que cuando al lado de los muertos no hay una persona que rece "para ahuyentar el enemigo malo", éste se apodera del alma que ronda en torno de la casa mientras está el cuerpo en ella.

Por momentos le asaltaba un miedo bestial. Sentía pasar por encima de su cabeza algo así como una racha helada y silenciosa que no soplara ni de la tierra ni del mar, como un viento de otro mundo lleno de horribles alaridos que no se oían y que le hacían la impresión de una ronda de espectros que volaran en torno del rancho, con las siniestras bocas airadas, gritando sin voz…

Sobre el cráneo se le erizaban las ásperas greñas y un friolento temblor le sacudía el cuerpo sarmentoso; sus pupilas dilatadas por el terror arrebataban la soledad del paraje, y se fijaban luego en el cuadro interior, en el centro del cual iba creciendo y creciendo la comba del vientre del muerto…

El viento marino había caído y la calma se hacía cada vez más pesada y bochornosa. Las olas se retiraban antes de estrellarse en las rompientes con un receloso murmullo de aguas prestas a hervir; la lumbrarada del sol iba palideciendo en el aire; en la montaña se arremolinaban vapores caliginosos; el vaho de la tierra sofocaba como el aliento de un horno; en el ambiente aplomado las varas espinosas de los cardos se erguían más rectas, más inmóviles… A lo lejos se escuchaban medrosos balidos de chivos que bajaban corriendo por los peladeros… Dentro del rancho la llama de la vela se alzaba derecha y larga, estremecida de abajo arriba por una alucinante vibración.

—¡La caldereta! —murmuró la mujer, con un acento de angustia, presa del malestar fisiológico de la sofocación que exacerbaba sus nervios tensos.

Se estremeció el aire; se levantaron de la tierra pequeños remolinos fugaces de polvo; comenzó a hervir el agua en las rompientes; gimió el cardonal y empezó a pasar la racha violenta y ardorosa…

La vela se apagó… En la semioscuridad del rancho se destacaba enorme la comba del vientre…

La mujer huyó atemorizada y corrió desesperadamente, en busca de alguien que la ayudase a salir do aquel trance. ¡Nadie! La costa solitaria se extendía como el yermo bajo el soplo infernal de la caldereta. ¡Tan solo aquellas tres cabras negras que permanecían mirando el mar de una manera enigmática, que llegaba a ser inquietante a fuerza de ser absurda!

La mujer sintió que el espanto le helaba la sangre en las venas, y sin poder quitar los ojos del extraño cuadro que formaban aquellos animales, que no recordaba haber visto nunca por allí, comenzó a vocear llamando a los hijos, que seguramente andaban por entre el cardenal recogiendo las frutas caídas para matar el hambre de dos días. Entretanto, adelantaba la diestra hacia las cabras haciendo con los dedos la señal de la cruz.

—¡Bicho! ¡Bicho! ¡Toma la cruz!…

A sus voces acudieron los chicos. Eran dos arrapiezos ventrudos y canijos, en cuyas cabezotas se erizaban salvajes cabelleras de greñas hirsutas y rojizas. Tenían los cuerpecitos cubiertos de costras de mugre y las caras llenas de jugo meloso de las pitahayas. Uno de ellos traía en las manos varias, que ofreció a la madre.

Ésta los cogió por los brazos y le dijo al mayorcito mostrándole las cabras, que eran para ella animales diabólicos:

—Tírales piedras pa que se vayan. A ti te "juye" el "enemigo malo" porque eres inocente.

El niño no entendió las extrañas palabras y comenzó a lanzar piedras contra las cabras; mas como no las alcanzara, éstas seguían inmóviles de cara al mar.

—Vamos a rezá —dijo entonces la mujer, temblando bajo la violencia de aquel terror supersticioso.

Arrodillada en la tierra y oprimiendo contra su pecho los fláccidos cuerpecitos de los hijos, que la miraban asombrados de aquel espanto que tenía pintado en el rostro salvaje, farfullaba con voz atropellada y anhelosa la única oración que sabía, mirando alternativamente hacia el diabólico grupo de la playa y hacia la puerta del rancho, a través de la cual se veía el cuerpo tendido sobre la estera, con el enorme vientre creciendo, creciendo…

Y en torno al grupo, la ardiente ráfaga del terral, maligna, ponzoñosa…

Cayó la tarde, el añil crudo del mar se trocó en púrpuras, en ópalos resplandecientes, en suaves violetas, en opaco color plomizo, y vinieron las sombras resbalando sobre las aguas y envolvieron la costa y treparon por la montaña, hasta los picos más altos que se cernían allá, serenos y firmes, en el azul puro del anochecer de las alturas…

Ya las cabras se habían ido a su aprisco y había acabado de pasar la caldereta; una brisa fresca soplaba de nuevo sobre la costa abrasada; pero dentro del rancho, en torno al cadáver solitario, se espesaba la noche horrible.

La mujer permanecía afuera, abrazada a sus hijos, viendo en su imaginación enloquecida la comba fatídica del vientre, creciendo, creciendo…

Sobre el mar, dulcemente, caían exhalaciones…

LOS MENGÁNEZ

I

Vendió unos cocales que poseía en las costas del Golfo de Paria y compró en Caracas, en la parroquia aristocrática de Altagracia, una casa antigua, para reformarla y constituirla en hogar de su familia. Al estudiar las escrituras resultó que la casa había sido solar ilustre, fundado por un auténtico marqués de la Colonia, y este descubrimiento llenó de legítimo orgullo a don Alberto Mengánez.

No era don Alberto persona propensa a la vanagloria del linaje. Sus manos habían encallecido en el laboreo de la tierra, y la acomodada situación monetaria que derivara de él ni lo desbastó completamente de la esencial campechanía, ni mucho menos lo hizo olvidar el origen humilde. Cifraba su orgullo en esos rudos conceptos de la hombría de bien y del esfuerzo propio, peculiar de las razas trabajadoras, y esto era como un callo más en su persona, un callo del espíritu, con todas las ventajas y los inconvenientes de estas excrecencias córneas con las cuales la piel se defiende endureciéndose; pero por muy curado que estuviese de vanidades mobiliarias, el abolengo de su casa fue para él motivo de justas satisfacciones: en primer lugar, porque un marqués es siempre para un plebeyo algo que inspira cierto supersticioso respeto, y porque al adquirir la mansión marquesil su instinto democrático se complacía, como si ejerciese represalias por resentimientos dormidos en la inconsciencia, pero latentes en su sangre; en segundo lugar, y este era perfectamente consciente y justificado, porque sabía que su mujer, "la incomparable Suncha", como la llamaba cariñosa y respetuosamente, iba a darse el mayor gusto de su vida, habitando en la casa que fue solar de un marqués.

Era Asunción Sotomayor de Mengánez una de esas matronas que saben hacer valer sus merecimientos y que están siempre como sentadas en un trono, recibiendo el homenaje de propios y extraños. Poseía el arte de la amabilidad lisonjera y vivía decantando las ejemplares virtudes que resplandecían en su hogar, hecho en el molde de los hogares antiguos; modelos de hijos respetuosos y amorosos eran, en su boca, los suyos y dechado y pasmo de maridos el sin par Alberto. De esta manera, retenidos y obligados por la suave violencia de la lisonja, hijos y esposo estaban siempre prosternados ante la mayestática persona de doña Suncha. Hablaba ésta en verso —como decía don Alberto para ponderar la propiedad y la corrección gramatical, cuasi castiza, de los parlamentos, que no simples conversaciones de su mujer— y poseía una evidente debilidad por los achaques de linajes. Aseguraba que descendía de cierto vago y remoto noble español, un tal de Sotomayor, de quien venía hasta ella un claro chorro de sangre azul, tan derechamente que no había necesidad de demostrarlo; aunque en realidad no lo hacía jamás a causa de un abuelo pulpero que estaba atravesado por allá y mejor era no menearlo, porque no a sabía lo que podía haber detrás de él.

Le seguía don Alberto, sumiso, en estas incursione genealógicas y cuando la veía sortear el abuelo pulpero acudía, con muestras de exquisita delicadeza, a cambiar el tema de la conversación, pesaroso de aquel contratiempo que impedía a su incomparable Suncha pasearse a sus anchas, cauce arriba, hasta las propias fuentes del claro chorro de sangre azul que llenaba las venas de los Sotomayor, porque, aunque a su manera de ver, eminentemente práctica, esto de las genealogías le parecía cosa muy discutida y sin mayor valor efectivo, también era cierto que a una mujer como Suncha, tan persona, debía perdonarle cualquier debilidad él, que se sentía reconocido hacia ella, y hasta cierto punto se avergonzaba por haberla hecho madre de una chusma incontable de hijos, lo que, viéndolo bien, era una brutalidad de su parte.

Así, pues, pensando en la satisfacción que iba a experimentar Suncha, don Alberto estaba que no cabía en sí al con la adquisición de la casa del marqués. Gastó un dineral en las obras de modernización, y bajo una profusión de molduras, relieves, adornos y pinturas de pésimo gusto, desapareció el noble aspecto de la sencilla construcción antigua. Reemplazó a la comodidad la lindura: las gruesas paredes que mantenían en las habitaciones un confortable frescor fueron sustituidas per delgados y calurosos muros de cemento armado; en el patio, donde había cuadros de tierra para el jardín, reverberaba ahora al sol tórrido de los mediodías el mosaico abigarrado y reluciente; costosas romanillas con escandalosos vidrios rojos y azules y exceso de carpintería de pura apariencia, centelleaban en la cruda luz y le daban al interior un aspecto de jaula de fantasía; la fachada, más que obra de arquitecto, parecía de repostero, y en todas partes había sobrado sitio para que el polvo se depositase. Luego los muebles, por el mismo estilo: mucha vanidad de enchapado, mucha ebanistería barata, exceso de dorado y sobra de cortinaje impropio del clima, mucho cuadro de quincallería, entre los cuales estaban los inevitables Napoleones, mucha estatua de falsa terracota y fementidos jarrones chinescos. Pero todo aquello estaba hecho a la medida del gusto de los Mengánez.

Llegaron éstos a Caracas cuando la casa estuvo concluida. Eran cuatro muchachas, la menor de las cuales rayaba en los quince, dos niñas en edad escolar y un jovencito que se afeitaba el naciente bigote. Ponderaron el exquisito gusto con que don Alberto había decorado y amueblado la casa, haciendo coro a los gramaticales elogios de doña Suncha, quien, prudentemente, dejaba los reparos que tenía que hacer para el cordial palique que, según costumbre, mantenían ella y su marido en el lecho conyugal mientras venía el sueño; pero el júbilo de los Mengánez desbordó en cantarinas exclamaciones cuando don Alberto les dijo que les había comprado un soberbio automóvil de siete pasajeros, con resplandecientes farolas de cobre que parecían de oro y lujosa carrocería de color broncíneo. En la tarde del mismo día de la instalación de las Mengánez abrieron las ventanas y en dos de ellas, en sendas parejas, se sentaron a exhibirse, cruzando entre sí miradas tímidas y maliciosas, que indudablemente decían:

—¡Qué te parece! ¡Estamos dando el palo!

En la ventana de romanilla, a guisa de guardián, se estableció doña Suncha con su marido. Estrenaba éste un gorro de paño negro con vistosos bordados de seda; aquella atisbaba entre las celosías la impresión que sus niñas estaban causando a los transeúntes, y cuando alguno, varón, en edad nupcial y de aspecto distinguido, se volteaba a mirar los graciosos rostros desconocidos, ella sentía un delicioso escarabajeo en las entrañas maternales. Pero decía a don Alberto:

—¡Estos jóvenes de Caracas! Parece que se imaginaran que las muchachas son objeto de exhibición. ¡Cómo se las quedan viendo! ¡Seguramente no abundan aquí las muchachas bonitas!

Al día siguiente estrenaron el automóvil. Doña Suncha atrás, entre las hijas mayores, las otras dos en los asienticos y don Alberto al lado del chofer. A las pequeñas les ofrecieron llevarles dulces a cambio del paseo. La velocidad de la máquina les producía angustia fisiológica y sobresalto: respiraban afanosamente, temían volcarse a cada momento, se agarraban con disimulo a las bandas del carro, no hallaban qué hacer con los sombreros. Doña Suncha fingía admirablemente estar acostumbrada a aquel género de locomoción. Eso sí, juraba que no lo usaría más.

—Una y no más, Santo Tomás.

Entraron en la Avenida de El Paraíso. Don Alberto ordenó al chofer que disminuyese la velocidad para que la familia pudiese admirar las bellezas del paseo; pero las Mangánez se limitaban a mirar con los rabillos de los ojos, por temor a que la admiración las hiciese aparecer como pueblanas. Solo en los sitios donde no había transeúntes se aventuraba a contemplar las quintas aristocráticas que lucían su arquitectura exótica entre jardines bien cuidados. En cambio miraban con un aire de suprema distinción a las personas que pasaban en otros automóviles o en coches, y con esa eficacia de la rápida atención femenina a trajes y maneras de moda, aprendieron, a las primeras ojeadas, que las mujeres de tono cruzaban las piernas, y adquirieron la dolorosa convicción de que sus vestidos y sombreros estaban denodados y no eran lo bastante lujosos. Desde entonces se les acabó el placer del paseo y quisieron volver a casa. Pero don Alberto, que iba orgullosísimo de su familia y de su automóvil, se empeñaba en que debían continuar cogiendo aire.

Alguien que pasaba en un coche les gritó manoteando:

—¡Adío!

Doña Suncha inquirió, dignísima:

—¿Quién es ese negrito que las saluda con tanta confianza?

—¡Mamá! ¡Si es José Luis!

—¿Mi hijo? ¡Ay Dios grande! ¡Cómo he podido confundirlo! Es que esta carrera no le deja a una ni ver las personas.

Rieron las Mengánez; pero doña Suncha se puso muy seria. El haber confundido a su hijo José Luis con un negrito no le hacía gracia. Instintivamente miró a don Alberto, al mismo tiempo que pasó por su mente el pensamiento de aquel abuelo que estaba tan inoportunamente atravesado con su pulpería en la línea genealógica de los Sotomayor.

Entretanto José Luis Mengánez, repantigado en su cuche, recorría el paseo buscando en el entorno poético de la joyante campiña atardecida, la voz de su musa, porque José Luis se sentía poeta, mejor dicho: era poeta. Paseaba las errabundas miradas por los suaves lomos de las colinas dormidas, en una dulce paz eclógica, en la luz espesa y dorada del crepúsculo de enero y echaba el alma a derretirse de emociones estéticas en lo que él llamaba, muy orgulloso de la novedad de la metáfora, la copa volcada de los cielos.

Tenía apremiantes urgencias de concebir su poema, pues por aquellos días acababa de promover una revista de Caracas un certamen literario.

Era necesario que él concurriese, estaba seguro de que iba a triunfar y a imponerse. Él necesitaba imponerse. Ya sus hermanos mayores, el médico y el abogado, habían ganado para el apellido Mengánez sendos lauros que hicieron época en los anales universitarios y a consecuencia de ello estaban en Europa, perfeccionando sus estudios, pensionados por el Gobierno. Él también era un Mengánez, poseedor de un positivo talento, en cuya alma ardía el fuego sagrado de la poesía.

II

Automóvil propio, abonos a las temporadas del Municipal, vecindario aristocrático y un decidido propósito de llegar a las más altas esferas sociales, sin parar mientes en escrúpulos ni en delicadezas, allanaron a las Mengánez todos los caminos. Aprendieron a jugar tenis, a dar las gracias en inglés, a beber té sin hacer grimas, aunque les parecía un brebaje horrible; a andar cadenciosamente, como la Bertini, y a llevar con una relativa elegancia un bastón casi tan grande como el de Fiora Tosca. Y con esto, y con la gracia de las caras bonitas, a poco llegaron a ser algo así como las niñas mimadas de la high life caraqueña.

Pero fue José Luis el factor principal de aquella benévola acogida que hallaron desde un principio en los salones del buen tono. Obtuvo el poeta en agraz una plaza de cronista galante en uno de los periódicos más leídos, y halagando desde allí la vanidad de la gente anónima que se desvive por ver publicados en los periódicos sus idas y venidas, quebrantos y convalecencias, José Luis se convirtió en un personaje importantísimo del pasatiempo social, y al arrimo suyo se introdujeron las hermanitas y, naturalmente, doña Suncha. En cuanto a don Alberto, éste procuraba estar fuera de Caracas el mayor tiempo posible. No se sabía en dónde, ni en qué; pero es lo cierto que don Alberto casi siempre estaba ausente.

Llegó el término del plazo señalado para el concurso literario, al cual envió José Luis Mengánez un poema en alejandrinos titulado "Ambares resplandecientes", y por uno de tantos motivos que hacen en estos casos salir premiada una obra, el poema de José Luis obtuvo el primer premio. Un día aparecieron su nombre y su retrato en todos los periódicos de la capital y quedó consagrada su reputación de altísimo poeta.

El triunfo coincidió con la vuelta de Europa del Mengánez médico y del Mengénez abogado. Los amigos de ambos les hicieron suntuoso recibimiento en el Club Venezuela y los periódicos echaron a volar nombres famosos, afirmando que de ahí en adelante iba a haber en el país verdadera ciencia, porque los Mengánez venían a romper la cerrazón intelectual y los moldes caducos en los cuales yacía, con siglos de atraso, el aprendizaje de la medicina y de la jurisprudencia, divulgando los avanzadísimos conocimientos que habían adquirido en el íntimo contacto con las eminencias mundiales, durante su estada en Europa.

Bajo el influjo de esta aura favorable que cargaba sin fatiga el gloriosa peso del apellido Mengánez, aumentó el prestigio social de que ya gozaba la familia. Recibos y saraos congregaban en la antigua casa del marqués a lo más florido de la sociedad de Caracas, y Mengánez para acá, y Mengánez para allá, este nombre estaba "en el vuelco de todos los corazones", como dijera un chroniqueur de una de aquellas fiestas, profanando la divina frase del Libertador.

Pero transcurrió el tiempo y, a pesar de los Mengánez, la medicina y la jurisprudencia permanecían en el mismo estado de antes, y se descubrió y se divulgó que el médico no había hecho sino pasear los bulevares de París y a la hora del regreso comprar aparatos e instrumentas para montar en Caracas una de tantas clínicas; y el abogado otro tanto, o acaso menos, pues en su maleta solo trajo dos o tres ejemplares de esos que se venden en los muelles para matar el fastidio de los viajes y de los cuales libritos de bolsillo el Mengánez jurista sacó, sin más trabajo que el de una traducción galicada, un artículo sobre penología, que sorprendió a las incautos.

En cuanto a José Luis, su altísimo numen, después de un tiroteo de sonetos insustanciales y de páginas de álbumes donde haba muchos cisnes, cayó en un irremediable mutismo, que no permitió ni darle la bienvenida a María Guerrero ni ponerles letra a las danzas de la Pawlova.

De este modo, ya porque el positivo talento de los Mengánez hubiera dado todo la que podía dar en aquella momentánea conflagración de hogueras do papel que fue el éxito de los Mengánez doctores y del que alcanzó José Luis con su poema en esa faz del procesa de indigestión literaria, en el cual se vomitan, tal corno se ingieren, todas las lecturas; o ya porque la inconstancia característica de nuestros entusiasmos apartara de la casa de les Mengánez aquella corriente de admiración que fuera hacia allí, como los ríos hacia el mar, lo cierto fue que la ciudad empezó a fastidiarse de no verles hacer nada notable, y con la misma facilidad con que cerró en torno a ellos las filas del prestigio, les hizo el juego del vacío.

Disminuida la clientela, el médico tuvo que mudar la clínica a una casa menos lujosa y más pequeña; el abogado, cansado de perder pleitos defendiéndolos, se dedicó a sentenciarlos, como Juez de primera instancia; José Luis perdió su plaza de cronista galante, porque ya sus crónicas se estaban haciendo fastidiosas y nadie las leía, y de este fracaso de la familia ni siquiera se salvaron las muchachas. A fuerza de aspirar a maridos ideales, naturalmente extranjeros, porque, con razón o sin ella, todos las "jóvenes de aquí" les parecían "cualquier cosa", se quedaron sin pretendientes y hasta sin amigos. Empezaron a correr a propósito de ellas, especies maliciosas: ahora se las encontraba ridículas y se las calificaba de advenedizas. Sus recibos y saraos empezaron a quedarse desiertos; ya había personas que no las trataban.

A todo esto se añade el desmejoramiento de la situación económica. Don Alberto vendió el automóvil, y para hacer ahorros se vio en el caso de alquilar la casa del marqués y mudarse a una más pequeña. Doña Suncha sufrió por sí y por las hijas; pero como siempre sabía hacerse dueña de la situación, soltó una máxima edificante:

—Esto les prueba, hijos míos, que todo en el mundo es vanidad de vanidades y pasa como el viento.

Poco más o menos al mismo tiempo decía un joven en el Club Paraíso:

—¡Cómo se acabaron los tés de las Mengánez! ¡Tanta que nos divertíamos en la casa del marqués!

Y otro, mordaz:

—Ya ellas no tornan té. Ahora lo que toman es café. Como antes: su cafecito aguarapado.

EL ÚLTIMO PATRIOTA

La familia hallábase a la sazón entretenida en diversos ocios en el corredor de la antigua y noble casa que había sido desde los tiempos de la Colonia, solar glorioso de la más ilustre pléyade de varones con que se honraron los fastos de la patria.

La familia se componía del padre, Don Máximo, continuador del nombre tantas veces esclarecido por sus mayores y señor de ínfula él, de profesión tenedor de libros en varias casas mercantiles, y persona versada en heráldicas y un tanto dada a achaques literarios, por afición; la madre, mujer como todas las demás, con algunas canas y excesivas carnes; el primogénito, artrítico y jugador de oficio; otro hijo que no estaba presente, cursante de derecho, literato en agraz e irresistible Don Juan más acicalado y cuidadoso de su persona, que su misma hermana, que lo era mucho, con no ser tan apuesta como pragmática y tener tantos granos en el cutis, como vanidad y sosería en el modo de ser.

Además de éstos, estaban en el corredor, un hermano de Don Máximo, menos señor que él por dejadez y penuria, hombre amigo de chanzonetas y de maneras vulgares, y, por último, una hija de éste, de doce años, tonta y clorótica.

No hacía mucho que se habían levantado de la mesa y, como de costumbre, pasaban las primeras horas de la noche en el corredor, mientras era la de irse cada cual a su respectivo pasatiempo: Los viejos al dominó, los mozos a la visita o al club o a la francachela, a la ventana la niña y la tonta al sofá, a dormir como solía hasta que su padre la despertaba para irse, terminada la partida con la inevitable discusión. Don Máximo leía con interés y evidente disgusto un artículo inserto en un diario de aquella tarde; frente a él, su hija leía, también absorta, a Carlota Braemé; en el otro extremo del corredor el hijo artrítico charlaba con el tío a propósito del juego y sus cébalas y artimañas, mientras la señora escuchaba placiblemente las tonterías de la sobrinita, y por allá dentro silbaba el aria de "Tosca" el literato, mientras se hacía la toilette.

De pronto don Máximo, quitándose los áureos lentes, y arrojando lejos de sí el periódico, exclamó, encarándose a los circunstantes:

—¡Habrase visto!

Con tal énfasis lo dijo, que todos, sorprendidos, se volvieron hacia él inquiriendo, mientras el hermano con su irritante pachorra le preguntaba:

—¿Qué te duele, chico?

—Me duele lo que no te dolería a ti, seguramente. —Y como con esto aumentara la perplejidad de la familia, agregó explicando:

—Que este país se acabó.

—¿Por qué, Máximo? —Esta vez quien habló fue la señora, seriamente alarmada con la aseveración de su marido.

—Era lo que nos faltaba. Ya aquí no hay nada sagrado; nada digno de respeto. No te digo; a este país se lo llevó el demonio. ¡Decir eso de la única página limpia que tiene nuestra historia! Es hasta dónde puede llegar la corrupción! ¡Que atrevimiento! ¡Qué irreverencia!

Los circunstantes iban de asombro en asombro a medida que el ofendido patriotismo del noble señor se desahogaba a fuerza de exclamaciones rotundas que eran como anatemas de la patria misma, porque sin lugar a dudas se trataba de una injuria inferida a la majestad de la Patria, por cuyos fueros siempre camparon los Máximos, desde el más remoto ascendiente, hasta éste, para quien fue siempre una religión el patriotismo, y que si nunca entró por él en reyertas de sangre, muchas veces las afrontó en los estadios de la prensa con entereza, sin vacilaciones desdorosas. Y era tan épico el acento de Don Máximo, tan marcial el gesto, que los manes de los esforzados abuelos debieron de recrearse, con el santo orgullo de raza al ver cómo su superviviente se armaba de aquella índole brava y noble que ellos le legaran, para clamar contra los detractores de la patria, tremolando como un airón de gloria aquel nombre ilustre que a tantas hazañas los obligara; y la casa misma se hubiera estremecido como antaño lo fuera al hospedar tanta grandeza, si aquel barniz verde claro, aquella luz eléctrica y aquel mosaico del pavimento no le hubieran quitado con su estolidez moderna, el severo aspecto y la condición señorial.

—No debía permitirse que se escribieran estas cosas. ¡Estos artículos de difamación, de diatribas! ¡Es inicuo! ¡No debían publicarse!

En este punto apareció en el corredor el hijo literato de Don Máximo. Aún no había concluido su toilette, porque venía ocupado en hacerse el lazo de la corbata y estaba en mangas de camisa, pero como se trataba de su oficio, al oír a su padre referirse a un artículo acudió a hacer acto de presencia como quien cumple una función imprescindible. Ya sabía él que iba a llegar como a pedir de boca, y por esto vino como quien no quiere la cosa, para darse mayor importancia. Apenas lo vio Don Máximo, cuando enfrentándosele, le dijo:

—¿Has leído el artículo ése?

—No. ¿Cuál?

—¡Caramba! ¿Tú no lees los periódicos?

—Tienen tan pocas cosas que enseñarme.

Los espectadores se veían unos a otros las caras, como para saber si alguno había descubierto de qué se trataba. Don Máximo estaba que echaba chispas. El majadero Maximito dio al fin su brazo a torcer:

—¿Trae algo de importancia?

—Un artículo que es una ofensa a nuestro nombre.

—¡Dios mío! ¿Qué dice de nosotros? —terció la esposa alarmada.

—¿De quién es? —preguntó el artrítico.

—¿A nosotros? Pero si ni siquiera nos nombra, papá —dijo la hija de Don Máximo, que en un santiamén había devorado el artículo en cuestión.

—No es preciso que nos nombre.

—¿Pero qué dice, chico? Desembucha.

—Dice —comenzó Don Máximo, sin reparar por esta vez en el término vulgar que había empleado su hermano Antonio— dice, que hay que acabar con la epopeya.

—¿Con quién?

—¿Con la epo… que? —preguntó socarronamente Antonio.

—Poya —completó Don Máximo, en el colmo de la indignación, sin darse cuenta del ridículo en que lo había hecho incurrir el patriotismo, con lo cual todos los circunstantes prorrumpieron en risas que dieron al traste con la poca paciencia que le había dejado el articulista, al irascible señor.

—No es oportunidad para gracejadas; se trata de un asunto grave.

—¡Ah Antonio! —exclamaban los demás entre uno y otro acceso de risa, para mayor disgusto de Don Máximo que no toleraba que en su casa fueran celebradas las burdas ocurrencias de su hermano, y mucho menos en momentos en que se ventilaban asuntos de tanta trascendencia como aquél, pues se trataba de los sagrados intereses de la Patria, y de la familia misma, como que muchos Máximos habían tomado parte en aquella epopeya que el irreverente articulista quería destruir en nombre de la sediente crítica de la Historia. Y cuando fatigados de tanto reír se hubieron enseriado los de la familia, continuó Don Máximo dirigiéndose a Maximito:

—Es preciso que lo leas. Tenemos que rebatirlo; eso no se puede quedar así. Asentar tan paladinamente tamaño despropósito; decir que nuestra guerra magna no fue sino una de tantas revoluciones; que la

Epopeya no vale un comino; que los próceres no eran tales dechados de generosidad y virtudes!

—¡Y por eso te pones tan bravo! —dijo ingenuamente Antonio, para quien todas las referidas blasfemias no tenían valor alguno—. Mira que tú puedes ser bien... patriota; molestarte porque digan que los próceres eran una pandilla de vagabundos.

—Los próceres, Antonio, los Héroes, son la más alta representación de un pueblo, y no se les debe tocar para desacreditarlos.

—Le voy a decir, papá —arguyó Maximito— la figura del héroe resulta más imponente mientras más de cerca se le considere.

Nadie contestó, lo cual quería decir que Maximito había perdido su tiempo, o que Don Máximo no encontraba adecuado para una polémica el traje del mozo, porque después de una pausa, le dijo:

—Ponte el paltó.

Fue y le puso Maximito, volviendo para continuar el empezado discurso, oído recientemente, de seguro.

—La historia hoy no quiere semidioses; ya eso de los semidioses pasó de moda.

—Lo sublime no pasa, lo sublime es inmortal, no muere.

—Sí; pero lo sublime de hoy es muy distinto de lo sublime de hace veinte años, por ejemplo. La figura de nuestros próceres es algo amuñecada, es necesario restituirles su primitiva humanidad; formarse de ellos un concepto realista; la sociología enseña, por medio de la crítica de la Historia...

Nombrarle a Don Máximo la Crítica de la Historia en aquellas circunstancias era grave imprudencia, casi una provocación.

—¡La Crítica de la Historia! ¿También estás tú creyendo en paparruchas?

Y fueron tantos los denuestos en que se desató contra ella y sus secuaces, que en calidad de tal Maximito se vio en grave trance por defenderla, teniendo que privarse de asistir al recibo para que se preparara desde el anochecer, por hallarse comprometido en la más acalorada controversia que jamás tuvieron padre e hijo. Este, haciendo causa común con el articulista, más por snobismo que por convicción, sustentaba justos y arbitrarios argumentos, más ajenos que de su cosecha, en defensa de los que llamaba superiores intereses de la Ciencia moderna, manejándolos con tal destreza de escamoteador que era imposible distinguir los verdaderos de los falsos, ni los propios de los que no lo eran. A su vez, el padre sacudía la polilla de sus raídos conceptos vapuleando al hijo infidente, campando por su muy amada Epopeya, por la que un tiempo vertieron la procera sangre tantos Máximos ínclitos y que hoy se hallaba en descrédito, calumniada, vilipendiada por un articulista de oscura procedencia quizás, y lo que era peor todavía, atacada por un Máximo de aquella misma esclarecida ralea. Y todo por causa de la Crítica de la Historia!

Como era natural, aquella noche no se jugó al dominó en la casa, donde materialmente no tenían espacio los vivos ni siquiera para un pensamiento, tan lleno estaba el recinto con los hechos gloriosos de los antepasados, referidos por Don Máximo con una sañuda prolijidad por lo que el plebeyo Antonio tuvo que irse más temprano que de costumbre y renegando más que nunca de su casta, de la Epopeya y de la Crítica de la Historia, también.

Al hijo artrítico tampoco se le importaba un ardite saber cómo era que debía escribirse la Historia, ni lo que había que hacer con los héroes, si rendirles culto como a seres superiores, como aconsejaba su padre, o estudiarles como a hombres, según quería su enfático hermanito; ni aun le interesaba enterarse de quiénes eran ni qué habían hecho en vida aquellos tan sonados abuelos suyos, cuyos retratos conservaba Don Máximo, como reliquias sagradas, junto con el archivo de la familia en la única habitación que conservaba todavía el austero aspecto señorial de antaño; y como tanto razonamiento y proeza tanta lo aburrieran, optó por aquel lugar donde, como él decía, se ventilaban libertades de más valía, al golpe del invisible puntapié con que la Fortuna hacía rodar éxitos y fracasos, sobre campos tan lóbregos y sangrientos como los que más, de Marte y Belona.

Pero, aunque era mucho lo que se había hablado a propósito del artículo, la cosa no podía quedar así, ya Don Máximo lo había dicho; mal continuador de tan famoso nombre hubiera sido él, si no hubiera acudido a cobrar la ofensa inferida a la Patria y a la Casta, como en efecto acudió al siguiente día, llevando a la redacción de su periódico favorito, un largo y bien documentado escrito suyo, en el que desagraviaba a los manes de los héroes de la Epopeya, atacando a su detractor con el ánimo tradicional en todos los Máximos de su estirpe.

Publicado que fue éste, llovieron sobre su autor felicitaciones de la gente campanuda con quienes un mismo interés lo vinculaba, y todo prometía que la victoria se decidiría por él, cuando he aquí, que una mañana, aciaga, apareció un nuevo artículo contra replicándolo en el cual su autor cargaba más que antes la mano, en aquello de la Epopeya y las mentiras convencionales, agregando, para colmo del enojo de Don Máximo, que muchos de aquellos abuelos de éste, tenidos por él como patriotas, fueron más realistas que el Rey y los peores enemigos de la Independencia.

Cuando Don Máximo leyó esta blasfemia, se iba volviendo loco; la santa ira del patriotismo le enajenó de tal manera que fue necesario llamar al médico; en la mañana lo habían estado oyendo murmurar palabras ininteligibles, mientras se paseaba en el archivo donde se encerró, y ya por la tarde no eran simples murmullos, sino discursos en estilo, imprecaciones dirigidas a los retratos de los antepasados, en alta y descompasada voz. El facultativo prescribió bromuro y despreocupación, y a la mañana siguiente, más sosegado, Don Máximo se dio a la tarea de comprobar las aseveraciones del articulista reincidente. Se estremecieron los estantes con el ruido de los innumerables ratones que huían a sus madrigueras, sorprendidos tan de improviso en aquella tarea que venía siendo desde muchos años atrás, tradicional entre los que de la especie moraban en la casa: roer y roer los libros y papeles del archivo, alimentándose con la gloria escrita de los famosos Máximos; ruido al que se unía el otro análogo que hurgando los empolvados documentos, hacían los Máximos supervivientes.

—Estos malditos ratones. ¡Mire cómo han puesto esto… "A su Excelencia el Libertador Presidente…". ¡Y ese otro! "Cartas del Marqués…" ¡Qué animales tan condenados! ¿Qué será bueno para acabar con ellos?

—Rough-Rats —contestaba Maximito y seguía hurga que hurga.

A veces la importancia del hallazgo y el polvo que lo cubría provocaban en ellos, una exclamación que iba a parar casi siempre en estornudo, o un estornudo frustrado que se parecía cómicamente a una exclamación. Entonces la señora que presenciaba la solemne tarea, sin darse cuenta de lo que valía, les amonestaba: Les va a dar catarro. Pero a Don Máximo no le arredraba el catarro y seguía cavando el polvo de los años, impertérrito, bajo la mirada tutelar de los antepasados, al óleo, que observaban desde las paredes aquel afán del superviviente, en paz y de soslayo, como quien tiene la conciencia tranquila.

El trabajo que le costó a Don Máximo descubrir el timo, porque a decir verdad, el buen señor nunca se había tomado la molestia de registrar aquel archivo, y ni sabía dónde andaban los papeles, ni sospechaba las cosas que decían. Lo que él conocía de la historia de la familia no lo aprendió en lectura sino de boca de sus mayores que le habían dado aquella tradición de virtudes y proezas sin cuento, y que él había conservado hasta entonces sin cuidarse de comprobar lo que de cierto tenía, como el cándido guardador de las botijas del cuento. Y así fue que cuando lo averiguó recibió la mayor decepción de su vida. Allí estaba, en letras, mal escrita, pero escrita al fin, la verdad vergonzosa, atenuada en partes por la piedad de los ratones, pero lo bastante completa para ser dura y cruel e irrebatible. Al principio no quiso prestarles crédito a aquellos papeles, amarillos de impostura, pero el sañudo Maximito, como si se cobrara los improperios que le tocaron en la reciente disputa, leyó tanto y tanto comentó, que no hubo más recurso que rendirse a la evidencia.

Y fue como si le hubieran arrebatado, con aquella mentira, su propia razón de ser. Tan orgulloso como estaba él con descender de aquella estirpe acrisolada de patriotismo y nobleza, con tener en sus venas sangre de aquélla tantas veces derramada por la patria libertad, y ahora: ¡cuánta vergüenza para cubrir tanto orgullo! ¡Todo mentira! ¡Convertida en ridícula farsa la gloriosa leyenda! Pronto se correría por la ciudad la noticia de que sus antepasados no habían sido tales patriotas, sino pérfidos realistas, y le señalarían con el dedo y se reirían de él, todos los que hasta entonces lo envidiaron por su linaje. Todos, la ciudad entera se ocuparía de él para hacer chacota de su desengaño. Un señor Don Máximo sirviendo de hazmerreír a la plebe que antes deslumbrara con el esplendor de su nombre. No, no; había que tomar una determinación, reivindicarse, salvarse siquiera él solo del desastre de la familia. Sí, sí, a todo trance, a todo trance. Para empezar había que quitar los retratos de aquel sitio de honor que no merecían, sacar de allí aquellos papeles vergonzosos, acabar con aquel archivo que no había sabido continuar siendo santuario de reliquias, para convertirse en inmunda madriguera de ratones, amontonar todas aquellas antiguallas y arrumbarlas junto con la plebe de trastos viejos, en el sótano de la casa o quemarlos; luego componer aquella habitación, empapelarla, entablarla, ponerle techo-raso…

No bien lo hubo pensado cuando ya estuvo poniéndolo en práctica. Olvidándose de su condición se subió a una silla y comenzó a descolgar retratos, y a cada uno que descolgaba le iba diciendo: Realista, realista. Al invertirlos los retratos parecían sonreír como si a su vez le dijeran: No seas tonto, Máximo. Pero él no hacía caso y seguía derrocándolos ruidosamente. Acudieron los de la familia a la batahola, y según los iba viendo les iba diciendo Don Máximo: Realistas, Mercedes; hija mía, realistas; realistas, Antonio, ¡Quién iba a creerlo!

Y fue entonces cuando se libró la verdadera última batalla de la Independencia. Don Máximo empinado sobre la silla, batiendo triunfalmente aquel escuadrón de realistas rezagados, era el último patriota, y el primero de su casta.

ENTRE LAS RUINAS

Aunque la mañana estaba metida en agua y a menudo lloviznaba, Céspedes había salido, como de costumbre, a vagar un poco por los arrabales, y al doblar una esquina, ya en las afueras, vio que unos pasos más adelante iba aquel joven con quien venía encontrándose hacía días, en sus habituales paseos. A poco le dio alcance, y al pasar uno junto al otro, no obstante no conocerse, se saludaron, y acordado el paso, como de intento, siguieron calle arriba. Esta, llena de zanjones que ya lo estaban de cascajos y desperdicios mal olientes, proporcionó los primeros motivos a la engorrosa conversación de entrambos, pero bien pronto se intimó más y Céspedes se atrevió a preguntar:

—¿Usted está recién llegado, verdad?

—Tengo tres o cuatro días apenas.

—¿Pero es de aquí, no?

—Sí, pero tenía algún tiempo fuera del país.

—Se lo pregunté porque nunca lo había visto antes, y hace tres días que venimos encontrándonos.

—¡Hombre! Sí. Parece que nos pusiéramos de acuerdo.

—¿Es usted pintor?

—No, señor.

—¿Poeta, entonces?

—Tampoco… es decir… ¡Vamos! Según y cómo. Usted sí es artista, ¿verdad?

—Pintor, para servirle.

Y luego, descubriéndose y alargando la mano a modo de presentación:

—Rafael Céspedes.

—Manuel Garrido.

Un trecho continuaron en silencio. De la montaña próxima bajaba un aire húmedo y sutil.

Garrido preguntó:

—¿Sale usted en busca de asuntos por los arrabales?

—Sí, señor.

—Son muy pintorescos, los andurriales estos.

—Lo único bello de la ciudad. Este por donde vamos es estupendo en las mañanas de sol. Y de tarde son muy bonitos los crepúsculos, por encima de estas paredes, que parecen ruinas. Ayer, precisamente, estaba Ud. sentado en una de ellas. Hacía, por cierto, una buena silueta sobre el crepúsculo.

—Como para un grabado de novela romántica.

El pintor, corrido, bajó los ojos, enrojeciendo como una doncellita.

Era este pintor un niño casi, delgaducho, carilucio, con unos ojos muy grandes y serenos.

Garrido continuó.

—Amigo Céspedes, puede que algún día no tengan ustedes los pintores, arrabales tan miserables a donde ir a buscar asuntos y manchas.

—¿Por qué lo cree usted?

—Porque esto tiene que desaparecer. Ya vendrán, en cambio, otros aspectos: La ciudad floreciente…

—¿Es usted enemigo de los arrabales? Lo único bello que tiene la ciudad.

—Muy precioso, todo lo pintoresco que usted quiera, pero muy miserable y antihigiénico.

—Más antihigiénicas son las casas de ocho o diez pisos de Europa. Siquiera aquí entra sol.

—Sol y gracias. ¡Qué pocilgas! Estas no son casas, sino verdaderos cubiles. Mire usted, allá dentro.

El sol que a la sazón había logrado escaparse por una repentina rendija azul del nublado, iluminaba, muy blanco, el interior miserable que desde la calle Garrido mostraba al pintor. Este empezó a ver, sonriendo, pero a medida que veía, se fue poniendo serio, de atención. Garrido que lo notara, dijo jovialmente, quitándose de frente a la puerta:

—Vamos, amigo, que todo quiera verlo usted en artista.

Céspedes otra vez se sonrojó, arriba se cerró el nublado escamoteando el rayo de sol, en el interior mísero se apagó la viva mancha, y cuando ambos paseantes se hubieron alejado un poco, tres muchachos sucios y curiosos se asomaron a la puerta del rancho que aquéllos observaran; cuchichearon algo entre sí, y luego estallaron de pronto en una gritería a la que hicieron coro en seguida todos los perros de la vecindad, con verdadero encono. El más energúmeno de éstos, un perrillo hosco, puro huesos y sarna, se fue tras los paseantes por buen espacio, hecho una furia, enseñando los dientes afilados.

—Este —dijo Garrido— ha tomado la cosa muy a pecho; se ve que los perros de por aquí hacen buena causa con los muchachos.

Céspedes, lívido de ira y nervioso con el inofensivo acosamiento del animal murmuró algo a regañadientes, y cuando el perro se hubo cansado de ladrar y perseguirlos, Garrido que se había quedado serio y pensativo de repente, dijo, recuperando su habitual buen humor:

—Pues, lo que le digo: Esto tiene que desaparecer tarde o temprano; será el triunfo de la ciudad.

—Pero no negará usted que hay belleza en esto, argüía tímidamente Céspedes.

—Belleza hay en todo; y luego, que en estos casos hay intereses superiores a la Belleza, dicho sea con su perdón: la higiene, por ejemplo, y otros que valen casi tanto: el ornamento, la decencia.

—Creí que usted era artista.

—Sí lo soy, a mi manera.

—Pero…

—Mire usted, una vez me dijo un tonto, muy enfático: amigo, es preciso que se convenza que los postes de teléfono serán los árboles de la poesía del porvenir.

—¡Futurismos! —dijo Céspedes con un brusco gesto de desagrado y Garrido se interrumpió, prudentemente.

Al cabo de un rato el pintor sacó cigarros para ambos, y mientras lo hacía, pudo observar Garrido que las manos muy delgadas y casi azules, le temblaban de modo que daba angustia verlo.

Garrido tuvo piedad de él, experimentó un sentimiento de ternura casi paternal por aquel niño, le dieron ganas de quitarle el cigarro de la boca; secarle, él mismo, aquel sudor, de seguro frío, que le empapaba la frente y las manos; decirle, por algo que no podía precisar qué era, pero que creía adivinar: déjate de eso, esa vida que llevas te está matando…

Pensando así, anduvo un buen espacio detrás de Céspedes. pues lo angosto del último sendero transitable en toda la anchura de rota y sucia calle, no les permitía ir de otra manera, y así pudo apreciar detenidamente todos los síntomas de aquel niño enfermo.

Este podría tener diez y ocho años; era magro y encanijado; tenía el cuello largo, las orejas transparentes y muy separadas del cráneo, el pelo lacio y escaso; le sudaba la cabeza; bajo la ropa podían ser contados los huesos del torso agobiado ya, su paso era flaqueante y si al andar volteaba la cabeza para mirar a los lados, inmediatamente perdía la línea recta, y hasta el equilibrio a veces, como si le acometieran vértigos.

Viéndolo, Garrido hacía reflexiones que terminaron poniéndole sombrío el humor y, no obstante, hallaba placer en ello. Una ternura extraña lo conmovía, se le ocurrían pensamientos inusitados, lo asaltaban, en tumulto, emociones tan pueriles que ni un niño las experimentaría y todo de manera tan inaferrable, que para explicarse aquel estado de ánimo, se dijo que si fuera místico creería que algo sobrenatural le iba a ser revelado. ¿Por qué la sola vista de aquel desconocido excitaba así su emotividad?…

Luego recordó haber experimentado análoga sensación ante el paisaje, que desde su regreso a la patria le movía, como nunca antes, hasta el extremo de haberle saltado lágrimas a los ojos, en un acceso de ternura violentísimo, solo porque viera en las cumbres del Ávila, apagarse el último fulgor crepuscular. Y se decía para sus adentros: quién quita que esto no sea el nacimiento de una vocación.

En tales cavilaciones iba, cuando oyó que Céspedes le decía:

—Será porque yo soy romántico…

—Todos lo somos, al fin y al cabo…

Caminaban uno detrás del otro, por el arrabal silencioso y solo bajo la llovizna que desmenuzaba el viento en grumos muy finos. En la calle y dentro de las casas había una paz imperturbable. Garrido ya no pensaba que había que destruir aquellas afueras inmundas y pintorescas que le traían recuerdos singularmente gratos, ahora… Por aquellos arrabales merodeó cuando niño, en son de guerra, en compañía de otros, capitaneados por él, cargados los bolsillos de piedra para el diario avance que en los canjilones y sabanas entablaban con sus irreconciliables enemigos de la cuerda arrabaleña… y más tarde, desbastado de aquella condición belicosa, fue en aquellos mismos arrabales donde tuvo las primeras revelaciones de su naturaleza artística, en aquel inexpresable bienestar que le producían la placidez de las tardes pálidas o la suntuosidad de los crepúsculos, sobre la sencillez y la paz de la barriada, cerca de la montaña azul… Ahora, otra vez encontraba en el arrabal una nueva relación, que había de influir poderosamente en su vida desde entonces en adelante.

Pensando en estas cosas iba, cuando a pocos pasos más adelante, en la puerta de una de aquellas zahúrdas, apareció una moza rolliza, joven, fresca, color de canela, bien puesta de carnes y algo desaliñada de ropas. Traía en la cara encendido el color y el brillo en la mirada de manera diabólica y alegre, y venía bulliciosamente huyendo de un muchacho zangarullón que la perseguía en juegos, el cual la alcanzó así que ella, inmutada por la presencia de los que por la calle iban, se detuvo en la puerta, agazapándose, y procurando recatarse disimuladamente con ambas manos, lo que del busto mórbido dejaba ver demasiado un cendal, que fue de gasa, indiscreto y astroso como alcahuete venido a menos. Y aquellas manos, que sin ser cuidadas eran bonitas, no solo le sirvieron para hurtar sus provocaciones a la curiosidad de los paseantes, sino que tuvo que usarlas contra las del muchacho enardecido que parecía que quisiera tomar con las propias, a puñados, lo que se le ofrecía a los ojos, mórbido y bullente.

A Garrido le pareció que su compañero quería detenerse a ver en qué paraba aquel asedio y, tal vez porque viera algo más expresivo en la mirada de Céspedes, sin dominar su repugnancia, le dijo, empujándolo:

—Aquí no hay asunto para un cuadro. Sigamos.

—¡Qué buena es! —exclamó distraído Céspedes echando a andar y volviéndose todavía a mirar a la moza, lo que le hizo perder el equilibrio de tal manera que a no haber acudido Garrido a sostenerlo, hubiera ido a dar con todo su cuerpo sobre el basurero.

De nuevo Garrido lo compadeció, esta vez no tanto por lo del bamboleo, como por la expresión repugnantemente lasciva que tenía al volverse a mirar a la mujer y tal cara de desagrado debió de poner, que Céspedes comprendiendo. gruñó enojado:

—Esta maldita cabeza mía que se me va a cada momento.

Y al cabo de un rato, como para justificarse, tímidamente:

—Quizás sí había asunto.

Pero ya Garrido no le oía, otra vez absorto en su pensamiento.

Llegaron al extremo de la calle. Desde allí la tierra yerma y quebrada se extiende hasta los bordes de un barranco próximo formando una planicie irregular. Recientemente quemada, la sabana tiene bajo el aire gris un tinte azulado, manchando a trechos de ocre donde la tierra desnuda se muestra aridísima.

Por los senderos que surcan la sabana transitan mujeres afanadas o muchachos ociosos; otros de éstos escarbaban en un basurero, junto con los perros famélicos y alguna vieja que tiene aspecto de bruja, bajo las torvas miradas de los zamuros que los observan desde un cardonal próximo.

Garrido y Céspedes atravesaron la sabana y fueron a sentarse sobre los escombros de una alfarería destruida por el fuego, al borde mismo del barranco. Se sentaron sin hablar palabra en el hueco de una puerta sin dintel y así estuvieron largo rato. Céspedes miró en torno buscando motivos para romper aquel silencio embarazoso.

Entre tanto. Garrido pensaba en Céspedes: Su compañía le estorbaba un poco, pero en el fondo celebraba de haberlo conocido: adivinaba en el joven uno a quien era menester salvar, y él, que sentía necesidad de salvar a alguno, aceptó desde un principio como un deber suyo, imprescriptible, el de no dejar que se perdiera aquella inteligencia en riesgo, que adivinaba en el pintor. Pero esta voluntad no era producto de la simpatía que le hubiera despertado el recién conocido, porque, al contrario, hallaba que en el fondo. Céspedes le era antipático, casi repulsivo. Recordaba de él, con grima, el sudor de las manos y aquella tersura lustrosa de la piel, y respecto de su conducta se sentía inclinado a hacer suposiciones poco favorables y bastante arbitrarias.

En dilucidar, ante sí mismo, la mezcla de aversión y simpatía que había en este sentimiento, ponía Garrido gran interés; él mismo no hubiera podido decir por qué. Además, parecía tener empeño en demostrarse que aquella voluntad de salvar no se limitaba al caso individual y aislado de Céspedes, sino que era, aunque todavía muy imprecisa, una aspiración superior y trascendental que hacía tiempo venía incubándose en él. Esta aspiración, se decía, era la que por no estar bien definida, con objeto determinado, había producido aquel feroz diletantismo en que había vivido hasta entonces. Y, aunque todavía nada podía sacar en limpio de estas cavilaciones, ellas le placían íntimamente, porque le devolvían el goce del aprecio de sí mismo que no le dejara disfrutar a todo su talante el pensamiento de no tener para el íntimo gobierno de su vida un principio trascendental y prestigioso, ni una empresa bastante noble y de gloria a qué consagrarle su acción.

Y llevado del halago que le proporcionaba pensar que ya tenía aquel principio y pronto tendría esta empresa, se entregaba, todo entero, a la alegría de la propia recuperación, como él decía, terminando por encontrarse bueno, en el dominio de sus facultades íntegras, ya ante una obra de gran esfuerzo y esplendor.

En este punto le distrajo de su ensimismamiento, el apercibirse de la atención con que Céspedes miraba algo que sucedía del otro lado del barranco.

—Mire aquello —le dijo el pintor, mostrándole en las laderas de enfrente, un campo donde aún humeaba la roza.

Al principio Garrido no se dio cuenta, solo veía una columna de humo luchando contra el viento por erigirse sobre un campo estrecho, entre dos collados de arenisco.

—Fíjese en los sembradores, —volvió a decir Céspedes.

—¡Ah!

Eran tres mendigos de un asilo cercano al campo.

En el extremo de este, cerca del fuego que consumía sin llama la paja hacinada, apoyado sobre dos muletas, estaba uno, mútilo; otro recorría el campo, con paso senil, cruzadas las manos bajo las espaldas doblegadas; el tercero, en un rincón del barbecho, iba arrojando la semilla en la tierra ya limpia y propicia.

Tal vez junto con ella, sembraban a la hora de la siega la última esperanza… En derredor la campiña tenía un tono igual, amarillento; en el fondo: la montaña cubierta de nubes, toda blanca. Sobre ella se destacó un momento la figura del más anciano de los tres mendigos, desmesurada y espectral y precisamente en el punto en que se marcaba la vena de un sendero que se empina, muy solo, cuesta arriba, hacia las nubes cimeras en cuya blancura se perdía. A veces el humo del fuego sin llama envolvía el mutilo que lo avivaba removiendo la paja con una muleta mientras se apoyaba en la otra y entonces el campo más parecía de batalla que de labranza. Era que la pierna trunca del mendigo evocaba la guerra donde la perdió, seguramente… ¡La guerra!… ¡Qué solo se veía el campo! ¡Qué blancura esquelética cobraba sobre los calvos collados, la tierra, caliza! Sobre el barbecho un zamuro trazaba círculos avizores; un momento parecía rozar con sus alas la cabeza del sembrador, que, paso a paso, iba echando puñados de granos en la tierra rota recientemente…

—¿Qué le parece, para un cuadro? —dijo de pronto Céspedes, con entusiasmo, disponiéndose a hacer un boceto.

—¡Estupendo, estupendo! Hará usted una obra de arte, intenso, profundo, de verdadero arte. ¡Una siembra hecha por mendigos! Es de los asuntos que se traen lo suyo, que tienen punta, como dice un amigo mío. ¡Cuántas cosas deja entrever! ¡Y luego, lo que significa para nosotros! ¡Caramba! Si esos mendigos son nuestro pueblo mismo, nuestra raza, ¡vamos! Despojos de guerras y ruinas sembrando puñados de esperanza…

Y exaltándose con sus propias palabras, seguía Garrido haciendo comentarios trascendentales a propósito del probable cuadro de Céspedes, mientras éste, sin escucharlo, para ser todo ojos, hacía precipitadamente su primer boceto.

A tiempo que lo terminaba, sonaron tres campanadas en el Asilo, y los mendigos abandonaron el campo, bajando uno tras otro, lentísimamente, por un sendero fragoso, y como a la sazón había salido el sol, cada uno caminaba con su propia sombra al lado, en una compañía sugerente.

Garrido y Céspedes en el opuesto borde del barranco esperaron hasta verlos entrar en el Asilo, en torno al cual había otros mendigos ociosos; y luego de mirar, por última vez el campo donde ahora, en pleno sol, se erigía solitaria la columna de humo, se encaminaron hacia la ciudad.

—Por fin tengo un asunto para mi cuadro —decía Céspedes alborozado. Mire que tenía tiempo buscándolo.

—¡Y qué asunto! Le digo a usted que se lo envidio de todo corazón. Ha tenido usted una mañana feliz… Yo también tengo por qué alegrarme. También he encontrado algo que buscaba hace tiempo, y últimamente sin esperanza de hallarlo: mi camino…

ESTRELLAS SOBRE EL BARRANCO

I

Llegaron al anochecer bajo una lluvia clamorosa que arrastraba con fragor los pedruscos, cuestas abajo. Los vecinos los oyeron lamentarse de su malaventura cuando bajaban por el sendero que se desgajaba bajo sus pasos: él maldecía el agua y la oscuridad y la flaqueza traicionera de sus piernas; ella le ofrecía sus hombros para que se apoyara y le suplicaba que se callara no fuera a castigarlos Dios. Llegaron al rancho de la cañada: un cobertizo escambroso, resto de una tejería que destruyera el fuego y que estaba en el fondo de una barranca caliza junto a una vieja acacia que ya no daba flores. Por lo que hablaron al llegar se entendía que el agua llovediza se había metido al rancho antes que ellos. El inquilino reanudó su salmodia maldiciente, renegando del rancho y del mendigo que se los alquilara; la mujer se impacientaba y gemía llamando a Dios… Encendieron luz y el viento que se metía zumbando por las rendijas de las paredes se las apagó… La encendieron de nuevo… Unos murciélagos que allí tenían su guarida, escaparon chillando… Asustada, la mujer dio un grito y rompió a llorar.

A poco llegó quien les traía los ruines cachivaches de su menaje y los fue tirando al suelo, renegando también de la hora, de la lejanía de donde los trajera y de aquella tierra escurridiza que se le iba bajo de los pies; y así que los hubo arrumbado todos, cuando fueron a pagarle, protestó alzando la gruesa voz aguardientosa, por la miseria conque le salían después de tanto trabajo como habían tenido su bestia y él.

—Mire; es que no tenemos sino esto… Haga el favor.

Insistía la mujer con la suya suplicante, velada de angustia y vergüenza, mientras su compañero, en un rincón, mascullaba sus vagas maldiciones.

Fuese por fin el carretero iracundo y pesándose de haberse metido con gente muerta de hambre como aquella; se oyo luego en el camino que por arriba pasaba el ruido desapacible de la carreta que se alejaba; rodó perdido entre el susurro de la lluvia apaciguado el bronco rumor del último trueno lejano sobrevino la noche de un todo, y se cerró espesa y fría sobre el rancho de la cañada.

Después escampó. Sopló un viento crudo barriendo el nublado. Por el naciente, detrás de las siluetas oscuras de las lomas una vaga claridad anunció el orto lunar. Se oía el fragor del agua llovediza por las torrenteras de la montaña próxima... Sobre los cerros apareció el menguante abollado y mustio... subió por el cielo donde el viento había asenderado un camino de nubéculas redondas y blancas, como guijarros lavados... Azuleó las sabanas ateridas, lució sobre las lomas, en el pedrisco de los peladeros, sobre los tejados del caserío... resbaló por los taludes... a medianoche alumbró las hondonadas, donde haciendo el silencio nocturno, cuchicheaba el murmurio de los arreciles.

El tronco desnudo y rugoso de la acacia de la cañada brillaba iluminado suavemente... en torno revoleteaban sin ruido una bandada de murciélagos... Lejano, se oyó el gañido de un perro y el canto de un gallo... De la puerta del rancho se quitó una forma blanca de mujer.

II

Al día siguiente se supo en el vecindario que los que habían llegado durante el chubasco del anochecer, eran dos hermanos de buena gente descaecida que venían huidos de la ciudad, a refugiarse, por hambre y desventura, en aquel arrabal apartado y en aquel rancho miserable, guarida de murciélagos, que les alquilara por catorce reales al mes un ciego mendicante, cuyo había sido el antiguo horno de tejas. El hermano padecía una terrible dolencia y estaba a punto de volverse idiota: era un joven avejentado que andaba arrastrando los pies, apoyado en un palo, y tenía la mirada torcida y sin expresión; la hermana era una muchacha en quien maduraba la mujer, con unos ojos zarcos y serenos velados de una sombra de dulce taciturnidad. Ambos tenían hambre y dolor de vivir: efectivo dolor de la carne lacerada el hermano gafo; tristeza recóndita la hermana a quien abandonara el novio por aquellos mismos días, porque ella también, como le dijo, debía tener la sangre propensa al mal de la familia.

Vivían de lo poco que ella ganaba en un taller donde trabajaba, ayudándose con la escasa caridad que unos amigos le hacían al enfermo. Este dinero apenas daba el acedo pan que se comían, adobado con maldiciones de él y lágrimas y sinsabores de ella, y así, entre azares y vergüenzas, arrojados de todas las casas, que nunca podían pagar, habían ido, por fin, a parar a una de vecindad donde convivieron con rufianes y toda suerte de gente de la peor condición, en una pieza que les alquilaran.

Pero de allí mismo tuvieron que salir muy pronto debido a que la dolencia del hermano era tan notoria y repulsiva que nadie quería vivir en su compañía. La dueña de la casa los despidió a pretexto de que tenía noticias que la Higiene iba a buscarlo para recluirlo en el hospital, y ante la inminencia de este peligro aquel día lo pasaron en la más angustiosa ansiedad, llorando y abrazados, en un abrazo angustioso, como si fuera el último que se dieran en su vida. Al día siguiente la hermana se echó a la calle, anduvo por los arrabales y recovecos, y escudriñó los más apartados escondrijos, hasta dar con aquel rancho de la cañada, adecuado a su menester por lo apartado de toda otra vivienda, como estaba entre aquellas breñas.

III

—Hizo muy bien, niña —le decía una vieja de por allí a quien le contaba sus desventuras.

—Dios se lo conserve por muchos años, que enfermo y todo le servirá de mucho su hermanito. Y no se apene usté que ha caído entre gente que no es mala, por más pobre que sea, y no dejará que le hagan ningún daño.

Y otra agregaba, suspirando:

—Lástima si es que haya venío a pará a este lugar que está como maldecío de Dios, asina como se lo digo y Él me perdone. Contimás que usté no está hecha para esto.

—Por eso le digo, vecina: que Dios le guarde a su hermanito.

—Usté no sabe niña, aquí habemos muchas madre desgraciás. Por estos andurriales como que anda suelto Mandinga: toas las muchachas se pierden en cuántico no más se les proporciona la mala manera.

—Y no está demás que se lo digamos niña, porque, como dicen, la mocedad es creída y no malicia de la maldad del mundo, que es mucha, sí, señó. Mire: si, en una comparación, alguna de estas tardes, más que otras, se presenta por aquí una mujer que ya va pa vieja y anda toavía muy peripuesta y le viene a dar conversación, no se la oiga niña, que esa mujer es muy malintencionada y muy perdicionera…

Se fueron las viejas como oyeran al enfermo que rezongando sus habituales denuestos llamaba a la hermana para que le diera de comer. Esta la sirvió y luego se salió a la cañada invadida del dulce atardecer y se puso a pasear llevada, de un recóndito deseo de soledad. Caminando, pronto su pensamiento recayó en el amor acabado días antes de manera tan cruel, y le vinieron ganas de llorar, de llorar mucho hasta secar la fuente de sus lágrimas a ver si con ellas también se secaban y ya secas, se desprendían las raíces de aquel amor que tenía clavadas en el alma como unas garras Después, sosegada, se acordó de lo que le habían dicho poco antes las vecinas y procuró distraerse de ello, porque en aquella soledad del barranco por donde iba tales pensamientos le daban miedo.

¿Pero en qué podía pensar que no fuera su desamparo, la desgracia contumáz que desde niña se ensañara en ella, su orfandad, su miseria, el rango perdido, el amor frustrado, la pena siempre renovada de aquella enfermedad del hermano?

Y por este camino de pensamientos crueles ¿a dónde ir a parar sino al miedo al porvenir, al horror por lo que sería de ella cuando el hermano hubiera muerto o cuando se lo hubieran llevado al hospital?

Así, la idea loca y tenaz que venía amenazándola desde que oyera la conseja de las viejas apropósito de las mozas idas y descarriadas, acabó por dominarla:

—Quién sabe lo que tendrá dispuesto Dios que me puso en este lugar!…

De pronto, volteó, asustada de unos pasos que la seguían: por la arena húmeda del cauce, arrastrando los pies venía el hermano gafo. Como un idiota, se acercó sonriendo. Ella lo cogió del brazo y siguieron mudos y fraternales por la barranca silenciosa en la dulzura de la tarde…

Unos bueyes lentos atravesaron la cañada seguidos del gañán que los picaba apurándolos a subir por un martillado hacia una loma donde lucía un maizal parduzco y un rancho entre naranjos. A ratos traía el viento un hedor de curtiembre o un son de bocinas broncas… Una mujer voceaba sobre el barranco llamando a sus gallinas… Se oía la voz del gañán persuadiendo a los bueyes… Apurando la cuesta, uno de ellos daba ya cornadas en el cielo zarco con la enorme cornamenta taciturna… En el aire tranquilo reposaban las aspas inmóviles de unos molinos.

Caminando, caminando, el enfermo y la hermana llegaron a un recuenco donde había un pozo de agua clara y profunda. Los altos taludes de greda llenos de curiosos relieves de estalactitas y vagas arquitecturas, resquebrajados y yermos, con sus matojos saliendo de entre las grietas y con su soledad de abandono, remedaban enormes ruinas fantásticas. Encima un borrico taciturno enjaezado de crepúsculo caminaba mordisqueando el pajonal; sobre el cual se levantaban, al borde del barranco, magueyes en flor, como candelabros encendidos… Algunos zamuros iban llegando a sus dormideros; otros estaban ya sobre unas escarpas blanquecinas que parecían grandes osarios, peleándose a picotazos los mejores sitios.

Los hermanos se detuvieron cerca del pozo bajo los torvas miradas de los zamuros… Un grillo rompió a cantar… El enfermo dando un gemido de dolor, se extendió por la arena húmeda y blanda, mientras la hermana, distraída, miraba los arreboles que teñían la tajada de cielo volteada sobre el barranco.

—Petra, ¿por qué no te sientas? Mira: la arena está sabrosa.

—No. Vámonos. Es de noche ya.

Y echaron a andar, de regreso a la casa, por el barranco anochecido, bajo las primeras estrellas…

IV

Muy de mañana Petra salió a su quehacer. Por el camino encontró unas muchachas del lugar que iban a lo mismo: eran unas compañeras de taller con quienes hasta entonces no había querido amistar. Hízose que no las veía para no verse con el caso de atravesar junto con ellas la ciudad, pero pensó que ya más no era prudente seguir dándose aquellos humos de señorita orgullosa, puesto que con ellas trabajaba y entre ellas, como una de ellas, vivía. Al fin tendría que prescindir de aquellos escrúpulos, única cosa que le restaba de su antiguo rango social. Y por adelantado se resignó. ¡A tantas cosas había aprendido a resignarse! Por delante de ella caminaban dos de sus rústicas compañeras, riendo y de prisa. Petra se acordó de la conseja que la víspera le refirieran las vecinas. Tal alborozo camino del trabajo, al amanecer de un lunes, con toda una semana por delante de largas caminatas y enojosas tareas, dióle que pensar y no pudo menos que hacer malos comentarios: seguramente eran muchachas casquivanas, ocasionadas a caer a la primera tentación, no tanto por la humildad de su rango como por su índole. Y aunque la frescura del amanecer, como un sabroso cosquilleo, a ella misma venía provocándola a risas, Petra enfoscaba el ceño y evadía ostensiblemente toparse con las que ya juzgaba livianas y perdedizas.

Esta preocupación le duró varios días y ya le importaba la malquerencia de muchas de sus compañeras de taller y vecindario. Pero, en el fondo, Petra se interesaba más y más, y hasta simpatizaba con muchas de aquellas con quienes la vinculaban unos mismos azares, y talvez, un idéntico descarrío al término de iguales caminos de desventura, porque a fuerza de pensar en lo que le refirieran las vecinas, concluyó temiéndolo para sí y este temor se agarró a su alma como una superstición. Tales pensamientos la volvieron más cavilosa que siempre lo fuera y de sólito la invadían unas sensaciones muy vagas y confusas que le arrasaban en silenciosas lágrimas los ojos, no obstante le produjeran cierto bienestar, que era, en presencia de aquella expectativa de su desavío, ya tenido como cierto, como una tranquila y dulce resignación que le iba brotando de la natural bondad del alma, pura y serenamente, como brota de la sombra una estrella.

Al fin amistó con las compañeras. Había entre estas una isleñita vivaz que se llamaba Aurora y que tenía unos ojos bulliciosos y una perenne sonrisa, como un cofre abierto para exhibir una joya, enseñando un diente todo de oro entre los otros menudos y blancos. Era muy presumida y melindrosa y no dejaba de la boca el cuento de sus amoríos con mozos de lo principal. Una tarde cuando regresaba del taller en compañía de Petra, le habló de una señora que le hacía muchos cariños y siempre que la encontraba por la calle la invitaba a ir a su casa. Esta amiga la conoció una vez que estuvo paseando por el barrio donde Aurora vivía y desde entonces no pasaba día sin que la encontrara y la parara a hacerle mil preguntas; a veces al salir del taller la encontraba esperándola y Aurora con grandes reservas le confesó a Petra que la víspera no había ido al trabajo porque su amiga se había empeñado en que se fuera con ella a dar un paseo en coche. Y como a la sazón pasaban cerca de donde aquella vivía Aurora le propuso a su compañera ir a su casa y con eso se la presentaba porque, según le dijera la víspera, tenía también muchos deseos de conocerla.

Indignada la oía Petra y no hallaba que contestarle, y al llegar a su casa lloró como si ya le hubiera acontecido la esperada desgracia. Y más que todo la humillaba el saber que ella también, como una palurda cualesquiera, estaba en la mente y en los cálculos de una alcahueta, con la reputación a precio y perdida de una vez.

V

—Pues no vuelves más. No vuelves más a la fábrica. Aunque nos muramos de hambre. ¡Maldito sea! —le decía el hermano trémulo de dolor y rabia, bailoteando los ojos estrábicos y llorando casi.

Aquel acceso acabó de exasperarle los nervios sobre excitados de sólito y en la noche tuvo una crisis aguda y febril. Medio incorporado en el catre, en el rincón obscuro, el pobre hombre gritaba traspasado de

166

dolores terebrantes, ardido de fiebre, como si por las venas no le corriera sangre sino metal fundido y levantaba los brazos clamando misericordia, aquellos brazos crispados y enjutos como ramas de árboles secos.

—¿Por qué no venía de una vez la muerte, el supremo descanso, la final podrición insensible de aquella su carne torturada?

—¡Dios mío! ¡Dios mío! ¡Acaba de quitarme esta maldita vida!

Petra no hallaba que hacerle ni podía acercársele porque en tales accesos la sola idea de que se le aproximara alguien le producía dolorosas hincadas en los miembros locamente sensibles. Además, él no quería verla ni oírla siquiera y había puesto al alcance su bastón para tirárselo si ella entraba al cuarto. Después comenzó a desvariar: amenazaba matar a la hermana, a aquella mujer asesina que no hacía sino provocarlo, despertarle deseos insaciables para que sufriera más, para que acabara de condenarse en vida. Cerca del amanecer, rendido al fin, se quedó dormido, y entonces fue que Petra pudo acercársele. Respiraba fatigosamente, la carne le saltaba estremecida por los rebrincos de los nervios, dos gruesas lágrimas le corrían de los ojos cerrados por la cara abotagada, lívida y convulsa. La hermana se las enjugó con ternura.

Por fin amaneció. Petra que no había dormido en toda la noche pensó no ir al taller, pero él no quiso que se quedara en la casa y tuvo que salir.

VI

Ida la hermana, el enfermo se echó a andar por el barranco, cauce arriba. Le saltaban los nervios todavía, sentía el resquemor de la fiebre pasada y en el cerebro le remolineaban ideas confusas y absurdas. La brisa que venía de la montaña le producía espeluznos sabrosos. Caminaba olvidado de sí, insensible al sol ya alto; internándose por aquellos escobios enmarañados; encaramándose por las escarpas donde unos chivos ariscos iban a saltos ramoneando su áspero pábulo; escudriñando los mogotes, oteando el cauce silencioso, en un atisbo faunesco, ávido y jadeante; o por entre el pajonal, furtivo, saboreando lascivamente el cosquilleo de las espigas sobre la cara… Por fin, tras un recodo descubrió una mujer. Al verla sintió dentro del pecho el golpazo del corazón como un pataleo de bestia fogosa y se le fue acercando, con angustia y cautela. La mujer lo descubrió y se puso precipitadamente a recoger el haz de chamizas que cortara. Era una zamba membruda, desgreñada y cubierta de sucios argamandeles. El enfermo la alcanzó cuando ya ella se echaba a la cabeza la fajina y quizo agarrarla, estirando los brazos secos y trémulos como ramas sin savia sacudidas de un viento.

—Quédese quieto —gruñó la moza, y con todo el cuerpo poderoso lo empujó para que la dejara pasar.

Cayó él sobre el pedrusco quejándose como un animal acosado, mientras ella, gallardeada bajo el haz de chamizas, hirsutas como una cabellera salvaje, se escapaba desgalgándose por los atajos.

Era lo de siempre. En estas caminatas en pos del amor vedado que huía de él desdeñoso e insultante, pasaba el enfermo días enteros, cauce arriba, cauce abajo, por su barranco solitario erizado de tentaciones y crueldades, y en las tardes, al regresar a la casa, llevaba el deseo mortificado y más voraz, y muchas veces heridas las manos, sangrando los pies y el cuerpo magullado.

Y entonces su humor atrabiliario estallaba en un implacable enojo contra la hermana. Se encerraba en su cuarto y no quería que ella le hablara, ni que se dejara ver siquiera. Le molestaba el ruido de sus ropas, el olor de su persona, y no hacía sino denostar de ella que con saña minuciosa lo iba matando a disgustos: con su manera de hablar, con su silencio, con su risa cuando reía, con su tristeza y sus lágrimas si lloraba, con sus solicitudes y ternuras humillantes para él.

Se afligía con esto Petra y aunque ya estaba acostumbrada a aquella acrimonia que le venía del sufrimiento mismo, cada vez que lo oía maldecirla se ponía a llorar, y por las noches, temiendo que en uno de aquellos arrebatos realizara sus amenazas, se encerraba en su cuarto paredaño al de él y aseguraba la puerta con muchas precauciones.

Pero esta acrimonia del hermano no venía ahora propiamente de su nervosismo, sino de fuente más recóndita y temible, y era como el último parapeto con el cual se defendía el alma en agudo trance de depravación. Detrás de aquel odio mordaz estaba el amor insaciado, el deseo acicateado hasta el vértigo de la locura, acechando al alma reducida a un punto de pureza que se defendía con la propia substancia incontaminada, como se defiende entre la zarza devorada por el fuego un arbusto tierno, con la savia que mantiene su verdura.

—¡Petra! ¡Petra! Pídele a Dios que muera yo de una vez antes que llegue a suceder…

VII

Un día Petra amaneció quebrantada. Sentía todo el cuerpo magullado y una desazón de cabeza como si la tuviera hueca y rumorosa como un caracol. Tenía sed y escalofríos frecuentes. Durante la noche había tenido fiebre alta y se la pasó delirando y en un continuo temblor que no podía dominar. Quiso levantarse pero se encontró sin fuerzas. Le sobrevino una profunda tristeza y se puso a llorar. La ojeó el hermano que despertaba de un sueño tranquilo, y al saber que estaba enferma se angustió hasta la desesperación. En un momento se disiparon sus rencores contra ella y en excesos de ternura, su gran ternura de enfermo, la rodeó de atenciones, lamentándose de aquella desgracia, mayor que todas: que Petra fuera a enfermarse, a morirse tal vez.

—Es que trabajas mucho. Ya te he dicho que no debe ser así. Y no comes, y te lo pasas triste. Yo sé que soy la causa. Yo tengo la culpa. Soy un desgraciado, debiera morirme de una vez.

Y lloraba como un niño.

Para tranquilizarlo Petra se levantó. La frescura de la mañana le hizo bien: se sintió más despejada. Al medio día se encontró mejor; solo le quedaba un desgonzamiento, una laxitud agradable más bien. El hermano, solícito, la cuidaba del sol y del aire y cada momento le preguntaba cómo se sentía. En los días siguientes no la dejó ir al trabajo. Para distraerse ella bordaba o tejía, durante el día. En las horas frescas de la mañana, se sentaba fuera de la casa, en la huerta donde cultivaba sus almácigos floridos, junto al cañizo festoneado de pascuas recién abiertas. El hermano desde la puerta la miraba plácidamente y conversaba con ella en paz y cordialidad. Sus conversaciones eran siempre a propósito de las compañeras de taller; se deleitaba él con las cosas que de ellas le refería Petra y no quería que le hablara de nada más. A veces le hacía unas preguntas que la hacían ruborizarse; entonces tenía invariablemente una sonrisa golosa y los ojos bizcos le bailoteaban. Petra se callaba o desviaba la conversación, entre contrariada y compasiva.

Poco a poco el reposo del cuerpo y el sosiego moral, sobre todo, fueron devolviéndole a Petra la salud y la presencia de ánimo perdidas. Desaparecían de su rostro amusgado los lívidos círculos de las ojeras y la mustiedad del semblante, y recobraba la serenidad del alma enajenada de sí por aquellos sobresaltos de los últimos días.

VIII

Pero este bienestar no había de durar mucho. Los fraternales coloquios fueron acortándose y agriándose paulatinamente. Volvían los silencios repentinos y las regañinas por motivos fútiles. A veces el enfermo evadía ostensiblemente la presencia de la hermana y se iba a merodear en torno al rancho por entre los escombros del viejo horno derruido o se encerraba en su cuarto, obstinado y huraño. A veces se iba por el barranco, cauce arriba, cauce abajo…

Una mañana, jubilosa de sol, fresca y sonora de brisas la cañada, Petra hacía labor junto a la vieja acacia. Tenía los ojos encarnizados por el llanto reciente, y pensaba como siempre en el amor defraudado, en aquel recuerdo de ilusión a que se agarraba su alma, desesperadamente. Detrás de ella, desde el quicio de la puerta, el hermano la devoraba con la torva mirada de sus ojos rampantes de deseo. El desgaire del traje delatando la frescura de la carne, el sonrojo del llanto reciente, la misma actitud de sufrimiento de la hermana, tan adecuada a aquella morbosa necesidad de él de poseer mortificando, hasta el asco y el horror que le producía su propio apetito monstruoso —acicates en carne rebelde— le encabritaban la torpe sensualidad, exasperada de continuo con locas imaginaciones en la soledad propicia del barranco, alimentada con hambres voraces, como una llama con ráfagas. Y no era que se dejara llevar de ella, sin resistir. Demasiado había luchado contra aquellos ímpetus desordenados de la carne que le enajenaban el alma de todo otro pensamiento.

Había sido una lucha continua en la cual se habían ido relajando, a fuerza de resistir, su energía nerviosa y sus principios morales, y ya sentía como le faltaban aquellos apoyos, roídos también por la podre, como su carne, y que ya no era ésta solamente la que lo ponía en el trance de aquel monstruoso deseo de la hermana, sino el alma, el alma empecinada de lascivia, depravada ya, de un todo. Y pensando que ya había roto definitivamente con toda ley moral, sentía una horrible satisfacción. Lo sostenía apenas el miedo al temblor de sus piernas, no atreviéndose a dar un paso hacia la hermana, y así hubo tiempo para que el último esfuerzo de la voluntad lograra suspender y salvar la partícula de alma incontaminada que pudiera quedar en él.

Y se sobrepuso al fin. Fue la última victoria. Loco, desalado, a toda la prisa de sus piernas entorpecidas y temblequeantes, ya en la inminencia de la parálisis, echó a andar por el barranco, cauce arriba, cauce arriba…

Petra, que de nada se había dado cuenta, lo llamaba para que no se fuera, así, descubierta la cabeza, por aquellos reventaderos de sol. Pero él no la oía y continuaba caminando, cauce arriba, cauce arriba...

IX

A la hora del almuerzo no había regresado. Esperándolo, Petra no quiso almorzar y estuvo todo el mediodía en la puerta mirando al barranco que reverberaba al sol.

Cerca del atardecer llegó el mendigo que les había alquilado el rancho. Venía por sus catorce reales del primer mes ya vencido. Petra no tenía para pagarle: no había trabajado en la semana. El hombre se empeñaba en que debía pagarle porque él no estaba para hacer caridad a nadie, puesto que de ella vivía, y empezó a rezongar:

—¡Ah! picaros... ¡Picaros! ¡Ja cariño! Ahora si se embrolló tó esto. Si yo hubiera devinao...

Era un ciego malencarado que tenía una bar billa áspera y rala y usaba anteojos obscuros para taparse las cuencas vacías. Lo conducía un negrito canijo y dormilón que al llegar se echó al suelo. El ciego se quedó parado frente a la puerta. La sombra de un aludo sombrero de cogollo le caía sobre la cara enjuta y cetrina, como de momia; mascuaba una rama negruzca de tabaco; apoyaba ambas manos en el garrote y se entretenía frotando el índice derecho contra la palma de la mano, obstinadamente. Después se acercó al rancho: tanteó las paredes, sobajeó las puertas, olisqueó dentro de los cuartos, con su palo hurgó los rincones, preguntando por todo lo que tropezaba a su lazarillo que le iba respondiendo de mala gana. Petra lo dejaba hacer entretanto. Fuese por fin, ofreciendo que volvería en la semana siguiente y que entonces, sí no le pagaban, los echaría de su casa.

Petra lo veía alejarse y se intrincaba en sus habituales cavilaciones:

—Menos que un limosnero... Más desgraciados que todo el mundo... Miseria, sufrimientos de todo género... Su pobre hermano empodreciéndose, alejado del mundo, olvidado en aquella barranca solitaria... Ella: desvanecido el amor, frustradas las ilusiones, torturada su juventud, en peligro de perderse...

Absorta, no sintió llegar al hermano.

Volvía el mísero empecinado y sangrando por los rasgones que en la carne túmida le hicieran las asperezas del barranco y con la señal amoratada de un porrazo en la frente. Y volvía como siempre: ávido y

171

mortificado el deseo, y más que nunca desbaratada el alma después de una lucha de todo el día, inútil, porque en aquel organismo empodrecido, en aquellos nervios deshechos, no existía ningún apoyo para la voluntad.

Se detuvo un momento, el último de vacilación. Luego dio un paso hacia la hermana… Ya estaba en poder de la fuerza ciega… temblaba como aterido… poco a poco, con cautela felina, se fue acercando a la mujer vuelta de espaldas…

De pronto el resuello cálido y jadeante de él le dio en la nuca produciéndole un espeluzno que la hizo brincar a tiempo que él alargaba para agarrarla los brazos carroñosos y trémulos como ramas podridas. Lo miró entonces a la cara asustada de aquella expresión, y al punto se dio cuenta de todo. Quiso huir pero la turbación le entorpeció las piernas y él logró agarrarla. Entonces empezó una lucha jadeante y desesperada. Forcejeaba ella para zafarse de aquellas manos que la apretaban con rabia, y al fin logró dominarlo. En un arrebato de indignación, violento e inconsciente, sujetándolo por los brazos, Petra empujó al hermano al interior del rancho y allí lo tumbó al suelo y lo acogotó en un rincón…

Lo soltó al fin. El enfermo se quedó sin moverse y en silencio, acurrucado en el rincón oscuro, ya en el anochecer. Petra, enloquecida, caminaba por el cuarto, llorando. Se le ocurrió que debía irse de aquella casa donde ya no había seguridad para su virtud, y al momento pensó en lo que le refirieran las vecinas aquella vez, y en Aurora, y en la amiga cariñosa que según ella le dijera, tenía muchas ganas de conocerla… En el vértigo del pensamiento se vio a sí misma descarriada ya, hecha una perdida…

X

Lloró largo rato. Como siempre, el llanto le hizo bien; pasado el acceso la invadió el bienestar del cansancio, y poco a poco la dulce y tranquila resignación fue brotando en su alma como una luz de estrella…

El hermano permanecía inmóvil en su rincón. Petra aguzó el oído hacia él. No oyó nada. Asustada corrió al rincón olvidándose de todo.

—¡Genaro! ¡Genaro!

El pobre hombre sonreía plácidamente. Ya no tenía en la cara aquella expresión de sátiro; los ojos miraban serenos y de aquel rostro y de aquellos ojos subía hasta la hermana inclinada sobre ellos ansiosamente, como una súplica propiciatoria, la dulce sonrisa de la demencia.

Gritando, Petra salió del cuarto.

Anochecía. Del barranco subía con el canto de los grillos la solemnidad de la sombra, por el ambiente mortecino hacia el cielo, donde lucían como refugios de toda la luz condensada, las claras estrellas…

LA CIUDAD MUERTA

Manuel Alcor era un joven de propósitos firmes y tenaces. Tenía veintiún años: era recio, fuerte, de facciones angulosas, corazón ingenuo y pocas palabras. Sus simpatías y sus aversiones andaban siempre por los extremos, pues no conocía las medias tintas del sentimiento, se mostraba remiso a la persuasión y era agresivo con la convicción propia. A estas asperezas del carácter se añadían la desmaña del provinciano y el fondo de recelo ingénito del indio que hubo entre sus antepasados. Pero Manuel Alcor era una excelente persona.

Nació en una vieja ciudad del oriente de Venezuela que se esconde entre cardenales y ruinas de un pasado mejor, a orillas de un río que fue navegable y cerca de unas llanuras de terreno salitroso.

Su padre era uno de esos personajes sin mayor importancia efectiva que caracterizan tan bien la vida de nuestros pueblos. Asistió cuando era adolescente a las postrimerías de la guerra federal, de la parte de los vencidos. Por esto y por practicar una intolerancia implacable para con hombres, sucesos y cosas, tenía fama de godo. Le llamaban don Pedro el Godazo. Pero su intolerancia era hija genuina de su temperamento atrabiliario; no tenía de convicción política sino el cariz que le daban las palabras con que la expresaba; para don Pedro Alcor todo lo malo era federación, y con la misma facilidad llamaba federalote a un enemigo político como a un objeto inservible o a un cliente maula.

De este modo venía a resultar chusco aquel hombre que era la hosquedad en persona y a este contraste le debía la mayor parte de la popularidad de que disfrutaba; el resto de ella se lo debía a un amargo de cortezas de naranjas que fabricaba y al cual llamaba torco. Tenía don Pedro una farmacia de pocas ventas y en la rebotica el expendio del famoso torco, centro y calor de una tertulia de elegidos, porque en aquel sagrado lugar solo penetraban las contadas personas a quienes don Pedro tenía por amigos.

La madre de Manuel, bastante menor que el marido, era una mujer angelical, silenciosa, dulce y mansísima. Se rendía al paso de una maternidad que la había aniquilado en plena juventud y sobrellevaba con paciencia al áspero de don Pedro, quien solo ante ella se ablandaba, pero no antes de ver lágrimas en sus ojos. Lidiaba todo el día con la chusma de sus hijos; entre ratos ayudaba al marido en la botica y todavía le quedaban fuerzas, sacadas de flaquezas, para cuidar a un tío que había sido su amparo cuando quedó huérfana y que vivía para ella.

Y era el tío don Emiliano, un viejo alto y grave que nunca había sonreído y poseía un carácter hecho de una sola pieza, puntilloso y rectísimo. Fue el maestro de todos los hijos de su sobrina Amelia y tuvo predilección por Manuel, punto el único en que estuvieron de acuerdo él y su yerno, porque ambos veían en el carácter del niño el propio: don Emiliano, la gravedad; don Pedro, la adustez.

Tenía el viejo en la casa de la sobrina una pieza aislada, con una ventana para la calle, frente a una plaza sin árboles en la cual se elevaban los escombros de una ruina histórica, que era orgullo pero no cuidado de la ciudad. En aquella habitación, dormitorio y biblioteca a la vez, había muchos objetos que impresionaron la mente cavilosa de Manuel: daguerrotipos borrosos de antepasados maternos; gruesos tomos de amarillenta pasta de pergamino que contenían manuscritos ilegibles; un sillón de suela estampada con las águilas de Carlos V en el respaldar; un medallón cubierto con un vidrio convexo en el que se representaba una tumba, bajo un ciprés hecho con cabellos de mujer —de una mujer que don Emiliano no había querido nunca decirle quién fue y que a Manuel se le antojaba debió ser alguna novia cuya muerte fuera causa de la melancólica soltería de aquél—, cosas todas que hablaban de un pasado que en la imaginación del muchacho se presentaba revestido de misterio y de dolor.

En aquella pieza, mientras sus hermanos correteaban afuera, pasaba Manuel la mayor parte del día; ya recibiendo las lecciones que le daba don Emiliano; o conversando con él, cuando el estudio concluía; o asomado a la ventana, cuando el viejo, más taciturno que de ordinario, se recogía al sillón de las águilas imperiales y, reclinando la cabeza, dejaba vagar por las cosas que le rodeaban una tierna mirada de despedida.

Fueron aquellas horas muertas las que más influyeron en la vida de Manuel. A través de los gruesos barrotes de la ventana se ponía a contemplar el paisaje, largamente. La plaza sin árboles, de tierra seca y dura donde reverberaba un sol tórrido, la ruina histórica del antiguo convento convertido en fortaleza en un trance de la guerra de la Independencia, y por detrás de los muros derruidos, a través de los boquetes abiertos en ellos, las varas desnudas y ríspidas del cardonal, alzándose sobre la tierra brava y yerma, como brazos de sedienta multitud que implora el agua del cielo. ¡Aquel cielo: impasible! ¡Azul! ¡Azul!

Entonces la imaginación de Manuel se abandonaba invariablemente al mismo fantaseo; era una llanura salitrosa donde centelleaba el sol como sobre un vidrio; él corría por ella, aprisa, desesperadamente, para no sentir el fuego de la tierra que abrasaba sus plantas; a veces pasaba una nube y él se guarecía en su sombra movible, corriendo dentro de ella, hasta que la nube se deshacía carmenada por el viento de las alturas y la sombra se desvanecía bajo sus pies.

Don Emiliano, que en sus mocedades había sido poeta, interpretó este pertinaz fantaseo del muchacho:

—Esa sombra de nube es tu imaginación, que te llevará tarde o temprano lejos de aquí. Tú eres también del número de esos que necesitan irse.

Y fue así como prendió en el cerebro de Manuel, desde muy temprano, la idea de abandonar la ciudad natal.

Por las tardes, a la hora del torco, los amigos de don Pedro Alcor formaban tertulia frente o la botica. Se sentaban en sillas de cuero en el medio de la calle, porque por allí no había tráfico que pudiera interrumpir y hablaban generalmente del pasado, puesto que el presente de aquella ciudad no daba asunto para media hora de conversación, como no fuera sobre motivo triste o desagradable.

—Se está muriendo ya Juan Alcober.

—La hematuria está jugando garrote can nosotros; hoy cayó enfermo Matías Hernández.

Este verano nos va a dejar en la ruina: se han perdido todas las siembras.

—Acabo de recibir carta de los muchachos donde me dicen que en esta semana han muerto treinta reses. El gusano está destruyendo la cría.

—Se declaró en quiebra Cosmito Ruiz.

—Hoy se fue el hijo de Gerónimo Hortal. Mañana se van los de Tomás Fuentes. ¡Los pobres viejos! Los muchachos nos están dejando solos.

Manuel, como oyera estos lamentos, sentía que el pecho se le oprimía y se alejaba de allí, echando a andar invariablemente por un sendero que se perdía entre los cardonales, en donde la brisa del mar cercana parecía cantar motivos de sirena.

Y don Pedro Alcor, viéndolo alejarse, decía, ahogándose en ira su dolor:

—Éste también me dejará. ¡Federación! ¡Federación!

En este ambiente se formó el carácter de Manuel, alimentándose de amarguras; así llegó a la adolescencia con un inmoderado hábito de soledad y un propósito único, absorbente: escapar de aquella ciudad mortal de donde emigraban todos los hombres fuertes.

Era una desbandada trágica que iba dejando sin cerebros y sin brazos a la provincia, en la cual, a la postre, solo quedaría el rezago de los incapaces y de los mediocres: se marchaban a las selvas caucheras del interior los que se sentían aptos para arrostrar peligros y fatigas físicas e iban a hacerse ricos, poniendo en la aventura el riesgo de las vidas; a Caracas los que se encontraban fuertes por la inteligencia y aspiraban a imponerla y a triunfar en las ciencias, en las artes o en la política.

Manuel los veía escapar y esperaba su turno, encerrándose en sí mismo, refugiándose en la esperanza de su liberación, a fin de que aquel ambiente letal no alcanzara su espíritu, lleno de grandes ambiciones, para las cuales era irrisorio teatro el mezquino recinto de la ciudad muerta.

Por las tardes se reunía con unos amigos y, sentados en el malecón de un antiguo puerto, a orillas del río, hablaban de aquel tema único: la fuga, la necesidad de la fuga, mientras el agua dorada de crepúsculo resbalaba suavemente ante sus ojos, como una lenta sangría que vaciase el herido corazón de la tierra.

Eran sus amigos un literato y juez de distrito, casado y con hijos, que trabajaba hacía años, en las horas que la profesión le dejaba libres, en una novela de la época de los solitarios de la Tebaida, y un hombre de acción que en la ciudad pasaba por chiflado. El novelista y juez era un producto esporádico de soledad y aislamiento que había levantado y nutrido su inteligencia sobre el ras de la inculta ambiente, a costa de un silencioso y heroico tesón, y hablaba dolorosamente de su vida fracasada, de la atrofia de su voluntad depauperada por la falta de estímulos, de la tristeza de su torre de marfil, en la cual estaba condenado a permanecer, como los solitarios de la Tebaida, viviendo de la aspereza del yermo. El hombre de acción era un haz de nervios siempre vibrante y la persona más cerril del mundo, Marino era en sus mocedades y de profesión mecánico, merecía las rechiflas de sus conciudadanos por haberle dado por construir un barco de vapor con un astillero improvisado por él mismo a orillas del río. El yate, en el cual trabajaba hacía varios años, estaba concluido y, sin embargo, nadie creía en él; el escepticismo de la ciudad no permitía dar crédito a los ojos y a la obra del compatriota, que era comidilla de las burlas de todos.

La diversidad de propósitos no impedía la buena inteligencia entre Manuel, el novelista, y el armador, pues los mancomunaba el ansia de más amplios horizontes para sus actividades. Cada cual esperaba su hora: el mecánico, la de la botadura del yate que lo llevaría río abajo, hacia el mar libre; Manuel Alcor, la de la muerte del tío Emiliano, que le había suplicado que no lo abandonara mientras él no concluyese su vida… Solo en novelista pensaba sin esperanzas en la posible liberación: ¡Tenía 'cinco hijos! ¡Su suerte estaba echada!

Así transcurrió el tiempo. El tío llegó a su término con el corazón dilatado por la hipertrofia y murió, agradeciendo a Manuel el sacrificio que había hecho, pues sabía cómo era de incontenible su deseo de escapar. Días después éste comunicó a sus padres su determinación de marcharse a Caracas, en busca de su porvenir.

Don Pedro Alcor le respondió, poniendo en sus manos un poco de dinero que sacara de uno de los tarros vacíos de la botica:

—Ya lo esperaba. Toma, hijo. Esto lo he ahorrado para tu viaje. Que Dios te ayude. —Y luego a su mujer, que se enjugaba las lágrimas—: Es natural, Amelia. Los muchachos no se pueden inutilizar aquí.

Pero en la tarde, a la hora del torco, dijo a sus amigos, restregándose los ojo, que le hacían traición:

—¡Se va Manuel el mío!

Pera entonces el yate acallaba de ser echado al agua y su dueño se proponía hacer un viaje de prueba hasta La Guaira. Manuel aceptó la invitación que le hiciera, pues esto le ahorraba un gasto gravoso para su escaso peculio.

Una tarde levaron anclas ante una multitud de curiosos que todavía no querían convencerse de que la obra del coterráneo fuese una embarcación como otra cualquiera y habían acudido a presenciar la tentativa, seguros del fracaso, y apercibidos para reírse a sus anchas.

Entre ellos solo uno tenía fe: el novelista de Tebaida, a quien impidiera emprender aquel viaje —ni siquiera por ida y vuelta— la circunstancia intempestiva de hallarse su mujer en trance de alumbramiento; y cuando el barco desapareció tras una vuelta del río, dejando sobre el agua oscura la humareda que brotaba triunfal por su chimenea, entre los espectadores burlados y atónitos, se oyó su voz descorazonada que decía:

—¡Los últimos fuertes! ¡Ya se han ido todos!

LA ENCRUCIJADA

Ante el escritorio donde la hermana, despúes de poner orden en la baraúnda de la papelada, acababa de colocar un búcaro colmado de frescas rosas. Reinaldo se disponía a la tarea de aquel día, que al despertar había saludado como a uno de los más felices de su vida.

Sentía retozar en sus nervios y en sus músculos el ansia de jubilosos esfuerzos; mas, para aquella ansiedad deseaba, en vez de la labor tranquila y pensativa del escritorio, el convite de una cresta del Ávila coronado de azul; o de un trozo de mar con brisas y horizontes hacia los cuales romper, con la quilla del pecho ufano, en poderosas brazadas, la blanda y fresca resistencia del agua; o también una aventura galante, discreta y escabrosa, en el término de la cual estuviese una segura promesa de amor, resplandeciendo en los ojos ardientes de una mujer, como una bandera sobre una cumbre; o ya la bandera misma, la bandera de la Patria, sobre una altura erizada de riesgos mortales y que él debiera coronar a fuerza de egoísmo y de sangre, invitándolo al asalto, como una promesa de amor en los ojos de una mujer.

Pero había que terminar aquel Manifiesto, darle forma definitiva. Su triunfo de la víspera —porque su conferencia había sido un triunfo cabal— y la promesa que hiciera en la última frase, le imponían la obligación de trabajar, de presentar cuanto antes lo que había ofrecido dar como una contribución suya en aquella obra que se proponía realizar la Asociación de Conferencistas. "...Y yo prometo grandes cosas". Así había rematado su conferencia, entre los aplausos entusiásticos del auditorio que llenaba la sala de la Academia de Bellas Artes y que desde las primeras palabras habíase mostrado subyugado por aquel joven que se erguía, bello y tribunicio, sobre el fondo de epopeya de la "Penthesilea" de Arturo Michelena y que sabía decir cosas hermosas y audaces.

No estaba bien seguro Reinaldo de lo que prometía cuando pronunció aquellas palabras, y ahora, pasada la fiebre de la elocuencia, le parecían bizarra jactancia un tanto ridícula. Pero no podía tanto este resquemor como para que turbase el íntimo saboreo de un sentimiento que estaba llenándole el corazón, bullente como el agua en la cuenca sonora del cántaro.

Le retenían este sentimiento la pluma en las manos ociosas y el pensamiento se le detenía en un ápice de orgullo, como un pájaro cumbreño sobre la cresta de un picacho, en cuya dureza rocosa finca y prueba el temple de la garra. Complacencia de sí mismo, certidumbre del propio valer, le sustentaban el ala de ambición presta a tenderse por el dorado aire de la gloria y la fantasía se le dilataba, ávida de dominio. Ya había dado el zarpazo que le aseguraba la posesión de la presa: su triunfo fue el de un hombre ya prestigioso y el de una inteligencia cuya revelación causó sorpresa y cuyo señorío se fincó desde el primer momento en la opinión de la gente.

Pero tanto como esta aura de éxito, o más aún, le acariciaba la juvenil vanidad otra que empezaba a levantarse en su alma, olorosa como la brisa que durmió en el jardín y el primer rayo de sol mueve y levanta. Recordaba que cuando se despajaba la sala de la Academia de Bellas Artes, mientras los hombres se arremolinaban en las puertas pugnando por salir, y las mujeres esperaban formando grupos alegres bajo los cuadros que cubrían las paredes, él fue presentado en varios de aquellos grupos y en todos oyó las mismas palabras galantes y triviales, con que lo felicitaban las mujeres, mirándolo lánguidamente.

En uno de aquellos grupos el Ministro del Uruguay le presentó a unos compatriotas suyos, recién llegados a Caracas.

—Doña Roxana Mendeville, poetisa. Su hermano Don Miguel Mendeville.

Reinaldo cumplimentó:

—Ya la conocía de nombre. El periódico los saludó esta mañana.

La mujer sonrió haciendo un gesto gracioso. Tenía una belleza de esas que no se advierten a primera vista. Un poco dura y desdeñosa la expresión, así como la mirada de los ojos azules; pero cuando sonreía quedaba mostrada su belleza, como una bandera que se despliega.

El hermano era feo y repulsivo: alto, desgarbado, huraño, con una arruga torva en mitad de la frente, la nariz enorme y asimétrica, y unos ojos sombríos, de color indeciso, que no se fijaban nunca en el interlocutor.

Roxana Mendeville retribuyó la galantería de Reinaldo:

—Hacía tiempo que ardía en deseos de oír cosas tan bellas y cálidas como las que usted acaba de decirnos.

Hablaba con una voz cantarina, ceceando graciosamente.

El Ministro agregó:

—Y sólidas, sesudas. ¡Oh! Si todos los hombres tuviésemos el entusiasmo y la fe en los grandes ideales que posee el señor Solares.

Reinaldo se inclinó.

—Es mi único mérito.

—Que vale por todos —dijo Roxana—, Para mí no hay virtud mayor.

—Ya, ya —murmuró el hermano con voz desapacible—. Roxana quiere que todos seamos héroes.

Aquellas palabras no disimulaban ser el desahogo de un secreto despecho del hombre torvo, y Reinaldo vislumbró tragedias a través de ellas.

—¡Vamos! Exageras un poquitín. ¿Héroes? Bueno; cuando se puede ser, mejor es.

—Siempre se puede ser —le dijo Reinaldo—. Cuando no se puede se ha de procurar por lo menos.

—Estamos de acuerdo.

Y la mirada de los ojos azules se hizo relampagueante.

Miguel Mendeville chasqueó la lengua, visiblemente contrariado. La hermana le puso una mano en el hombro huesudo y dijo con mimo maternal:

—Mi hermano es un sincero, señor Solares. Manifiesta a todo trance lo que siente. Y es nirvanista. Créame usted. Asegura que la suma sabiduría está en no hacer nada.

Y concluyó riendo, con una risa sonora que le arreboló las mejillas, echando hacia atrás la cabeza y poniendo la diestra enjoyada sobre el descote que dejaba ver la carne suave y blanca del seno.

—La filosofía da para todo —dijo el Ministro. Y reparando que la sala había quedado sola:

—Han de cerrar. ¿Vamos?

Mientras salían, Roxana hablaba:

—Mire usted, señor Solares: Mi hermano ha exagerado un poco al decir que pretendo que todos los hombres sean héroes. Pero, le diré a usted, son tan escasos los hombres verdaderamente hombres que he encontrado, que tengo hambre de toparme con uno que… ¡Vaya! ¡Que sea hombre de veras!

Y como ya habían llegado a la puerta donde el coche los esperaba:

—En fin, señor Solares. Espero que tendremos el placer de verlo por nuestra casa. Por lo pronto en el hotel. No sabemos si despúes cambiamos de domicilio, porque, a la verdad, aquello… ¿Pero qué iba a decir? Mire usted que ponerme a hablar mal… ¡Ja, ja, ja! Buenas noches, señores.

Reinaldo permaneció hablando con el Ministro. Este le decía:

—Es una mujer singular. Acaso un poco aventurera; pero inteligente. ¡Exquisita! La conocí en el Perú, el año pasado, y esta es la segunda vez que me la encuentro en el camino.

Y cuando Reinaldo se separó del Ministro se llevó en los oídos la sensación persistente de aquella voz cantarina y en el alma, más que nunca, el deseo de ser héroe.

Ahora, ante el escritorio, con la pluma ociosa en una mano y la frente apoyada en la otra, luchaba por enderezar sus pensamientos hacia el Manifiesto que habría de escribir; pero las ideas escurríansele de la mente y la visión de unos ojos azules en los cuales resplandecía una promesa arrobadora, le llenaban el alma con un largo y dulce mirar.

Imposible pensar…

Los días anteriores habían sido laboriosos… ¡Y aquella mañana de sol!… ¡Qué limpia la cumbre del Ávila!… ¡Ea! ¡Ya habría tiempo para escribir!

Telefoneó pidiendo que le mandasen el caballo. Sentía la necesidad orgánica de gastar en violentos esfuerzos aquella superabundancia de energías que electrizaba sus nervios.

Bajó por una de las calles que conducen a El Paraíso y una vez allí puso la bestia al galope. Bien pronto, aprovechando la soledad del paseo y enardecido por la frescura de la mañana abrileña, plena de luz gloriosa, se lanzó en una carrera desenfrenada por la avenida larga y ondulante, a trechos entoldada de árboles que de una a otra acera unían sus copas, a trechos en pleno sol, y ya llegaba al extremo del paseo cuando vio que por allí venía, en dirección opuesta, una amazona al galope.

Era Roxana Mendeville.

Se reconocieron al pasar y ambos detuvieron los caballos para mirarse. Reinaldo saludó. Se acercaron al paso de las bestias jadeantes. Y Reinaldo, empinado sobre el estribo, con el sombrero en una mano y la otra tendida hacia la que ella le ofrecía, le dijo:

—Está escrito que ha de ser usted para mí la mujer de las sorpresas.

—¿Sí? Usted dirá por qué.

—Anoche se me reveló en una faz inesperada de su personalidad; hoy en otra.

—Efectivamente, mi personalidad tiene faces muy distintas.

—Anhelo conocerlas todas. Seguramente no tendré por qué arrepentirme.

—Es usted galante.

El traje de amazona le sentaba divinamente. Montaba con elegancia y soltura de jinete experto y poniéndose la mano a la altura de los ojos para resguardárselos del sol que le daba de lleno en el rostro, se mantenía en una actitud que hacía resaltar la gallardía de su cuerpo hecho de líneas puras. En la sombra de la mano, la sonrisa se refugiaba como un pájaro en la fronda.

—Celebro la casualidad de este encuentro —le dijo Reinaldo—. Aunque debo lamentar que haya sido tardío. ¿Va usted de regreso ya?

—¡Oh! No. La mañana me pertenece. Si usted quiere ser tan amable nos llegaremos hasta ese pueblecito que se ve desde aquí y así me servirá usted de cicerone.

—No habrá cosas dignas de mostrárselas.

—Desde luego dicho está que se compromete usted a no hablar mal de su tierra.

—Por oírsela defender a usted hablaría mal de ella.

Se miraron a los ojos. Una mirada rápida y eficaz como una centella. Entregándose a sus especulaciones habituales, Reinaldo pensó que aquel súbito encuentro de las miradas, llenas de mutuas revelaciones, había sido decisivo: acaso desde aquel momento toda su vida giraría en torno de la lumbre alucinante que despidieran los ojos misteriosos de aquella mujer, que se le había aparecido la víspera en el preciso momento en que, al cabo de tantas vacilaciones y desviaciones, su voluntad parecía haber tomado por fin el rumbo definitivo.

Este pensamiento trajo a su mente el recuerdo de una frase dicha por él a otra mujer, allá por los años de la adolescencia: "—Busco el rumbo de mi vida; la definitiva orientación de mi espíritu".

Reconstruyó el momento; fue a orillas del mar. El agua infinita y resonante se movía bajo el ala del viento y todo el mar parecía correr hacia el poniente incendiado en el resplandor de la puesta de sol. contra cuya viva lumbre destacaban sus mástiles desnudos dos barcas que estaban al pairo cerca de la costa. ¡Ni una vela en el horizonte! ¡Ni un rumbo marcado en aquella desolación de infinitos! ¡Tan solo aquellas dos barcas cuyos mástiles trazaban sobre el crepúsculo los signos vacilantes de los destinos detenidos!

Vio en ello un símbolo de su vida y sintió la angustia de los que descubren de pronto en las tinieblas de la noche que han perdido el camino. Ahora, al cabo de tantos años gastados en buscar la senda por donde lo llamaba su destino, otra vez se encontraba en la encrucijada, en la perenne encrucijada de la incertidumbre de sí mismo.

Estas reflexiones comenzaban a ensombrecerle el ánimo cuando la voz cantarina y melindrosa de la extranjera resonó:

—¿En marcha?

Pusieron los caballos al paso, hacia el pueblecito que se divisaba desde allí entre los cañaverales de la hacienda que le da nombre, agua y sustento.

A la entrada del pueblo un caserío desparramado sobre el terreno sequizo: sórdidos ranchos de techumbre de paja entre cercados de tunas y cardones. Circulaba por allí gente desarrapada, en la tierra escarbaban animales y muchachos en hambrienta camaradería.

En las empalizadas se secaban lamentables harapos; en los interiores, diverso trajín e idéntica miseria: aquí una mujer que lavaba batiendo ruidosamente los trapos percudidos, contra las piedras del embostadero; allí otra que, arremangada, amasijaba el pan con rápido movimiento de las manos; a veces una que se entretenía en hurgarle los piojos a una muchachita de cabellos hirsutos, como un haz de chamizas; o una que más desocupada, sentada a la puerta del cubil, hablaba hacia dentro a alguien que no respondía, dando la impresión de que hablase a solas. Entre todos los oficios, esta holganza era lo más frecuente; en casi todos los bohíos había gente ociosa, sentadas a la sombra exigua de los aleros o en los escaños de las puertas, mano sobre mano y la mirada hundida como en una suprema abstracción dolorosa. Y este sinquehacer de la absoluta miseria condensaba en los interiores un ambiente de paz imperturbable.

Más adelante comenzaba el pueblo, propiamente. Predominaba el ocre en la calle sin empedrar y en las fachadas de las casas inconclusas y de las que nunca serían concluidas, por los huecos de cuyas puertas y ventanas se entreveía un cielo de añil crudo o trozos de un paisaje que adquiría, por la virtud del marco, un prestigio singular. Excitado por el violento ejercicio que hiciera y por la presencia de la mujer, Reinaldo habló copiosamente.

—¿Quería usted que yo le sirviese de cicerone? Para desempeñar mi papel tendría necesidad de mostrarle, como única cosa importante, la sencillez misma de esta vida y de estas almas. Mire usted: todas las puertas se abren indiscretas divulgando el secreto de los interiores, al pasar nos detenemos a mirar hacia adentro y ya habrá visto usted, cómo el asombro y la curiosidad de adentro proporcionan motivos estupendos para cuadros sugerentes. Allí fue un grupo de niños que se' asomaron a vernos; aquí, estas mujeres que hablan con palabras que no oímos, mientras trabajan. Todas se sorprenden de nuestra expectación y probablemente se preguntarán: ¿Qué verán tanto para adentro? Y nos miran a su vez, como para que no les robemos sin darse ellas cuenta, el secreto de su vida interior, y algunas sonríen, quizás burlándose de nosotros; pero les agradecemos la sonrisa, que también supo ser bella. Sin embargo, preferimos verlas trabajar sin que nos sorprendan, seguramente porque tenemos algo de ladrones. Algunas lo han comprendido y han mandado a cerrar las puertas…

Otras veces no hemos podido ver la vida; pero siempre hemos encontrado algo sencillamente bello: patios bañados de sol, un poco de azul por encima de los tejados, un gajo florido en el aire claro! Y como nuestros ojos, nuestros oídos también han sorprendido algo, al pasar: trozos de conversaciones familiares, de uno de esos diálogos sin asunto, empezados nadie sabe cuándo y que concluyen con la vida misma. Rendijas del alma a través de las cuales entrevemos interesantes episodios, tragedias quizá, donde seguramente no hubo sino un acontecimiento vulgar; pero el claro destacarse de las figuras sobre el fondo en penumbra de la sala y los valores del escorzo en los rostros inclinados sobre la labor cotidiana, tienen tal virtud escénica que convierten la frase más sencilla en frase trascendental.

No hemos visto nada todavía y sin embargo hace rato que estamos viendo la única cosa interesante que existe sobre la tierra: la vida simple, la vida de todos los días, hermética en su sencillez; pero colmada de sugerencias. La que no tiene finalidad aparente ni se manifiesta con aparato, la que asemeja al hombre con el tallo de hierba que da su flor sin saberlo ni desearlo. Pero de esta vida, a la vez interesante y trivial, no poseeremos jamás el secreto. Abrimos las puertas cerradas, nos insinuaríamos para sorprender en las almas el minúsculo pensamiento que alegra o tortura; pero nada lograríamos. La vida, huraña, se escaparía a sus refugios inabordables y no encontraríamos angustia que no sonriera para engañarnos, ni alegría que se atreviese a ser risueña.

Roxana lo escuchó sorprendida. Aquellas extrañas palabras le habían infundido un sentimiento inefable. En sus adentros se preguntó, ¿quién sería aquel hombre que hablaba así?

En esto habían llegado a una plazoleta cercada con palizada de alambre, entre la iglesia y la jefatura civil. Reinaldo la invitó a bajar y ella accedió.

En la plazuela, sola, silenciosa, discurrían por los senderos abiertos entre las hierbas, dos palomas picoteando, solícitas. Aún a riesgo de ahuyentarlas traspasaron el cercado dentro de cuyo recinto se hacía más grata la quietud aldeana. Un momento el vuelo de las palomas asustadas crepitó en el aire; luego se restableció el silencio. Para gozarlo mejor, se sentaron en un canto de piedra tumbado bajo un cedro, a manera de banco.

En la calle, junto a una alcantarilla, esperaban pacientemente mujeres y muchachos mientras un hilillo de agua, turbio y moroso, iba llenando, uno a uno, los cántaros. Los que esperaban su turno miraban en silencio y fijamente el agua. De la iglesia salió una mujer con medallas al pecho; dentro de la jefatura se conversaba monótonamente; desde las puertas de las casas próximas los moradores del lugar observaban a los forasteros con la misma expresión azorada y furtiva de las palomas que habían vuelto al sendero. En el aire diáfano los colores tenían una nitidez y una frescura de cromo; cromo de aldea donde apenas faltaba la típica figura del cura bonachón y vejete, en la socorrida actitud paternal: bendiciendo a un niño arrodillado.

Reinaldo, cuyo había sido este pensamiento, tornó a decir:

—¡Qué fracaso si apareciera! Por momentos espero verlo asomarse y me lo imagino paseándose por el altozano, o dentro del jardincillo, componiendo un sermón, porque entre las jactancias de esta parroquia no es la de menos ésta de tener un cura elocuente, tribunicio, y nada más natural que, siéndolo, saliera a componer el sermón al jardín de la iglesia, en una mañana tan fresca… "La paz sea con vosotros" ¿de qué manera mejor podría comenzar el sermón? ¡Es tan apacible el lugar! ¡Discurre aquí la vida tan serenamente! ¡Pero de cierto que el orador ha agotado este evangélico motivo y hay que buscar otro, nuevo y más humano. Si sucediera algo… ¡Un escándalo! Yo sé que el cura discurre de preferencia sobre los sucesos de la parroquia, sobre todo si le dan oportunidad para fustigar a los feligreses con una dura máxima de moral cristiana. ¿Pero, qué escándalo se atrevería a profanar esta quietud?

Roxana lo interrumpió para colaborar en aquel juego de la fantasía de Reinaldo que le era grato a ella:

—Supongamos que una mañana aparece en el pueblo una mujer hermosa… ¡Vamos! Y casquivana.

—Justamente. La pecadora ha venido en busca de descanso, ¿no es eso?

—Y en el pueblo no se habla sino de ella: sus trajes vistosos y descocados, sus coloretes, la manera de recogerse las faldas, sus sombrillas rojas como las amapolas…

—Perdón. Como las cayenas. Tiene más color local.

—Pues como las cayenas. Las madres cristianas y timoratas temen por sus hijos en peligro…

—Y las muchachas no dejan de pensar en ella, y a veces se asustan de sus propios pensamientos. ¡Lo que significaría para tantas de ellas aquella perdida! La vida anodina, aburridora; la semana para el trabajo, el domingo para la misa y el fastidio…

Y Roxana:

—Marta y María.

—Y si conocieran la evangélica elección de Jesús, ¡cuántas Marías! A menos que en el sermón el cura se decidiera por Marta, aun a riesgo de desacreditar a Jesús.

Roxana rio largamente y poniéndose de pie le dijo a Reinaldo, como si hablara a un camarada.

—Pues ahí tiene el sermón del señor cura que tantos quebraderos de cabeza estaba costándole.

—Si no me ayuda usted no salgo del atolladero. Usted proporcionó el motivo. En nombre del señor cura le doy las gracias.

Pero Roxana atendía a otra cosa.

—¡Calle! —dijo—. Todas las pueblanas se han asomado a sus puertas a verme.

Una misma idea atravesó la mente de ambos y guardaron silencio. Al cabo de un rato volvieron a un tiempo las cabezas. Se miraron a los ojos y Roxana dijo:

—¿Nos volvemos?

—Si usted lo desea.

—Creo que ya hemos visto todo lo que había que ver.

—Y hemos sabido todo lo que había que saber.

Tornaron a mirarse largo espacio, hondamente. Turbose ella y apartando sus miradas cerró los ojos.

Reinaldo pensó en el brillo interior de aquellos ojos ocultos bajo los párpados sedeños, como los diamantes dentro de los joyeles y vio su vida entera girando en torno de aquella lumbre, frustrado el sueño, preterido el ideal, que eran la sustancia misma de su ser.

Se puso en pie y echó a andar tras de Roxana, quien se había parado de pronto diciendo:

—Vámonos.

LA ESFINGE

Arrellanado en la silla de extensión, cubierta la cabeza con un gorro primorosamente bordado en oro y los anchos pies metidos en pantuflas de lo mismo, viejo, pero todavía membrudo y fuerte, el rostro atravesado por un espantoso costurón, la derecha manca y lo que no se veía de su cuerpo todo surcado de cicatrices, gajes todos y trofeos de aquellos legendarios asaltos al machete que le habían dado tanta fama, el bravo guerrillero en reposo tenía la majestad de los volcanes apagados.

Se adormecía en paternal complacencia oyendo a sus hijos que. todavía en la mesa, entre el humazo de los cigarros, un tanto desvanecidas las cabezas por los vapores del vino y por la digestión de la comida abundante, celebraban la vuelta del mayor.

Regresaba éste de Europa adonde había ido, hacía un año, al doctorarse de médico, en viaje de estudios, gozando una beca. Su padre y sus tres hermanos, absortos, lo escuchaban referir las aventuras del bulevar.

En el brillo nuevo y saludable de su piel, en el corte correcto de su traje y en los aros de concha de los lentes grandes y redondos, trascendía una civilización superior.

El guerrillero se embobaba oyéndolo:

—¡Este mi hijo el médico!

Luego preguntó:

—¿Y cómo te las compusiste tú para vivir por allá, cuando te quitaron la beca esa?

—¡Oh! Fue una verdadera odisea. Hice el amor a mi patrona, una buena mujer metida en años y en carne. ¡Qué diablos! Había que vivir y no podía pagarle la pensión. ¡Y ella me lo agradeció, ya lo creo! Había que ver aquellas arrobas de tocino para comprender que tenía que agradecérmelo. Me mantuvo por espacio de tres meses a cuerpo de rey. Ahora le estará pesando. Le dije que pensaba establecerme en provincias y me dio dos mil francos para que comprara instrumentos.

—¿Y tú no los compraste?

—Sí. Pero me los traje. Me despedí a la francesa. A estas horas me tendrá entablada una demanda por estafa. ¡Ja, ja, ja! Que me eche un galgo.

—¡Ah, muchacho!

El menor de los hermanos observó:

—¿Y si te reclaman las autoridades francesas?

—No pueden —respondió el hermano jurista. No existe tratado de extradición.

Y con calor de oratoria forense se despepitó clamando contra las leyes de extradición. Le parecían inicuas, las calificaba de traición.

—¿Y por delitos comunes? —seguía replicando el hermano menor.

—Ni por delitos comunes. Cuando un hombre se acoge a la bandera de un país, los ciudadanos de ese país no pueden entregarlo sin cometer una villanía, sin traicionar esa misma bandera que el otro ha reputado inviolable. Es como si en mi casa se refugiara un delincuente. Yo no lo entregaría.

El general intervino:

—Tiene razón mi hijo el abogado.

Y para cortar la disputa que se iba agriando por momentos, le dijo a su hijo el médico:

—Tú no sabes el ruido que ha formado éste con su grado de doctor en leyes.

—Sí. Ya me han contado. ¿Y qué presentaste una tesis revolucionaria?

El jurisprudente sonrió olímpico.

—Y en la colación del grado dije un discurso que todavía lo estarán oyendo. Concluí parafraseando el célebre estribillo de Catón el censor: Carthaginem etse delendam.

Citó el párrafo. Un odio inmenso resollaba entre las frases ampulosas de aquel discurso con que se despidió de la Universidad, en cuyas aulas, decía, había sufrido su inteligencia humillaciones vergonzosas, estancamientos mortales, claudicaciones sin número. Vibraba su voz aguda en la violencia de las imprecaciones, se recelaba la bilis suelta en la amarillez de su cara y toda su contextura de fusta se estremecía en orgasmos de misantropía. Él no tenía que agradecer nada; se debía a sí solo; se encontraba desvinculado, libre de toda obligación para su medio y su época. Terminó diciendo que él también sentía el deseo neroniano y su dedo flaco, largo y torcido cortó en el aire la cabeza de la patria.

El hermano polemista aprobó:

—Sí. Hay que acabar con los falsos valores.

Era éste un joven mediocre que se estaba haciendo famoso a causa de sus polémicas. Tenía una nariz aguda y grande que iba por delante de él como diciéndole: sígueme, que yo te voy abriendo el camino, y al hablar, aunque tartamudeaba, era también rotundo como el hermano jurista, dogmático, incontrovertible.

En su vida de estudiante no había despuntado ni por el talento ni por la contracción y pasó por el doctorado por la generosa rendija de un bueno.

En el ejercicio de la profesión tampoco prometía descollar y su nombre se hubiera quedado oscuro; pero un día se le reveló su destino leyendo un artículo de divulgación científica que publicó un antiguo condiscípulo suyo.

El trabajo adolecía de algunos gazapos cronológicos y gramaticales y él lo rebatió por la prensa, al día siguiente, sin ocuparse de combatir la cuestión capital de doctrina y haciendo hincapié solamente en el apeado estilo del autor. De la réplica, que sus conocimientos no le permitían sostener, pasó a la diatriba y haciendo uso de armas poco gallardas tergiversó el sentido de ciertas frases de su contrincante, haciéndolo aparecer como autor de afirmaciones peligrosas.

El éxito de esta lid de mala fe le dio a entender que en el ejercicio de aquella habilidad que acababa de descubrirse estarían el lustre de su nombre y bienestar que no habría de reportarle la profesión, y desde que lo entendió se hizo polemista. Ya contaba varias víctimas entre las más acendradas reputaciones científicas del país y esperaba desquiciarlas todas. Nada le importaba que la doctrina sustentada por alguno fuera buena y verdadera; siempre que, a caza de gazapos, encontrara un punto vulnerable, por insignificante y baladí que fuera, por allí introducía él la gota corrosiva de su ironía, de su mordacidad enconada, de su odio, aquel odio gratuito que parecía ser una enfermedad de familia.

La sobremesa se animó con el cuento que cada uno fue haciendo de sus hazañas y recíprocamente se las celebraban con un divino cinismo. Aquello parecía más bien un pugilato de trúhanes en que cada quien se esforzara en demostrar que había sido más villano, más abyecto que el otro; pero para ellos tales vilezas solo eran manifestaciones de una fuerza, de una superioridad que los envanecía y cada cual estaba seguro del éxito de todos. Oyéndolos, por la recia faz del padre vagaba una sonrisa complacida, que venía a ser como otro costurón, análogo al que ganara en aquella remota y feroz escaramuza, y trofeo también, si no de propia hazaña, sí de proezas que le concernían: las proezas de sus hijos.

Solo el menor de éstos guardaba silencio y parecía contrariado. Escuchaba atento la cínica apología que sus hermanos hacían de sí mismos y sonreía; pero con una sonrisa amarga, hostil, insultante casi. Oleadas de rencor, pero de un rencor noble y sano, pasaban en tumulto por su alma; otras veces era un profundo desprecio, una viva sensación de asco; otras, un sincero horror de toda aquella truhanería familiar, tan celebrada.

Se horrorizó más cuando le oyó decir a su hermano, el jurista:

—Es necesario honrar la patria. Ella nos exige y nos impone la buena reputación del nombre. No es por vanidad personal que debemos luchar para darle lustre y esplendor; es por patriotismo.

Tuvo ganas de saltarle encima, agarrarlo por el cuello y gritarle en la cara: ¿Cómo puedes tú honrar la Patria; ni cómo puede ella sentirse honrada por tus actos?

El otro continuaba su perorata:

—Nuestros triunfos son triunfos de la Patria; gloria patria será nuestra gloria.

Y entonces la indignación del hermano menor cedió el puesto a un sentimiento de asombro, de desconcierto, como si se hallara ante un enigma. La inconsciencia con que el jurista se reconocía de tal suerte compenetrado con la patria y capaz de honrarla con sus hechos, le pareció más funesta que el cinismo con que poco antes se jactaba de sus bribonadas.

Lo miró fijamente al rostro y después, uno a uno, a su padre y a sus hermanos. Todos se habían puesto serios, graves, austeros. En todas las caras había la misma inconsciencia y todos eran espantosamente sinceros cuando decían, al concluir su perorata el abogado:

—Sí. Es necesario honrar la Patria.

El joven no quitaba de ellos sus ojos, como si quisiera arrancar a aquellas caras de esfinge un secreto terrible, acaso el secreto destino de la patria, y en un instante de locura le pareció ver en la de sus hermanos el costurón paterno, pero no como trofeo de valor que mostrara cómo se arriesgó la vida, sino como blasón hereditario que ahorra el sacrificio y da derechos al reparto del botín.

Se paró violento, trémulo y les arrojó a las caras estas palabras:

—¿Qué son ustedes y qué van a hacer?

Todos se lo quedaron viendo como a un loco que hubiera aparecido de improviso entre ellos.

Y el viejo dijo al cabo de un rato, soltando una risotada:

—¿Qué le habrá sucedido a mi hijo el tonto?

LA FRUTA DEL CERCADO AJENO

Acodado en la ventanilla del vagón, Reinaldo contemplaba la mancha azul y serena del mar que se extendía al pie de la montaña, ribeteando de blanquísimas espumas la costa yerma y sinuosa. Por su mente pasaban, como bajo arcos de triunfo, ideas de victoria y de dominación; iba a la costa a emprender el más heroico combate de una vida: a luchar contra su propia flaqueza. El mar le inspiraba un miedo bestial y él iba a desafiar sus peligros para vencer definitiva y radicalmente el ciego instinto. Él se había propuesto un hermoso plan de acción y de luchas en las cuales habría de imponer, inexorablemente, el imperativo categórico de su voluntad, y aquella flaqueza de ánimo, si no la combatía y la domeñaba a tiempo, concluiría por reflejar en su espíritu incapacitándole para todo cuanto requiere temple y fortaleza varoniles.

Pero, entregándose a estas especulaciones, gratas para él, trataba de engañarse diciéndose mentalmente que ése era el único y verdadero motivo de su viaje a la costa. En realidad, también iba por una mujer; pero no quería confesárselo a sí mismo.

Algunas semanas antes, Antonio Menéndez, su íntimo amigo, había comenzado a cortejar a una mujer que tenía una cara fresca y pícara y unos ojos largos que miraban a veces con la expresión de la Gioconda de Vinci, y que era esposa de un hombrecito enclenque, abogado de pocos y torcidos pleitos: el doctor Orosimbo Sojo. De pronto aquella mujer desapareció. Un día Menéndez encontró cerrada la casa, pensó que se habrían mudado y no se ocupó más de la aventura. Poco después Reinaldo descubrió que temperaban en Maiquetía; pero se guardó de decírselo al amigo.

Rumbo al pueblecito costeño, se le venía a ratos a la mente el pensamiento de que estaba cometiendo una deslealtad con el amigo; pero inmediatamente musitaba para alejar de sí tímidos escrúpulos:

—Struggle for life! —y se quedaba en paz.

Llegado al pueblo, bajó por la calle que conduce al mar. Se sentó en una peña, encendió un cigarro y echando la vista por toda la anchura del agua, empezó a decir:

—Nos veremos. ¡A ver quién de los dos podrá más!

Una risa de mujer interrumpió su monólogo. Volvió la cabeza: era la Gioconda, que paseaba la plaza del brazo de Orosimbo. Ella lo quedó viendo y, continuando su paseo, todavía volteó dos veces para mirarlo por encima del hombro del marido. Reinaldo se dijo: "¡Esto también es un hecho!".

Al día siguiente al amanecer bajó a la playa provisto de su traje de baño, "a tener la primera entrevista con el espantajo". Caminaba por entre uveros buscando un sitio cómodo para desnudarse, cuando volvió a oír la risa de la víspera y una voz masculina que gritaba:

—¡Romelia! ¡Ah caramba, niña! ¡Mira que te va a llevar la ola!

Era el doctor Orosimbo Sojo. Estaba acurrucado al abrigo de una peña por encima de la cual rebosaba de cuando en cuando el espumarajo de las olas, y como el agua apenas le cubría las piernas, se bañaba el resto del cuerpo con una totuma. Más adelante la mujer se entregaba a las caricias del mar, que se arrojaba sobre ella bramando, como macho en celo. A intervalos la envolvía en blancura jla reventazón del oleaje, arrancándole gritos de júbilo infantil, y cuando la resaca bajaba le quedaban temblando en el regazo unos grumos que hacían pensar en el divino cisne de Leda.

Viéndola, Reinaldo sintió unas ganas atroces de saltar a las rompientes, cogerla entre sus brazos y escapar con ella, mar afuera hacia el horizonte, ante el marido estupefacto, a quien ya se imaginaba recorriendo la playa, furibundo y desnudo, con la totuma en la mano, pidiendo socorro.

Pero no era él tan excelente nadador como se requería para tamaña empresa y hubo de continuar su camino, por entre los uveros, en busca de un sitio apartado y discreto. Se detuvo en uno donde había ropas de hombres que se bañaban. Su inusitado traje de baño encargado a Europa llamó la atención de los que tomaban el suyo en cueros y la palabra "patiquín" llegó distinta a sus oídos desde el mar. Se arrepentía ya de haberse detenido allí, pues no estaba seguro de sí mismo y temía quedar en el mayor ridículo si el horrible miedo instintivo lo asaltaba a las primeras brazada, como siempre le acontecía, cuando oyó que uno de los bañistas gritaba, afanándose para acercarse a la orilla: —¡Una manta! ¡Una manta! —con lo cual sus compañeros comenzaron a nadar hacia tierra. Reinaldo se dijo: "¡Ahora es cuando te quiero, Voluntad!", y sin más pensar se arrojó al agua y nadó hacia el sitio del peligro a grandes y veloces brazadas.

Momentos después, sin haber visto por ninguna parte al temible animal, abordó un pellón que se alzaba más allá de las rompientes, en agua honda, y sobre el cual un enjambre de cangrejos tomaba el sol. Se extendió supino, abandonándose a la plenitud de la intensa emoción de sí mismo que estaba experimentando: ¡Se sentía héroe! ¡Se había vencido definitivamente! El sol ya alto le calentaba los miembros acalambrados envolviéndolo en una deliciosa sensación, y Reinaldo pensó que aquel día no podía tener mejor ocupación la lumbre del mundo; ¡él también era un centro de gravitación universal!

Luego evocó el cuadro presenciado desde los uveros y al pensar en el invencible miedo al mar de Orosimbo Sojo, una perversa satisfacción le hizo pararse, brusco, sobre el limoso lomo del escollo.

En la playa la gente lo miraba. Sin duda habían acudido a la voz de su hazaña. Resplandecían los blancos trajes de las mujeres en un grupo, cerca de la caseta de los baños; un poco más allá, bajo una sombrilla roja, distinguió a la Gioconda, del brazo de Orosimbo. Volvió la cara al sol, arqueó el tórax, se golpeó los pectorales tensos para evidenciar su fortaleza, y con un salto acrobático se zambulló al agua gritando:

—¡Hurra! ¡Por struggle for life!

En la tarde fumaba su eterno cigarro sentado en la misma piedra desde donde la víspera lanzara su reto al mar; pero ahora lo contemplaba con un olímpico desdén. ¡Bien vencido estaba el espantajo! ¡Y bien puesta había quedado, de una vez por todas, con aquel triunfo, su garra imperiosa sobre todo lo que pudiese ser, de allí en adelante, presa de orgullo o de dominación.

Entretanto, los temporadistas acudían a la vespertina contemplación del mar. Bulliciosos grupos de muchachas se esparcían por las rocas de la playa, ahogando en risas el malicioso rubor de la marcha contra el viento, bajo las miradas de los jóvenes que iban a la caza de aquellos revuelos de faldas. Muchas de ellas se volvían a mirar a Reinaldo y hablaban entre sí, bajando la voz; él lo advertía y hacía verdaderos esfuerzos heroicos para no decirse: "Están hablando de eso".

La aparición de Romelia le puso toda la sangre en un solo vuelco del corazón. Y cosa extraña, al ver a Orosimbo, que venía agarrado al brazo de ella no sintió la tentación de risa que él esperaba de sus recuerdos de la mañana, sino un sentimiento de malestar intraducible, mezcla de compasión y de odio. Orosimbo quería seguir adelante; pero Romelia se detuvo cerca del joven diciendo al marido, con una voz melindrosa:

—¿Nos sentamos aquí? Más allá no hay piedras.

—Como tú quieras —le respondió de mala gana.

Elia escogió sitio la primera en la piedra más próxima a Reinaldo. Se pasó las manos por el peinado, hecho con esmero, moviendo mucho y sin necesidad los dedos empedrados de cuanto era o parecía piedras preciosas; se alisó la blusa una y otra vez, con un malicioso correr de las manos sobre el pecho opulento y alzando los ojos de la contemplación de lo que dejaba ver el descote, lanzó un suspiro para decir:

—¡Ay! ¡Qué divino es el mar! ¡Me trastorna! Te aseguro, Orosimbo, que yo sería feliz si supiera nadar. ¡Qué rico debe ser! Yo envidio a los que saben nadar. ¡Si yo supiera me iría lejote!, ¡lejote!…

Orosimbo, con las miradas clavadas en el horizonte, parecía no escucharla. Reinaldo comprendió que aquellas palabras habían sido dichas para él y esto le causó un vago sentimiento de repulsa. Había en todo aquello, en la elección del sitio y en el tema de la conversación cierto descaro irrespetuoso, tanto para con el marido como para con él. Pero se dijo en seguida: es una ingenua. Entretanto ella, excitada por el ambiente marino y por la presencia del joven, que no quitaba sus ojos de la contemplación de toda su incitante persona, seguía despotricando con ese afán característico de las mujeres insustanciales por lucir gracia y agudeza de ingenio en presencia de los varones de quienes pueden esperar algo. Pero no acertaba con nada que no fuese de una infinita vulgaridad:

—Cuando veo el mar me dan ganas de ser pescado.

Y como todavía no había logrado su objeto y no se te ocurrían otras cosas más eficaces para romper el silencio de Reinaldo, volvió a su tema, mirándolo a los ojos abiertamente:

—No hay nada como el mar.

Reinaldo vaciló, sorprendido y cohibido. Luego musitó:

—Nada.

El sonido de su voz sacó a Orosimbo de su obstinada contemplación. Miró a Reinaldo con un gesto intraducible. Reinaldo lo saludó descubriéndose. Ella le devolvió el saludo doblando la cabeza de una manera que le parecía la pura esencia de la gracia y de la gentileza. Para entonces comenzaban a hacer furor en Caracas los dramas de alcoba de las "películas finas". Luego Orosimbo, que estaba sobre espinas, se paró y le ofreció el brazo. Ella se colgó de él, echando otro suspiro que le salió muy romántico. Mientras se alejaban, Orosimbo le decía algo, sin mirarla, y Reinaldo la oyó responder:

—Y eso ¿qué tiene? ¡Jesús contigo!

Reinaldo se quedó reflexionando; pero seguramente sus pensamientos no lo complacían, porque luego dijo:

—A la vida hay que tomarla como es. Además, ¿qué otra cosa puede dar la convivencia con un hombre como ese Orosimbo, que, indudablemente, no es una octava maravilla? La mujer es un reflejo del hombre que la desea.

Y Reinaldo se complació en imaginar los inusitados destellos que iba a tener el alma de Romelia cuando penetrase en ella la lumbrada de su idealidad, y se decía a sí mismo, con una insistencia sospechosa, que le deseaba más para un puro acercamiento espiritual que para una posesión torpe.

Otra tarde iba ella por el sendero costeño que conduce a Cabo Blanco, acompañada de una niña como de diez años. Reinaldo se hizo el encontradizo, y la abordé:

—Hoy se ha decidido usted a pasear largo.

—Sí. Está tan sabrosa la tarde. Pensamos llegar hasta Cabo Blanco.

—Es lejos. Pero de todos modos es un bonito paseo.

Romelia preguntó a la niña:

—¿Quieres, Teresita?

La niña, roja de rubor, escondió la cabeza bajo el brazo de ella, riendo. Romelia explicó:

—Es mi sobrina, hija de una hermana mía que vive aquí en Maiquetia. Es mi compañera cuando Orosimbo está en Caracas. Aquí donde la ve, con su carita de mosca muerta, no se puede imaginar lo tremenda que es, señor…

—Reinaldo Solares.

—Ya lo había oído nombrar; pero no hallaba cómo decirle.

Y dulcificando la voz: —Como no hemos sido presentados…

—Una buena amistad siempre comienza bien y a su hora.

—Es verdad —asintió amable. Luego, con un mohín de timidez—: Pero…

Ahora se hacía la timorata. Sin duda le agradaba pensar que Reinaldo se había atrevido a mucho; para ella esto debía tener su voluptuosidad. A su vez Reinaldo se hizo el desentendido y cambió la conversación, movido por un sentimiento de delicadeza: no quería que Teresita se diera cuenta de la situación. Se dirigió a ella aniñándose:

—Teresita va a divertirse mucho. Cuando se oculte el sol empieza a oírse el canto de las sirenas ¿No las has visto nunca? Las sirenas son unas mujeres muy bonitas que viven en el fondo del mar.

—¡Adiós coroto! Si en el fondo del mar no vive gente… Se ahogarían.

—Gente como tú y como nosotros no puede vivir; pero otra gente que no se ahoga porque es inmortal. Vive en palacios de perlas y corales…

—¡Qué va! Acaso yo no sé…

Y Reinaldo se entretuve buen espacio en este diálogo infantil que en aquel momento le era singularmente grato. Romelia lo interrumpió diciendo:

—¡Ay Dios! Los muchachos son una diversión.

Él observó con intención remota:

—Una diversión de la cual, desgraciadamente, nos fastidiamos muy pronto. La vida nos estraga el gusto de las cosas puras y sencillas.

—Pues para que vea, a mí me gustan mucho los muchachos. Yo desearía no haber pasado nunca de esa edad. ¡Son tan felices! No se dan cuenta de nada.

—Eso creemos nosotros; pero hay que ver cómo miran los niños. Yo le confieso que nada me intranquiliza más que los ojos de los niños; tienen una manera de fijarse en las cosas… Seguramente las ven tales como son; nosotros somos los verdaderos inconscientes.

De pronto, zafándose del brazo de Romelia, Teresita echó a correr por la playa. Reinaldo enmudeció: aquel acto de la niña a raíz de sus palabras, ¿sería una simple coincidencia, un movimiento impulsivo de la intranquilidad infantil o un acto producido por una secreta intuición de lo que iba a suceder?

Romelia se quedó esperando sus palabras, y, atribuyendo a timidez su silencio, sonrió con maligna complacencia; la supuesta cortedad del galán primerizo que, al hallarse a solas con ella, enmudecía asustado de sus propias audacias, prometía a su sagaz instinto de amorosa futuras y arrebatadoras vehemencias. Aquel joven era todo un buen mozo, tenía en el rostro un signo inmancable: una nariz que sorbía el aire de una manera provocativa y sensual que hacía pensar que tenía todo el aire olor de voluptuosidad y una boca… Tenía razón aquella amiga de su hermana —que por cierto nada tenía de gazmoña a quien oyera decir: "¡Jesús, niña! A ese joven no se le puede ver la boca sin pecar con el pensamiento. Parece que se la hubiera hecho el mismo diablo."

Por su parte, Reinaldo pensaba que "era llegado el momento de pronunciar las palabras decisivas", cosa que parecía tener para él una trascendencia como seguramente no la tuvo para Dios el "hágase la luz", y en la inminencia de aquel supremo instante recogía toda su lucidez mental para hacerse esta pregunta: ¿Soy perfectamente libre?

Con estos mutuos pensamientos caminaron buen espacio sin verse las caras y ya llegaban a una punta de la costa detrás de la cual había desaparecido Teresita. Romelia arrebató con las impacientes miradas la soledad del paraje; Reinaldo advirtió la insinuación y sintió que las ideas que ya iban a convertirse en palabras se le helaban súbitamente.

Y como en presión de su atmósfera espiritual la brizna del sencillo acontecimiento estaba ocasionada a inflamarse y a resplandecer como una estrella, aquel vulgar entibiamiento del desencanto producido por la evidente urgencia de la mujer fue interpretado estilo místico: una negación de la "hora llegada", un salto del destino por encima de su vida.

Era la influencia de lo subconsciente, el halo de pensamientos inaferrables producidos por la distraída contemplación del paisaje marino. En aquella actividad del mar, sin término ni confín, ¡ni un movimiento que no fuese la inmensa inquietud de las ansias que se han quedado irrealizadas dentro del colmo de las medidas!

Romelia murmuró, aburrida de silencio:

—¡El mar!

Y Reinaldo, con un vago acento de trasueño:

—¡Sí! ¡El mar! ¡El mismo mar de siempre!

—¡Guá! ¿Y cuál quiere usted que sea?

Reinaldo experimentó algo semejante a lo que siente el que, habiendo reunido todas sus fuerzas para levantar un objeto que juzga de hierro macizo, se encuentra con que es de cartón hueco. La supina estolidez de aquella mujer se había escapado, toda entera, en aquellas palabras.

La vuelta de Teresita resolvió la embarazosa situación. Venía jadeante y jubilosa, gritando:

—¡Tía Romelia! ¡Mira qué preciosidades! —y mostraba una porción de piedras y caracoles que traía en el regazo.

Romelia se entregó a la contemplación de ellos, con mimosos aspavientos de admiración. Teresita hizo que Reinaldo se acercase también a admirar sus preciosidades. Puestos a complacer el deseo infantil, las piedras y caracoles iban pasando de las manos de Romelia a las manos de Reinaldo, y esta inocente ocupación que él prolongaba con visible agrado los retuvo buen espacio, en absoluto olvido de sus mutuos pensamientos. Al cabo, movidas por un idéntico impulso y a un tiempo mismo sus manos fueron a posarse sobre los cabellos de la niña. Los dedos de Reinaldo quedaron sobre los de Romelia. Ella hizo el gesto reflejo de los contactos voluptuosos y sin retirar la mano, buscó los ojos del joven; él apartó la suya, súbitamente: ¡le resultaba indecorosa aquella impensada caricia sobre la inocente cabeza!

Remelia dijo, disimulando:

—¿Nos revolvemos, Teresita?

—Espérense. Déjenme coger unas conchas de erizo que hay por allí. Ya vengo.

Ambos guardaron silencio siguiendo con las miradas a la niña que se alejaba dejándolos otra vez solos. Reinaldo volvió a entregarse a sus cavilaciones, experimentaba una desgana invencible del amor que se le ofrecía fácil, su consustancial misoginismo lo hacía arrepentirse de su estúpida aventura. Entretanto Romella, con una visible impaciencia de las frases de pasión que Reinaldo no quería pronunciar, clavaba en él miradas incitadoras que sublevaban su dignidad de varón. Luego, convencida de la inutilidad de sus esfuerzos, haciendo un gesto de despecho, gritó a Teresita:

—¡Vente, chica, es mejor que nos vayamos! —Y en seguida, a media voz: —¡Ya esto fastidia!

Reinaldo tuvo un impulso de ira y acercándose a ella con súbita decisión, comenzó a decirle, reticente y mordaz:

—Revolvernos? ¿No sería desaprovechar esta soledad tan discreta, este apartamiento tan propicio?

Ella no comprendió, pero si se dio cuenta de que empezaba a requerirla de amores. Quiso entonces adoptar una actitud inabordable de honestidad, pero no encontró las palabras apropiadas y al cabo de una corta vacilación, en la cual, sin embargo, perdió mucho terreno ante el asedio de las miradas de Reinaldo, dijo enrojeciendo súbitamente:

—Es que ya va a ser de noche.

Fue una desgraciada ocurrencia que la traicionó y la entregó. Reinaldo se enardeció más, como el combatiente ocasional a la vista de la sangre derramada por sus manos, y exclamó, ya con la voz enronquecida y casi sobre el rostro de ella:

—¡Tanto mejor! ¡Tanto mejor!

Y se inclinaba ya para estampar dos besos restallantes, como dos bofetadas, sobre la boca de la mujer, en despique de lo que para él había sido un ultraje a su dignidad de varón; pero, como si el caliente olor de aquel rostro —en el cual un anhelo de emoción entreabría la boca carnosa y tentadora, así como la plena madurez revienta la pulpa rezumante de las frutas—, hubiese clavado súbitamente un eficaz acicate en el moroso ijar de su deseo, se dobló tendido también y apretó sus labios contra los de aquélla en un beso largo y ardiente, su primer beso de amor.

Luego una pausa espiritual, una total ausencia del ángel. Al cabo, una deplorable reacción.

El canto de las cosas se extendía sobre los árboles como una cúpula sonora, el aire ardiente de la siesta vibraba sobre la tierra rojiza de los cerros costeños. El taladro de una idea fija torturaba la mente de Reinaldo:

—¡Y esto era lo que había oculto en mí! ¡Esto era mi verdad! ¿Cómo ha sido posible que yo estuviese engañándome a mí mismo tanto tiempo? ¡Estoy irremisiblemente perdido!

De pronto Teresita irrumpió, roja y jadeante, en la soledad de la plaza. Traía un libro en las manos.

—Señor Solares. Aquí le manda mi tío el libro que usted le prestó.

—¿Tu tío? ¿De cuándo acá tienes tío?

La niña soltó la risa que contenía sujetándose el mentón.

—Es mi tía Romelia. Pero ella me dijo que si usted estaba acompañado le dijera que era mi tío el que se lo manda. A mí me da risa porque yo no sé qué tío será ése. Cosas de ella que se la pasa inventando para que yo me ría.

Reinaldo puso el libro sobre el banco y, cogiendo las manos de la niña, la miró fijamente en los ojos.

—¡Jum! ¿Por qué me ve usted así? ¿Yo le debo algo?

—¡Quizás, Teresita! ¡Ojalá me equivoque! —Luego, soltándola—: Mira: por allí acaban de caer unos almendrones. Ve a recogerlos.

La niña salió de estampía en dirección al sitio señalado. Reinaldo abrió el libro y buscó entre las páginas. Dentro de ellas había una tira de papel manuscrito que decía: "Orosimbo no viene hasta mañana".

—¡Esta mujer no respeta nada! ¡Servirse así de esa criatura!

Teresita volvió diciendo:

—¡Embustero! No hay ningunos almendrones.

—Los habrán recogido.

—¡Sí, oh! Deme el libro, pues.

—¿Cuál?

—El que le va a mandar a ella. ¿Usted no sabe?

Y como Reinaldo volviera a clavar en sus ojos la mirada escrutadora:

—¡Ah, caramba! ¿Por qué me ve así? ¿Tengo algo en los ojos?

—No, Teresita. No tienes nada. Todavía no tienes nada.

La niña movió el índice en ademán de advertencias:

—¡Jum, cuidado, pues! Ustedes van a parar en locos.

—¿Quiénes?

—Tú y mi tía Romelia. ¿Acaso yo no sé?

—¿Qué sabes, Teresita? —Y la voz de Reinaldo se quebró en un anhelo angustioso.

—Que tú y mi tía son novios y se besan cuando están solos. Yo los he visto. Yo los he visto.

Reinaldo sintió la subitánea impresión de los cataclismos mentales: primero un brusco aceleramiento de la vid interior, un torbellino de ideas inaferrables, en seguida una violenta sumersión en una vorágine de inconsciencia. Se levantó del banco y echó a andar corno un autómata.

De aquella sumersión abismal su pensamiento salió, al cabo de un rato, con un recuerdo de olvidadas impresiones: ¡Ay de aquel que escandalice a un niño! Experimentó el fanático horror de las culpas que no tienen remisión; el tremendo anatema del Cristo que había caído sobre su vida; ¡había corrompido a un niño! Se le representaba a Teresita perdiendo la inocencia en el infantil atisbo de aquellas escenas de concupiscencia; aquella prematura visión del pecado no se borraría jamás de la memoria de la niña, cuya suerte estaba echada. ¡Y él había sido el corruptor de su alma! ¿Qué hacia el rayo de las tremendas iras divinas, que no acababa de caer sobre su cabeza? De allí en adelante, ¡para toda su vida!, ¡estaba condenado a llevar en el pensamiento el recuerdo de aquella cosa execrable!

LA NOVIA DEL MENDIGO

I

Tenía una singular manera de pedir limosnas; jamás las imploraba exponiendo su miseria del modo como suelen hacerlo los mendigos vulgares para apiadar a las gentes, ni propiamente las imploraba nunca, porque él no era un pordiosero vulgar que suplicaba un pedazo de pan o un centavo para su hambre, sino un mendigo de oraciones; y aún éstas no las pedía para servirse de ellas en su propio provecho, sino para hacerles la caridad de enseñárselas a las muchachas de su campo, siempre expuestas a las malignidades de los hechiceros y a las mordeduras de los animales venenosos

Por este motivo muchos le cobraron recelo y hasta mala voluntad algunos, pero a él no se le daba cuidado porque en cambio muchas también lo querían, y el cariño de éstas, como que era de almas puras y tiernas, tenía que ser para él más dulce que amarga era la malevolencia de los otros. Estos, los hombres, por natural condición recelosos y mezquinos, le tenían ojeriza, menos por aquel aspecto suyo de vagabundo y embaucador, tan sospechoso, que por el cariño que le profesaban las mujeres, a quienes el mendigo sabía interesar en su favor, explotando la natural curiosidad de ellas, con aquel mismo aspecto suyo y con su rara costumbre, tan inusitada como aquellas palabras que empleaba en su conversación siempre disparatada y pintoresca. Y como él sabía que los hombres le aborrecían, esperaba que ellos no estuvieran en sus casas para ir a ellas, donde siempre era bien recibido por las mujeres que invariablemente acogían su aparición con grandes clamores y aspavientos de burlona jovialidad, y se sentaban luego en torno suyo haciéndole preguntas diversas para hacerle hablar y gozarse con oírlo, a lo que él correspondía gustoso y satisfecho, mirándolas a las caras y sonriendo con una evidente expresión de voluptuosidad que le remozaba de modo singular la faz vetusta, como si con aquellos agasajos que ellas le hacían y con los que él les retribuía llamándolas cariñosamente mis niñas, disfrutara de un placer idéntico al que proporciona a un niño el furtivo saboreo de una golosina mal habida.

De esta manera tomaba el mendigo la revancha contra la malquerencia de los hombres, regocijándose de su artería con un sentimiento no exento de falta de nobleza, porque si bien había mucho de niño en el modo candoroso como se preciaba de aquel amor de las mujeres, había también mucho de seductor en la maña que se daba para lograrlo.

II

Mas, como siempre sucede, no todas lo querían con igual entusiasmo, ni a todas él de la misma manera. Tenía sus preferidas, suerte de favoritas de aquel raro amador, para las que reservaba como dones especiales los más bonitos cuentos de encantamientos y las anécdotas más inverosímiles de cuantas le habían sucedido, y con las que ellas se divertían lo indecible. En cambio ellas le tenían siempre oraciones muy curiosas y eficaces y amuletos propicios contra toda maligna acechanza, con la añadidura de algo que comer y una que otra prenda de vestir de cuando en cuando; todo lo cual, aunque nunca lo exigiera, aceptaba él gustosamente. Las otras, las indiferentes, nunca le tenían una oración ni una reliquia bendita, cuando más un pedazo de pan o un centavo era lo que le daban, y esto, sacando apenas el brazo por la puerta entornada, sin invitarlo a entrar y muchas veces sin detenerse a escuchar el cariñoso saludo o los votos con que él retribuía la limosna que le daban. Verdad que tampoco él tenía para ellas cuentos ni anécdotas; pero esto mismo más que suya era culpa de ellas que nunca tenían tiempo ni paciencia para oírlos. ¡Tan ocupadas estaban siempre! La razón era obvia, pero él atribuía a desamor aquella desatención y siempre salía refunfuñando, sin agradecer la limosna que se le daba tan desabridamente, como a un pobre cualquiera, y que él aceptaba por no desairar.

—No tienen caridá. Como si uno por más pobre que juera no le tuviera más estima al cariño que al piazo e pan.

Y una vez le dijo a otra:

—Mi niña; su perdone consuela más que too el pan de la tierra. Dios le bendiga la boca.

Sin duda aquella boca había sabido darle la verdadera limosna porque no era solo pan lo que necesitaba aquel mendigo. Y como no lo estimara por sobre toda otra cosa, en el pueblo se decía que no era tal pobre sino un avaro que se estaba pudriendo de sordidez y dinero, por lo que muchos señores prohibieron terminantemente en sus casas que se le diera limosnas. Otros decían que era un truhán, un redomado embaucador, y muchos lo tenían por brujo por el hecho, solo así explicable, de mendigar oraciones; y así, unos por esto, otros por aquello, todos le tenían aprensión.

III

Y era que en efecto aquel hombre tenía una cosa extraña que inspiraba recelo: cierta dureza en la mirada, más propia de malhechor que de pordiosero, su mismo aspecto semejante al de una persona de rango venida a menos, nadie sabría por qué, aquella pulcritud y cuidado de las manos y la cara que se avenía tan mal con los harapos del vestido y la tosquedad de los pies maltratados por el andar descalzo, y por sobre todo, aquella manera picaresca de guiñar los ojos como si se burlara de los que le compadecían, y aquel gesto notoriamente lascivo de enarcar la boca haciendo converger en los pómulos agudos todos los pliegues de la cara, en una sonrisa como de sátiro en acecho, expresión de senil voluptuosidad que ponía escuchando a las mujeres que le agasajaban y que se le quedaba en el rostro, largamente, como estereotipada.

Este gesto había sido en veces tan decidor que muchas se ruborizaron de haberlo provocado y desde entonces tuvieron más comedimiento en su trato con el mendigo a quien creyeran incapaz de un pensamiento impuro. De esta manera fue perdiendo el favor que un tiempo le dispensaran todas las muchachas del pueblo, hasta que al fin eran muy contadas las que le permanecían fieles a pesar de la sonrisa.

Entre éstas, las más eran temporadistas de las que todos los años por la época de los calores iban al pueblo, para quienes el raro mendigo era uno de tantos motivos de esparcimiento, una de las tantas cosas que había que ver en el lugar y como le descubrieran la graciosa chifladura se divertían a más y mejor haciéndose las enamoradas de él, tanto por la fruición que les procuraba alimentar una hoguera que no habría de quemarlas, como por preciarse de listas y pulidas no incurriendo en la pudibundez cursi de las muchachas del pueblo a quienes asustaba un amor tan inofensivo como el del aquel pobre hombre.

IV

De aquí que el mendigo terminara no bajando al pueblo sino por la época de la temporada. Todo el resto del año se lo pasaba en el campo, enseñándoles a las muchachas de allá las oraciones que a su vez aprendía de boca de las señoritas de la capital, y esperando la estación calurosa como un enamorado el regreso de la novia. Y en realidad era un enamorado en la espera de muchas novias; algunas ya conocidas y no olvidadas todavía; otras ignoradas y de antemano queridas, todas las que por agosto venían a las quintas de los alrededores del pueblo a congregarse, como en un serrallo, para aquel peregrino sultán, y a quienes él aguardaba ansioso, allá en su campo, contando los días y mirando continuamente hacia el camino desde la puerta de su rancho.

Esto le valía la diaria y continua regañina de los de su familia que no podían ver con agrado que él se estuviera todo el día, mano sobre mano y entretenido en tan ociosos pensamientos, mientras ellos, encorvados sobre el barbecho, soportaban, abrasador y pesada, el azote del sol y la carga de la casa. Verdad que ya él estaba viejo, pero en el campo muchos otros había tan viejos como él y de mayor provecho; y además, si lo era para el trabajo tampoco dejaba de serlo para no estar sirviendo de diversión a los vecinos que se le reían en las propias barbas, cuando él les contaba lo mucho que lo querían sus niñas y las cosas tan buenas que le decían; y si bien era cierto que la amistad con tales personas le producía beneficios efectivos por las limosnas que le daban, no lo era menos que para los hijos tenía que ser bochornoso que su padre las mendigara.

Pero ni la reprimenda de los suyos ni la burla de los extraños le hacían apartar la vista del camino ni el pensamiento de la grata abstracción, y así se estaba, hasta que en el camino aparecían los carros colmados de muebles, anunciando el advenimiento de la temporada, y los trenes más llenos que de costumbre, pasaban hacia el pueblo llevando gente siempre alegre que agitaba las manos fuera de las ventanillas en un tropel de adioses para todos los que los veían pasar, adioses que eran para el mendigo saludos de buen augurio. Entonces tomaba su bastón y se iba al pueblo, a pesar de las protestas de los hijos que de buena gana lo encerrarían en un manicomio, todos los años por aquel tiempo, y en el pueblo reemprendía su romería de todos los años, en busca de novias, de casa en casa. A muchas de las ya conocidas encontraba transformadas: en mujeres, las que niñas dejara de ver en el pasado año; en enfermas, las que se despidieron buenas y sanas; y como por una u otra causa habían cambiado mucho, a menudo le costaba trabajo recordarlas, mientras que ellas lo reconocían al punto:

—¡Crisanto! ¡Todavía vive usted!

—Entoavía mi niña, a pesar de toas las fragilidades que he atravesao este año.

En otras partes encontraba gentes desconocidas con quienes entablaba amistad prontamente y cuando regresaba a su campo se llevaba, junto con algunas oraciones aprendidas y algún dinero que nunca dejaban de regalarle, un nuevo amor dentro del alma para una novia nueva; porque su alma era pavesa de pronto arder en toda chispa de mirada femenina, como si la edad en vez de aterírsela, se la hubiera retostado hasta el punto de hacerla prodigiosamente inflamable.

Este amor era para él como una reencarnación; de tal manera le animaba que solo con ver la presteza y soltura con que se empinaba cuesta arriba hacia su campo, podía asegurarse que lo llevaba en el pecho, y quien hubiera ido al lado suyo le habría escuchado musitar: mi niña, mi noviecita, mientras la mirada se le enardecía y se le contraía la boca enarcándosele hacia los pómulos agudos.

V

A veces, más bien, se llevaba una profunda tristeza y cuando llegaba al rancho se sentaba sin decir palabra en el tronco donde solía pasarse los días enteros, mirando al camino, y tapándose con ambas manos la cara, echaba a llorar como un niño. Era que había perdido una novia: una de las del año anterior que se había casado en la ciudad, o que había muerto, o que había dado un mal paso.

Esto último no sucedía con frecuencia, pero había ocurrido ya dos veces, precisamente las dos a quienes había querido más porque habían sido las más afectuosas y caritativas con él, la primera de las dos, sobre todo. ¡Lo que sufrió el pobre Crisanto cuando supo la determinación que había tomado aquella muchacha tan virtuosa al parecer! Varios días estuvo tumbado en un rincón del rancho, sin hablar a nadie, sin mirar a nadie; llorando a veces; a veces bramando como una bestia herida, imaginando venganzas insensatas, como solo un loco podía imaginarlas, afligido con dolor verdadero y avergonzado como si el desliz de la soñada prometida le hubiera menoscabado su honor en realidad. Igual le aconteció cuando la segunda, y como alguno, por mortificarlo, asegurara que esto pasaba porque él era un hacedor de daños, el pobre hombre se exasperó de modo tal que fue necesario vigilarle, porque en dos ocasiones atentó contra su vida.

¡Un echadaños él que pedía limosnas de oraciones para enseñar a las gentes a librarse de las acechanzas del Enemigo Malo y de las mordeduras de los animales venenosos! Y se dolía de que alguien le quisiera tan mal para calumniarle así, y como la versión se generalizó entre los campesinos y en el pueblo mismo, al fin Crisanto concluyó por temer que fuera cierto lo que se murmuraba.

VI

No obstante, cuando vino la temporada y empezaron a ocuparse las quintas con familias de la capital y a alegrarse los paseos con la ingenua explosión de las femeniles charlas, Crisanto quebrantó el juramento que hiciera de no volver a poner más sus ojos malignos sobre mujer alguna, bajando de su montaña, como de costumbre, en busca de novias nuevas. Y, como siempre, encontró muchas, porque él tenía la propiedad de agradar a las mujeres, en cambio de aquella otra correspondiente de desagradar a los hombres; y entre todas las que encontró una fue la escogida, de cuyo hallazgo se hubiera alegrado tanto como se afligió con la pérdida de las otras, si no fuera por aquel decir de las gentes, a lo que él no daba ya gran crédito, pero que sin embargo lo tenía caviloso, porque quieras que no, estas cosas de superstición pueden a la postre más que uno. Y de esta manera, por primera vez, concibió el amor con zozobra, tanto, que cuando en la tarde regresó a su casa, no supo decir si estaba alegre o triste.

Sin embargo, era para alegrarse hasta enloquecer, porque ninguna como aquella novia había sido hermosa y amable; jovencita, porque en los ojos se le veía la ternura de la edad; buena, porque tenía una sonrisa más fresca y una voz, tan sabrosa, que daban ganas de quedarse sordo después de haberla oído.

La gracia que le hizo el curioso mendigar de Crisanto, cuando éste llegándose al corredor donde ella junto con las hermanas charlaba, dijo:

—Buenas niñas, a vé si tienen una oración pa el viejo, pa llévala pa mi campo.

Ella no se explicaba lo que podía hacer un limosnero con una oración, y él le dijo:

—¡Ay! mi niña. Cómo se devina que usté nunca ha conocío otra cosa que su ciudá y la sabrosura de su riqueza. Quiera el buen Dios que nunca vaya usté a los campos, buena niña, polque en el campo hay muchos animales dañosos, y como no hay iglesia, anda el Enemigo suelto. Yo pido las oraciones pa enséñaselas a las muchachas de allá, que no son tan civilizas como ustedes que tienen más desplicación. Usté no sabe, mi niña, las fragilidades que tiene uno en el campo; el campo está malo, buena niña: tres fanegas y media de mái sembró el hombre y tres y media perdió; allá le pasan a uno cosas que no son contables de contá; yo en veces digo: ¡qué trabajo el mío!… Y en el campo toos dicen: ¡qué trabajo el mío!… El año pasao, una buena niña que vivió en esta quinta, que era quinta de verdá entonces y ganaba hasta veinte pesos, porque ahora no es sino escombro; a pue, la buena niña, le digo, me hizo una caridá muy buena; me dio hasta cuarenta y siete reales juntos de una vez, pa que yo comprara gallinas y pusiera un comercio; yo hasta me asusté cuando me los vide en la mano, pero ella me dijo: esos son pa usté, y con ellos fui y consolé a la mujé que estaba enferma y a un hijo de la mujé que también estaba dolió del reuma; ¿no es verdá, buena niña, que hize una vida mejor? Dispués la buena niña se prestaba siempre con una peseta, y pá que usté vea, mi niña, dispués paró en mal. Así es la fatalidá de las personas, que no solo los malos paran en mal sino que muchos buenos van a tené a malas partes, caminando su vida.

VII

Desde aquel día, todas las mañanas iba Crisanto a la quinta a referirle sus raros cuentos a las muchachas que se los retribuían luego con oraciones que le enseñaban recitándoselas, porque él no sabía leer, y era de admirar la maña que se daban unas y otro por sobrepujar en lo revesado y absurdo, los cuentos con las oraciones y éstas con aquellos. Los de Crisanto versaban casi siempre sobre un obligado tema de apariciones y encantamientos, referidos como casos sucedidos a él, y con los cuales las prevenía de los riesgos que tiene el campo; como el de bañarse en los ríos, con prendas de oro o plata, porque en todo río siempre hay un encantado que por robarse las prendas estrangula dentro del agua a las personas que las cargan; o el de pronunciar ciertas palabras, en ciertos lugares de los caminos y a determinadas horas, palabras, sitios y momentos que nunca decía cuáles eran por más que se lo preguntaran. A su vez, las de ellas eran disparatadas advocaciones a deidades de una extraña mitología imaginada para el caso, y que le recomendaban como eficaces contra todos aquellos mismos riesgos. Y de todas las oraciones eran las más estrambóticas las compuestas por aquella a quien Crisanto prefería a todas las hermanas. A ella, en tratándose de imaginaciones no había quien la igualara, siendo tales las atrocidades que se le ocurrían que de ordinario las hermanas tenían que hacerle señas para que se refrenara, mientras Crisanto la escuchaba alelado y sonriendo, con su sonrisa terrible.

Pero nunca era tan expresiva y terrible esta sonrisa, como cuando ella, la novia, por darle broma, le hablaba de amor, mirándole a los ojos fijamente como para marearlo, y sonriendo con toda su juventud, de una manera afrentosa para aquella senilidad estremecida e impotente. Entonces la dura mirada habitual del mendigo se iba enterneciendo como acero que se fundiera, en dos crisoles tan hondos como aquellos ojos de cuencas amplias, calentado por una llama arrancada a aquella frialdad senil en un supremo espasmo de ardimiento. Y viendo cómo se derretía dentro de los ojos del viejo aquella dureza impalpable, y como se iba estirando hacia los pómulos agudos aquella boca de repugnante elasticidad, la muchacha se deleitaba de manera diabólica, enardeciéndole para luego reírse de él, con una risa que tenía mucho del chisporroteo del agua sobre ascuas.

Así pasaron unos días, con lo que la ya flaca razón del mendigo se fue debilitando hasta el extremo, para quebrantarse de un todo al golpe con que por tercera vez le hiriera la fatalidad.

Una mañana cuando Crisanto llegó a la quinta encontró cerrada la cancela y en inusitado silencio la casa. Solo estaba el corredor donde acostumbraban estar de charla las hermanas, y adentro, el sol, como más blanco. Crisanto saludó dos veces inútilmente y cuando ya se iba vio que se asomaba un señor huraño, y saludó por tercera vez preguntando por sus buenas niñas. El señor le respondió de mala manera y le volvió la espalda dejándolo con la palabra en la boca. Luego vino una de las niñas de la casa, y al acercarse al mendigo soltó ruidosamente el llanto que trajera contenido.

Crisanto la dejó llorar y luego le preguntó:

—¿Qué tiene mi buena niña? Qué cosa mala le ha pasao, pa ve si pue consolala su pobre.

Y como la llorosa no respondiera, volvió a preguntarle:

—¿Y ella dónde está? ¿Por qué no viene a recibime?

—No está ya, Crisanto, no está ya…

VIII

Cuando Crisanto llegó a su rancho, se tiró al suelo y lloró largamente. En torno suyo se reunieron los de la familia, no a consolarlo sino a reprenderlo con dureza, amenazándolo con encerrarlo como a loco si se le antojaba irse otra vez para el pueblo. Ninguno se informó por el motivo de su duelo, porque ya se lo suponían sobradamente, ni él se los hubiera comunicado tampoco, para que no fueran a reírse de él otra vez, y cuando cansados de amonestarle le dejaron en paz con su dolor, él se quedó pensando:

—¿Por qué los que son buenos van a pará también a mala parte, caminando su vida, como los malos? Una niña tan caritativa, que le gustaba tanto protegé a los pobres, y querelos con too su cariño, termina en la fragilidá en que ha terminao…

Luego, convertido en ira el dolor, estremeciéndose como un energúmeno, continuó:

—¿Por qué me ha dejao? ¿Por qué me ha dejao?… La muy zafá…

Recordó entonces a las dos que habían precedido a esta última en aquella fuga de novias tan inexplicable, y de súbito le asaltó un pensamiento cruel: tenían razón los que le aseguraban que así sucedía porque él era un echadanos… Y se dolió sinceramente de no haber cumplido el juramento que hiciera de no mirar a ninguna mujer y en un supremo arranque de ira se introdujo en las cuencas profundas los dedos crispados, como para sacarse aquellos ojos malignos, mientras allá, en su interior, daba su último parpadeo la razón.

LA HORA MENGUADA

I

—¡Qué horror! ¡Qué horror!

Clamaba Enriqueta, con las manos sobre las sienes consumidas por el sufrimiento, paseándose de un extremo a otro de la sala, impregnada todavía del dulce y pastoso aroma de nardos y azucenas del mortuorio reciente.

—Ya me lo decía el corazón. No era natural que tú te desesperaras tanto por la muerte de Adolfo. Si parecía que eras tú la viuda y no yo. ¡Y yo tan ciega, tan cándida! ¿Cómo es posible que no me hubiera dado cuenta de lo que estaba pasando? ¡Traicionada por mi propia hermana, en mi propia casa!…

Amelia la oía sin protestar. Tenía el aire estúpido de un alelamiento doloroso; sus ojos, que un leve estrabismo bañaba de languidez y dulzura, encarnizados por el llanto y por el insomnio, seguían el ir y venir de la hermana con esa distraída persistencia del idiotismo. Parecía abrumada por el horror de su culpa; pero no reflexionaba sobre ella; ni siquiera pensaba en el infortunio que había caído para siempre sobre su vida.

Atormentada por los celos, trémula de indignación y de despecho, Enriqueta escarbaba con implacable saña en aquella herida que era dolor de ambas, arrancándole las más crueles confesiones a la hermana, quien las iba haciendo dócilmente con la sencillez de un niño, llegando a un inquietante extremo de exageración cuando Amelia le confesó que era madre.

¡Ella, que tanto lo deseara, no había podido serlo durante su matrimonio! ¿No era el colmo de la crueldad del destino para con ella, que tuviese que amargar más aún, con el despecho de su esterilidad su dolor y su ira de esposa ofendida, de hermana traicionada? ¡Esto solo le faltaba: tener de qué avergonzarse!

Al cabo la violencia misma de sus sentimientos la rindió. Lloró largo rato, desesperadamente; luego más dueña de sí misma y aquietada por el saludable estrago de su tormenta interior, le dijo a la hermana con una súbita resolución:

—Bien. Hay que tratar ahora de ver si se salva algo: siquiera el concepto de los demás. Nos iremos de aquí, donde todo el mundo nos conoce y nos sacarían a la cara esta vergüenza. Nos instalaremos en el campo hasta que tu hijo haya nacido. Y será mío. Yo mentiré y me prestaré a la comedia para salvarte a ti de la deshonra… y…

Pero no se atrevió a expresar su verdadero sentimiento, agregando: y para librarme yo de las burlas de la gente. Porque en aquel rapto de heroica abnegación no podía faltar, para que fuese humana, el flaco impulso de una pequeña pasión.

Amelia la oyó con sorpresa y se le llenaron de lágrimas los ojos que parecían haber olvidado el llanto: su instinto maternal midió un instante la enormidad del sacrificio que se le exigía. Respondió resignada:

—Bueno, Enriqueta. Como tú digas. Será tuyo.

II

Confundiéndolas en un mismo amor creció Gustavo Adolfo al lado de aquellas dos mujeres que se veían y se deseaban para colmarlo de ternuras.

—Era un pugilato de dos almas atormentadas por el secreto, para adueñarse plenamente de la del niño que era de ambas y a ninguna pertenecía.

—¡Mi hijo! ¡Mi hijito!…

Decía Enriqueta, comiéndoselo a besos, con el corazón torturado por el anhelo maternal que se desesperaba ante la evidencia de su mentira.

—¡Muchacho! ¡Muchachito!

Exclamaba Amelia, sufriendo la pena de Tántalo por no poder satisfacer su orgullo materno ostentando la verdad de su amor.

Y a medida que el niño crecía aumentaba el conflicto sentimental que cada una llevaba dentro del alma. Se celaban y espiaban mutuamente: Enriqueta siempre temerosa de que Amelia descubriese algún día la verdad al niño; Amelia de continuo en acecho de las extremosas ternuras de la hermana para superarlas con las suyas.

Por momentos esta perenne tensión de sus ánimos se resolvía en crisis de odio recíproco. Les acontecía muy a menudo pasar días enteros sin dirigirse palabra, cada cual encerrada en su habitación, para no tener que sufrir la presencia de la otra, y cuando se sentaban en la mesa o, por las noches, se reunían en la sala en torno al niño que charlaba copiosamente hasta caer rendido de sueño sobre el sofá, una y otra se lanzaban feroces reojos a hurtadillas de la criatura que hacía las veces de intérprete entre ambas. A veces un simultáneo impulso de ternura reunía sobre la infantil cabecita las manos de ellas que se encontraban y tropezaban en una misma caricia; bruscamente las retiraban a tiempo que sus bocas contraídas por duros gestos de encono, dejaban escapar gruñidos que unas veces provocaban la hilaridad y otras la extrañeza del niño.

Pero la misma fuerza de la abnegación con que sobrellevaban la enojosa situación no tardaba en derramar su benéfico influjo sobre aquellos espíritus exasperados por el amor y roídos por el secreto. Bastaba que un donaire del niño sacase a las bocas endurecidas por la pasión rencorosa, la ternura de una sonrisa; mirábanse entonces largamente, hasta que se les humedecían los ojos, y reconociéndose mutuamente buenas y sintiéndose confortadas por el sacrificio, olvidaban sus mutuos recelos, para decirse:

—¡Lo qué debes sufrir tú!

—Tú eres quien más sufre… y por mi culpa.

Eran momentos de honda vida interior que a veces no llegaba a sus conciencias bajo la forma de un pensamiento; pero que estaba allí, como el agua de los fondos, dándoles la momentánea intuición de algo inefable que atravesara sus existencias revelando cuanto de divino duerme en la entraña de la grosera substancia humana; instantes de una intensa felicidad sin nombre que les levantaba las almas en una suspensión de arrobamientos. Eran sus horas de santidad.

Y eran entonces los ojos del niño los que parecía que acertasen a ver mejor estos relámpagos del ángel en las miradas de ellas, porque siempre que aquello aconteció, Gustavo Adolfo se quedó súbitamente serio, viéndolas a las caras transfiguradas, con un aire inexpresable.

III

Así transcurrió el tiempo y Gustavo Adolfo llegó a hombre.

Mansa y calmosa, su vida discurría al arrimo de las extremadas ternuras de aquellas dos mujeres que eran para él una sola madre y en cuyas almas el fuego del sacrificio parecía haber consumido totalmente las escorias del recelo egoísta y del amor codicioso. Pero un día —él nunca pudo decir cuándo ni por qué—, una brusca eclosión de subconciencia le llenó el espíritu de un sentimiento inusitado y extraño:

era como una expectativa de algo que hubiese pasado ya por su vida y que, de un momento a otro hubiera de volver.

De allí en adelante le aconteció sentir esto muy a menudo, sobre todo cuando viniendo de la calle, ponía el pie en su casa. En veces fue tan lúcida esta visión inmaterial que llegó a adquirir la convicción de que toda su vida estaba sostenida sobre un misterio familiar, que él no podía precisar cuál fuese, a pesar de que, en aquellos momentos, estaba seguro de haber tenido en él inequívocas revelaciones, allá en su niñez. Sobrecogido de este sentimiento, que no se ocupaba de analizar, cada vez que entraba en su casa se detenía en el zaguán, con el oído contra la puerta, espiando el silencio interior, convencido de que algún día terminaría por oír la palabra que descorriese el velo de su inquietante misterio.

Y la escuchó por fin.

A tiempo que él entraba en el zaguán oyó la voz airada de Enriqueta diciéndole a Amelia:

—Y si no hubiera sido por mí, ¿qué sería de ti? Ni tu hijo te querría, porque Gustavo Adolfo no te hubiera perdonado el que lo hayas hecho hijo de una culpa. Me traicionaste, me quitaste el amor de mi marido…

—Pero te di mi hijo… ¿qué más quieres? Te he dado lo que tú no supiste tener. Me debes la mayor alegría de una mujer: oír que la llamen madre. Y te la he dado a costa mía…

—¡Traidora!… Mala mujer…

—¡Estéril!…

IV

Han pasado años y años… Están viejas y solas… Gustavo Adolfo las ha abandonado… Se revolvió del zaguán donde oyó la vergonzosa revelación de su misterio y no volvió más a la casa… Lo esperaron en vano, aderezado el puesto en la mesa, abierto el portón durante las noches… ¡Ni una noticia de él! Tal vez había muerto…

Todavía lo aguardaban. El ruido de un coche que se detuviera cerca de la casa les hacía saltar los corazones… esperaban conteniendo el aliento, aguzados los oídos hacia el silencio del zaguán… y pasaban largos ratos bajo las puertas de sus dormitorios que daban al patio en una espera anhelosa… luego se metían de nuevo a sus habitaciones a llorar…

¡La vida rota! Destrozada en un momento de violencia por un motivo baladí: años de sacrificio, dos existencias de heroica abnegación frustradas de pronto porque a una se le cayó una copa de las manos y la otra profirió una palabra dura. Así comenzó aquella disputa vulgar y estúpida en la cual se fueron enardeciendo hasta concluir sacándose a las caras las mutuas vergüenzas; y así terminó para ellas, de una vez por todas, la felicidad que disfrutaban en torno al hijo común, y la santa complacencia de sí mismas, que experimentaban cuando medían el sacrificio que cada una había hecho y se encontraban buenas.

Ahora las atormentaba la soledad... el silencio de días enteros, martirizándose con el inútil pensamiento:

—¿Por qué se me ocurrió decir aquello?

—¡Dios mío! ¿Por qué no me quitaste el habla?

—¡Y todo por una copa rota! ¡Quién pudiera recoger las palabras que no debió pronunciar!

—¡La hora menguada!…

LA REBELIÓN

I
MANO CARLOS

Esto fue cuando Juan Lorenzo tenía cinco años.

Una noche, a las primeras horas, estaba él en las piernas de la madre, que le cantaba para dormirlo, cuando llegó un hombre a la puerta y dijo:

—Señora, dígale a Mano Carlos que aquí está Julián Camejo que viene a cumplile lo ofrecío.

Efigenia dejó al niño en la mecedora y entrando en el cuarto del marido se acercó a la hamaca donde él estaba y le dijo, con su voz de sierva sumisa que habla al amo que acaba de azotarla:

—Que ahí está Julián Camejo que viene a cumplirte lo ofrecido.

El hombre saltó de la hamaca y se precipitó fuera del cuarto a grandes pasos, a tiempo que desabrochaba la tirilla del revólver en la faja que llevaba siempre al cinto.

Efigenia comprendió entonces lo que iba a suceder pero no hizo nada por evitarlo, paralizada por el terror. Juan Lorenzo que estaba mancornado en la mecedora, se enderezó rápidamente cuando el padre atravesó el corredor, dirigiéndose a la calle.

Transcurrieron los instantes precisos para que el Comandante Carlos Gerónimo Figuera atravesara el zaguán; pero a Efigenia le parecieron infinitos, porque durante ellos estallaron en su cerebro un tropel de pensamientos que, para sucederse unos a otros habían requerido largo espacio de tiempo. Esperando oír el disparo inevitable le pareció que dilataba tanto que se preguntó mentalmente: ¿Cuándo sonará?

Por fin oyó. Algo espantoso que no se borraría jamás de su memoria: un quejido estrangulado, corto, angustioso como un hipo mortal, y luego el ruido del portón contra el cual había caído algo muy pesado.

Mucho tiempo después Efigenia recordó que entonces había dicho ella, lentamente y a media voz: ¡ya lo mataron!; y que afuera, en la calle, en todo el pueblo, en el aire, había un silencio horrible.

Luego comenzaron a oírse voces de los vecinos agrupados en la puerta. Lamentaciones de mujeres que parecía que hablaban tapándose las bocas con las manos trémulas de espanto:

—¡Ave María Purísima! ¡Dios me salve el lugar!

Un hombre que decía:

—¡Lo sacó de pila!

Una voz autoritaria.

—No lo atoquen. Hasta que no venga el Juzgao no se pué levantá el cuerpo.

Voces lejanas:

—¡Cójanlo! ¡Cójanlo!

Poco después, Juan Lorenzo, que se había quedado inmóvil en su asiento del corredor, vio que unas mujeres abrían la entrepuerta para dar amplio paso a los que traían el cadáver del Comandante Figuera. Cautelosamente fue deslizándose en el asiento hasta alcanzar el suelo y sin quitar la vista de la puerta por donde iba a aparecer aquella cosa horrible. Luego echó a correr hacia donde estaba la madre.

II
LA OTRA EFIGENIA

Han transcurrido unos días. Un viajero que viene de Caracas se detiene en la casa de Efigenia y habla con ella.

—Bueno, comadre. Yo cumplí su encargo. Pero francamente le digo que me ha pesao, porque aquellas señoras tías suyas, en cuanto no más les dije a lo que iba me saltaron encima, como unas macaureles. Y usté perdone la comparación.

A Juan Lorenzo le hizo mucha gracia y estuvo riendo largo rato.

—¡Como unas macaureles! ¡Ja, ja, ja!…

El hombre sonreía mirándolo tan regocijado.

—¡Ríete! Que ya vas a sabé tú pa qué naciste.

Efigenia sonreía también; pero su sonrisa era algo muerto sobre su rostro alelado. Luego dijo, sin haber recogido todavía aquella sonrisa que se le había quedado olvidada en la faz triste:

—¿Quiere decir que no están dispuestas a recibirme?

—Tanto como dispuestas no creo yo que puea decí; pero despúes que me tupieron con sus desahogos contra usté y contra el difunto mi compae, que en paz descanse, me dijeron que podía decirle a usté que qué se iba a hacé; que por lo visto ellas no tenían más misión en el mundo que estala recogiendo a usté y a lo que usté quisiera llevarles pa su casa. Porque sin yo estásela preguntando me soltaron toa la historia suya: que si su padre de usté se enredó con una mujer que no era igual a él y la tuvo

222

a usté por trascorrales: que si un día se presentó caje de ellas con usté chiquita, porque se le había muerto la mujé y que ellas, como al fin y al cabo eran las hermanas d'el y les dio lástima vela a uste desampará, la recibieron y la criaron como hija, pa que después usté y que les pagara too el cariño que le tuvieron saliéndose de la casa con el zambo Carlos Gerónimo. Asina mismo me lo dijeron.

Chupó el tabaco, haciéndolo girar entre los dedos y concluyó:

—Francamente, son bien espesas las señoritas esas.

A lo que respondió Efigenia:

—En el fondo no son malas.

—Ya ve, lo que es en eso ni quito ni pongo. Lo que hago es decile lo que me dijeron, sin ganale naa, pa que mañana no tenga usté que haceme cargos por no habele hablao con franqueza.

Guardó silencio. Efigenia lo miraba, con su mirada fija y distraída a la vez de persona ausente de la realidad exterior. Cohibido, el hombre bajó la suya y luego poniéndose de pies, dijo sin ver la cara a Efigenia con la áspera voz enternecida:

—¿Quiere decí que usté está dispuesta a dirse pa Caracas?

—¿Qué voy a hacer?

—Bueno. Que le resulte bien, comae. Yo sentiré mucho perderla de vista, porque la noche del velorio se lo juré al difunto que no la abandonaría a usté y al muchacho; pero no es de mi incumbencia atravesame en su voluntá. Y naa más tengo que decile, sino que si, en una comparación, alguna vez necesita usté de mí no tiene sino que llamame.

Y ya en la puerta despidiéndose:

—El mes que viene tengo viaje pa Caracas. Como usté y el chavalo no puen hacé el viaje a caballo, si usté quiere dirse conmigo, yo le hago prepará una de las carretas pa que vaya más cómoda.

—Si usted quiere también hacerme ese favor.

—Es mi deber. Naa tiene que agradecerme.

Desde aquel día Juan Lorenzo, ajeno al sufrimiento perennemente pintado en el rostro de la madre, no hace sino anhelar por el viaje a la capital y ríe sabrosamente cuando piensa que va a conocer a las macaureles, que solo de este modo llamaba ya a las tías de su madre.

Por fin llegó el día de la partida. En una lluviosa madrugada salió de Villa de Cura el convoy de carretas de Ramón Fuentes, que hacían el tráfico entre los pueblos más próximos del llano y Caracas. Iban cargados de quesos y de cueros de ganado, menos una en la cual, bajo un toldo formado con el encerado y sobre colchones que amortiguaban los batacazos, se colocaron Efigenia y su hijo.

Estuvo lloviznando casi toda la mañana. La marcha era lenta y trabajosa. Los carreteros corrían continuamente a lo largo del convoy acudiendo a sacar las carretas de los atolladeros o a ayudar a las mulas a repechar las cuestas resbaladizas. El tintineo de los arneses, el traqueteo de las ruedas en los baches, el perenne caer de la llovizna lenta y menuda; el dejo melancólico de los cantos de la tierra, a ratos en boca de los carreteros, aumentaban la monotonía del camino. A mediodía levantó el tiempo y roto el brumoso velo de la llovizna lució el verde tierno de los sembrados y el suave azul de los montes lejanos. Luego comenzó a calentar el sol con lo cual se hizo más fuerte la pestilencia de los cueros que iban en las carretas.

Bajo el toldo de la última del convoy, caliente como un horno, Efigenia y Juan Lorenzo, molidos por el traqueteo de la marcha, entontecidos por la modorra, guardaban silencio. En pos de ellos iba Ramón Fuentes, en un macho rucio. Durante las primeras horas del viaje había ido hablando con Efigenia cosas de su negocio, cosas del camino; pero ahora callaba también, bajo el peso del mediodía. De pronto dijo, dando curso a sus pensamientos:

—Comadre. ¿Y cuándo Julián Camejo llegó preguntando por el compadre, usté no cayó en malicia?

—No.

—¡Caramba! ¿Y usté no sabía que ellos tenían un pique Viejo?

—Yo nunca supe nada de las cosas de Carlos Gerónimo.

—Sí. Ellos tenían un pique desde cuando Mano Carlos fue Jefe Civil de la Villa. Parece que el Julián Camejo ese tenía una mujecita y el compadre se la enamoró.

Y después de una pausa:

—¡Caramba! Si usté cuando vio que Mano Carlos salió acomodándose el revólver, se le atraviesa y no lo deja salir quizá se evita la desgracia.

Efigenia lo miró largo espacio y al cabo murmuró:

—Ya no era tiempo.

Nuevo silencio. Ramón Fuentes no se explicaba cómo Efigenia podía hablar de aquello con tanta impasibilidad.

—¡Caramba! No me explico yo como un zoquete como Julián Camejo haya podido pegase al compadre. ¡Un hombre como Mano Carlos, tan defenso! ¡Ah, hombre macho y faculto que era el compadre!

¡Y pa que vea! Vino a pegáselo un zoquete que era la sopa de too el mundo en La Villa.

Efigenia oyó aquel bárbaro panegírico del marido como si se tratase de persona extraña. ¡Estaba tan distante de participar, ni aún de comprender aquella admiración del carretero!

Y sin embargo, aquel hombre de quien se trataba había sido su compañero durante seis años, y, lo que era todavía más absurdo: ¡había sido el amor de su corazón, la ilusión de su vida, durante algún tiempo! ¿Dónde había estado ella, la verdadera Efigenia, durante todo ese tiempo? ¿Quién había reemplazado a la ausente, a la verdadera Efigenia, a la que se crio en la casa de las tías Cedeño, en Caracas, que tocaba al piano, por fantasía, la Serenata de Schubert y cantaba con verdadero sentimiento romántico aquello de "Volverán las obscuras golondrinas", de Bécquer? ¿Cómo era posible que fuesen la misma persona aquella muchacha sentimental de antes y esta mujer embrutecida que venía ahora de La Villa, entre carreteros, en una carreta, con un hijo tenido de su unión con el zambo Carlos Gerónimo Figuera, hombre rudo y brutal a quien asesinaron de un lanzazo en la puerta de su casa por haberle quitado la mujerzuela a otro?

Entretanto Juan Lorenzo ha estado oyendo la conversación; pero aunque sabe perfectamente de qué se trata tampoco se da cuenta cabal de la situación. La muerte de su padre lo impresionó por su aparato trágico, pero luego se convirtió para él en un hecho tan sencillo o tan sorprendente como son para los niños todos los hechos. En realidad para él nada había cambiado en la vida: antes había en su casa un hombre que llenaba el ámbito con sus interjecciones groseras y en las horas de buen humor se las enseñaba a proferir a él; ahora ya no estaba, pero para él las cosas esenciales seguían como antes: su pensamiento incansable, el espectáculo del mundo siempre atrayente, su pequeño cuerpo ávido de correr, de saltar, su risa siempre dispuesta a derramarse en carcajadas… y allá, en el término de aquel viaje que por más aburrido que fuera nunca llegaría a fastidiarlo, una perspectiva nueva: Caracas, y en ella una cosa sumamente divertida: las tías Cedeño, ¡bravas como macaureles! ¡Ya tenía maquinadas una buena porción de travesuras para hacerlas rabiar!

Al atardecer el convoy se detuvo en una ranchería del camino. Ramón Fuentes se ocupó en preparar cómodo alojamiento para Efigenia; los carreteros despegaron las bestias y luego acudieron al trago en la pulpería dejando a la orilla del camino la hilera de carretas cargadas.

Efigenia se embelesó en la contemplación del plácido crepúsculo que doraba la jugosa campiña aragüeña.

Entretanto Juan Lorenzo andaba por los corrales, conversando con unos arrieros que lo conocían. Cacareaban las gallinas subiéndose a las ramas de un totumo; un arreo de burros se abrevaba plácidamente en torno al estanque; las mulas de Ramón Fuentes se refocilaban en el revolcadero; el acre olor del estiércol saturaba el aire; cortando malojo en los pesebres unos arrieros cantaban un corrido aragüeño.

Tal espectáculo removía dentro del alma de Juan Lorenzo oscuras afinidades, burdos anhelos de la sangre plebeya. Para expresarlos fue en busca de Efigenia y le dijo:

—Mamá. Cuando yo esté grande voy a ser arriero. ¿Sabes?

—Véalo, pues —dijo Ramón Fuentes— cómo desde chiquito tiene inclinación al trabajo. ¡Eso está bueno!

Contemplando la estrella de la tarde Efigenia, la otra Efigenia, la que cantaba antes la Serenata de Schubert, le pidió a Dios que no se realizara el deseo del niño..

III
LAS MACAURELES

Las Cedeño estaban en la ventana de su casa de la calle de San Juan cuando vieron detenerse frente a la puerta el convoy de carretas de Ramón Fuentes, en la última de las cuales venía Efigenia, bajo el aparatoso toldo que llamó la atención del vecindario.

Reconocer a la sobrina y cerrar la ventana, con gran estrépito y demostración de desagrado, todo fue uno. Antonia, la mayor de las dos solteronas, con las venas del cuello ingurgitadas, decía ahogándose mientras se alisaba el cabello, que parecía que se lo hubiera despeinado el viento de la cólera que respiraba:

—¡Esto es el colmo! ¡Presentarse en una carreta, en una cuadra como ésta!

—¡Y a la hora en que todo el vecindario está en las ventanas! — agregó Mercedes, completando el pensamiento de la hermana, a tiempo que revisaba apresuradamente el orden y limpieza de la sala, como si preparase recibimiento a persona de categoría.

Entretanto Ramón Fuentes le decía a Juan Lorenzo al bajarlo de la carreta:

—Ahora es que te quiero, ahijado. Prepara las nalgas que ya vas a sabé lo que es bueno.

Cosa extraña, Juan Lorenzo se había puesto muy serio, tal vez a causa de lo mucho que le había recomendado la madre que no fuera a reírse de las tías, y parecía emocionado.

En cuanto a Efigenia, no podría asegurarse lo que pasaba en su alma, porque su rostro conservaba puesta aquella máscara de impasibilidad que le daba un aire de total embrutecimiento. Con la mayor naturalidad penetró en la casa, como si volviese a ella al cabo de una corta visita al vecindario.

Pero cuando vio el patio familiar, fresco y penumbroso, con los viejos granados floridos, los ladrillos cubiertos de musgo, y en los tiestos de barro esparcidos por el suelo las macetas de novios del humilde jardín de la tía Mercedes, todo tal como estaba cuando ella abandonó la casa, la madrugada de aquel funesto día remoto para irse con el Comandante Figuera, dilató los ojos dolorosamente, como si fuese a echarse a llorar, y cuando llegó al umbral de la entrepuerta su corazón palpitaba con violencia esperando el asalto de las tías.

Pero las Cedeño no estaban en el corredor. Dominado el golpe de emoción, Efigenia tocó la puerta como una extraña. Nadie le respondió. La casa parecía sola, las puertas de los dormitorios estaban cerradas y no se apercibía un rumor.

Ramón Fuentes acudió:

—A ver, comadre, déjeme tocá a mí, pa que vea si lo que hace falta en esta casa es mano de hombre.

Y golpeó tres veces la puerta con los recios nudillos de sus dedos de carretero. El silencio de la casa retumbó y oyose adentro la voz de Antonia Cedeño:

—Están tumbando la casa. ¡Que escándalo!

A tiempo que aparecía en el corredor, poniéndose los espejuelos para preguntar:

—¿Qué se les ofrece?

—Gente de paz —respondió Efigenia—. Soy yo.

Y Antonia, con un olímpico desdén:

—¡Ah! Eres tú. Pasa para adentro.

Detrás de Antonia acababa de aparecer Mercedes. Parecía muy ocupada en arreglarse una boa de plumas engrifadas que llevaba al cuello, aunque en realidad lo hacía para no ver a los recién llegados.

Juan Lorenzo, pegado a las faldas de la madre, pasaba y repasaba sus miradas de una a otra de las Cedeño. Y observó que Antonia tenía cara de pájaro picudo coronada de un copete de cabellos revueltos y mal teñidos, y que a Mercedes le acontecía más o menos lo mismo en cuanto al cabello, pero tenía más tersa y suave la piel de la cara y un aire más dulce en la fisonomía. Pero lo que estuvo a punto de desbordar su contenido deseo de reírse de las tías fue el haber descubierto la cantidad de venas que se marcaban, gordas y tensas en el pescuezo de Antonia. Seguramente era por aquello que su padrino decía que se parecían a unas macaureles, porque, en efecto, aquel pescuezo era un haz de culebritas paradas.

Mientras él estaba en esto, Mercedes había iniciado la conversación, preguntándole a Efigenia, por decir algo:

—¿Y tú viniste desde La Villa en esa carreta?

A lo que respondió Antonia, antes que lo hiciera la interpelada, con un tono sarcástico verdaderamente inaguantable:

—¡Guá! ¿Y por qué te extraña, niña? ¡Es una carreta muy bonita y muy limpia, con su toldo muy gracioso! ¿No te has fijado? Es un lujo. Hasta tiene unas ramas de sauce que la adornan mucho.

Ramón Fuentes intervino, porque ya no podía contenerse:

—De sauce no, señorita; de lecherito. Usté como que no conoce las matas.

—¡Ah! ¿Tú ves, Mercedes? De lecherito. Son de lecherito las ramas ésas.

Plantándose de un modo que parecía que ahora pesaban más sobre el suelo, con las piernas separadas y flexionando las rodillas, Ramón Fuentes buscaba pelea, dispuesto a no quedarse con aquellas puyas:

—Sí, señor. De lecherito.

Efigenia oía el diálogo, inmóvil en medio del corredor y sin que un gesto se dibujase en su máscara trágica. Más que nunca parecía el cuerpo vacío de una persona ausente.

Mercedes Cedeño fingía estar muy interesada en quitarle algo que tuvieran las hojas de una mata de novios; pero se llevaba las manos a los ojos muy a menudo.

—Bueno, comadre —dijo por fin Ramón Fuentes—. Ya yo cumplí mi misión. Le digo adiós. Quizá no nos volvamos a ver más.

La abrazó campechano sin verla a la cara, dio unas palmadas en las mejillas de Juan Lorenzo, mientras sacaba de la faja del cinto unas monedas que puso en las manos del ahijado diciéndole:

—Tome pa que tenga pa sus dulces.

Y tomó la salida soltando a las Cedeño un áspero:

—Buenas tardes.

—Que lo pase usted bien —respondió Antonia con afectada cortesía.

Entretanto Efigenia le decía al hijo:

—Pídele la bendición a tu padrino.

—Que Dios lo bendiga —contestó Ramón Fuentes desde el zaguán.

Y ya en la calle:

—Y lo saque con bien.

Juan Lorenzo seguía observando a las tías y como reparase que a Antonia se le estaban poniendo más gordas y tensas las venas del cuello, se dijo mentalmente:

—¡Concho! ¡Mírale las culebritas!

Y estuvo a punto de soltar la carcajada.

Pero algo inesperado y sorprendente acababa de suceder. Las Cedeño rompieron a llorar simultáneamente y se precipitaron en los brazos de Efigenia que por fin lloraba también.

Luego sonándose, Antonia dijo, con una voz nueva en ella, mientras se llevaba a Efigenia hacia adentro, todavía abrazada:

—¡Muchacha! ¡Tú no sabes lo que nos has hecho sufrir!

Mercedes cargó con Juan Lorenzo y se lo llevó al comedor comiéndoselo a besos:

—¿Quieres comerte un bizcochito?

Juan Lorenzo se dejaba besuquear dócilmente. Aquello no era lo que él esperaba de las tías. ¿Por qué habría dicho su padrino que eran bravas como macaureles?

IV

QUESADILLAS DE LAS CEDEÑO

Ha pasado esa hora viva y profunda en la cual toda alma da la suma entera de su bondad esencial en una acción, en una palabra, en un gesto. Las Cedeño vivieron esa hora cuando se arrojaron en los brazos de la infeliz Efigenia olvidando lo pasado y poniendo por encima de los prejuicios que les endurecían los corazones un noble y generoso sentimiento humano. Ahora rueda la turbia corriente de las horas muertas, en las cuales el alma yace sepultada bajo esa corteza que forma la vida y que se llama el carácter.

Pasaron los días de llantos y ternuras. Efigenia ha contado parte de sus tristezas, pero se adivina que no ha querido volcar completamente todo su doloroso secreto conyugal y por más que las tías la han acosado con sus preguntas, todavía lo guarda, con un noble pudor, en el fondo del hermético corazón dolorido.

Esto aviva la curiosidad de las Cedeño. A menudo se las hubiera podido oír, cuchicheando entre sí acerca de lo que ellas se imaginaban que haría con Efigenia aquel bárbaro Comandante Figuera, siendo tan firme la convicción que fundaban en sus gratuitas hipótesis, que cuando a una se le ocurría decir:

—A mí nadie me quita de la cabeza que cuando el demonio ese salía a sus fechorías en la calle le metía a Efigenia el moño entre las hojas del escaparate y se llevaba la llave, para que no pudiera moverse mientras él estuviera afuera.

La otra comentaba, como de cosa perfectamente averiguada:

—¿De veras, niña? ¡Lo mismo que el viejo Guzmán!

Y cuando hubieron inventado una buena porción de estas especies se quedaron satisfechas como si ya conocieran el íntimo secreto de Efigenia.

Por su parte, las Cedeño, tampoco han referido a la sobrina muchas novedades.

—Nosotras, lo mismo que siempre. Llevando nuestra vida que es muy tranquila, y, a Dios gracias, no tiene capítulos feos.

Y Antonia Cedeño, revistiéndose de fiera majestad, reforzaba el pensamiento insidioso de Mercedes:

—Eso sí, tendremos que agradecerle siempre a la Divina Providencia: nos moriremos sin dejar una historia.

Y miraba de soslayo a Efigenia para cerciorarse del efecto que le produjeran sus palabras.

Pero Efigenia no se daba por aludida y permanecía en su actitud enigmática, mirándolas serenamente, con aquellos ojos que habían presenciado el horror indecible.

Sin embargo, las Cedeño tenían también su misterio: un misterio de orden económico que administraba Antonia. Sin haber abundancia de nada, en aquella casa de mujeres solas no se sufrían privaciones mayores. El diario amanecía todos los días en poder de Antonia; pero no se veía por dónde entraba a la casa aquel dinero tan oportuno, que nunca faltaba ni sobraba. Si alguien hubiese intentado averiguarlo, Antonia Cedeño habría respondido, echando a andar, como para evitar preguntas indiscretas:

—Esos son unos realitos que me quedaban por ahí.

Y siempre le quedaban precisamente los del día siguiente.

Había de ser Juan Lorenzo quien descubriera que con este misterio administrativo tenían relación las visitas que, entre semanas, hacía aquel señor Noguera que, siempre cerrado de negro, de paltó—levita y pumpá, se presentaba con pasos menuditos y en llegando al corredor, de ordinario solo, tocaba con el bastón en la mesa y decía:

—Por aquí estoy yo, doña Antonia.

Antonia —nunca era Mercedes quien lo recibía— dejaba lo que estuviera haciendo, se alisaba el pelo, cambiaba los espejuelos de diario que tenían aros de alambre, por los que lo tenían de oro, y hacía pasar al señor Noguera a la sala. Allí estaban largo rato hablando paso de manera que ni detrás de la puerta se podía descubrir lo que se decían, al cabo de lo cual salía el señor Noguera diciendo, invariablemente:

—Despídame de Mercedita y de la muchacha.

Al oírlo por primera vez después de su regreso a la casa, Efigenia pensó que durante seis años el señor Noguera había tenido que suprimir en su despedida aquellas palabras que se referían a ella: y la muchacha. ¡Y esto le pareció tan doloroso! No por ella, sino por el señor Noguera, a quien tal cambio debió hacerlo sufrir mucho, pues era una de esas personas inmutables a quienes no se puede concebir sino como son y repitiendo toda la vida unas mismas palabras y unos mismos gestos.

Ahora el señor Noguera se había visto obligado a agregar unas palabras más en su despedida; pero para no modificar su costumbre las añadía cuando ya estaba en la puerta, poniéndose el pumpá:

—¿Y el trivilín? ¿Muy travieso?

—¡Insoportable!

Acto seguido aparecía Mercedes, porque se trataba de Juan Lorenzo y éste era su debilidad:

—¡De comérselo crudo! ¿Sabe usted lo que se le ocurrió ayer a esa criatura? —Y contaba la última travesura del muchacho.

El señor Noguera se desmigajaba suavemente de risa.

—¡Ji, ji, ji! Vaya, pues, ya tienen ustedes con qué divertirse. Dénmele un coscorroncito de mi parte.

Y el señor Noguera se iba.

Pero llegó un sábado —era su día habitual— y el señor Noguera no apareció en la casa de las Cedeño. Tres días después Juan Lorenzo vio que las tías se vestían de negro para salir y notó que Antonia tenía los ojos encarnizados.

Cuando ellas salieron preguntó a la madre:

—¿Para dónde van?

—¿No sabes? El señor Noguera se murió. Van para el entierro.

Juan Lorenzo permaneció un momento reflexionando y al cabo dijo:

—¿Y ahora quién va a traer los churupos?

—¿Qué es eso? ¿Qué estás diciendo?

—¡Guá! ¿Tú no sabes? Los churupos de la comida. El señor Noguera era el que los traía.

—Qué sabes tú. No hables tantos disparates.

—¿Que no? Yo lo vi un día. Me asomé por el agujerito de la llave y vi que él le daba a mi tía Antonia un paquetico de riales.

En los días siguientes flotó en el aire de la casa de las Cedeño una sombra de singular tristeza. Parecía que faltaba algo esencial, sin lo cual no era posible la existencia, como si el señor Noguera hubiera pasado allí todos los días de la suya, ocupando un amplio espacio, desempeñando una importante función.

A menudo decía Antonia, enjugándose una lágrima tenaz:

—¡Dónde volveré a encontrar otro señor Noguera!

Y Mercedes se entregaba a una inquietante actividad que tenía interesado a Juan Lorenzo. Abría baúles que siempre estuvieron cerrados, sacaba objetos nunca vistos por él: cucharillas de plata, pertenecientes a una fantástica vajilla que, según ella contaba, figuró en el banquete que un vago antepasado de ella dio en obsequio del General Boves, el año catorce, un cofrecito lleno de corales y azabaches, trozos de prendas viejas, hasta un pañolón de seda negra con grandes y descoloridas ramazones bordadas, que era precisamente el mismo que lucía en los hombros la abuela materna de las Cedeño, en el retrato que estaba en la sala.

Exhumando aquellos objetos que tenían historias, Mercedes hacía largas incursiones por el pasado brillante de las Cedeño para que Juan Lorenzo fuera conociendo los anales de la familia, que un tiempo fuera de las más mantuanas de Caracas.

Juan Lorenzo, con ambas manitas entrelazadas y metidas entre las rodillas, la escuchaba embobado, mientras la traviesa imaginación se le iba tras las sombras de los fantásticos abuelos de los cuentos de Mercedes, que tenían sangre azul en las venas, cosa que le parecía sumamente divertida, y dejaron enterradas botijuelas repletas de onzas de oro, cosa que lo hacía olvidarse de que la tía Mercedes era muy embustera.

Por su parte Efigenia, dándose cuenta de que aquel continuo rebuscar de Mercedes en los baúles, objetos de algún valor era el anuncio de malos tiempos que habían de venir, se entregó también a la misma inquietante actividad. Una vez se presentó en el cuarto donde estaba la tía Antonia revolviendo un fajo de papeles, y le dijo mostrándole un collar de oro, grueso y pesado, que era el único regalo que le había hecho el Comandante Figuera:

—Madrina, aquí tengo yo esto que debe valer algo y no me sirve a mí para nada. Disponga de él.

—No, hija. Guarda tus cositas. Todavía no hay gran necesidad; por ahí me quedan unos realitos. Aquí estoy jurungando estos papeles a ver qué es lo que se puede cobrar. Yo tenía unos centavitos de mis ahorros y el señor Noguera me aconsejó que los pusiera a premio. él mismo hacía las evoluciones y con el producto de eso es que hemos ido viviendo hasta ahora. ¡Imagínate la falta que nos irá a hacer el señor Noguera!

Efigenia tuvo una idea:

—Y por qué no buscamos, madrina, algún trabajo que podamos hacer en la casa. Yo sé coser de sastre y eso lo pagan bien.

—No, hijita. ¡Trabajar tú! ¡Y con lo delicada que andas siempre!

Mercedes acudió providencial. Las quesadillas que ella hacía cuando necesitaba dar una cuelga tenían fama de ser las mejores de Caracas. Ya una amiga del vecindario le había insinuado la idea de hacerlas para la venta.

Antonia rechazó orgullosa. ¡Las Cedeño haciendo quesadillas! ¡Ella sabía ser pobre sin perder la dignidad!

—¡Cuándo! ¡Ni por un pienso!

Mercedes dijo que ella conocía muchas familias muy decentes y de lo principal que vivían de hacer hallacas para la venta y afirmó que no encontraba diferencia entre una hallaca y una quesadilla; pero todo fue inútil: Antonia no convenía en que anduviera rodando por las calles su apellido, que era de los pocos apellidos respetables que quedaban en Caracas.

—¡Imagínense! ¡Que vayan a saber las Perales, esa gentuza de aquí al lado que nosotras estamos haciendo granjerías! ¡Cómo se reirían de nosotras que no hemos querido hacerles la visita de vecinas, para no enguachafitarnos! ¡No, no! ¡Déjense de eso!

Pero transcurrieron unos días, se fueron mermando los realitos que le quedaban por ahí y la perspectiva de amanecer un día sin el diario le quebrantó el orgullo. No obstante, como ella no daba nunca el brazo a torcer, esperó a que Mercedes insistiese en lo de las quesadillas, dispuesta —¡qué iba a hacer!— a dejarse convencer de que no era deshonroso aquel trabajo.

Insistió Mercedes. Antonia se defendió débilmente. Efigenia adujo razones muy sensatas y el punto previo quedó resuelto: Nada de particular tenía que se ganaran la vida haciendo granjerías.

—¿Y ustedes creen que eso dé para vivir?

—Por lo menos para ayudarnos.

—Pero ¿quién las saca a vender?

—Juan Lorenzo.

—¡Pobrecito! —dijo Antonia pasando la mano por los cabellos del niño—. Quién iba a decirte que la muerte del señor Noguera…

Pero se enterneció hasta el extremo de no poder continuar la frase.

Mercedes completó el pensamiento trunco:

—Ahora va a ser él el hombre de la casa.

Y quedó decidido que desde el día siguiente comenzarían a hacer quesadillas que Juan Lorenzo sacaría a la venta.

Éste acogió el proyecto con muestras de entusiasmo y prometió que iba a vender una cantidad fabulosa de quesadillas. En la noche, al dormirse, soñó que iba por unas calles nunca vistas, muy largas y muy anchas, gritando su mercancía, con un canto muy bonito, parecido al que entonaba aquel muchacho que pasaba al oscurecer por la calle de San Juan pregonando pan de horno, abizcochado, caliente. Un canto de notas largas y melancólicas que le recordaba también el cantar de los llaneros que pasaban por La Villa con puntas de ganado.

Al día siguiente, después del almuerzo, le puso Mercedes en las manos un platón colmado de doradas y olorosas quesadillas.

—Ya sabes —le dijo mientras le abrochaba el saco para que no se pareciera a los muchachos del pueblo y establecer con la compostura del traje la conveniente distinción de rango social—. Ya sabes. No te vayas muy lejos. Coges por la acera de enfrente y caminas hasta la esquina de Los Angelitos; de allí te devuelves por esta acera. No se te ocurra cruzar en las esquinas porque te pierdes.

Y Efigenia:

—Mucho fundamento, Juan Lorenzo. Ten cuidado con el platón, no lo vayas a tumbar.

Y Antonia:

—Oye una cosa. No entres a las casas de esta cuadra, porque en todas te conocen y van a descubrir que son de aquí las quesadillas. Ya lo sabes. Y cuidado como se te ocurre decir en alguna parte que las hacemos nosotras.

Juan Lorenzo sentía palpitar con violencia su pequeño corazón. Era un momento decisivo de su vida y él lo vivía con la honda emoción de su trascendencia.

Todavía Antonia lo amonestaba, a punto de arrepentirse de haber convenido en aquella vergüenza:

—óyeme bien. Casa de las Perales, aquí al lado, no entres ni que te llamen.

—¡Sí, hombre! ¡Yo sé! ¡Hasta cuándo!

Por fin se vio libre del asedio de las mujeres y salió a la calle. Todo cuanto le habían recomendado se le olvidó. Tomó una dirección que no era la que le había dado la tía Mercedes y en el primer portón que encontró, —¡en el de las Perales!— pegó un grito:

—¡Quesadillas de las Cedeño!

Las Cedeños lo oyeron claramente y les pareció que el mundo se les venía encima.

V

EL ESCULTOR INVISIBLE

—¡Pónganle preparo a su muchachito!

Era la queja perenne en la puerta de las Cedeño, en la boca de todos los chicos que para vengarse de las maldades que les hacía Juan Lorenzo corrían detrás de él, y cuando no lograban alcanzarlo, porque se metía veloz en la casa, pegaban en la puerta aquel grito para que la familia lo castigase.

—Juan Lorenzo. Vente para acá. ¿No te he dicho que no te metas con los muchachos de la calle?

—Esos son embustes, mamá. Yo estoy aquí muy tranquilo.

Efectivamente, cuando lo decía estaba muy quieto y fundamentoso, haciendo como si leyera en un libro que encontrara en la mesa del corredor, o como si contemplara las matas de novia de la tía Mercedes.

Ésta, riéndole la travesura, acudía siempre en su defensa:

—Es verdad, niña. él está aquí muy tranquilito.

Y luego a Juan Lorenzo, bajando la voz:

—¿Qué le hiciste, mandinga?

—Que le metí una zancadilla, porque me estaba trabajando y lo tumbé patas arriba.

—¡Ah, diablito!

Pero cuando no estaba Mercedes por allí y era Antonia la que intervenía, el diablillo las pasaba amargas.

—¡Sí! ¡Muy tranquilo que estás, grandísimo hipócrita! Siéntate aquí en mi cuarto y ponte a leer.

Y lo hacía sentarse al lado suyo, en el dormitorio donde ella pasaba horas enteras, revisando una y mil veces los vales y pagarés que le otorgaron las personas a quienes, ahora ella prestaba dinero directamente y con mayores ganancias que las que obtenía cuando era el señor Noguera el intermediario.

Entretanto Juan Lorenzo, sometido a la tortura del Mantilla, bostezaba y se desperezaba, sintiendo picazones en todo el cuerpo desde las primeras líneas. Para vengarse de la tía interrumpía a menudo la lectura verdadera y comenzaba a silabear, como si le costase trabajo leer la palabra que no estaba en el libro:

—U—na ma—cau—rel. ¡Una macaurel!

—¿Dónde dice eso? —inquiría Antonia severamente, intrigada ya por aquellas macaureles que a cada página estaba viendo Juan Lorenzo; en tanto que Efigenia, que estaba en el secreto de la ocurrencia, soltaba la risa tapándose la boca para que no la oyese la tía y cayese en la bellaquería del muchacho.

Éste leía unas líneas más y de repente preguntaba, invariablemente:

—¿Y hoy no voy a sacar las quesadillas?

—¡Eso sí te gusta a ti, vagabundito! Para estar en la calle reunido con todos los percusios, aprendiendo picardías.

En efecto, Juan Lorenzo había hecho rápidos progresos en la materia. Conocía ya todos los juegos plebeyos, de lo cual daban fe metras, chapas, botones y barajitas de cigarrillos que llenaban sus faltriqueras. Y había adquirido un extenso y procaz repertorio de refranes y calembures, que escandalizaban a las mujeres de su casa, especialmente a Efigenia, que veía con horror casi supersticioso, cómo estaban apareciendo en su hijo, bajo la acción del ejemplo callejero, los mismos modales groseros del padre.

Un día llegó a la puerta un muchacho preguntando por Juan Lorenzo:

—¿Qué está Mano Juan?

En la conciencia de Efigenia se produjo una aberración inquietante. Aquel momento presente había sido vivido por ella hacía mucho tiempo. Y hasta las mismas palabras con que respondió:

—"No, él salió desde esta mañana"— aunque eran sencillas y apropiadas a las circunstancias actuales le parecieron que estaban ya pronunciadas en su vida.

En efecto, era el pasado que volvía. Al día siguiente de haberse instalado en La Villa, en la casa del Comandante Carlos Gerónimo Figuera, su marido, había llegado Ramón Fuentes preguntando:

—¿Aquí está Mano Carlos?

Y ella había respondido: —No. él salió desde esta mañana.

La coincidencia no tenía nada de misteriosa, salvo el que los amiguitos de Juan Lorenzo, casi todos de la granjería de la Cañada de Luzón, por llamarlo hermano le dijesen Mano Juan: como al Comandante Figuera decían Mano Carlos los suyos; pero sí era extraño que fuese ahora cuando ella venía a darse cuenta cabal de lo que pasó por su espíritu cuando oyó llamar de ese modo a su marido.

En realidad, desde aquel momento comenzó a comprender qué clase de hombre era aquel a quien ella se había entregado; pero entonces estaba bajo la misteriosa acción de aquella fuerza que le enajenara totalmente la voluntad desde el día en que, estando ella de visita en casa de unas amigas de El Empedrado, le acompañó en la guitarra una canción a Carlos Gerónimo Figuera que se hallaba también allí.

Ahora recomenzaba la historia. ¡Ya su hijo era también Mano Juan! ¡Y cómo iban apareciendo, día a día, en la faz del niño, los rasgos paternos, reveladores del alma burda y brutal! ¡Ya ella había experimentado vagas zozobras desde que empezó a darse cuenta de que, sobre el rostro del niño estaba trabajando un escultor invisible para reconstruir la obra destruida por el puñal de Julián Camejo!

La noche de aquel día, cuando desnudaba a Juan Lorenzo para que se acostara, le preguntó tímidamente:

—¿Por qué dejas que te llamen Mano Juan?

—¡Guá! Me dicen así por cariño.

—¿Y es que te quieren mucho esos muchachos?

—Sí. Pero es porque yo les tengo a monte a todos.

—¿Qué quieres decir con eso? Tienes unas maneras de hablar que no me gustan.

—¡Guá! Eso quiere decir que les mando grueso. ¿Tú crees que si yo no fuera así con ellos, me querrían? Harían su sopa conmigo.

—¿Y por qué no buscas otros amiguitos? Hay por aquí muchos niñitos decentes que te querrían sin que tuvieras necesidad de ser malo con ellos.

—¿Los patiquines? ¡Hum! ésos no sirven pa ná.

Efigenia pensó con dolor: "¡Lo mismo que su padre!".

Y le pareció que era inútil insistir en arrancarle aquellos sentimientos plebeyos que estaban ya tan profundamente arraigados. Por otra parte, no se atrevía tampoco a hacerlo, asaltado de pronto su ánimo por el temor supersticioso a la presencia invisible del Comandante Figuera, redivivo en las palabras del hijo.

Y mientras éste dormía, siguió cavilando ella: nada de su ser había puesto para formar el del hijo. Solo la sangre paterna estaba ejecutando la obra.

Y no podía ser de otro modo —pensaba— si cuando ella lo llevaba en sus entrañas no era propiamente una persona, sino un cuerpo vacío en el cual el alma —totalmente abolida la voluntad— era tan inútil como una luz que se queda olvidada en una sala cerrada y sola. ¿No había renunciado ella a sus derechos más legítimos sobre el hijo que iba a nacerle, puesto que había aceptado, sin protestar, que fuese su marido quien dispusiese de él, como si fuera suyo solamente, para escoger el nombre que había de llevar, la educación que se le daría y hasta el oficio a que se dedicaría? ¡Natural era pues que Juan Lorenzo no tuviese nada de ella, ni un rasgo en la fisonomía, ni un sentimiento delicado en el alma!

Y pensando así Efigenia tuvo, por la primera vez en su vida, la clara noción de su responsabilidad respecto al destino del hijo.

Mercedes Cedeño se acercó a ella y se puso a contemplar la cara de Juan Lorenzo.

—¡Qué cosa más rara! —dijo—. ¿Tú no te has fijado en que este niño tiene dos caras? Una cuando está despierto: cara de malo; otra cuando está dormido. Entonces se parece mucho a ti. Fíjate. Es tu vivo retrato cuando estabas pequeña.

Una amplia ola de ternura maternal llenó el corazón de Efigenia. Agradeció las palabras de la tía que tan sabroso y oportuno consuelo habían venido a darle y bendijo los ojos que habían sabido verla a ella en la faz dulce y plácida del niño dormido.

VI
MANO JUAN

El escultor invisible que tallaba en el alma del niño los duros rasgos paternos ha concluido ya su obra. Juan Lorenzo es ahora un muchacho fornido, malencarado, de trato áspero y violento. Las riñas callejeras le han endurecido hasta volverlo cruel; las costumbres plebeyas lo han convertido en una criatura desagradable ante quien su madre ha terminado por adoptar la misma actitud medrosa que observaba con el Comandante Figuera; le apuntaba el bozo, está mudando la voz y ya tiene en el gesto desfachatado y en las maliciosas miradas la marca ruin de los torpes apetitos, de los vicios precoces.

A pesar de las reprimendas de Antonia Cedeño —única que se atreve a encarársele—, ha adquirido una fiera independencia y se pasa todo el día en la calle. Ya no es útil para nada y solo ocasiona disgustos y sobresaltos a la familia: varias veces ha estado en la policía y una noche se presentó con el paltó cortado por navajazos que le tirara un muchacho a quien poco antes había aporreado.

En la parroquia su nombre de guerra es una voz de alarma: —¡Que viene Mano Juan!— y ya las madres están llamando a sus hijos, temerosas de que se los maltrate por quítame allá esas pajas.

Entre la granujería camorrista de El Guarataro, La Cañada de Luzón, Palo Grande, El Calvario, su personalidad era discutida y convertida en bandera de discordias. —¡A que tú no te pegas con Mano Juan!— se les responde siempre a las bravatas de los fanfarrones. —¡Qué vas a agarrarte tú con Mano Juan! ¡Con ese sí que se acabó el carbón!

Y no pasa día sin que venga alguno a decirle:

—Por allá por donde yo vivo hay uno que dice que tú y que le tienes miedo.

Juan Lorenzo no respondía una palabra; pero ya era cosa sabida: no pasaría mucho tiempo sin que el que tal dijese tuviera la nariz rota o un ojo hinchado por los tremendos cabezazos que tan famoso lo habían hecho.

Ni era menester tampoco que viniesen a azuzarlo: bastaba con que descubriese que en alguna parte había un guapo, así fuera de la cuerda de otro barrio de la ciudad, para que él se encaminara en su busca, y en topándolo, se le encaraba y le decía, de buenas a primeras:

—¿Tú y que eres el más guapo de por aquí?

—¡Guá, chico! ¡Yo no sé le pero me escriben! A mí todavía nadie me ha pisao el petate.

—Pues mira que yo te lo puedo pisá. Soy Mano Juan. ¿No me has oído nombrá? ¿Quieres echate una agarraíta conmigo?

A veces se iban en seguida a las manos; pero generalmente se daban cita para un lugar solitario, fuera de poblado y en campo neutral, donde ni hubiese el peligro de la policía ni el singular combate degenerase en una riña de cayapas a causa de la intervención de las respectivas cuerdas. Pero cuando trascendía la noticia de estos desafíos los amigos de ambos contendores se trasladaban al sitio convenido para presenciar la pelea.

Juan Lorenzo solía presentarse vestido de limpio y con lo mejor de su indumentaria, como para darle al acontecimiento toda la importancia que para él tenía. Y como alguno de sus amigos le dijese:

Vale! ¡Vienes como un papel de cogé moscas!

Él respondía, fanfarrón:

—¡Es que yo me enjoyo pa peleá!

Del sitio, casi siempre regresaba vencedor, seguido de la turba de sus admiradores que iban comentando a grandes voces su habilidad y destreza de gran tirador de cabezazos. Fiero y ceñudo, vibrantes los músculos de la cara por la contracción tetánica del maxilar, caminaba largos trechos todavía con los puños apretados y el pecho hirviente de cólera. Un día, después de una riña difícil y encarnizada que duró cerca de dos horas, cayó en medio de la calle presa de un ataque de epilepsia, a consecuencia del cual estuvo una semana en cama con un mareo constante y una absoluta pérdida de voluntad.

De este modo, Juan Lorenzo acabó con todos los prestigios parroquiales y llegó a ser, él solo, el guapo caraqueño, en torno de cuya fiera personalidad se formó muy pronto una pintoresca leyenda. Eco de ella se hacían especialmente los chicos que se iniciaban en la vida azarosa de las cuerdas, en el calor de sus ponderaciones Mano Juan aparecía con las características del bandido generoso: protector de los débiles, amparo de los pequeños, terror de los roncones, azote de las cayapas, pasmo de los policías, de cuyas manos —se decía—, había arrebatado muchas veces a los muchachos que llevaban arrestados, así fuesen enemigos suyos; hazañas éstas, que, principalmente, fueron las que más simpatías le conquistaron en el ánimo de la chiquillería sediciosa. En sus juegos todos querían ser "mano juanes", y hubo muchos que, para conocerlo, se aventuraron a internarse en sus peligrosos dominios de la parroquia de San Juan.

Solo de uno se sospechaba que podía rivalizar con él: Gregorio el Maneto, un zambo de más edad y cuerpo que Juan Lorenzo, muchacho de verdaderas averías, más malo que Guardajumo, capataz de una de las cuerdas de El Teque, nombre que se le daba a un barrio de la parroquia de Altagracia; donde tenían su feudo los más temidos facinerosos de Caracas. Pero ambos habían hecho siempre buenas migas, porque el Maneto era hijo de una antigua lavandera de las Cedeño y desde chicos habían sido vales corridos, suerte de pacto de alianza contra el cual nada habían podido insidias de sus respectivos secuaces, por mucho que vinieran azuzándolos.

—Ése es vale corrido mío —respondían siempre—. Nosotros no nos tiramos.

Sin embargo, en el fondo de esta camaradería existía un mutuo recelo: ambos se temían y se vigilaban y ya esto era una semilla de odio que un día u otro habría de reventar.

El curso de los acontecimientos dio lugar a ello muy pronto. Un día fueron a decirle a Maneto:

—¿Tú sabes? Mano Juan como que se quiere volteá pa los patiquines. Hace noches que están yendo a la plaza de Capuchinos unos de la cuerda del Capitolio que le hacen muchas fiestas y él se las deja hacé.

Nombrarle al Maneto la cuerda del Capitolio era tocarlo en lo más vivo y vehemente de sus odios. Movido por los implacables instintos de su sangre mulata había jurado guerra sin tregua a los jovencitos de aquella cuerda aristocrática que se reunían en los alrededores del Capitolio, y casi todas las noches, a la cabeza de la horda de El Teque, los atacaba en sus dominios sin que todavía hubieran podido parársele una sola vez, tal era la violenta pedrea con que les caía encima por sorpresa. Ahora venían a decirle que Mano Juan, que al fin y al cabo era su rival, ¡hacía causa con sus enemigos naturales! Y el Maneto respondió con una sonrisa siniestra:

—¡Ah malaya sea verdá! Eso va a sé su perdición.

VII
LA REBELIÓN

Era cierto. Y no solo que Juan Lorenzo recibía con agrado las visitas de aquellos parlamentarios que le enviaba la cuerda del Capitolio para ganárselo a partido, sino también que hubo noches que faltó al corrillo de la plaza de Capuchinos para asistir a la del Capitolio.

Entre éstos había muchos jóvenes que conocían por propia experiencia lo tremendo de los cabezazos de Mano Juan, no obstante lo cual lo recibieron con grandes agasajos. él se dejó seducir y les agarró el gusto a las tertulias de aquella granujería más refinada y hasta más audaz que tenía el campo de sus fechorías en el corazón de la ciudad y era el azote de los transeúntes y el brete de la policía.

Frecuentándolo sufrió la influencia del grupo que a la larga lo descentraría de su medio natural, que era el pueblo, y adquirió compromisos que modificaron su conducta. Las Cedeño se sorprendieron gratamente un domingo como lo viesen muy empeñado en sacarle lustre a los zapatos y dispuesto a ponerse el flux de casinete que ellas le habían regalado el día de su santo y todavía no había querido estrenarse, receloso de que lo llamasen patiquín de orilla sus desarrapados amigos.

Éstos, cuando lo vieron con aquel flamante traje ominoso, decidieron separarse de su amistad y camaradería, y en efecto, cuando Juan Lorenzo, en la noche, pasó por la plaza de Capuchinos, los que allí estaban se dispersaron al verlo, con lo cual él comprendió que ya no eran amigos suyos. Por su parte el Maneto, sintiéndose fieramente dueño absoluto de todas las voluntades agresivas de su cuerda, planea el golpe definitivo y acecha la ocasión. Un día se le vio acompañado de su estado mayor, recorriendo el campo que ya habían escogido para el avance de piedras decisivo al cual desafiaría a la cuerda enemiga, sitio que era la Sabana del Blanco. Tomaba posiciones, trazaba el plan del asalto, y en lugares disimulados por mogotes hacía esconder buenas provisiones de guarataras. Su mesnada lo obedece sin discutir sus órdenes, entusiasmada, fanatizada por el rencoroso ardor en que hierve el caudillo.

No así Juan Lorenzo. En aquel grupo de jovencitos de familias distinguidas y adineradas hay dos que son los que verdaderamente ejercen el mando de la cuerda: los Arizaleta. Ellos son los que dan la orden de salir a batir esta o aquella parroquia, y en las noches de paz ellos son quienes ponen los juegos y dirigen el tema de la conversación. Por tradición de familia los Arizaleta estaban acostumbrados a dominar en las agrupaciones de que formaban parte. En la cuerda del Capitolio se les calificaba de recalcitrantes.

Como todos los demás de aquel grupo Juan Lorenzo se sometió al dominio tácito de los Arizaleta y aunque no se le escapaba que él era allí una fuerza efectiva, especie de brazo armado que la cuerda tenía dispuesto a esgrimir contra el enemigo natural que era el Maneto, cosa que le ponía en verdaderos compromisos, pues no quería verse en el caso de pelear con aquel compañero de la infancia, aceptaba que lo postergaran y hasta prescindiesen de él cuando no se trataba de repartir cabezazos o entendérselas con agentes de policía.

Sin embargo, a veces se le encrespa la índole levantisca y dominadora e intenta imponer su voluntad; pero se discuten sus ideas, se rebaten sus argumentos, se le acorrala con razones más elocuentes, se le aturde haciéndole notar los disparates que sostiene, y entonces, reconociendo su inferioridad, abochornado de la pobreza de su inteligencia, calla y se pliega a la voluntad autoritaria de los Arizaleta.

En esos momentos experimenta la nostalgia de su antiguo señorío de la plaza de Capuchinos, donde no había quien le chistara y echa de menos la reunión de la plebe zafia y brutal, como un báquiro enjaulado la compañía de la manada cerril; pero no es capaz de las resoluciones enérgicas: ni imponerse, ni liberarse. Algo le han echado allí dentro del alma que lo está transformando y produciéndole sentimientos que él no podría discernir, pero que le dejan en el ánimo un fondo turbio de inquietudes sin nombre, de anhelos sin forma de aspiraciones concretas, de áspera taciturnidad, de tristeza de sí mismo.

Una noche dice uno de los Arizaleta, contemplando la fachada de la Universidad.

—Dentro de dos meses estaremos nosotros ahí, estudiando derecho.

Juan Lorenzo no sabe lo que es eso de estudiar derecho y lo pregunta ingenuamente.

—¡Guá, chico! Lo que se estudia para ser abogado. Para defender pleitos, ¿no sabes? Con esa profesión se gana mucha plata. Si no que se lo pregunten al viejo de nosotros que con tres pleitos que defendió en Barlovento se puso en las tres mejores haciendas de cacao de por allí. ¡A hacienda por pleito!

La marejada de la ambición comienza a subir en el corazón de Juan Lorenzo. Después de los Arizaleta, todos los de la cuerda han ido exponiendo sus aspiraciones para el porvenir: uno va a trabajar en la casa de comercio de su padre, que es de las más fuertes de Caracas; otro se propone hacer un viaje a Europa; otro tira hacia la política y asegura que llegaría a Ministro, por lo menos, como su tío... Juan Lorenzo se pregunta interiormente: "¿Y yo qué seré?". Pero no halla qué responderse, y la marejada de la ambición sin propósitos concretos se le encrespa y le pone el humor áspero y sombrío.

Otra noche faltan a la tertulia los Arizaleta porque hay baile en su casa. Casi todos los compañeros han sido invitados. Juan Lorenzo va a verlo por la barra.

El lujo de la casa lo deslumbra, el espectáculo de las mujeres lujosamente aderezadas lo turba, la animación de sus postizos compañeros que están en el baile le produce envidias que lo deprimen; pero todo se lo hacen olvidar las miradas dulces y las ingenuas sonrisas que le dirige Mary, la hermanita menor de los Arizaleta, que está sentada, junto a otra niñita, en la ventana donde él forma barra.

La había conocido una de aquellas tardes. Iba él con Manuel Arizaleta y entró a su casa a dejar los libros. Mary se asomó al portón. Era una chiquilla encantadora, de ocho o nueve años a lo más. Rubios crespos le bailaban en torno al gracioso cuello; llevaba un traje color crema, con una faldita muy corta con muchos pliegues y faralaes, que hizo pensar a Juan Lorenzo que se parecía a un pollito. Mary, que ya sabía por su hermano quién era él, le preguntó candorosa e ingenua:

—¿Tú eres Mano Juan?

Juan Lorenzo le había respondido, todo cortado:

—Así me llaman.

Y ella:

—A mí me dicen Mary; pero mi nombre es María Margarita.

Aquella tarde a Juan Lorenzo le había acontecido algo muy singular: se había quedado viendo el crepúsculo que tenía unos colores muy tiernos, de oros pálidos, rosas suaves y dulcísimos azules, y no sabía por qué, pero le recordaron a Mary.

Ahora ella le dice a su amiguita, en secreteos que Juan Lorenzo oye claramente:

—Mira. ése es Mano Juan —y sonríe viéndolo con inocente picardía.

Cuando ella se quita de la ventana Juan Lorenzo abandona la barra. Calle abajo se va cavilando, cosas gratas, cosas desapacibles, que le forman en el alma una sola masa turbia de sentimientos melancólicos. A intervalos experimenta oleadas de ternura hacia la niñita que lo admira y le sonríe cariñosa; luego le pasan por el ánimo tufaradas de amargura, de tristeza de sí mismo, de rabia insensata que él no sabe contra quienes la siente.

De pronto, al doblar una esquina, se encuentra con el Maneto que viene con unos de su cuerda, seguramente de alguna fechoría.

—¡Guá, Mano Juan! ¡Qué caro te vendes ahora!

—¡Chico! Me vendo por el mismo precio.

—¡Jummm! ¿No me estarás queriendo ganá mucho? —Y lo mira de pies a cabeza con aire insolente.

—¿Qué me quieres decí con eso?

—Que como tú ahora andas reuniéndote con la crema, se me figura que debes creé que estás montao al aire.

—¿Y a ti qué te importa?

—No es que me importe; es que me da risa.

Pero como advirtiese que Juan Lorenzo, movido por un reflejo maquinal, con un golpe eficaz y rápido del índice se había echado hacia atrás el sombrero, lo que anunciaba que estaba presto a disparar el célebre cabezazo volado con que se abría siempre en pelea, agregó tratando de recoger algo del veneno de sus insidias:

—Yo no comprendo, valecito, cómo un muchacho tan completo y tan macho como tú se pué encurruná con esos patiquines que no paran ni papelón.

Juan Lorenzo se ablandó al halago y el turbio despecho de sí mismo que ya lo traía propenso estuvo a punto de salírsele en una explicación de la conducta que le vituperaba el Maneto y que en aquel momento valía por un arrepentimiento de haberse alejado de su medio natural que era el pueblo; pero su interlocutor, que ya se había preparado y cambiado con los suyos una mirada inteligente, volvió al terreno de las provocaciones:

—¡Busca tu cuerda, chico! Cá uno debe andá con los suyos y no está echándosela de que pué mirá más arriba de sus ojos. Esos patiquines te quedan grandes. Sapo no vuela ni que gavilán lo eleve.

La injuria era de las que debe despachurrar sobre la boca del que las profiere; pero Juan Lorenzo vaciló y perdió tiempo, por primera vez en su vida.

Viéndolo tan indeciso y turbado el Maneto lo atribuyó a miedo, y cargó resuelto:

—Acuérdate del dicho: cuando un blanco se encuentra de un negro en la compañía…

—Eso es contigo.

—¡Y contigo, valecito! ¿Qué te estás pensando tú? ¿Tú crees que todos no sabemos quién eres tú?

Juan Lorenzo tuvo una nueva debilidad:

—¿Quién soy yo? ¿Qué saben ustedes?

Y el otro, manoteándole en la cara:

—En tu casa hacen dulces, como en la mía, y tú los sacabas a vendé a la calle, como yo. Bastantes quesadillas te compré. Y últimamente: tu familia no es mejor que la mía.

—No te metas con mi familia, porque no te lo aguanto.

—¡Que no me lo aguantas! ¿Tú quieres que te hable más claro? Tu taita no era sino un cantador de canciones de El Empedrado.

Juan Lorenzo sintió en el rostro como si lo picasen avispas. Su historia estaba en boca de aquellos muchachos de la calle, rodando por la calle, y algo que no era miedo, pero que era más poderoso y abrumador que el miedo, detuvo el impulso que iba a lanzarlo contra el Maneto.

Éste seguía diciendo, envalentonado y con la mala sangre hirviente de odio:

—¿Qué vas a hacé? Zúmbame pa que te saques tu lotería. Si hace días que yo andaba buscándote para decite too esto. Y más te digo: tu mamá…

Pero no concluyó la frase, porque Juan Lorenzo se le arrojó encima, lívido de cólera y de dolor, y sujetándolo por las muñecas le descargó dos tremendos cabezazos que le imposibilitaron para defenderse.

Aturdido, gemía cobarde el zambo:

—¡No me tires más, valecito!

Juan Lorenzo lo soltó con un gesto de asco. Y encarándose con los compañeros del Maneto:

—¡Sálganme ahora ustedes uno a uno!

—No, Mano Juan. Nosotros no nos metemos contigo.

Viéndoles las caras lívidas de miedo, Juan Lorenzo les volvió la espalda diciéndoles:

—Eso es lo que son ustedes. ¡Cobardes! ¡Faramalleros!

Y fue así como Juan Lorenzo Figuera, el hijo de Mano Carlos que era un hombre de la plebe, rompiendo con el Maneto, se rebeló contra su casta.

LA LIBERACIÓN

I

Ricardo Fariña estrujó rabiosamente la carta que acababa de leer, y luego, hecha añicos, la arrojó por la ventana a la calle.

Arrebatados por el viento, voltejeando sobre las cabezas de los transeúntes, habían desaparecido ya todos los pedazos y aún la cólera del frenético Fariña, se desataba en súbitos puñetazos sobre la mesa y en violentos empellones que hacían rodar las sillas, produciendo en el entablado tan repetido y furioso golpeteo, que hubo de acudir la señora Gertrudis a enterarse de lo que arriba acontecía y por ver de salvar con su presencia lo que de su propiedad pudiera estar en tris de ser destruido.

—Qué le pasa, amigo Fariña? —preguntó la patrona, deteniéndose en el umbral y mirando por encima de las gafas a su energúmeno inquilino.

—¡Nada, señora!

—Ah!, dispense usted, creí que algo le había sucedido y que podía serle útil.

—En realidad, algo me ha sucedido o, más bien, me sucederá —dijo Fariña maquinalmente, sin volverse a ver a su interlocutora.

—¡Le ha de suceder, dice usted! —y la señora Gertrudis, fingiendo asustarse con aquel pronóstico, avanzó unos pasos en la habitación haciendo grandes aspavientos oficiosos.

—No quiera usted saberlo: no podría explicárselo, y además: usted no comprendería —explicó Fariña para rechazar las impertinencias de la anciana, quien un tanto corrida y contrariada salió del aposento dejando a Fariña un poco más sosegado.

De repente —como si una idea hubiera logrado atravesar por su cerebro— se dibujó en su rostro el gesto de una resolución e inmediatamente se sentó al escritorio disponiéndose a escribir. Mas su mano temblaba con tanta presteza que no le fue posible trazar sobre el papel un rasgo siquiera y por fuerza hubo de esperar que se atenuara el espasmo de la violenta emoción. Y entonces sucedió que, como si a medida que el efecto fisiológico iba desapareciendo, se debilitara el impulso de la irreflexiva resolución, o que recobrada la cordura juzgara su acto inadecuado e inoficioso, cuando su mano estuvo en disposición de escribir, falló la voluntad de hacerlo, e irremisiblemente vencido se levantó del asiento y se asomó al balcón. Allí estuvo largo rato observando con pertinaz fijeza la avenida llena de paseantes, y cada vez que su atención se apartaba de la pasiva expectación, arrastrada irresistiblemente hacia aquel punto de su conciencia donde parecía haberse formado un absceso doloroso, al choque de la noticia contenida en la carta, él, sacudiendo la cabeza, obligaba su atención a obedecerle, poniéndola sobre un detalle insignificante o una pueril reflexión que de intento se sugería. Mas, por mucho que lo deseara, no lograba vencer la pertinacia de su mente que, obsecada, remolineaba sin cesar en torno de la idea ingrata, y aquel día, cuando la campana del comedor anunció la comida, todos los inquilinos se sentaron en redor de la mesa presidida por la huéspeda, como era costumbre, y el puesto de Fariña permaneció desierto.

—¿Qué le habrá sucedido a Ricardo Fariña? —preguntó uno de los comensales.

Y antes que las conjeturas de los circunstantes intentaran explicar la ausencia del compañero, la señora Gertrudis, como la llamaban sus pensionistas, dijo cuanto sabía acerca de lo ocurrido a Fariña, agregando —su inevitable parte de conjetura— que para ella la causa de aquel desasosiego, había sido una carta de la novia que él recibió esa tarde.

Con ruidosas risotadas fue acogido el cómico relato de la anciana y aquella vez la personalidad de Ricardo Fariña fue tema obligado de la charla de sobremesa.

Ricardo Fariña es un tipo —insinuó alguien— y aquí fue el referir de anécdotas y episodios, curiosos unos, triviales los más, según la relativa agudeza de los narradores y que evidenciaban el carácter extraño y morboso del provincial a quien sus aberraciones daban un perfil de desequilibrado bastante definido.

Luego que hubo concluido la comida y que cada cual se retiró a su cuarto para disponerse al acostumbrado paseo nocturno, Lisandro Anzola subió a la habitación donde a obscuras permanecía Fariña, inquiriendo, entre curioso y cortés, el motivo de aquella conducta.

—¿Es que estás enfermo?

—Un poco…

—¿Qué tienes?

—Malhumor. Y luego, apartando la conversación del punto que Anzola quería esclarecer, le preguntó:

—¿Qué hora es?

—Las ocho. ¿No sales esta noche?

—No sé…

—¿No te toca visitar hoy a tu novia?

—Más bien haría otra cosa más amena. ¿Hay zarzuela?

—No… Si quieres daremos un paseo en coche, la luna está bonita.

—Bueno… pero no, más bien me quedo aquí. Veré si puedo escribir… Hombre, a propósito: ¿sabes que me escribió Valentín Branto?

—¿De veras, y qué dice?

—Que viene.

Y tirando el cigarro que acababa de encender, agregó:

—No salgo esta noche; no me esperes.

II

En mala hora había caído en sus manos aquel papelejo pringado y mal escrito, cargado de soserías, en el cual Valentín Branto le participaba su viaje a la capital, donde se pasaría todo el tiempo necesario para gastar en alegres despilfarros lo que él, con su característico descaro llamaba el fruto de sus ahorros y privaciones, adquirido en los tres meses que estuvo desempeñando un cargo en la administración de una aduana. Sin embargo, la noticia era para alegrar al más sombrío, pues el adinerado Branto prometía expresamente de antemano costear él solo lo que ambos, reviviendo la antigua camaradería, derrocharan a tajo y destajo, lo cual no era poco prometerle a quien, como Fariña, se veía constreñido a equilibrar sus dispendios con la mezquina pensión que en su calidad de estudiante percibía de sus padres. Pero otras más poderosas razones pesaban en el ánimo de Fariña convirtiendo aquella promesa en aciaga amenaza de males incalculables… Branto, Branto, suerte de demonio tentador que venía a destruir lo que era preciosa conquista de su voluntad: la normalidad de la vida a costa de tantos esfuerzos lograda; el íntimo contentamiento de sí mismo y su libertad, su libertad sobre todo… ¿Por qué venía otra vez y quizás cuando más peligrosa podría serle su compañía? Y Fariña tuvo tentaciones de escribirle diciéndole que no aceptaba su ofrecimiento, que bien podía irse a despilfarrar su dinero a otra parte…

Luego pensó que más prudente era ponerse en guardia contra el advenedizo y formuló la resolución de no ir a recibirlo cuando llegara, organizando un plan de conducta según el cual a cada atención y deferencia del amigo, habría de corresponder él con un desaire. Y en tales lucubraciones estuvo hasta el mediar de la noche. Preimaginaba las oportunidades que habían de presentársele para poner en práctica su proyecto de represalias; evocaba actitudes y palabras con las que él, siempre insolente y altanero, humillaría al pobre Branto y gozaba con esto de tan intenso placer que todos sus nervios vibraban sacudidos por la exacerbación, ciego frenesí que rayaba en insensatez cuando un momento se hacía luz en su cerebro la certidumbre de la superioridad que el valiente y vigoroso Branto tenía sobre él, medroso y débil, mal que pesara a su excitada fantasía. Entonces, en su desvarío establecía que, como por virtud de hechicería, se había operado en él una transformación prodigiosa y se veía dotado de descomunal vigor y coraje, ahogando entre sus manos al robusto amigo que nunca era, por otra parte, lo bastante audaz para inferirle la más leve ofensa...

III

Sin embargo, Branto una vez había sido su salvador, de eso hacía mucho tiempo, él tendría entonces diez o doce años. Fue el día de su ingreso a la escuela, allá en el pueblo natal. Cuando Ricardo entró en el salón lleno de alumnos se hizo un repentino silencio y todos los ojos se fijaron en él, y fue como si mil avispas lo picaran en la cara. El maestro, un viejo larguirucho que tenía un lobanillo en mitad de la frente, lo miró de pies a cabeza como si fuera a valorarlo y luego, satisfecho de su experticia, le asignó un puesto, allá en el fondo del salón, el último. Y Ricardo con la cabeza encajada sobre el pecho, sin atreverse a ver a nadie, tuvo que atravesar entre las dos filas de colegiales atentos, que por reglamentario deber de cortesía se habían puesto de pies. ¡Qué largo le pareció el trayecto! Andaba y nunca llegaba al lugar señalado; le parecía que su andar era torpe, se veía dando traspiés de ebrio y su turbación crecía de punto. Cuando iba llegando tropezó con un banco, y estuvo en riesgo de caer, entonces oyó un murmullo de risas ahogadas que, leve al principio, fue creciendo hasta convertirse en deshecha algarada de pitos y zumbidos. Aquello fue el rebosamiento: sintió dentro del cráneo la percusión violenta de la sangre, todo su cuerpo bamboleó y hubiera ido a dar de bruces sobre el suelo enladrillado a no ser que unos brazos lo sostuvieran en el aire.

Valentín Branto, un muchacho fornido, chato y moreno que representaba algunos años más que Fariña, sentó a éste al lado suyo en el lugar señalado por el maestro, luego le recogió los libros que se habían dispersado por el suelo y entre indignado y pesaroso le preguntó:

—¿Qué te ha pasado?

Fariña respondió inconscientemente algo de lo cual jamás se pudo acordar y mientras guardaba los libros que le devolviera su inesperado protector vio de soslayo que éste, alzando el puño cerrado en actitud de amenaza retaba a los que aún se reían. Desde aquel día Ricardo Fariña y Valentín Branto fueron inseparables camaradas; zozobras y alborozos se compartían entre ambos por igual y una misma travesura les acarreaba común reprimenda, porque, aunque Ricardo protestara de los riesgos a que lo exponía el carácter audaz y camorrista de Valentín, no se dio barrabasada que a éste se antojara y de la cual se excluyera aquél, más prudente o pusilánime.

—Yo te defiendo de los golpes de los demás y tú me libras de los palmetazos del maestro —propuso Valentín..

Y cerrado el pacto desde aquel día Ricardo estudió por los dos y por ambos peleó Valentín, y como quiera que éste sentaba plaza de peleador y gastaba fama de guapo entre la rapacería de Santa Luz, Ricardo Fariña acogido al prestigio del amigo gozaba de absoluta inmunidad. Pero, si bien es verdad que el tal protectorado lo libró en muy difíciles trances de la vindicta de los puños suspendidos sobre él, cierto es también que produjo desgarraduras dolorosas en el alma ele Fariña, de natural orgulloso y altivo, despertando en él aquel sentimiento de conmiseración y menosprecio de sí mismo, como una interna rebeldía de los nobles ímpetus de su espíritu contra la fatalidad abrumadora de la propia flaqueza. Y aunque por instintiva delicadeza nunca Valentín hiciera alarde de su valor o audacia de modo que se resintiera la susceptibilidad en exceso quisquillosa del amigo , éste, poco a poco y a medida que se daba cuenta de lo poco digno de su actitud, fue experimentando un sentimiento de humillación cada vez más oneroso y pensó romper pacto y amistad definitivamente. Pero una irresistible influencia parecía ejercer sobre él el atolondrado Branto y siempre que Ricardo, después de haber sufrido la férula y el arresto que casi diariamente y de común acuerdo le propinaban la madre y el maestro, hacía entre escarmentado e iracundo, juramento de no reunirse más con Valentín, un ciego impulso le traicionaba obstinadamente y al fin y al cabo Ricardo hacía lo que a Valentín se antojara, eso sí: fingiendo hacerlo con el mayor placer.

De este modo conoció el azaroso deleite de jubilarse de la escuela, yéndose a la escapada en un merodeo angustioso por los campos cercanos, armado de la china, al acecho de los pájaros o de las frutas y aunque nunca pudo habituarse al raro placer de aquellas jornadas de expectativa que producían a Valentín una suerte de embriaguez, al cabo de tres meses había perdido todo el prestigio de alumno estudioso y contraído y hubiera llegado a mayor descrédito a no haber sido expulsado Valentín de la escuela, como lo fue a especiales instancias del padre de Ricardo, que era personaje de influencia en el lugar.

Sin embargo, y a pesar de cuantas otras medidas de precaución se tomaron para disolver aquella perniciosa camaradería, Ricardo continuó siendo el inevitable e inocente cómplice de Valentín, y poco después apareció en él la primera manifestación de aquella terrible enfermedad que siempre estuvo aferrada a su organismo. Para entonces las versiones populares acerca de aparecidos y fantasmas habían desarrollado en Valentín una macabra afición. Le comunicó su nuevo proyecto a Ricardo: éste lo rechazó aterrorizado: aquello era una cosa horrible y peligrosa; a Valentín únicamente le parecía divertido y muy sencillo además. No se necesitaba gran aparato, apenas un par de sábanas blancas y unos zancos altos; y así se irían luego a la calle trasera del pueblo, una calleja estrecha y oscura, sembrada de baches y llena de monte; el efecto sería sorprendente, y Valentín saltaba de alegría al imaginarse el espanto de los transeúntes en presencia de los desmesurados fantasmas blancos, y como agregara, para tranquilizar al amigo, que solo asustarían a mujeres y muchachos, Ricardo cedió al fin tocado en su amor propio y fue.

Pegados a la pared, en un trecho donde no había casas, se apostaron los pseudo fantasmas. Debajo de la sábana blanca, aterido de miedo se estremecía Ricardo. Valentín también temblaba sacudido por la ansiedad lancinante y placentera del momento esperado. De pronto apareció una persona al extremo de la calle, avanzó, se acercó silbando a los fantasmas inmóviles.

—Es un hombre —dijo Ricardo—, vámonos.

—Cállate —respondió Valentín y cuando el transeúnte estuvo cerca dio un paso y estiró el cuerpo encogido, agrandando su estatura espectral. El hombre dio un gran grito y retrocedió espantado, desapareciendo en la sombra; al mismo tiempo, como fulminado por el grito, Ricardo cayó en tierra presa de un ataque epiléptico.

IV

Aquel ataque se repitió pasado un año, más o menos. Según el plan concertado desde la tarde, Valentín y Ricardo debían salir de sus casas a las diez, hora en que todos dormían en el pueblo, y reunirse en la plaza de la iglesia. Se trataba de despertar al mediar la noche, a los moradores de Santa Luz, con un furioso repique de campanas. Para Ricardo aquello alcanzaba las terribles proporciones de una profanación, de un sacrilegio, y trató de disuadir a su compañero, pero, como siempre, fue él quien a última hora cedió.

—No subamos; eso es malo… —dijo cuando se hubo reunido con Valentín.

—¿Tienes miedo?… Si tienes miedo iré yo solo.

Y Ricardo como si hubiese sentido un espolazo, gritó casi, con voz de insensato:

—¡Miedo! ¡Miedo!

—Y miraba a Valentín con una bestial expresión de espanto y odio.

—Vamos pues —contestó Valentín poniéndose en marcha y tras él se fue Ricardo, fascinado, inconsciente.

Dieron la vuelta al templo hasta llegar a la parte posterior donde había un jardincito con cancela de madera, hacia el cual se abría la puerta de la sacristía. Valentín sabía que esta puerta se cerraba por dentro con una viga que era fácil derribar empujando con fuerza desde afuera; para esto así que hubieran llegado hasta ella, ambos apoyaron las espaldas en la puerta y empujaron con cautela. La puerta cedió de pronto, al caer ruidoso de la viga en el silencio interior, y se abrió dando paso a una bocanada de aire cálido impregnado de aroma de incienso y pesgua.

Valentín entró; Ricardo se detuvo en el umbral transido de miedo; del interior salió la voz de Valentín exhortándolo a entrar; la voz parecía distante y cavernosa.

—¿Tienes miedo?

Ricardo sintió otra vez el espolazo y entró.

—Cierra.

—No…

—Cierra, te digo que cierres…

Ricardo obedeció.

—Por aquí… ten cuidado… hay una silla…

—¡Ah! —gritó de pronto Ricardo.

—¿Qué es?

—Una cosa fría… Una persona… Un… Un… Y Ricardo no se atrevía a pronunciar la palabra, como si temiera que su voz hiciera brotar de la tiniebla la visión del muerto que le parecía haber tocado.

Valentín rascó una cerilla y la acercó al objeto aludido. Era una Magdalena de yeso que alargaba en el aire los brazos suplicantes. La luz de la cerilla proyectó en las paredes y en el techo sombras desmesuradas que al temblar de la llama se entrelazaban en una silenciosa danza fantasmal. Luego entraron en el recinto del templo, frente al tabernáculo ardían las lámparas eucarísticas, un rayo de luz evidenciaba el blanco vuelo inmóvil de la paloma simbólica sobre el pulpito. Valentín pasó frente al sagrario haciendo la genuflexión de costumbre. Ricardo no se atrevió a volver la cara y pasó sin inclinarse musitando trozos de oraciones, desordenadamente. Por fin ganaron la escalera del campanario; Valentín comenzó la ascensión salvando dos peldaños a cada paso; Ricardo en pos de él subía aferrándose al pasamanos y mirando atrás a cada momento como si alguien le siguiera. De pronto un escalofrío le recorría toda la médula, sentía que detrás de él una mano se alzaba en la sombra y en la inminencia del contacto todos sus músculos se contraían y daba un salto violento. Cuando llegó al primer descanso se detuvo a tomar aliento y llamó con voz estrangulada al compañero que se había adelantado, pero nadie respondió. De súbito las tres campanas sacudidas por Valentín, percutieron locamente sobre su cabeza erizada. Fue el toque de rebato para sus alborotados nervios, ya no tuvo dominio sobre sí mismo y corrió… corrió…

V

A la mañana siguiente, pasado el coma epiléptico, tenía la lengua ataraceada y en redor del cuello, varias incisiones menudas y sangrientas que le escocían horriblemente.

De resultas de esto guardó cama por varias semanas; después su padre le envió a la capital a terminar sus estudios en un colegio de internos.

Valentín se quedó en Santa Luz. Algún tiempo después recibió el interno la noticia de que su amigo andaba guerreando por los alrededores de Santa Luz en la guerrilla que con el timbalesco nombre de ejército mandaba un temido cacique del lugar. En una refriega recibió una herida y fue hecho prisionero. Aquella herida le sirvió de presea cuando triunfó la revolución; hizo viaje a la capital y se presentó al jefe triunfador reclamando el galardón a que lo hacía acreedor la pierna no bien curada aún. Logró un buen puesto.

Desde entonces el maestro pudo observar que decaían el entusiasmo y la contracción del más aprovechado cursante del tercer año de filosofía. Una noche, como era costumbre, al dar las diez se cerraron las puertas del instituto sin que hubiera llegado Fariña. Al día siguiente apareció: tenía el cabello despeinado, abotagados los ojos y el traje en desorden; el maestro lo comprendió todo y aunque ya Ricardo no era un niño le hizo severa reprimenda. Dos días después Ricardo Fariña salía del instituto para alojarse en la casa de pensionistas donde lo estaba Branto. Cuando llegó el tiempo de rendir examen, Fariña se excluyó de ellos, pretextando enfermedad. Solo al cabo de tres meses, cuando Valentín, ya cesante, abandonó la capital, pudo examinarse Fariña. Luego se graduó de bachiller; después cursó medicina. Al fin del primer año gozaba la fama de ser el más aventajado del curso.

VI

Ricardo Fariña cursaba cuarto año de medicina y disfrutaba de gran reputación entre profesores y compañeros. Además había contraído compromiso de matrimonio con una distinguida señorita de la capital, hermosa y recientemente graduada de maestra, y como complemento a su prestigio de hombre correcto de toda rectitud, escribía semanalmente en la página de honor del periódico más serio, largas y eruditas disertaciones sobre higiene y moral. De este modo su presente impecable, le redimía con creces de lo que de borrascoso pudiera haber tenido su pasado. Su vida se deslizaba apacible entre obligaciones atendidas y deberes parsimoniosamente observados y a los cuales el hábito hacía fáciles y gratos, como una agua mansa lamiendo en silencio un escollo revestido de musgo en mitad de la corriente. El estudio absorbía toda su atención, y apenas, como solaz, se permitía saborear el sano deleite del amor de Olimpia, la erudita prometida y aún esto, a fuer de hombre sesudo, con una gravedad doctoral.

Por lo demás, para el íntimo contentamiento de sí mismo había puesto en práctica una táctica hábil hecha de transigencias y contentadizas sutilezas, de lo que resultaba una suerte de harmonía a la que su vanidad daba una apariencia de autodominio consciente. Pero como una leve sacudida bastaba para romper aquel equilibrio, Ricardo Fariña ante la noticia de la próxima llegada de Branto, experimentó la sensación de vaga zozobra que se revela en la subconciencia del que duerme, próximo al despertar de un bello ensueño. El espejismo se desvanecía, un momento tuvo la certidumbre de lo que había de suceder y sintió sobre el alma la presión de algo inconmovible.

Luego hubo en su memoria un recrudecimiento doloroso. A la semana siguiente un lector suspicaz hubiera calado en un párrafo de su artículo sobre la educación en el hogar, una desgarradura sangrienta en el alma del autor. Una noche Olimpia intentó penetrar la razón de aquella extraña irascibilidad que lo dominaba, y le preguntó insinuante:

—¿Qué te pasa?

—Nada.

—No; tú tienes algo.

—Bueno.

—¿Pero por qué no me lo dices?

Y las palabras fueron pronunciadas con tan humilde acento que Fariña conmovido y por salir del paso comenzó a explicar:

—Es una cosa fatal que se acerca; yo siento que poco a poco se va apoderando de mí… Imagínate: es como si fueran dos manos, poderosas e invisibles, que me fueran apretando y apretando el cuello, así.

Y hacía con las suyas, largas y huesudas, el gesto aludido.

—¡Jesús; déjate de eso! —exclamó ella asustada con la expresión de aquel rostro anguloso al cual el reflejo purpúreo déla pantalla daba un aspecto de congestión, como si en realidad las manos invisibles apretaran…

Tres días después, la señora Gertrudis le entregó un telegrama dirigido a él. Era de Branto que ya en viaje le anunciaba que esa tarde llegaría a la capital. El telegrama corrió la misma suerte que la carta anterior y cuando la patrona volvió a la habitación, fingiendo buscar en el suelo algo que no se le había caído, Fariña le preguntó:

—¿Tiene usted alguna habitación desocupada?

—No; ninguna. Pero: ¿para quién es?

—Para un amigo que tal vez se hospede aquí.

—¡Ah! Si es un amigo suyo, yo veré de habilitar la del lado.

—Pero él llega esta tarde.

—Bueno, cuente usted con ella.

Y la huésped salió precipitadamente dando voces a una mujer del servicio.

En la tarde, cuando Branto bajó al andén, buscó inútilmente a Ricardo entre los que esperaban la llegada del tren. Por primera vez Ricardo había faltado.

—¡Qué raro! —se dijo Branto y luego entró en un coche dirigiéndose al centro de la ciudad. Ya el coche llevaba recorrido largo trayecto y Valentín cansado de ver a todos lados se resignaba a no encontrar al amigo, cuando al doblar una esquina descubrió a Ricardo que al reparar en él bajó precipitadamente la vista fingiendo leer en un libro que tenía abierto, mientras escudriñaba de reojo desde la puerta de un botiquín situado en el trayecto de la estación, el interior de los coches que pasaban cargados de viajeros y equipajes.

Ricardo entró en el coche; respondió con frialdad a las expansiones del amigo, contestando con evidente malhumor las preguntas que éste le hacía. Al pasar por el hotel dejaron los equipajes en la habitación preparada para Branto y siguieron de paseo recorriendo la ciudad. Al día siguiente regresaron: Branto, ebrio aún; Ricardo apenas podía tenerse de pies y tenía en la mejilla izquierda una huella amoratada con la forma de un paréntesis muy cerrado. Aquel paréntesis volvió a aparecer por todos los días consecutivos en diversas partes de su cuerpo. Poco después el nombre de Fariña rodó hecho una piltrafa en una crónica de escándalo…

VII

Las campanas de Santa Luz repicando en la noche; el agudo grito del hombre despavorido ante el fantasma blanco, repercutían al cabo de doce años en el alma de Ricardo Fariña. Inútilmente la flaca voluntad del estudiante había pretendido rebelarse; aquella lucha de largos días había sido el último esfuerzo desesperado, la vergonzosa derrota definitiva tras de la cual solo había puesto para la abdicación de la propia personalidad. Al principio se debatió bajo la presión de las invisibles garras, luego no pensó más en resistir y dejó que se cumplieran en él los designios fatales. Estaba abrumado; aquella caída, la última, había sido el remate del eterno bamboleo de su vida, el derrumbe final de lo que había vacilado en él continuamente. Después no sintió nada, no experimentó ninguna interna zozobra, ningún escozor; fue como si le hubieran amputado algún miembro dolorido. Nuevamente había perdido los exámenes del curso, y esta vez el amor de Olimpia además y la salud… Y en sus horas de atonía pasaban por su memoria los recuerdos de estas cosas perdidas quizá para siempre, borrosamente, como pudieran pasar los restos del navío destrozado, sobre la pupila inerte del náufrago abierta en el fondo del agua.

Y Ricardo Fariña, aligerado del peso de la conciencia que había gravitado hostilmente sobre su vida, experimentaba un horrible bienestar, una liviandad de cosa vacía por dentro.

Una noche bailaba en un prostíbulo en compañía de Valentín. Un pendenciero famoso entre los frecuentadores del sitio, comenzó por lanzarle soeces indirectas. Fariña un tanto amilanado fingió al principio no haberse percatado de ello y luego, como para desarmar al chocarrero, tomando a chanza lo que era ya abierta provocación, le dijo con un acento que se había esforzado en hacer amable:

—Está bueno, compañero.

Y al mismo tiempo vio que Valentín, soltando de pronto la pareja, con un tremendo puñetazo, despachurraba sobre la boca del patán el dicterio hiriente y vil que éste había comenzado a proferir.

Otra vez había caído en su defensa la mano que se irguiera amenazante en la escuela de Santa Luz, y Ricardo Fariña volvió a sentir con más violencia que nunca aquella impresión de un golpe en el cerebro que era en él característica.

VIII

En el silencio de la noche se escuchaba el ritmo regular de la respiración de Branto que en la habitación contigua a la de Fariña dormía profundamente. Las dos piezas estaban comunicadas por una puerta siempre abierta. Ricardo tendió los oídos hacia aquel ruido intermitente y un espeluzno le recorrió todo el cuerpo…

—¡Si yo lo hiciera esta noche!

Y se dio a imaginar el acto liberador de aquella larga servidumbre. Muchas veces había pensado lo mismo, pero aquella noche, el resquemor de la reciente humillación y el alcohol ingerido hicieron estallar brutalmente en un desvarío de sangre su viejo encono y sus imaginaciones tuvieron una plasticidad inusitada.

Se vio a sí mismo tanteando en la sombra la puerta que comunicaba la suya con la habitación de Valentín, luego, agacharse y pasar arrastrando, frente a la ventana abierta hacia el patio; incorporarse de nuevo, llegar conteniendo la respiración al borde de la cama, inclinarse sobre el durmiente, agarrarlo de pronto por el cuello y apretar… apretar…

IX

A la mañana siguiente —como si la energía de aquel supremo esfuerzo mental, exprimida a la impotencia de toda una vida, hubiera aniquilado su organismo— le hallaron muerto sobre el lecho, en todo el cuerpo estereotipado el último estremecimiento agónico, y en una crispatura espantosa aferradas las manos al cuello ensangrentado.

LOS AVENTUREROS

I

A la legua trascendía que el doctor Jacinto Ávila no estaba hecho para aquella suerte de andanzas; peñas arriba, por un camino angosto y fragoso, sobre una mala bestia alquilona, bajo un sol que abrasaba, a mediodía en punto. Avilita —como le llamaba todo el mundo— debía sufrir mucho con el zangoloteo de la cabalgadura, el rigor del meridiano, la desazón del fastidio, y con aquellas ingratas caricias que al pasar le hacían en el rostro las ásperas ramas de la maleza que tapaba el sendero de la montaña, por el que iba, paso entre paso, y tal debía de tener de quebrantados los miembros y molidas las carnes, que no hallaba ni qué cara poner ni cómo acomodarse en la silla. Además, no parecía llevarlas todas consigo, cual se colegía por las recelosas miradas que a menudo echaba en derredor y por la significativa precaución de llevar la mano a la cañonera de la montura, cada vez que se acercaba a algún recodo o desfiladero sospechoso del camino, o percibía rumor como de acecho entre los jarales.

Sin embargo, Avilita no iba todo lo mohíno que fuera de esperarse. Por momentos se le desenfadaba la faz, iluminándosele con una expresión de complacencia maligna, como quien se regodea con el pensamiento de la propia maldad. A veces el contentamiento subía hasta entusiasmo, y dejando el arzón y la rienda, con perjuicio del equilibrio, se restregaba las manos, con lo que dejaba ver a las claras que algo llevaba entre ellas, y luego, olvidando los riesgos y molimientos que le traía el andar por aquellas escarpas, se engolfaba en gratos pesares, a media voz y risueño, dejando a la mal andariega mula concertar el paso a lo que buenamente le dieran sus flaquezas, hasta que uno de los peor dados de ella le volviera en sí con gran sobresalto. Pero entonces le acontecía descubrir a uno que lo observaba desde lejos y que de pronto desaparecía, como por encanto, con lo que volvía Avilita a la querencia de su recelo y por buen espacio se mantenía sobre aviso.

Iba este que lo espiaba, a lo que la distancia dejaba ver, montado en una mula blanca, tan diestra en el encaramarse sobre los más eminentes riscales, como ágil en el desaparecer por no sospechados atajos, de la baquía de cuyo jinete era la suya señal poco tranquilizadora, dada la circunstancia de que según todos los indicios, éste no hacía camino determinado, ni andaba por ninguno propiamente, sino por los arrezafes y vericuetos y con el solo objeto de espiar al que venía por el sendero. Así, unas veces aparecía a buena distancia por delante de Avilita; otras a sus espaldas y tan próximo que era como estar entre sus manos; y tan pronto estaba a la derecha como a la izquierda del camino, sin que nunca pudiera descubrirse cuándo ni por dónde lo cruzara. La última vez que apareció pasó tan cerca de Avilita, que éste recibió en la cara el resoplido caliente de la bestia que, como un disparo, saltó de improviso de entre la maleza del camino, ágil lo atravesó como al vuelo, de un salto ganó el talud opuesto, y desapareció otra vez, hendiendo el gamelotal tan alto y tupido que tapaba al jinete.

Tan brusco y rápido fue todo esto que Avilita apenas si tuvo tiempo de refrenar su bestia para no ser arrollado en el ímpetu de la otra; y lejos iban ya ésta y su jinete, mientras él, no bien repuesto de la sorpresa, permanecía en el propio lugar de ella, esperando por momentos el asalto inminente, sin quitar la vista del gamelotal que ya no se movía. Y así estuvo hasta que a lo lejos, sobre una cumbre rotunda, apareció la mancha roja de la cobija que llevaba extendida sobre el arzón el supuesto espía, cuya silueta luego desfiló sobre el cielo a todo lo largo de la cresta roqueña en que remataba por aquel lado la serranía, y desapareció, finalmente, entre las neblinas cimeras.

II

El doctor Jacinto Ávila tenía sobradas razones para temer una acechanza en aquellos apartados parajes por donde a la sazón merodeaba en son de guerra el famoso y temido insurgente Matías Rosalira, cuyo feudo y correderos eran desde mucho los riscos, vertientes, caminos, bosques, rastrojos, caseríos y todo cuanto se encerraba en la vasta serranía, en la que, mejor conocido con el nombre de El Baquiano, gozaba de mucho prestigio.

Se decía de él que tenía un exterior atractivo, y que por las buenas era una excelente persona, afable en su trato, comedido con los extraños, generoso con los suyos y hasta noble y leal: y aún bien que por lo que se daba a entender tales lealtad e hidalguía no le obligaban a mucho y solo consistían en no haber herido nunca a mansalva, ni cometido traición o alevosía, ni en el débil haberse ensañado, a ellas debía el gran ascendiente que tenía sobre los montañeses. Además, era gran derrochador, servicial, obsequioso y tan amigo de tener la casa llena de los suyos en fiesta, como de acudir donde las ajenas con su socorro cuando fuera menester. Todas las que, con otras cualidades suyas, le hacían tan popular que no había persona de las que le trataran que no le fuera afecta, no siendo parte a disminuirle el que le tenían sus adictos, ni la autoridad que sobre ellos ejercía, ni el vasallaje a que los obligaba. Disfrutaba, así mismo, del favor de las mujeres, aunque era cosa sabida que no las trataba blandamente así que le pertenecían, ni les era fiel por mucho tiempo; mas, como era insinuante, buen mentiroso y amigo de enamorarlas y adquirirías por modos extraordinarios, casi siempre novelescos, nunca hubo una a quien requiriera inútilmente.

Su última aventura galante tuvo gran resonancia. Era ella de una de las más acomodadas y campanudas familias de un pueblo de los que había a las faldas de un monte, y se enamoró de él con tanta vehemencia que no valieron razones, ni ruegos, ni amenazas de los suyos, y así, cuando El Baquiano quiso tomarse lo que no querían darle buenamente, encontró la voluntad de la muchacha tan rendida a la suya, que a poco de proponérselo ya estaba ella con él, camino de la montaña.

En ésta la noche era tan cerrada y tan espesa que daba trabajo avanzar por entre ellas; largos truenos rebotaban de cumbre en cumbre y caían dentro de los barrancos rebosándolos de ruido, por las torrenteras bajaban mugidoras aguas, llovía, y a ratos se oía venir derrumbes. Con tales rigores, además de sus zozobras, iba la robada transida de pavor y lloriqueando para que no siguieran, con cuyos melindres y con el continuo resbalar de las bestias, que repinaban trabajosamente la cuesta barrial, comenzaba Rosalira a perder la paciencia y a renegar de la aventura. De pronto un derrumbe. Matías, más experto, obligando a su bestia a un salto desesperado, se puso en salvo, pero la mujer fue arrollada por el alud y arrastrada al barranco entre un fragor de peñascos que rodaban desgajando los matorrales. Fue la única vez que la montaña estuvo en contra del Baquiano; pero él no le guardó rencor por ello.

Por lo demás, era en extremo supersticioso, buen devoto de la Virgen del Carmen, en cuyo nombre lo mismo daba una limosna que una puñalada y se sabía una porción de oraciones y ensalmos en cuya eficacia creía a pie juntillas; profesaba un respeto inviolable a la madre, a quien nunca hablaba puesto el sombrero ni alterada la voz, y un odio profundo, feroz e invencible al extranjero. Podría tener cuarenta años y nunca se le conoció padre, lo que daba pie a multitud de curiosas versiones a propósito de su origen, siendo voz general que descendía de gente de rango venida a menos, y los más fantaseadores aseguraban que venía, por línea de varón, de un remoto señor que según las leyendas de la montaña, habitó en un castillo roquero, ya en ruinas, y que, aunque nadie lo había visto, existía entre unos riscos inaccesibles que a manera de almenas había en las crestas más altas de la sierra entre nieblas perennes.

Y como Matías desaparecía de tiempo en tiempo, sin que se supiera donde se metía, los montañeses aseguraban que era en el castillo fantástico, cuyo camino solo él conocía y donde, naturalmente, había tesoros escondidos.

III

Se reveló la hombría de El Baquiano, cuando tenía veinte años, por Pascuas, una tarde de joropo, embriaguez y sangre. Se dividían para entonces las montañas en dos bandos hostiles: los guarubas de un lado de la fila, y del otro, los del Riscal. Reunidos estaban estos, desde la Noche Buena, en uno de los ranchos del caserío, donde bailaban, cuando a cosa de las tres, apareció por los alrededores una partida de los guarubas, entre los cuales venía Cupertino, negrazo feroz y sanguinario, cacique de ellos y terror de todos los contornos. Traían mal disimulados bajo las cobijas los relucientes linieros, y una intención manifiestamente hostil, con todo lo cual se acercaron a la puerta del rancho a ver el joropo.

En el caney bailaban desprevenidos; en un rincón Matías descabezaba el sueño y punteaba el arpa a la vez, tan suave y dormidamente que apenas se oía, chischeaban las marcas unísonas con los pies de los bailadores y al compás, a intervalos una voz desapacible canturriaba el pasaje intrincado y sin fin... De pronto cunde un murmullo: el aire que respiran produce escozor. Estornuda uno, y luego otro, todos después. Los de la barra les hacen corro de chacotas, provocativamente; la refriega se viene encima, las mujeres tratan de retener a los hombres que ya no bailan sino forcejean; por momentos la atmósfera se hace irrespirable, es fuego en las fauces y en los cuerpos sudorosos; el barullo crece de punto y ya se oyen afuera ruido de armas que se aperciben ostensiblemente.

—Pare el golpe, compañero —le grita uno a Matías, que no se había dado cuenta.

—¿Qué pasa?

—Que han echao ají.

Soltaron el trapo a reír los de afuera y sus parejas los de adentro, y pronto en todos los ojos relampagueaban miradas feroces, y en las manos fierros siniestros. Se abrieron los guarubas a pocos pasos del rancho en espera del ataque, y como los de adentro no salían, comenzaron luego a desafiarlos con insultos y rechiflas; y entre todos el que más voces daba y mayores improperios decía, era el negro Cupertino, enemigo jurado de los risqueros y ahora más que nunca por el desaire que le habían hecho no invitándolo al joropo, como era costumbre y ley de todos los moradores de la montaña. Los de adentro lo oían y se miraban unos a los otros, conteniendo el aliento, fijos los ojos en la puerta por la que entraba el vozarrón del Negro, a cuyo reto no atendían aunque amenazaba ya pegarle fuego al rancho para obligarlos a salir, tal era la sugestión de pánico que ejercía sobre todos, cuando de pronto Matías, sin decir palabra, de un salto se puso fuera del caney y tan luego estuvo sobre el Negro, que por no creer que le salieran perdió la serenidad, que era fama que nunca le había faltado, y con ella la vida en un santiamén. El Negro se desplomó, rebanada la cabeza, por cuya ancha herida se le iba en borbotones toda la sangre, y le vierone caer los suyos que a pocos pasos más allá se agrupaban, sin que ni uno se moviera a acudir en su defensa, tal estaban de asombro, mudos y clavados en el suelo, como de la misma manera en la puerta del rancho los amigos de Matías. Con lo que había tan gran silencio y tal ansiedad que daba miedo pensar en lo que sucedería cuando volvieran en sí.

Y lo que sucedió fue que de repente, a un mismo tiempo, todos se abalanzaron unos contra otros y se acuchillaron encarnizadamente. El que más cuchilladas dio fue Matías, y cuando derrotados los guarubas emprendieron la fuga, él se ensañó en perseguirlos, y los llevó hasta sus propios ranchos a plan de machete.

Lo persiguió luego, a su vez, la Justicia por la muerte del Negro que era Comisario de la montaña, y Matías, seguido de unos cuantos, huyó a los bosques y se hizo bandolero.

Muerto el Comisario, los odios que éste había sembrado y los que suscitó su muerte, comenzaron a estallar, y se formaron tantos bandos como caseríos había en la montaña, con lo que empezaron a surgir capataces y montoneras, y al poco tiempo hubo tantos que no fue posible transitar sin riesgo por aquellos parajes.

De todos los caciques el más famoso era Matías Rosalira, a quien llamaban ya El Baquiano. Partía para él la fila de la montaña en amigos y enemigos a todos sus moradores, pero todos lo acataban como a más fuerte, más audaz, más aguerrido y baquiano entre todos. Fatigada tenían ya a la justicia sus depredaciones y fechorías, pero como no había esperanzas de cobrárselas, y además, podía ser que conviniera más hacer las paces con él, la misma autoridad que lo perseguía resolvió hacerlo suyo, nombrándolo como al negro Cupertino, Comisario General de la montaña.

Juró lealtad Matías, que en el fondo no dejaba de tenerla, a su manera, y tomó tan a pecho la comisión de pacificar que se le había encomendado, que no se dio tregua hasta someter a los cabecillas facciosos. Y como tenía don de mando, y se daba tanta maña para atraerse la voluntad de los hombres, a vuelta de poco no había en todos los contornos sino amigos suyos, porque a los que por las buenas no habían querido serlo, los exterminó sin piedad, con lo que quedó la montaña en paz y solo él dueño de ella.

A fuero de tal, dirimía las querellas, administraba justicia, cobraba impuestos a los terratenientes, y sin reparo ni consulta, sino a todo su talante y beneficio, dictaba leyes y repartía privilegios sin que nadie se atreviera a discutirle el suyo, porque las contadas veces que esto quiso suceder, le dio al insubordinado tan contundentes razones que por muchos días le duró el dolor de ellas. Y hasta tanto llegó su señorío que edificó su casa en el preciso punto por donde pasaba el único camino que era de recuas, sobre una loma tan escarpada y angosta, que no era posible hacer rodeos para evitar la casa, por dentro de la cual Rosalira permitía el paso mediante un peaje estipulado. Se quejaron algunos y las autoridades se vieron en el caso de amonestarle, a lo que contestó Matías que lo había hecho para ejercer mejor la policía de la región y que lo del derecho de puerta podía ser que fuera más bien de agradecérsele que lo cobrara, como que era para conservar y mejorar los caminos, con lo que dichas autoridades se hicieron las convencidas, y lo dejaron en paz y a sus anchas.

IV

En tan buen acuerdo se pasaron algunos años, hasta que una mañana se presentaron en sus dominios varios individuos provistos de instrumentos, cintas y otros accesorios, y comenzaron a echar visuales, tomar medidas y apuntar cifras. Todo lo cual visto por Rosalira le puso sobre aviso, y al día siguiente cuando los intrusos volvieron a sus mirares y medires, él se encaminó donde ellos y les preguntó quiénes eran y qué lo que hacían por allí. Le dijeron que eran ingenieros de una compañía extranjera que hacían el trazo de un ferrocarril que pronto atravesaría la montaña, con lo que Matías se enfureció tanto que por poco abofetea al que tal le dijo, pero no se quedó sin jurarles que no llevarían a cabo su empresa.

Terminado su quehacer se fueron los ingenieros, mas no por esto se tranquilizó El Baquiano, sino que se lo pasaba preocupado con la idea del ferrocarril. Era éste un enemigo inusitado para él y comprendía que el día que entrara en la montaña se acabaría su dominio sobre ella y hasta tendría que abandonarla. Y tan cierto estaba de que por más que se los estorbara terminarían los extranjeros saliéndose con la suya —cosa que lo exasperaba hasta el extremo— que aquel año, último quizás de su señorío, dobló los derechos de paso a los traficantes y cobró adelantados los impuestos de bosques y cultivos del año próximo. Además se la pasaba vagueando por el monte, explorando veredas y escudriñando los bosques; y a veces se pasaba los días enteros metido entre ellos, sin que se supiera por donde andaba ni qué hacía, aunque se sospechaba que se ocupaba en desenterrar y reunir el armamento y municiones de guerra que tenía escondidos por allí.

Entretanto, de la ciudad venían noticias alarmantes: el ferrocarril adelantaba, los trabajos iban ya entrando a la montaña. Y entraron por fin. Fue una invasión inusitada: todo el día estuvieron llegando escuadrillas de peones y se diseminaban por las laderas, a lo largo del trazo, y comenzaron a plantar campamentos. Después empezaron los trabajos: centenares de picos rompían la tierra, los petardos explotaban a cada rato despedazando los macizos roqueños; talaban las selvas, en los barrancos comenzaban a levantarse parapetos audaces, por las laderas bajaban continuamente aludes devastadores, con un clamor como de aplausos formidables que subía hasta las cumbres. En las noches, en los campamentos había algazara y guitarras, hasta que Matías empezó a cumplir lo que había prometido, y ya no los hubo más sino expectación y silencio, porque desde entonces no hubo noche sin asalto. Todo el día se lo pasaba El Baquiano, viendo los trabajos desde su alto riscal, maquinando planes para la noche, y cuando ésta cerraba, él bajaba con su montonera a atacar los campamentos, o a destruir las obras, muchas veces con los mismos petardos de los que las construían. Después, ya no esperaba la noche, sino que los atacaba en pleno día, con lo que se pasaba la mayor parte de éste en expectación y refriega, y el trabajo no adelantaba, y a poco se suspendió por falta de braceros. Matías parecía salirse con la suya.

La Compañía envió comisionados a ofrecerle acciones de la empresa para que la dejara en paz, pero él no las aceptó; llegaron a ofrecerle una suma considerable y la rechazó también. Lo que quería no era dinero, con lo que le daba la montaña tenía de sobra; su punto era no dejar pasar el ferrocarril, porque era cosa de extranjeros, y él los odiaba cordialmente. Recurrieron estos a otros arbitrios, y el gobierno mandó gente armada para proteger las obras. Recomenzaron éstas y con ellas el estado de guerra en la montaña. Matías Rosalira fue declarado faccioso.

V

Avilita lo sabía. La fama del caudillo montañés había cundido por todas partes y sus hazañas y fechorías eran objeto de toda suerte de comentarios. Conocía también el peligro que había en aventurarse por sus correderos en tiempos como aquellos, de guerra sin cuartel, y aunque las cosas que se contaban del Baquiano, eran para atemorizar al más impávido, así las oyera en poblado y a buen recaudo, a Avilita no le asustaba la idea de encontrárselo, sino más bien la deseaba, como que iba en busca de él.

Atravesaba a la sazón una enmarañada selva, sin sendero y tan pendiente que por aliviar a la rendida bestia se echó a pie, y a más andar ganó la linde, en la cumbre misma. La neblina era tan densa que a pocos pasos apenas se distinguían siluetas borrosas; subía de los barrancos, cálida como un aliento, en borbollones silenciosos, se desflecaba contra los riscos de aristas cortantes, rodaba sobre las lomas, y se metía, bosque adentro, blanqueando la sombra azul o violada de la umbría. De entre ella, en una engañosa perspectiva de lejanía emergían afilados picachos, roquedos colados sobre el abismo blanco, aguileras crispadas sobre las cuales se cernían grandes aves rapaces, en un vuelo avizor, lento y majestuoso. A veces, cortado por las alas, vibraba el aire sonoramente, como una clarinada; a intervalos, en el fondo de los barrancos, reventaban estampidos; del mar venía, con las brumas, un viento recio y crudo que pasaba sobre las lomas y se metía por los quebrajones, tal una manada de lobos marinos, todos blancos, que invadiera la montaña.

Avilita, al azar cogió hacia la derecha; caminaba sobre el filo de la montaña por un terreno de rocas entre las que crecían frailejones y helechos, tan pulidas como si el suave y perenne rodar de las nieblas las hubiera aromado. De allí a poco, se desvanecieron las brumas, apareciendo primero el mar, a lo lejos, desmesurado y azul, y luego el macizo de montañas: las hondonadas vertiginosas, los cangilones donde se apretujaban almácigos de selvas vírgenes, los caseríos esparcidos por las laderas, los plantíos surcados de valladares de piedras, y luego, por encima de la cresta ríspida, hasta donde alcanzaba la vista, la formidable cordillera que se metía, tierra adentro, en una sucesión de cumbres y de azules, hasta el más desvaído sobre la más remota; y la llanura urente, al fin, como un celaje.

De pronto, detrás de un peñón que lo guarecía de los vientos marinos, un paraje donde había casas, al extremo de la travesía que de allí para adelante, dejando la fila, descendía hacia los lados del mar. Pasaba el camino por dentro de una de las casas, cerrada a la sazón, y estaba ésta en lo más escarpado y angosto del sitio, plantada de tal manera que no había otra de pasar sino por dentro de ella. Reconoció Avilita por estas trazas el lugar en que estaba, que no era otro que el paradero de Matías Rosalira, y aunque parecía deshabitado, tan cerradas estaban las puertas y en silencio las casas, se decidió a llamar. Al cabo de un rato se abrió el portalón que dejaba el paso del camino franco, y apareció un hombre, hasta de cuarenta años, vigoroso, alto y bien plantado en quien Avilita reconoció al punto al espía de antes. Este le sonrió como para inspirarle confianza viendo la turbación en que su presencia lo puso, y le preguntó si quería pasar, pidiéndole excusas por haberse demorado en abrirle. Repuesto, Avilita le contestó que mejor quisiera no pasar todavía, porque iba muerto de cansancio y con mucha hambre, como que era bien pasada la hora del almuerzo, y así más le agradecería que le dijera si podía encontrar en la posada algo de comer.

Mirolo el otro de pies a cabeza, y luego, sin verle la cara contestó:

—Lo que es aquí no hay gente y no se halla nada; pero véngase conmigo. Puede ser que por ahí se encuentre.

Volvió a cerrar la puerta así que pasó Avilita y luego acudió a abrir otra que había al extremo del pasadizo, que no más era aquello, y mientras pasaba el cerrojo le dijo:

—Vaya andando joven… por ahí, a su derecha, yo voy con usté.

Comprendiendo el otro que quería conservarse a sus espaldas y aunque tal espaldero no era para inspirar confianza, echó a andar con todo el recelo que era del caso. A poco su acompañante le preguntó:

—Dígame una cosa, joven, y usté perdone el entrometimiento: ¿qué busca usté por aquí?

—Busco al General Matías Rosalira.

—Entonces ya pué usté parase.

—¿Es usted?

—Pa servirle. Pero nada más que Coronel, por lo pronto.

—Jacinto Ávila, doctor en leyes.

VI

El doctor Jacinto Ávila devoraba el almuerzo que le habían aderezado en el rancho adonde lo llevara Matías Rosalira. Este lo acompañába y lo servía una vieja india, cantinera desde moza, abotagada y aguardientosa, que no cesaba de gruñir y mirarlo con malicia. Entretanto, en torno al rancho, que parecía cuartel, tal estaban las trojes llenas de armas, merodeaban hombres mal encarados, que tenían aspecto de perros de presa.

—Son mis muchachos.

—Creí que usted tenía su cuartel en la casa del paso de la fila.

—¿En El Respiro? Es que ahora tengo la gente trabajando del otro lao.

—Raro es que no hayan intentado ocuparla sus enemigos.

—Lo que es intentao, no se esté usté pensando que no les ha faltao ganas, la cosa es que, como dicen vulgarmente: toavía no estaban maduras y se han fruncío al clavarles el diente.

—Es inexpugnable, verdaderamente. Y como usted es tan conocedor de la región.

—Alguna ciencia debe tené uno, doctorcito; pa algo ha vivío uno toa la vida en estos espeñaeros.

—Debe ser muy agradable vivir en estos lugares altos.

—Según y conforme. Todo está en el acomodo de uno; pa usté, en comparación, no sería muy propio, acostumbrao a las comodidades de la ciudad.

—Tal vez…

—¡Eso sí! Pa la salú le sirve hasta más útil que la ciudad; aquí tiene uno el pulso y la juerza que estorba. Yo, le soy franco, el día que tuviera que irme de la montaña, me moriría de rabia, como el querrequerre enjaulao.

—Depende de la manera cómo salga usted de ella.

—Ahora parece que me quieren sacá por la juerza. Pero, ¡caray! como que no les va a sé muy fácil. Usté perdone la interjección, pero es que cuando me acuerdo… Mire, es que me dan ganas de… de estrangularlos a todos… Usté sabe… los de abajo, los musiúes esos.

—Los del ferrocarril. Sí.

—Je, je… Esta risa no es ni mía.

Y Matías Rosalira se paseaba atusándose el bigote. Luego salió del rancho llegando hasta el borde del despeñadero, desde donde se veían, allá abajo: el peonaje del ferrocarril perforando la montaña y los campamentos de la tropa que protegía las obras, bajo banderas extrañas.

—Pero señor, es mi cuestión: por qué vamos a dejar que los musiúes se cojan la tierra de uno.

—Ahí tiene usted una bandera prestigiosa para una revolución.

—Ahora todos la han cogido con lo de la civilización; como si la civilización no pudiera andá sino en ferrocarril. Lo que pasará es que se morirán de hambre los pobrecitos arrieros, para que los musiúes se lleven todos los riales pa su extranjero. ¡No digo una revolución!

—¿Por qué no la hace usted?

—¿Yo?

—Es el único que puede hacerla hoy.

—¡Ah! ¡malaya!

—Si usted quisiera, al dar el grito tendría sobre las armas un pie de ejército de flor.

—¿Usté lo cree?

—¿Cómo no? Estoy segurísimo; yo sé por qué lo digo.

—La verdad es que yo tengo muchos amigos, aunque me esté mal el decilo.

—Y los que tiene sin saberlo. Hoy es usted el Caudillo más popular, todas las esperanzas del país están puestas en usted. Mire, yo vengo de recorrer la República y sé que toda ella, como un solo hombre, se levantaría por usted.

—Yo sí lo creo, porque son muchos los descontentos. Pero la cosa es que eso de una revolución son palabras mayores.

—No hay tal. Audaces fortuna juvat. Quiere decir: que la fortuna ayuda a los audaces.

—No es que yo le tenga miedo a la guerra, porque en ella he echao los dientes y las barbas, sino porque despúes no me hallaría. Yo no sirvo pa lo civil.

—Ya encontrará usted colaboradores. Desde luego, me pongo a sus órdenes. Yo he estudiado mucho, he penetrado las entrañas de este país y sé cómo se le puede gobernar.

—Gracias, doctor.

—Además, que no se dará el caso de que usted necesite de consejeros. Usted tiene cualidades maravillosas y da lástima que las pierda usted en escaramuzas sin gloria ni provecho. Usted perdone que se lo diga.

Guardaron silencio un momento. Matías Rosalira se hurgaba la barba pensando:

—¿De modo que usté cree que la parada es tirable, como dicen?

—Con los ojos cerrados. La Patria se lo está reclamando.

—Por ella lo haría, y por ella es que lo hago, créame usté; yo estoy en guerra porque eso del ferrocarril es contra las leyes; todos los pueblos de la montaña se arruinarán, y se morirán de hambre los pobres que no viven sino de sus cargas.

VII

Para Rosalira la Patria era su montaña, y el patriotismo no dejar pasar el ferrocarril. El doctor Jacinto Ávila fue a decirle que aquélla era algo más que la montaña: las ciudades que blanqueaban allá abajo; las llanuras inmensas que reverberaban a lo lejos; y lo que no se veía; la Patria de extramuros que estaba detrás de las barreras azules de los montes sin sospecharlo Matías. Para hacérselo comprender comenzó por despertarle una ambición que hasta entonces no había tenido, y lo hizo tan mañeramente que el Caudillo no distinguía cuándo le hablaba de la Patria y cuándo del rico botín que le aguardaba en la aventura, y lo hizo con tal éxito que a poco rato no era posible saber quién inducía a quién.

Terminado el almuerzo, Avilita se puso a escribir la proclama de guerra del General Matías Rosalira, mientras éste recorría la montaña en todas direcciones convocando a sus amigos.

VIII

El doctor Jacinto Ávila estaba ya en su camino; y tal vez muy cerca de realizar la única y grande aspiración de su vida: llegar.

¡Llegar! Por ello había abandonado su provincia nativa cuando comprendió que en su pobre ambiente jamás pasaría de ser un talento sin gloria ni provecho, si era que no se quedaba en la obscura mediocridad, y enderezó sus pasos a la Capital propicia, y ya en ella, en la Universidad que da prestigio y esplendor vinculados a un título que abre todas las puertas y allana todos los caminos; y por ello padeció necesidades: comió mal, vistió peor, sufrió humillaciones y desprecios, ambicionó mucho y envidió más. Y logró llegar hasta el título. Se graduó de doctor en leyes y al despedirse de las aulas donde segara fácil laurel a fuerza de imponer a todo trance el imperativo categórico de su vanidad inflada de suficiencia, no tuvo palabras de gratitud sino de encono para aquello que él llamaba fatalidad de su medio, que le había impuesto aquel áspero noviciado de seis largos años de inactividad y enojoso estudio que pusieron a prueba su energía. Encono que era tan sincero como había sido insolente y que siempre fue, contenido, el acicate de su voluntad, y a la hora del triunfo, libre y desbordado, la natural revancha de su alma en violento desquite por las humillaciones y sinsabores padecidos.

Graduado ya acudió al periódico y a la tribuna propicios y tanto escribió y declamó tanto, con el solo objeto de hacer ruido, para lo que era bastante hueco y vacío, que a vuelta de poco ya tenía una gloriola y era acatado en todos los círculos de la Capital. Pero no era este llegar a medias todo lo que él aspiraba y siguió trabajando con tesón por llegar de un todo hasta donde fuera posible llegar en su país, sin que su delicadeza estableciera distingos de escrúpulos que más tarde fueran a amargarle el saboreado disfrute de sus triunfos. Y con esta acomodada determinación a poco estuvo en la asendereada política y por ella anduvo buen espacio con éxito bastante prometedor. Pero, reveses de la fortuna o torpeza para calcular, le hicieron dar un paso imprudente y cayó en desgracia.

Entonces fue cuando llegó a sus oídos la fama que cobraba Matías Rosalira y resolvió ir en su busca para intentar junto con él, y a su amparo, la gran aventura. Buen conocedor de su medio, por instinto y por experiencia, sabía que solo con un apoyo de esta suerte podría hacerse carrera por los caminos del éxito y para lograrlo resolvió hacerse espaldero del Caudillo. éste era la fuerza, el instinto cerril, impetuoso y dominador, la energía acostumbrada a imponerse, la única energía de la raza blindada de barbarie pero íntegra, pura como un metal nativo; a su vez él se reconocía el aliento de la gran aspiración, de la audacia aventurera, que también es una fuerza, y si el otro tenía con su instinto la fortaleza de la garra dominadora, él podía prestar con su inteligencia el ímpetu del vuelo que levanta y dilata la potencia de la garra.

IX

Esto era lo que el doctor Jacinto Ávila venía a proponerle al cacique de la montaña.

Cayole bien al montaraz en su ánimo aventurero la propuesta y la condición del ciudadano, y como además, según era fama, profesaba aquél un gran acatamiento al saber, Avilita que se lo sabía de antemano, hizo alardes del suyo, con lo que desde el primer momento cobró ascendiente sobre él.

Ya estaba en su camino. Se acordó de los que le negaban méritos, de los que le escatimaron su aprecio, de los orgullosos que habían sabido estarse en retiro de dignidad, mientras él iba placenteramente con la maltratada y peor tenida suya, en subasta, y se complació de pensar que pronto podía pasearles su triunfo por delante y humillarlos, y no solo a ellos, sino a la sociedad entera, a los mismos que le habían dado la mano, porque Avilita tenía un profundo rencor contra todos, gratuito al parecer y que en el fondo no era sino un deseo de represalias, en el que se revelaba inconscientemente la aspiración de virtud que la vida no le había dejado tener: grandeza de alma, hidalguía en el corazón, ideales, integridad, orgullo.

X

Al día siguiente, con las primeras sombras de la noche, comenzaron a llegar a la posada de la cumbre los amigos del Baquiano. Eran muchos, de todos los contornos y venían sin armas algunos, pero todos en tren de campaña. Así que estuvieron reunidos, Avilita, a nombre del General Matías Rosalira, les explicó el motivo de la convocatoria y les leyó la proclama de guerra, en la cual se mentaban las Instituciones, la Soberanía nacional, los fueros sagrados de la Patria y otras cosas más, altisonantes y arrebatadoras, que nunca habían oído nombrar los montañeses, a quienes, sin embargo, les pareció muy bueno todo. Pero no dieron muestras de entusiasmo, sino que se quedaron viéndose unos a otros, aprobando con la cabeza y a regañadientes, hasta que Matías tomó la palabra y les dijo, lisa y llanamente:

—Muchachos, lo que les ha dicho el dotor es la pura verdad, y por eso yo los he convocao pa que nos alcemos contra el Gobierno, porque el Gobierno ha faltao a las leyes y nos quiere quitá la montaña de nosotros pa vendésela a los musiúes.

—¡Abajo el ferrocarril! ¡Muera el Gobierno! ¡¡Mueran los musiúes!!
—gritaron entonces los amotinados, y con gran tumulto salieron al camino.

Luego, armados ya los que no estaban y borrachos todos, se pusieron en marcha, apenas comenzaron a perfilarse sobre la incierta claridad albar las recias siluetas del monte, y con esto empezó la aventura.

Matías a la cabeza y a su lado el doctor Jacinto Ávila, ahora bien montado y convertido en respaldero intelectual del Caudillo, bajaba la horda por los senderos fragosos como un alud que nadie sabía adónde iría a parar, ni cuántos estragos haría, mientras en la noche remisa de las hondonadas los gallos desperezaban sus clarines en dianas triunfales.

Sobre los picos enhiestos en la fría claridad, suaves oros de sol; abajo: la madrugada azul; blancura de brumas sobre la llanura y sobre las ciudades hacia donde bajaba la montonera bisoña, ávida de sangre y botín…

LOS INMIGRANTES

I

Vinieron, expatriados por la miseria, en busca del oro de América: Abraham, del monte Líbano; Domenico, el calabrés. Ambos eran fuertes, jóvenes y capaces de amontonar fortunas y fundar razas nuevas y vigorosas.

Abraham se alojó en el barrio turco de Camino Nuevo, donde, en viviendas comunes, hacían vida promiscua, sórdida y laboriosa los buhoneros de Caracas. Domenico fue a vivir, con otros compatriotas suyos, en una casa de vecindad, llena también, a toda hora, de la bulliciosa confusión de los varios oficios de los inmigrantes.

Pocos días después Abraham apareció por las calles de Caracas con el cajón de buhonero a cuestas. Sabía decir apenas: quincalla, marchante, bonito y barato; pero con estas cuatro palabras y con su infatigable caminar de puerta en puerta, a pasos lentos pero seguros, de bestia fuerte, bajo su carga pesada, y con la extenuada sobriedad de su vida, solo enderezada al propósito de hacer dinero, fue amontonándolo día tras día.

Luego extendió el radio de su actividad a las parroquias foráneas y pueblos cercanos de la capital: los lunes, El Valle y Baruta; los miércoles, a Petare y los pueblecitos del trayecto; los viernes, a Antímano y Macarao.

De madrugada abandonaba su tugurio de la turquería de Camino Nuevo y por las carreteras, sabrosas de andar en la frescura del amanecer, que a todas aquellas poblaciones conducen por entre haciendas de caña y de café, a cuestas el cajón de las baratijas y el fardo de las telas, balanceando el andar ligero con el apoyo de la vara de medir terciada sobre los hombros y sostenida con ambas manos por los extremos, el inmigrante recorría las distancias tarareando un aire suave y dulzón de su remota montaña legendaria, a tiempo que iba soñando en el oro fantástico de América.

En la mañana recorría el poblado y los caseríos del contorno, vendiendo su mercancía cara y fiada para que se la pagasen por cuotas semanales de un real, o de dos, o de cuatro, a lo sumo, sin tomar otra precaución que la de anotar en una gruesa y mugrienta libreta de bolsillo tantas rayas como reales fuese el importe de la venta y bajo una denominación arbitraria, en caracteres hebraicos, y que solo para él equivalía al nombre, casi siempre ignorado del cliente. Así explotaban ellos el inmoderado gusto del criollo por comprar al fiado y con una confianza inconcebible iban dejando su mercancía como en manos seguras, en las del primer comprador que, a cambio de las facilidades del pago y casi siempre con la dolosa intención de no acabar de satisfacerlo, apenas regateaba el precio excesivo.

A mediodía el almuerzo frugal bajo les árboles de la plaza del pueblo o a la sombra de algún zaguán espacioso. A veces se reunían varios buhoneros que por allí anduvieran de recorrida o que vinieran de pueblos más distantes: armenios corpulentos, sirios de cráneos cortos y rostros cuadrados, sombríos y feroces, judíos de tipos bíblicos, turcas de ojos hermosos, árabes de rostro cálido y miradas soñadoras. Platicaban en su lengua ruda y sonora mientras almorzaban con pan y aguacates o cambures; alguno que venía de tierra adentro, a través de los desiertos de los llanos, refería las zozobras del viaje, pero sus fabulosas ganancias, y cuando pasaba el bochorno del mediodía y comenzaba a caer la tarde fresca, emprendían juntos la tornada hacia la vivienda común, alegres, optimistas. Abraham caminaba siempre alejado y silencioso, más ligera la carga de los hombros, tintineando en sus bolsillos el producto del trabajo del día, y mientras las mujeres de la pequeña tropa bohemia, tocadas por la dulzura del dorado atardecer, iban murmurando cantares melancólicos del lejano y fantástico país natal, él iba contando mentalmente, como tesoro que ya empezaba a ser suyo, el oro fácil de América.

Después, la animación de la anochecida en la barriada turca de Camino Nuevo. De todas los extremos de la ciudad y de los pueblos de los alrededores van llegando los buhoneros. Depositan su mercancía bajo el camastro propio del dormitorio común. Algunos salen a cenar en la posada que por allí tiene un turco viejo en el país; otros se quedan aderezándola en la casa, en el patio, en anafes encendidos y puestos en el suelo, sobre los cuales las ollas de barro criollo, llenas de la humilde comida exótica, despiden el olor penetrante del aceite cocido. Satura este olor el ambiente ya cargado con el pastoso aroma de los perfumes ordinarios que exhala la tienda del buhonero y con las emanaciones de los cuerpos sudorosos y el tufo acre de las cáscaras de frutas que se pudren en el suelo y de la mugre de la vida promiscua en la sórdida vivienda.

Luego que cenaba, Abraham, el taciturno, solía alejarse un paco del barrio bullicioso e iba a fumar su pipa de oloroso tabaco turco sentado en el pretil de un puentecito que por allí había, en el camino de Agua Salud. Allí permanecía horas enteras contemplando el pintoresco caserío suspendido al borde del camino, sobre los taludes, o diseminado aquí y allá, sobre rojas colinas desnudas de vegetación que el atardecer iba ungiendo de dulzura y de paz y que, cuando la noche ya era entrada, comenzaban a decorarse con las luces de oro de las lámparas encendidas en los interiores humildes, mientras arriba fulgía, callado y misterioso, el polvo de plata de las constelaciones del trópico.

Y mientras la pipa se consumía en los labios pensaba en su aldea del Líbano y se preguntaba qué estarían haciendo allá los que quedaron. Lo mitigaba, es cierto, el acervo dolor de las nostalgias, tanto como el halago de la fortuna que ya comenzaba a amasar, la emoción de un amor nuevo que le estaba naciendo en el alma; le gustaba aquel paisaje y miraba con simpatía el espectáculo de la vida, todavía extraña para él, de los hombres de la raza autóctona, en el torrente de cuya sangre la suya estaba destinada a confundirse y transformarse.

II

Domenico, el calabrés, recorría todas las mañanas las calles de Caracas, cargado con dos grandes cestas rebosantes de frutas.

Duraznos de las montañas de Galipán, piñas y naranjas de los cerros de El Hatillo, cambures de las tierras ardientes de la costa, aguacates de Guarenas, mangos de las riberas del Sebucán, olorosos membrillos de Las Altos, fresas de los cangilones del Ávila, húmedos y sombrosos, donde la sinfonía de los grillos prolonga el suave rumor de la noche hasta la mitad del día… Todo el dulce jugo de la tierra nuestra, que el sol nuestro cuaja y acendra, iba despidiendo su olorosa madurez en las cestas del inmigrante, llenas de todos los encendidos colores, por las calles de Caracas, de puerta en puerta, al grito musical y gracioso de:

—¡Frutero, marchante!

Y a medida que se vaciaban, el dinero iba cayendo, fácil y abundante, en los bolsillos del amplio pantalón de pana burda de musiú Domingo.

En las noches el calabrés infatigable se echaba a cuestas un organillo y emprendía otra vez la recorrida de la ciudad, ahora por las parroquias de las afueras, por las calles humildes de los arrabales, de esquina en esquina, dándole al manubrio para solaz de la chiquillería y gusto de la plebe. A veces los pulperos le pagaban algo, o lo obsequiaban con un vaso de vino para que tocase más de las dos piezas con que él solía regalar al vecindario, y con este menudeo de centavos y con la ganancia de mayor monto que hacía cuando lo llamaban en alguna casa de la vecindad o de familias humildes para que tocase un bailecito de santo o amenizase un velorio de cruz, la hucha del inmigrante se iba inflando rápidamente.

El pianito de musiú Domingo era el preferido. Los muchachos lo conocían desde lejos y lo anunciaban con gritos de júbilo, y para oírlo tocar se formaban corrillos en las esquinas. Las estampas de vivos colores que lo decoraban, entre ellas una grande de los reyes de Italia que musiú Domingo había rodeado de flores de trapo y cintajos do la bandera de su patria, atraían y embelesaban la curiosidad de los pequeños; su música sencilla, su variado repertorio y, sobre todo, la jovialidad simpática y atrayente de su dueño y el gusto artístico con que éste le daba al manubrio, acentuando los pasajes de sabor sentimental con una expresión, entre sincera y burlona, de arrobamiento que le daba a su rostro, le conquistaron muy pronto la popularidad.

Música inocente de aquellos pianitos de antaño que congregaba en las esquinas gente de la plebe embobada por su sabrosa cadencia, sacaba a las puertas, jubilosos, a los niños pobres, que solo aquello tenían para divertirse, y detenía, para mecerlo en ingenuos arrobamientos, el furtivo idilio de los novios humildes en las ventanas. Aires melancólicos de músicos anónimos que nos fueron propicios a los balbuceos de la ensoñación —¿por qué no confesarlo?—, y después hemos recordado siempre con cariño porque iluminaron nuestra turbia edad de niños pobres y tristes con la primera concepción de la belleza, tosca y humilde, pero ingenua y sabrosa de añorar… ¡Música de aquellos pianitos que ya no suenan en las noches de esta ciudad que se va quedando sin costumbres pintorescas, antes de tiempo, como un adolescente precoz que pierde el candor y se vuelve desagradable, escéptico y malicioso antes de que pueda ser realmente malo; música que la fiesta nocturna de las alcabalas, anunciada con júbilo por los muchachones, cuando en la semioscuridad de las cuadras mal alumbradas por los farolitos de gas o kerosene, se divisaba la silueta del musiú, con el pianito a cuestas y el catrecillo en la mano, acercándose doblegado por el medio de la calle!… ¡No sé por qué me recuerdan, especialmente, las noches azarosas de los tiempos de guerra, cuando a la voz de que estaban reclutando gente, las calles se quedaban desiertas y en el silencio de las esquinas gemían los organillos indiscernibles tristezas nuestras!

III

Pasaron los años. Musiú Domingo abandonó el pianito y las cestas de frutas. Ya tenía una base de fortuna y se fue a uno de los pueblos de Aragua a establecer una fábrica de pastas italianas.

Abraham, por su parte, abandonó también la turquería de Camino Nuevo. En viajes que anualmente hiciera al Llano ganó crecidas sumas y dejando el duro trabajo de buhonero abrió una quincalla frente al mercado de Caracas, en un zaguán: "La Bonita".

Ambos negocios progresaron rápidamente, gracias a la infatigable laboriosidad de aquellos hombres sobrios, fuertes y codiciosos de riqueza bien lograda. Musiú Domingo compró unos potreros en Aragua y más adelante una hacienda de café; pero no abandonó la fábrica de pastas, a la cual atendía Francisca, una compatriota suya con la cual casara. Abraham ensanchó poco a poco la quincalla y al cabo ésta se convirtió en una de las tiendas de moda más concurridas de Caracas.

IV

Un buen día, al terminar el inventario anual, vio que tenía ya una suma apreciable de riqueza adquirida y pensó que era tiempo de regresar a su tierra. Anunció que estaba dispuesto a vender el negocio y participó a sus empleados su determinación.

En la tarde, a la hora de cerrar, cuando ya se habían ido todos los dependientes del detalle, notando Abraham que Domitila, la encargada del taller de sombreros, no había salido todavía, pasó al interior de la tienda, llamándola:

—Criatura. ¿Usted se va a quedar a dormir aquí?

La mujer, que estaba de codos frente a su mesa de trabajo, con la cara hundida entre las manos y como absorta en sus pensamientos, se levantó sorprendida por la voz de Abraham, y como éste notase su aire apesadumbrado y le preguntara afectuoso:

—¿Qué le pasa, Domitila? Está usted triste.

—¡Qué ha de pasarme! Que estoy obstinada de la vida.

Y parándose frente al espejo del taller comenzó a arreglarse el peinado.

Ya la tienda estaba cerrada y solo quedaban dentro Abraham y Domitila. Aquél la contemplaba en silencio: ella dándole la espalda lo miraba con disimulo por el espejo.

Era una muchacha buena moza, que se vestía bien y hasta con alguna elegancia, en lo cual invertía casi todo el sueldo que ganaba en "La Bonita". Abraham la distinguía entre todas sus empleadas por la contracción y la inteligencia con que desempeñaba su trabajo; pero nunca le había sucedido, como ahora le acontecía, detenerse a mirarla como a una mujer. Ocupado siempre con el pensamiento del negocio, ni había podido fijarse en el juego de seducciones que hacía algún tiempo venía desplegando Domitila en torno suyo, esmerándose en el trabajo, excediéndose en agradarlo, rodeándolo de atenciones y solicitudes por las cuales sus compañeras de taller la llamaban "adulanta"; pero nunca se le había ocurrido a Abraham pensar que aquello fuese inspirado por algo más que por el deseo de conservar el puesto en la casa y lograr un aumento de sueldo. Ahora todo aquello adquiría para él un sentido claro y preciso, al mismo tiempo que se abría paso en su corazón, inconfundible, un sentimiento que hasta entonces ignoraba que existiese en él.

Lo expresó sin ambages:

—Domitila. ¡Usted me gusta, criatura!

Pasada la sorpresa que tales palabras le causaron, la mujer rio y dijo:

—Tarde piaste.

—¿Qué quiere decir con eso, mujer?

—Que ya no es tiempo, porque usted se va para su tierra.

—Si tú quieres no me voy.

—¡Guá! Eso es cosa suya.

Y volvió a reír, arreglándose todavía el peinado.

—Pues ya está resuelto. No vendo el negocio. Me quedo.

Y la unión quedó concertada aquella misma noche. Abraham prometió que se casaría al rabo de un mes, Domitila, que quería desempeñar con toda corrección su papel de novia, abandonaría su empleo en el taller. Entretanto, éste sería reformado e instalado a todo lujo, purgue si había de seguir siendo modista, Domitila no quería serlo sino en grande, para clientela aristocrática, cosa que a Abraham le pareció razonable y ventajosa.

Durante el noviazgo fueron apareciendo los parientes de Domitila: dos hermanos, un tío, un primo, finalmente. Todos eran pobres y se manifestaban tan deseosos de hacer dinero por medio del trabajo y tanto demostraron estar orgullosos de que Abraham fuese a entrar en la familia, que éste, por darle a Domitila una muestra de afecto, les suministró dinero para que se establecieran, cada cual en el ramo que decía era su oficio. Uno de los hermanos puso una zapatería en La Guaira, donde vivía; el otro una barbería lujosamente montada en uno de los sitios más céntricos de Caracas; el tío abrió un portal en el mercado; el primo, finalmente, obtuvo una suma para irse al llano a comerciar en ganados.

No volvió ni se supo más de él. El zapatero so presentó en quiebra, la cual resultó fraudulenta, envolviendo a Abraham en nuevos compromisos con el comercio de la capital por fianzas que le prestara; el de la barbería no cumplía los suyos y se daba una vida regalada, descaradamente, y el tío botaba cuanto ganaba en la semana en las borracheras que cogía los domingos.

Al fin comprendió Abraham que se habían confabulado para estafarlo, y aunque no había esperanzas de recuperar lo perdido, no quiso hacer papel de tonto y les echó a la cara su mala fe en cartas donde los llamaba tramposos. Ellos, indignados, le respondieron cubriéndole de improperios, estando todos de acuerdo en afirmar que, si bien se miraba, el dinero de Abraham les pertenecía de todo derecho, pues era dinero venezolano, ganado en el país, y que el ladrón era el turco, el perro judío, que se había enriquecido exprimiendo al pueblo, mientras ellos, los criollos, las eternas víctimas del extranjero, no salían de la miseria.

Domitila, como lo supiera, aprovechó la coyuntural para romper con aquellos parientes que la avergonzaban con sus bajos oficios y su condición plebeya, y que, de seguir tratándolos, iban a ser un obstáculo a los nuevos proyectos que estaban rebullendo en su cabeza.

Era el caso que ya no quería seguir siendo modista. Su trabajo al frente del taller de modas de "La Bonita" y el impulso que su carácter audaz y emprendedor había sabido imprimir a la marcha de los negocios, segura y firme, pero un poco lenta en las manos de Abraham, que no era comerciante de grandes vuelos, habían hecho en poco tiempo de la antigua tienda modesta uno de los primeros establecimientos del ramo, frecuentado por la gente de dinero y de buen tono; pero Abraham era rico y era tiempo de que ella entrase a disfrutar de aquel bienestar, de manera más cónsona con sus aspiraciones. Siempre había pensado, aun cuando era la humilde y pobre empleada a sueldo en la tienda del turco, que ella no había nacido para llevar vida oscura y mezquina, sino para figurar en las alturas, para brillar en sociedad. Por otra parte, ya sus hijos estaban creciendo y ella quería que se acostumbrasen desde pequeños a la buena vida, en esferas de comodidad y de distinción. Confundiendo la vanidad con el amor maternal, se proponía introducirlos en la aristocracia por el camino de la ostentación de la riqueza. Un día, como Abraham dijera que ya Samuelito estaba en edad de trabajar, iba a emplearlo en "La Bonita", para que fuese aprendiendo, ella atajó, inflada de soberbia:

—¡Mi hijo tendero! ¡Qué mano!

Y el hombre tuvo que desistir de la idea. Poco después tuvo que prescindir de la colaboración de Domitila, cosa que hizo con gusto, pues reconocía que ella tenía bastante trabajo con el cuidado y educación de las criaturas.

Pero Domitila no era mujer fácilmente contentadiza y cuando se le metía un propósito en la cabeza no estaba tranquila hasta que no lo veía plenamente realizado. Se imaginaron que ella debía vivir en parroquia aristocrática, frente a la plaza de Altagracia, que reputaba ser el centro de la distinción y del dinero, y Abraham, para complacerla en todo, compró allí una casa y la montó con lujo y esplendidez, gastando en ello crecidas sumas, de las cuales no pudo separarse sin dolor.

Instalada en su nueva casa, en medio de un vecindario aristocrático, puso manos a la obra de adquirir relaciones. Un instinto certero y la experiencia de casos semejantes la guiaron en los pasos que había que dar para introducirse en aquella esfera. Lo primero, ofrecerse al vecindario y esperar a que las señoras del alto mundo de la cuadra viniesen a hacerle la visita de costumbre. Era apenas todo lo que necesitaba para vencer las primeras resistencias del orgullo. Bien sabía ella que al principio la tragarían, pero no la mascarían; pero todo era saber ir introduciéndose poco a poco. No era el primer caso.

En efecto, las primeras visitas que recibió fueron tardías y de puro cumplimiento. Orgullosas señoras fueron a visitarla escogiendo las horas del mediodía, con lo cual entendían establecer una diferencia de tratamiento; pero Domitila no se dio por enterada y se valió de sus habilidades. A una de aquellas señoras, la de más alto rango, la retuvo amablemente hasta la hora de abrir las ventanas, a fin de que los transeúntes y el vecindario se enterasen de que la visitaba. La estratagema dio sus resultados: puesto que aquella escrupulosa dama no se desdeñaba de visitarla a la vista de todo el mundo, la amistad de Domitila podía ser aceptada y correspondida, y las más reacias fueron llegando de una manera más ostensible. El primer paso estaba dado.

Luego fueron las invitaciones a los niños de la cuadra, a las fiestas dadas para celebrar el santo de Sarita. Se presentaba la sirvienta en las casas del vecindario:

—Que manda a decirle misia Domitila que cómo están por aquí y que hoy es el santo de Sarita y quiere que le mande los niñitos a la piñata. Que no deje de mandarlos.

Y los niños de la aristocracia iban a la piñata de Sarita.

De este modo la familia de Domitila se fue introduciendo en el gran mundo, furtivamente, por sorpresa al principio y luego al amparo de una tolerancia benévola a la cual no le faltaban buenas justificaciones: era meritorio levantarse de un origen oscuro a esfuerzos propios. Y aunque todavía no era acogida sino en una penumbra de tolerancia y a títulos de vecina, ya vendría lo demás. Todo era proponerse.

V

Y he aquí que ahora es cuando comienzan, verdaderamente, el infortunio y las tribulaciones del pobre Abraham.

Domitila, que hasta allí fuera afectuosa y buena con él, se volvió áspera y desdeñosa: no toleraba sus gustos y costumbres, le causaba todo género de contrariedades, lo irrespetaba y lo deprimía en presencia de los hijos y hasta lo desautorizaba ante el servicio.

Un día estalló abiertamente el conflicto.

Era la víspera del Kipur, cerca de anochecido, Abraham, que era fiel observadas de la ley hebraica, había cerrado temprano la tienda, la cual no se abriría durante todo el día siguiente, y estaba en su casa tomando una pequeña colación, antes de entrar en el ayuno y en las oraciones de aquella solemnidad, que celebraban todos los años las miembros de la colonia israelita en Caracas, en la casa de un comerciante marroquí que el rabino.

Samuelito, envalentonado por lo que tantas veces le oyera decir a su madre acerca de la ceremonia judía, comenzó a hacer burla y escarnio del Kipur y de la religión paterna, y como Abraham le exigiese respeto a su fe, así como él respetaba la de ellos, y viendo que no lo lograba, lo amenazó con castigarlo y lo mandó que se retirara de su presencia. Domitila apoyó al muchacho y le dio ánimos para que siguiera molestando e irrespetando al padre. Protestó Abraham, más con resentimiento que con energía, y ella respondió cubriéndolo de oprobios.

—¡Bueno está, mujer! ¡Bueno está! —decía el pobre hombre, manso y resignado, tratando de aplacar la cólera de Domitila.

Pero ésta no lo oía, y metida en sus habitaciones junto con Samuelito, por allá dentro clamaba y decía que bien merecida tenía su suerte por haberse casado con un judío. ¡Razón tenía Dios para castigarla!

—¡Partida de hipócritas! ¡Quien los viera! ¡Y esperando al Mesías! ¡Seguramente para crucificarlo otra vea!

El dolor detuvo en el corazón de Abraham el movimiento súbito de la cólera y la secular resignación de su raza maldita ahogó en su alma hasta el deseo de la protesta. Se paró de la mesa, pálido y vacilante, y se metió en su cuarto sin ánimos para ir a reunirse con los demás hombres de su fe que lo esperaban. Ayunaría y haría las oraciones del Kipur allí en su casa; aquel año, para el día de la purificación espiritual, tenía un gran sacrificio que ofrecer a su Dios: ¡una injuria grave que perdonar!

Pero desde aquel día llevaría para siempre en el fondo de su pecho una incurable amargura: ¡él en su casa, como su raza en el mundo, no tenía un sitio de amor en los corazones!

VI

Pero no era solamente la antinomia inconciliable de las creencias religiosas lo que separaba a Abraham de su mujer y de sus hijos.

Causas mezquinas, flaquezas humanas, obraban en el ánimo de Domitila entibiándole, hasta extinguírselo totalmente, el afecto al marido. Cuando se casó con Abraham, ella era una palurda, una humilde obrera, cuya condición inferior respecto al hombre no podía menos de hacerla considerar aquel matrimonio como un ascenso que la libraría de la pobreza y del trabajo; pero ahora los términos se habían invertido: Abraham seguía siendo el hombre humilde, de una raza despreciada, mientras que ella, gracias al influjo del dinero y como resultado de su tenaz empeño de introducirse en esferas más altas, comenzaba a saborear los halagos de una distinción social que le daba derechos para ir olvidando ya su pasado oscuro y para comenzar a considerarse como una gran señora. Para lograrlo de un todo, lo único que le estorbaba, pensaba ella, era precisamente lo que antes había sido una ventaja: ser la esposa de un antiguo buhonero de quien todo Caracas se acordaba todavía de haberlo conocido con el cajón a cuestas, no tanto porque fuese pasado reciente, sino porque Abraham no se había propuesto que lo olvidaran, haciendo lo que tanto le aconsejara Domitila, que lo sabía por instinto y por experiencia propia: introducirse en los altos círculos sociales, hacerse miembro de los clubs de buen tono. Pero el hombre, consecuente con su humildad primitiva, se había conservado siempre como antes era: modesto en sus aspiraciones, humilde en sus costumbres, sencillo y chabacano en su traje y en sus modales. Y Domitila reventaba de despecho contra aquel obstáculo, ¡ella, que no le parecía ninguno insuperable cuando se le metía en la cabeza un propósito!

En cuanto a los hijos, éstos crecían formándose con todas las características de la madre, presuntuosos, dominados por un ansia inmoderada de aparentar más de lo que eran, careciendo en absoluto de las virtudes paternas de adquisición lenta y laboriosa, pero segura y legítima, gobernados solamente por un afán de asalto, de apropiación por sorpresa o por mañas, a zarpazos traicioneros sobre la presa descuidada.

La madre, puesta a olvidarse de su oscura condición primitiva, les fomentaba el deseo desordenado de figurar en las primeras líneas, en los rangos más altos de la sociedad y sembrándoles en los corazones la peste de la vana soberbia y la ruindad de la envidia, les inculcaba el menosprecio de la humildad paterna, el desdén por el trabajo, que todos le parecían indignos para ellos, el amor inmoderado por el lujo y el derroche y la ostentación de la riqueza.

Con Samuelito, a quien había puesto en un colegio concurrido por los jovencitos de la aristocracia caraqueña para que en el seno de ella escogiese amistades, este plan estaba produciendo los resultados apetecidos. Fatuo y petulante, el mocito no tenía más preocupaciones que la corrección de la línea y la última moda del traje: en suma, que tenía todo lo que se necesita para ser lo que ahora se llama un hombre bien.

De este hijo, especialmente, Abraham sentía que lo separaba una invencible aversión, tal si una voz secreta le anunciase que habría de negarlo. Samuelito se desdeñaba de dirigirle la palabra en la casa, y en la calle evitaba su encuentro, para que no lo avergonzase ante los jóvenes bien con los cuales solo se reunía.

En cuanto a Sara, la hija bonita como una rosa, las mismas ternuras filiales que le prodigaba tenían algo de compasivo y deprimente para él. Más que amor, Sarita parecía tenerle lástima de verlo repudiado por tos suyos, siempre solo y silencioso, y cuando le decía con mimos, acariciándole el rostro: "¡Pobrecito el viejo!", Abraham sufría el dolor sin medida y a veces se le humedecían de lágrimas los ojos, al pensar que tal vez ni aquel amor tan dulce de la hija predilecta venía al encuentro de su corazón, orgulloso y franco, sino furtivo y vergonzoso, disfrazado de compasión.

Con Sarita, Domitila había refinado sus solicitudes maternales a fin de colocarla en una ventajosa posición social: la puso en el Colegio de las Hermanas francesas, le buscó maestro de piano, la improvisó para señorita distinguida, le aventó la frívola vanidad, le afiló las armas de la seducción. Pero, no obstante, Sarita no le daba a aquello toda la importancia que para Domitila tenía: no había sabido descubrir la diferencia que existe entre la gente bien y la que no lo es y, por el contrario, daba muestras de una inclinación hacia los humildes, con los cuales era compasiva y cariñosa. Domitila sufría algo con esto y la llamaba: mi hija, la populachera.

De alma ardiente y apasionada, Sarita era también para Abraham un tormento perenne. Amasados con sangre de dos razas lujuriosas e imaginativas, mezcla de árabe y de indio, sus encantos se desenvolvían inquietantes como se desenroscan los anillos lucientes de la víbora. Sensual, frívola y envanecida de su belleza; aún no había cumplido los quince años la Turquita, como se la llamaba, y ya su fama corría entre los grupos de jóvenes que andaban a la caza de amores fáciles, encendiendo deseos, despertando apetitos.

Viéndola crecer tan hermosa y amiga del mundanismo —como decía Abraham—, el pobre hombre experimentaba secretos temores que le llenaban de dolor el corazón; pero se abstenía de comunicárselos a Domitila, acatando así la terminante prohibición que ella le hiciera de inmiscuirse en la dirección de las hijas. Apenas se atrevía a darle tímidos consejos a la muchacha, pero siempre era desarmado por aquella respuesta:

—¡Jesús! ¡Papá! Tú no sabes de eso; tú eres de otro mundo.

Domitila, en cambio, veía con satisfacción que ya estaban en camino de realizarse sus planes respecto a la hija: una porción de mocitos de las familias distinguidas de Caracas le hacían la corte a Sara, paseándole la cuadra cuando se asomaba a la ventana y siguiéndola a todas partes cuando salía a la calle.

No se le escapaba a la experta mujer que todas no eran buenas intenciones en los galanteadores de la hija; pero confiaba mucho en sí misma y estaba segura de que sacaría de allí un buen marido para Sarita. Con tal fin redoblaba su vigilancia sobre ella a tiempo que ponía en juego sus habilidades para atraer a la formalidad del noviazgo a aquellos de los jóvenes que más prometían.

De este modo, muy pronto la casa de Abraham comenzó a ser el centro de unas reuniones todavía heterogéneas, a las cuales asistían jóvenes de la crema, que iban atraídos por la esperanza de ver a la Turquita rendida por fin al asedio de sus galanterías, por mitad burlonas y malintencionadas.

Domitila saboreaba una intensa satisfacción al pasar revista a los nombres más encopetados de Caracas, que sonaban en la sala de su casa como timbres de la distinción que ya su familia empezaba a disfrutar en los círculos de la alta sociedad y, para corresponder a ello, prodigaba el dinero de Abraham a manos llenas. Ardía la casa en el resplandor molesto y de pésimo gusto de la profusa iluminación eléctrica; se derramaba en las mesas un obsequio opíparo de festines; corría el champaña, y todo, hasta la cortesía, tenía allí esa insolente, abundancia con que se desborda el mal tono por los cauces de la riqueza advenediza, pues Domitila, orgullosa de la fama de gran señora espléndida que quería crearse ella misma, no estaba satisfecha hasta que no veía a la concurrencia harta de comer y de beber.

Entretanto, Abraham se esforzaba en ser afable y atento con los invitados de su mujer, no suyos, porque bien sabía él que lo separaba de ellos un abismo de diferencias sociales ante el cual él se detenía, respetuoso de las distancias, con un sentimiento mezcla de orgullo y de humildad, sentimiento que, por lo demás, era el mismo que lo alejaba de los suyos, entre los cuales él vivía como un forastero.

Sufría lo indecible el pobre hombre en aquellas fiestas desatentadas en las cuales su familia se precipitaba a esa nivelación de las alturas, que es el ansia fundamental del mulato, en parte porque no podía menos de ver con dolor cómo se estaba derrochando vanamente el fruto de veinte años de duro trabajo y negras privaciones suyas; en parte, y con más hondo y humano dolor, porque comprendía que aquéllos eran los pasos de perdición de su hija Sarita.

La veía codiciada por los hombres para mal fin —como él decía—; la veía, cegada por la vanidad, entregarse, rendida materialmente, entre los brazos del joven que la sacaba a bailar, y había oído, varias veces, que, cuando terminaba la danza, el pareja le decía irrespetuoso:

—¡Qué sabroso, marchantica!

Ella fingía no comprender la insolente alusión a la condición paterna o no comprendía en realidad, porque la cegaban la vanidad y el gusto complacidos; pero Abraham recogía el agravio y lo guardaba en el fondo de su dolorido corazón, donde había guardado las injurias y el desprecio de los suyos, donde su raza ha venido guardando todo el oprobio y la vejación del mundo, a través de los siglos.

VII

Ya ha terminado el baile. La concurrencia se ha despedido y la familia se ha recogido a sus habitaciones; Abraham vaga solo por la casa, sembrada con los restos del festín. Pensativo y triste, la recorre apagando las luces y llega finalmente a la sala. Es más de medianoche. Hace frío. El silencio iluminado de la sala desierta da una sensación misteriosa de espera de algo que ha de suceder, inevitable y terrible como las leyes del destino.

El ánimo deprimido de Abraham se llena de una vaga ansiedad, en la cual, poco a poco, van tomando formas tristes presentimientos; su hogar será destruido; su familia, dispersada por una dura fatalidad; su memoria, olvidada, como una cosa despreciable; su mujer se librará del oprobio de su nombre; sus hijos lo negarían, como un origen vergonzoso… Y Abraham, sintiendo que su hora ha llegado y está presta a cumplirse en él la voluntad del destino, se sienta a esperarla y llora sobre las ruinas de sus ilusiones.

Contraria la fortuna que hasta allí le ayudara en sus negocios, al hacer la liquidación de aquel año aciago se convenció de lo que ya presentía: ¡estaba arruinado! No obstante, Domitila se empeñó en celebrar rumbosamente los quince años de Sarita.

Aquel día rebosaron la medida. Fue la última fiesta: el sacrificio supremo de Abraham, el esfuerzo desesperado de Domitila por prolongar la apariencia de la riqueza. Viendo que ya se le iba a acabar, un despecho rabioso la impulsaba a derrochar hasta el último centavo del turco. ¡Después, ella vería lo que habría que hacer!

Abraham lo presentía y un dolor sordo y tenaz le devoraba el corazón. ¡Si a pesar del bienestar que le procuraba con su dinero su mujer lo despreció siempre, haciendo escarnio de sus sentimientos, burla de sus aflicciones y hasta rechazando su amor como cosa manchada de indignidad; si para ella y para sus hijos él siempre fue el turco, el paria, ¡qué podía esperar de ellos ahora que la pobreza se le venía encima y tal vez tendría necesidad de comenzar otra vez la dura persecución del pan, a lo largo de las calles, de puerta en puerta, al hombro del cajón de buhonero!

Y Abraham, el del monte Líbano, decidió aquella noche repatriarse. Si aquél era su destino, si su mujer había de repudiarle y sus hijos lo negarían, que se cumpliera todo después que él se hubiera ido. No se sentía con ánimos para arrostrar el dolor supremo.

Apagó las luces de la sala y se dirigió a su habitación. Al pasar por la puerta del dormitorio de Sarita se detuvo, y sin saber qué se proponía con ello, llamó suavemente.

Y al sentir cuánto amaba a aquella hija que lo negarla, se echó a llorar como un niño.

Sara dormía y no lo oyó, pero la voz desdeñosa de Domitila resonó en el silencio de la casa:

—¡Hombre de Dios! ¿Hasta cuándo estás por ahí? Anda, vete a dormir.

VIII

Del mismo modo, allá en uno de los pueblos aragüeños, Giácomo, el hijo de musiú Domingo, nada iba sacando de las características de éste.

Tan botarate, como amasador de dinero el padre: tan amigo de ocios y parrandas, como tesonero en el trabajo el padre, era Giácomo un simpático mozo que parecía unido a su medio por profundas raíces ancestrales. Gallero, coleador de novillos y gran aficionado a joropos, nadie más popular y querido que él en todos los valles de Aragua, donde se decía, como para elogiarlo, que era venezolano neto, criollo purito, aunque fuesen italianos el padre y la madre.

No obstante, musiú Domingo estaba satisfecho de tal hijo; le encontraba condiciones y con el conocimiento que había adquirido del medio donde viviera, por más de veinte años, pensaba, complacido, que Giácomo sería persona en el país y lo dejaba formarse libremente.

Verdad era que lo amaba mucho y no sabía oponerse a sus gustos e inclinaciones. Para que coleara a sus anchas, le había regalado el mejor caballo de sus potreros; para que tuviese la mejor cuerda de gallos, le daba cuando le pedía, y para que compusiera joropos y golpes aragüeños, le había dado con su sangre italiana la disposición musical.

Y como no tenía más hijos, ni le quedaban parientes en el mundo después que se le murió la mujer, le fue dando, a puñados, toda la fortuna que había logrado amasar en Venezuela, y a medida que así la iba perdiendo decía, fatalista y jovial:

—¡Tierrita brava! ¡Tierrita brava! ¡Tú me la diste, tú me la quitas!

IX

Siguieron pasando los años. Ya han pasado muchos. Musiú Domingo está viejo; Abraham está además pobre.

Un día el azar los reúne en uno de los paseos de Caracas. No se conocen, pero cruzan un saludo al sentarse a la vez en un mismo banco.

—¿Es usted del país?

—No, señor. Pero como si lo fuera. Soy de Italia, de un pueblo de Calabria, pero tengo más de treinta años en Venezuela, me gusta esta tierra y puedo decir que soy venezolano.

—Yo también vine al país hace muchos años —dijo Abraham con el acento de las tristezas consoladas.

—¿Y cómo lo ha tratado la tierrita brava?

—A mí, muy mal.

—Pero se ha quedado en ella.

—No solamente me he quedado, sino que he vuelto. ¡Qué sé yo lo que tiene esta tierra, pero la cosa es que trata mal y sin embargo agarra!

—Que se hace querer.

—Aquí trabajó uno y aquí sufrió uno…

Y Abraham cuenta sus tristezas, primero, y luego sus consolaciones: el bienestar perdido, el desamor de su familia, la repatriación desesperada, la soledad y el aislamiento en el país natal, donde nadie ya lo conocía, como un extranjero entre los suyos… Vivía triste, echando de menos a la patria adoptiva, que, sin embargo, había sido cruel y dura con él… ¡Erró después por otros países de la tierra, pero en ninguna parte pudo aplacar su ansia de volver a éste, donde había dejado a sus hijos, que, a pesar de todo, eran sus hijos. Regresó a terminar en ella sus tristes días. Llegó como la primera vez, pobre. Un paisano suyo le dio un paquete de medias para que ganase algo vendiéndolas por las calles… Otra vez el duro ambular de puerta en puerta. Pero no se comienza dos veces, y ya porque la fortuna no quisiera ayudarlo más o porque ya él no tenía fe ni fuerzas, lo cierto era que vagaba inútilmente por las calles sin encontrar quien quisiese comprarle la mercancía. Un día se tropezó con su mujer, con la que tanto lo hizo sufrir con sus desprecios. Él quiso seguir de largo, haciéndose el distraído, pero la mujer lo detuvo, le habló con cariño, le contó su vida, que también había sido triste: Samuelito le había abandonado; Sara dio por fin un mal paso, y ella había tenido que poner un taller de costura para ganarse el sustento. Ahora le iba bien.

Además, Sarita, que se había casado con el hombre con quien fugó, que tenía dinero, le mandó una suma de regalo y ella compró una casita. Andando, mientras hablaban, llegaron a la casa y Domitila le dijo: —Entra. —Él entró, olvidado de lo pasado. Allí vivía unido de nuevo a su mujer, que ahora era con él buena y cariñosa y viéndolo viejo y enfermo no quería que trabajase. Sarita, que siempre preguntaba por él en sus cartas a la madre, al saber que había vuelto escribió que vendría con su marido a verlo, cuando pasase el invierno. Vivía en San Fernando, donde el marido tenía hatos y casa de comercio. Un hombre del país, un criollo que se había metido en una revolución y después fue Jefe Civil de San Fernando y ahora vivía de su trabajo, con plata bastante..., un tal Giácomo Albano...

—¡Ése es mi hijo! ¡Giácomo! ¡Venezolano neto! ¡Criollo puro! ¡Un palo de hombre! Como dicen aquí.

Y musiú Domingo se enternecía hasta las lágrimas al hablar del hijo.

Ya oscurecía cuando abandonaron el banco del paseo. Estaban viejos, se arrastraban penosamente por los caminos de la tierra, de aquella tierra que había sido dura y cruel con ellos, pero allá en el corazón del país, sangre de su sangre corría, transformada, pero vigorosa y fecunda por los cauces infinitos de la vida.

Abraham, el del Líbano; Domenico el calabrés, la tierra ajena les barrió del corazón el amor a la propia y les quitó los hijos que ellos le dieron.

Ya oscurecía. Ya no se veían las caras...

CONTENIDO

295